A Working Diary

賽門·史蒂芬斯的劇作家日記

Simon Stephens

It put me in mind of the conversations
had last week with my fifteen-year-old son,
[illegible], and my friend and his mentor Jon
[illegible] about the size of the universe. The
expansion of everything, the distance between
things, the size of the whole beast of the universe
leaves me in awe. It makes me want to fall over.
The scale of the thing. And the finality of death.
The impossibility of continuing after death.
It's in contemplation of these things I feel a
sense of [illegible] and makes
me want to write. I love the idea of a transaction
in which that eternity is flaunted or toyed with.
Imagine wanting something so much that you
would risk far more than you could ever conceive
in order to get it.

A Working Diary

賽門・史蒂芬斯的
劇作家日記

Simon Stephens

It put me in mind of the conversations had last week with myfifteen-year-old son, Oscar, and my friend and his mentor Jon Sedmak about the size of the universe. The expansion of everything, thedistance between things, the size of the whole beast of the universe leaves me in awe. It makes me want to fall over. The scale of the thing. And the finality of death. The impossibility of continuing after death. It's in contemplation of these things I feel a sense of awe that both terrifies me and makes me want to write. I love the idea of a transaction in which that eternity is flaunted or toyed with. Imagine wanting something so much that you would risk far more than you could ever conceive in order to get it.

賽門・史蒂芬斯 Simon Stephens｜著
吳政翰｜譯

國家圖書館出版品預行編目資料

賽門.史蒂芬斯的劇作家日記/賽門.史蒂芬斯(Simon Stephens)
著 ; 吳政翰譯. -- 一版. –
台北市 : 書林出版有限公司, 2022.11
面；　公分. -- (愛說戲 ; 39)
譯自 : Simon Stephens : a working diary
ISBN 978-626-7193-06-8 (平裝)

1.CST: 史蒂芬斯(Stephens, Simon, 1971-) 2.CST: 劇本
3.CST: 劇場 4.CST: 寫作法

812.31　　111015365

愛說戲 39

賽門・史蒂芬斯的劇作家日記

Simon Stephens: A Working Diary

作　　者　賽門・史蒂芬斯 Simon Stephens
譯　　者　吳政翰
編　　輯　劉純瑀
出 版 者　書林出版有限公司
100臺北市羅斯福路四段60號3樓
Tel (02)2368-4938・2365-8617 Fax (02)2368-8929・2363-6630
臺北書林書店　106臺北市新生南路三段88號2樓之5 Tel (02) 23658617
學校業務部　Tel (02) 2368-7226・(04) 2376-3799・(07) 229-0300
經銷業務部　Tel (02) 2368-4938
發 行 人　蘇正隆
郵　　撥　15743873・書林出版有限公司
網　　址　http://www.bookman.com.tw
經銷代理　紅螞蟻圖書有限公司
臺北市內湖區舊宗路二段121巷19號
電話(02)2795-3656（代表號） 傳真(02)2795-4100
登 記 證　局版台業字第一八三一號
出版日期　2022年11月一版初刷
定　　價　380元
I S B N　978-626-7193-06-8

桃園市政府藝文設施管理中心合作出版

給奧斯卡、史丹利和史嘉蕾。

特別獻給波莉和梅。

推薦序

這幾年在策展桃園鐵玫瑰藝術節時，我都會搭配出版一到兩本書籍。對我來說，藝術節與觀眾的關係已經變得很不一樣，特別是經歷過這兩年的疫情，觀眾不見得都能實體接觸到表演。但若線上演出或是座談可以是藝術節在元宇宙的延伸，那我們又何嘗不能把一本書的出版，當作是一種藝術節的節目？只是這個節目的媒材是紙本，觀眾是透過閱讀的方式來接觸內容。

既然是藝術節的一部分，即使是書籍，也得要有一定的事件性，是平常市面上沒有出版的內容。在這樣的考量下，出一本介紹當代舞台劇劇作家的書，一直盤桓在我的內心當中，只是到了今年，才覺得是一個適當的出版時機。當時規劃出版的是《五十位劇作家談技巧》（*Fifty Playwrights on their Craft*, 2017），這本書訪問了當代英美地區的五十位知名劇作家，分享他們的創作經驗與寫作技巧。我最早的想法是，台灣對當代劇作家的認識，特別是學院之外，幾乎都還停留在田納西．威廉斯（Tennessee Williams）與貝克特（Samuel Beckett），這本書可以一次補足大眾對當代劇壇的認識，既可當創作書又可當戲劇史，而且因為是對話，內容平易近人，是相當理想的書單。

但在疫情影響下，許多國外出版社不是經歷關門，就是在家上班。這本書的聯繫非常不順利，從去年五月初一直到六月底，國外窗口都沒有回覆書林對版權的詢問，就過往經驗來說，這相當不尋常。有一天晚上，正在苦惱要換哪一本書，忽然在書架上看到之前買的《賽門．史蒂芬斯的劇作家日記》，此時靈光一閃，何不出這本呢？畢竟作者在書中提到很多當代劇場的製作現況，還有對當代劇本創作的思考，雖然沒有五十位劇作家那麼全面，但讀來另有不同的巧妙樂趣。我立刻與譯者吳政翰討論，而這個新選擇他也很喜歡。

新書選好後，國外出版社也聯繫上，原本以為這樣應該就沒問題。但是命運多舛，2022 年初，書林要進行更進一步的簽約與確認時，對方的窗口又消失。我們猜這應該還是疫情的影響。只是，這本書是要搭配 2022 桃園鐵玫瑰藝術節，有時效性的壓力。版權若不能及時確認，翻譯等於做白工，因為吳政翰已經開始翻譯了一部分，但如果要換書，新書的翻譯時間是否足夠，這些都是問題。

我在一月下旬時，在臉書上提到對此事的擔憂，人在倫敦從事藝術經紀的老友黃琇瑜（Cherie Huang）主動來訊關心，並幫忙連繫在倫敦的出版社，最後甚至打電話追人，在一個禮拜內，也就是要決定換書的期限前，協助我們跟倫敦的出版社做最後確認。如果沒有琇瑜的熱心，今天這本書就不會出現在各位讀者面前，真的非常感謝她。

最後要感謝譯者吳政翰對翻譯此書的付出與用心。另外，也要感謝桃園市政府藝文設施管理中心主任陳瑋鴻及同仁，埜遊文化有限公司執行總監劉麗婷及執行團隊，書林出版社發行人蘇正隆與編輯劉純瑀的支持，有了他們的幫忙，本書才得以順利發行。

桃園鐵玫瑰藝術節策展人

耿一偉

目次

序言

梅修恩戲劇出版社（Methuen Drama）的資深編輯安娜·布魯爾（Anna Brewer），請我寫一本關於劇場編劇的書，我非常不想。

不是我不喜歡劇場相關書籍，我當然喜歡，而且我很喜歡跟劇本創作有關的書，這些書帶給我很多養分。每位編劇在創作上所做的不同決定，往往會反映出他們各自獨到的見解，這點特別吸引我。

但如果要我自己寫一本談論劇場的書，就會讓我很焦慮，因為這好像讓人以為我覺得劇場就一定要怎麼樣，或編劇就應該要怎麼寫，其實不然。而且要我在完成一個句子之後，不會馬上想要修改也不會自我矛盾，實在是一件很困難的事。我年紀越大，越是有這種感覺。

也許這種矛盾放到編劇身上會是個有用的特質吧，因為戲劇的本質就是在處理矛盾。不過，像這樣的情況通常不會出現在散文裡面，所以如果一個寫散文的作家具有這種特質的話，那就不太妙了。

於是，我想到了可以用日記的形式來寫，因為我覺得用這種方式，或許就能允許矛盾的存在。我在某一天的想法，常會跟我幾天或幾週或幾個月之後的想法產生矛盾，而我對於劇場的真實想法，往往就存在於這些矛盾之間的縫隙中。

2014 年對我來說是不平凡的一年。

在這一年的開始，我就已經知道自己有三個新劇本會被製作出來：曼徹斯特的皇家交易所劇院（Royal Exchange）要製作《死角》（*Blindsided*）；德國漢堡的德意志劇院（Deutsches Schauspielhaus）要製作《卡門片斷》（*Carmen Disruption*）；倫敦的皇家宮廷劇院（Royal Court）要製作《雀鳥之地》（*Birdland*）。我還會改寫契訶夫（Anton Chekhov）[1] 的《櫻桃園》

---

[1] 俄國劇作家與小說家。生於 1860 年，卒於 1904 年。以寫實主義劇本聞名。代表作有《海鷗》（*The Seagull*, 1896）、《凡尼亞舅舅》（*Uncle Vanya*, 1897）、《三姊妹》（*Three Sisters*, 1901）、《櫻桃園》等。

（*The Cherry Orchard*），作品會在倫敦的楊維克劇院（Young Vic）首演，而楊維克劇院也會把我改寫自易卜生（Henrik Ibsen）[2] 原著的《玩偶之家》（*A Doll's House*），帶到紐約的布魯克林音樂學院劇場（Brooklyn Academy of Music）演出。我改編自馬克・海登（Mark Haddon）[3] 原著小說的劇本《深夜小狗神祕習題》（*The Curious Incident of the Dog in the Night-Time*），由英國國家劇院（National Theatre）所製作，也預計會在秋天於百老匯首演。

我的初衷是把這一年最精彩的點點滴滴都用文字好好地捕捉下來。

這一年，我會跟許多我所敬重的導演合作，包括莎拉・法藍肯（Sarah Frankcom）、[4] 賽巴斯汀・努伯林（Sebastian Nübling）、[5] 凱莉・克拉克奈爾（Carrie Cracknell）、[6] 瑪莉安・艾略特（Marianne Elliott）[7] 和凱蒂・米契爾（Katie Mitchell），[8] 同時我也會為伊沃・凡・霍夫（Ivo van Hove）[9] 寫一部劇本。我很享受閱讀劇本的過程，但對我而言，真正的戲劇只會活在劇場裡，所以我和導演們的合作關係也會決定我作品真正的樣貌。我由衷感謝這些人，他們不只是我的朋友，也是跟我一起發展創作的夥伴。

此外，我也要感謝曾經合作過的演員們。我愛全世界所有的演員，因為他們勇敢又有生命力，特別是 2014 年跟我合作過的那些演員，個個讓我驚艷。這群人獻出自我，以他們的開闊心胸和獨特天賦，把原本停留於我腦袋裡的想像，在現實中活了出來，而且總是令我備受感動。同時也要感謝這些

---

[2] 挪威劇作家。生於 1828 年，卒於 1906 年。被譽為「寫實主義之父」。代表作有《玩偶之家》、《群鬼》（*Ghosts*, 1881）、《海達・蓋伯樂》（*Hedda Gabler*, 1890）等。

[3] 英國小說家。代表作為《深夜小狗神祕習題》。

[4] 英國劇場導演，2008 年至 2019 年間擔任英國皇家交易所劇院之藝術總監。代表作有《我們的小鎮》（*Our Town*）。

[5] 德國劇場導演。

[6] 英國劇場導演，代表作有《米蒂雅》（*Medea*）。

[7] 英國劇場導演，多次獲得美國東尼獎與英國奧立佛獎。代表作有《戰馬》（*War Horse*）、《深夜小狗神祕習題》、《美國天使》（*Angels in America*）。

[8] 英國劇場導演，精通史坦尼斯拉夫斯基表演系統，並擅長以寫實主義手法執導作品。代表作有《茱莉小姐》（*Miss Julie*）。

[9] 比利時劇場導演，從 2001 年開始擔任荷蘭阿姆斯特丹劇團之藝術總監。代表作有《戰爭之王》（*Kings of War*）。

演出的製作團隊、前台工作人員，以及那些美麗的劇院，還有裡面的行政管理人員。還要感謝觀眾，願意帶著開闊的心胸，一次又一次地進場看戲。

我知道，這本書裡所描寫的種種事情若是由上面這些人來執筆，可能會呈現出不同的樣貌，希望在我這個版本裡所表現出來的差異，不會冒犯到他們或讓他們心裡感到不舒服。

當我跟一位廣播電台主持人菲利普·多德（Philip Dodd）談到我要寫一本日記來記錄我這一年的工作時，他鼓勵我要大膽且坦然，誠實地揭露劇作家真實的生活樣貌。在他的認知裡，之前一些跟劇場有關的日記都寫得非常聳動、刺激，那些作者把私人經驗公諸於世，內容驚世駭俗，但這不會是我寫這本書的目的。不是因為我太害羞或拘謹，而是因為在這些工作過程中，我對我的創作夥伴們都是滿懷著誠心和感激。這本書，就是我希望對他們表達的敬意。

這本書要獻給我最重要的工作夥伴，我的經紀人梅·肯揚（Mel Kenyon）。沒有她，就沒有我過去所有的成就，也就不會有這本書的出現。

另外，要是沒有安娜的信任，找我為梅修恩戲劇出版社寫書，那麼這本日記就不會有誕生的一天。同時，更要感謝她辛苦地校閱，提供相當精闢的修改建議，並糾正我初稿裡面一堆在拼字、文法和標點上可怕的錯誤。

這是一本未完成的書。之所以未完成，是因為我很健忘。等到我忙完一整天，準備要坐下來寫我的感想的時候，很多事情的重要細節可能都已經忘了。我希望我的疏漏，不會讓那些重要的當事人心裡過意不去。

這本書的未完成其實也是刻意的。裡面的內容主要是在記錄我的工作，不是在講我的私生活，也不是在談我的社交圈。我沒有要寫什麼重要的朋友，或是扯到什麼遠房親戚，除非他們跟我的工作範疇直接相關。我不寫我放假或不工作的時候在幹嘛，不寫我看了什麼電視節目、聽了什麼音樂、吃了什麼東西、逛了哪些地方、讀了哪些書，也不會去寫我覺得曼聯（Manchester United）[10] 在教練大衛·莫耶斯（David Moyes）[11] 的帶領之下表現有多糟，然

[10] 曼徹斯特聯足球俱樂部之簡稱。

[11] 蘇格蘭足球員與教練，2013 至 2014 年間擔任曼徹斯特聯足球俱樂部領隊。

後教練換成路易斯・范加爾（Louis van Gaal）[12] 之後球隊的未來可能會變得很有前景，即使這很可能是這一整年下來讓我最掛心的事。

我不寫我的家人。在所有捨棄未提的內容中，家人這部分或許是最重要的。對我來說，沒有人比我老婆波莉（Polly），以及我的小孩奧斯卡（Oscar）、史丹利（Stanley）和史嘉蕾（Scarlett）來得更重要。

有句名言常被認為是艾略特（T. S. Eliot）[13] 說的，但其實是他的朋友康諾利（Cyril Connolly）。[14] 這句話是這樣說的：「走廊上的嬰兒車是藝術創作的敵人。」就我個人經驗來看，這種說法根本荒謬至極。沒有人比我老婆和小孩更能啟發我的創作靈感，他們讓我有精神起床、有動力工作，為的就是要讓他們吃得飽、住得好。我因他們而讚嘆世界，也為他們而擔心受怕。他們讓我更加清楚自己的人生目標，也打開了我的想像力。

編劇都在寫人。如果想了解人，最好的方法就是生幾個出來，跟他們一起生活，然後看著他們成長、蛻變。能夠跟我在這世上最心愛，同時也是最了解我的女人共組家庭，是我這一生最棒的成就。

這本書，就跟其他書一樣，都是為他們而寫，特別要獻給我老婆。

---

[12] 荷蘭足球員與教練，2014 至 2016 年間擔任曼徹斯特聯足球俱樂部領隊。

[13] 出生於美國並移居至英國的詩人，生於 1888 年，卒於 1965 年。1948 年獲得諾貝爾文學獎，代表作有《荒原》（*The Waste Land*）。

[14] 英國作家與文學評論家，生於 1903 年，卒於 1974 年。1940 年至 1949 年間編輯文學雜誌《地平線》（*Horizon*）。

2014年1月

1月6日

今天是聖誕假期後的開工日，我在摩爾菲爾德眼科醫院（Moorfields Hospital）待了四個小時，等醫生幫我的眼睛打針。大約一年前，我發現左眼看東西變得有點模糊，而且很常分泌眼淚。後來我到這家醫院檢查，他們跟我說，是因為我的視網膜出血了，影響到眼睛，所以我每六個星期就得來醫院回診，讓醫生把針打到我的眼球裡，這樣才能緩解出血的症狀，實在有夠慘。

總算打完了。

我走出醫院後，搭了公車到尤斯頓站（Euston Station），[1] 然後再從那裡搭往北的火車到曼徹斯特，去皇家交易所劇院看《死角》的排練。這座劇院有個環形劇場，觀眾席大約有八百個座位，《死角》是我在這個空間演出的第四部劇本。

我的劇本有一半都是在往返曼徹斯特和倫敦兩座城市的過程中發想出來。有時是開車走高速公路 M6 和 M1，[2] 有時則是搭火車沿西海岸北上，從尤斯頓經過斯托克波特（Stockport）[3] 再到皮卡迪利（Piccadilly）。[4] 行經麥克爾斯菲爾德（Macclesfield）[5] 的途中，眼前的風景會從廣闊無邊的南方平原，漸漸轉為零星的山陵。

從皮卡迪利站走到市場街（Market Street）的這段路上，總是給人一種詭譎不

---

1 倫敦的火車站。

2 連接曼徹斯特與倫敦的兩條高速公路。

3 斯托克波特為位於曼徹斯特東南方的城市，此指城市內的火車站。

4 曼徹斯特的火車站。

5 柴郡的城鎮，在曼徹斯特的南方。

安的感覺。即便某些街道已經重新規劃修建過，仍然改變不了這個地方反映出來的某種氛圍和心理狀態。不論市容整治得多麼光鮮亮麗，不論北區[6]注入了多少新的活力，也不論飯店改建得多麼有特色，空氣中仍殘存著一種揮之不去的感覺，令人既害怕又著迷。

青少年時期的我，常從斯托克波特站搭火車到皮卡迪利站下車，然後再走路去曼徹斯特逛唱片行，路上會經過皇家交易所劇院。劇院外張貼的海報不僅帶給我某種難以抗拒的魔力，也讓我對未來充滿憧憬。

那時候我回家都會搭 197 路公車，搭到希頓摩爾（Heaton Moor），[7] 而等公車的地方就在劇院外。亞當・安特（Adam Ant）[8]1980 年代晚期曾演過喬・奧頓（Joe Orton）[9] 的戲，那齣戲的宣傳海報，我記得我還在劇院外看過。

皇家交易所的這棟建築，讓我的青春變得多采多姿。而現在，我的戲即將在這裡上演，甚至不是第一次了。

排練狀況還不錯，演員們看起來都很高興，也很有活力。

莎拉・法藍肯是這齣戲的導演，她很棒。

這是我和她第三次合作。她要求精準，而且會不斷問演員們問題。她喜歡一邊引導演員們挖掘角色，一邊確立大家所建構的內在世界，但排練過程比較是用問問題的方式來帶演員，而不是一直給筆記。她認為演員們若是能了解角色的內在世界，那他們對角色的各種認知就能很自然地傳遞給觀眾，這樣觀眾就會更相信這些角色，更同理這些角色，同時也更投入在這些角色的故事裡。她的這點想法很簡單、很明確，也很英國人。

---

[6] 曼徹斯特的一區，藝文活動多，聚集各式酒吧、咖啡店、服飾店、工作室等。

[7] 斯托克波特的郊區。

[8] 英國歌手與演員，生於 1954 年，1977 年至 1982 年間擔任亞當和螞蟻樂團（Adam and the Ants）之主唱。代表作有專輯《是敵是友》（*Friend or Foe*）、電影《慶典》（*Jubilee*, 1978）。

[9] 英國劇作家，生於 1933 年，卒於 1967 年。

像她這樣思考戲劇的方式，其實很傳統，而就某個角度來看，很像是導演天生就是用這種方式來思考戲劇，但並不是。這樣的思維是英國的文化和歷史專有的，過去三十年大家在英國都以這種標準模式來導戲，但這並不表示本來就該如此，例如在德國和法國的劇場就不是這樣。

不過，對我來說，這樣的思考還是非常根本且重要。即便過去十幾年以來，很多人都受到德國所謂「後戲劇」（post-dramatic）劇場的影響，紛紛往這類想法貼去，間接表明以「角色」為主軸的戲劇太傳統且煽情，但我仍然珍惜角色的存在。

我寫劇本是在寫角色、寫故事。大家都在互相說故事，讓我們在這浩瀚的宇宙中可以找到自己的定位，認知自己是誰。

今天到場看排，他們正在排《死角》第二場開頭的性愛場景。凱西・海耶（Cathy Heyer）幫她新任男友約翰・康諾利（John Connolly）口交，然後脫掉內褲，放到男生的褲子口袋裡，接著就搞起來了。凱蒂・威斯特（Katie West）[10]和安德魯・謝立頓（Andrew Sheridan）[11]兩個人都很努力地想要克服尷尬，試圖讓場景充滿戲劇張力及真實感，同時激盪出角色人性的一面。我在一旁看了覺得很有趣。

性愛在舞台上很難呈現，因為觀眾都知道那不是真的。舞台上的性愛若想要用寫實方式呈現，會讓觀眾以為要實戰，但又無法真的做，所以反而會讓觀眾覺得很假。要解決這種窘況的訣竅，就是訴諸隱喻，謊言有時反而能表現出更多真實。這場景最好看也最讓人覺得心癢癢的時刻，是在兩位演員根本沒碰到對方的時候。

排練時，我從來不會拿著劇本對照著看，甚至手上根本不會拿劇本。我寫《死角》這部劇本已經是三年前的事了，如果有人認為我應該會比這些演員還要了解角色是怎樣的人、角色在做什麼、角色想要什麼的話，那就太好笑了。

---

[10] 英國演員，代表作有電影《哈姆雷特》（*Hamlet*, 2015）。

[11] 英國演員，生於1976年。代表作有電影《控制》（*Control*, 2007）、影集《核爆家園》（*Chernobyl*, 2019）。

我會專注於我當下所看到的，然後接收眼前的一切新資訊，對我來說，這比作者試著要塞給演員自己似是而非的論點要來得更值得。

編劇的本分是要能夠激盪演員，讓他們能夠打造出「屬於劇場的一晚」，而不是去跟他們敘述劇中世界長怎樣，或者應該長怎樣。誰他媽的會知道到底長怎樣啊？

看他們在演的時候，我忽然發現這一場的重點並不是性愛，是控制，是兩人之間的權力遊戲，看誰願意先表露出自己脆弱的一面。

1月7日

第四場最後有個地方，是凱西・海耶最好的朋友希凡（Siobhan）用手臂去磨蹭約翰・康諾利。飾演希凡的演員蕾貝卡・卡拉德（Rebecca Callard）[12] 按照舞台指示，對著飾演約翰的演員安德魯・謝立頓做了一遍動作，但整體看起來很卡，不乾不脆，很尷尬。於是，莎拉問我當初對於這一景所想像的畫面是什麼。其實這一景是源自於我青少年時期的兩段回憶，都跟用手臂去磨蹭別人有關。有一次，我跟一個我喜歡了好幾個月的女生坐在酒吧裡，我用我的手臂去磨蹭她的手臂。雖然我們之間什麼也沒說，但兩人卻好像被電到一樣。即便事情都過了幾十年了，還是令人記憶猶新。還有一次，也是那時候的一位朋友偷偷跟我說，她覺得被人撫摸手臂內側比自慰還舒服。我當下聽到時，整個眼界大開。

不過，這些回憶對戲不會有什麼幫助，所以我就直接跟莎拉說，我忘了。當時那樣說當然是騙她的，但某部分來說確實也是真的。因為我不記得我在寫劇本時，是否真的有想過在劇場裡會出現什麼畫面，可以同時呈現出這兩段經驗所帶給我的感覺。

更重要的是，正因為我拒絕解釋，演員們反而能自由地打開想像，不被舞台指示給綁住。他們確實做到了，找到了屬於自己的東西，所表現出來的內容

[12] 英國演員，生於 1975 年。

比我寫的舞台指示更有能量、更順暢，也更真實。

德國導演賽巴斯汀・努伯林是目前執導過我最多劇本的導演，他在導我的劇本《三個王國》（*Three Kingdoms*）時，曾經跟英國的演員們聊到，他拿到劇本的第一件事，就是把全部的舞台指示都劃掉。我有時候覺得這才是每位導演都該做的，或許這樣可以讓排練場變得更有創造力。

對我而言，舞台指示有時是用來讓我自己可以進入某種情緒，像是在探索一樣。舞台指示最好玩的地方就在於，應該要當作是尋找角色心理能量的一種推力，找到之後就慢慢放掉，這樣可能會比純粹照著文字做要來得好。

我們花了很多時間在處理場景轉換的部分。伊莫珍・奈特（Imogen Knight）[13] 是這齣戲的肢體指導，她對我們來說非常重要。莎拉是用很民主的態度在帶領整個排練場，這樣做一方面顯示出了她的自信，一方面也表示她很重視伊莫珍、我和其他人的想法和意見。處理劇本遇到問題時，她不會擺出一種自己講什麼都對的姿態，也不會一直想要掌控全局，而是透過集思廣益，一起找出讓大家都可以滿意的解決方法。

我們認知到，處理換景最糟糕的方式就是倉促結束，那樣不過是為了換景而換景而已。在這個製作裡，場景之間的空白時刻其實可以用來幫助演員營造出某種詭譎感。

這個劇本發想自尤瑞匹底斯（Euripides）[14] 的《米蒂雅》（*Medea*），戲中發生了某個重大事件，而角色面對這個事件，不僅無法抵抗、無法逃避，也無法改變什麼，這樣的情境非常符合古希臘悲劇的精神。

有些劇本之所以會有生命力，是因為角色不知道下一步會發生什麼事。若能加上那種巨大而恐怖的力量，讓角色想要控制卻又無法控制，就能使得劇本的生命力更加強烈。

---

[13] 英國肢體指導。

[14] 希臘三大悲劇家之一，代表作有《酒神女信徒》（*Bacchae*）、《米蒂雅》。

我年紀越大，越是覺得所有編劇最應該做的事，就是好好讀熟尤瑞匹底斯、埃斯庫羅斯（Aeschylus）[15] 和索福克里斯（Sophocles）[16] 的作品，而且要一讀再讀。後世其他人的東西不過是以這些人的作品為基礎，再加油添醋而已。當然啦，我知道這樣講有點誇張，但還是有幾分道理在，反正再怎麼樣都比發明新的說故事方法要來得容易吧。

大衛・塞門（David Simon）[17] 說他在寫《火線重案組》（*The Wire*）時，沒有看其他書，就只有讀這些劇作家的作品。

作家約翰・葛雷（John Gray）[18] 在 2012 年於《前景》雜誌（*Prospect Magazine*）[19] 發表了一篇文章談《火線重案組》，也講到一樣的事。在古希臘戲劇中的角色，被眾神的惡念所宰制，因此顯得無力；同樣地，《火線重案組》裡的角色被萬惡的經濟結構所宰制，所以也顯得無力。角色喪失了個體性，新自由主義 [20] 和資本主義所帶來的經濟力量操控了一切。

也許《死角》裡的角色也遭遇到了類似的困境。

但總之，觀眾喜歡看舞台上換景，因為換景會為劇本帶來新的層次，而這層新意必須跟全戲融為一體，這得在排練場裡慢慢發掘。所以在排練過程中，換景甚至比某些場景還重要。

只要編導不刻意裝作沒有換景這件事的存在，只要我們接受換景本質上帶有某種音樂性，那就可以善用這項最具有劇場性的元素，打造出「屬於劇場的

---

[15] 希臘三大悲劇家之一，代表作有《阿伽門農》（*Agamemnon*）、《奠酒人》（*The Libation Bearers*）、《和善女神》（*The Eumenides*）。

[16] 希臘三大悲劇家之一，代表作有《伊底帕斯王》（*Oedipus the King*）、《伊底帕斯在科羅諾斯》（*Oedipus at Colonus*）、《安蒂岡妮》（*Antigone*）。

[17] 美國電視編劇，生於 1960 年。

[18] 英國作家。

[19] 英國雜誌，其內容主題以政治、經濟為主。

[20] 盛行於 1970 年代的政治與經濟趨勢，強調政府不干預經濟，允許市場自由發展。美國前總統雷根（Ronald Reagan）與英國前首相柴契爾夫人（Margaret Thatcher）皆為新自由主義的代表人物。

一晚」。換景讓我們感受到整齣戲是被製造出來的；換景也是你在電影、小說或者其他敘事形式裡做不到的事。或許我們可以好好來運用換景所帶來的劇場性。

能在環形劇場裡排練真是一大樂趣。觀眾在環形劇場裡特別重要，因為像這樣的建築格局，會讓我們意識到彼此的存在。現在在劇院裡，還能有機會讓演員可以享受到台下觀眾的在場狀態，實在是件很有意思的事。

我劇本寫得越多，越是喜歡意識到觀眾的在場，然後看觀眾慢慢進入跟演員的某種默契關係中。這不是因為想達到什麼布萊希特（Bertolt Brecht）[21]式的疏離效果，畢竟我對疏離效果的理解並不深，而是因為我們都在同一個空間裡，共同進入想像故事的過程。

在這部劇本最重要的一景中，台上會有個嬰兒被殺死。

莎拉想要嘗試不讓嬰兒實際呈現在舞台上。她不想使用無實物表演，也不要用嬰兒玩偶或劇場音效來做。我今天第一次看，有種不寒而慄的感覺，因為嬰兒完全存在觀眾的想像裡，促使觀眾更聚焦地站在角色的角度來思考，投射到自身處境。

1月8日

結束看排行程，回家一週。我們馬不停蹄地從斯托克（Stoke）[22]南下趕往倫敦，午後的天空也漸漸昏暗。

今天早上看排時，我忽然覺得第八場莫名地令人感動。有可能是我什麼東西都還沒吃，也有可能是我昨晚在灰馬酒吧（Grey Horse）喝太多了，當然也有可能是看見凱蒂和安德魯兩人開放又充滿想像力的表演。我看得淚流滿

[21] 德國戲劇家與詩人，生於1898年，卒於1956年。以「疏離效果」與「敘事劇場」等理論改變二十世紀後的劇場。代表作有《勇氣媽媽》（*Mother Courage and Her Children*）、《四川好女人》（*The Good Person of Szechwan*）等。

[22] 位於倫敦與曼徹斯特之間的城市。

面，當下覺得自己活像個白癡，然後莎拉問我看了有什麼想法。

我沒什麼想法，就只有跟他們說莫名其妙，怎麼有辦法演得這麼好。用這樣的方式作為星期三這天的開場，還蠻荒謬的。

看到演員以那種充滿耐心和細心的態度進入角色，並且極富創造力，相當令人感動。某種程度上，就像他們將你所做的一場夢，具體活了出來，非常神奇。

接著我們從第一場走到第八場，但沒有走得很順，不過現階段會這樣很正常。

我總共有大概十本排練用的筆記本，上面都是滿滿的筆記，內容基本上都在講同一件事。

要去問問題，要當作自己不知道答案，要真的想知道答案。出現在我劇本裡的問題，通常不會是那種只是為了要反問但其實並不想知道答案的假問題。

每一句台詞的最後一個字是關鍵。

還有，要演行動，不要演感覺或演氛圍。今天早上排練沒多久就出現了類似的情況，演員一開始在想要怎麼詮釋的時候，就提到說覺得這個劇本很怪。劇本的怪異應該交由導演來呈現，由觀眾來細細品味，不是由演員來表現。演員應該要好好待在劇中世界，並把一切視為常態，這樣才能讓觀眾在這個光怪陸離的世界中投射自我。

至少在排《死角》這種劇本的時候是這樣。

所以演員必須要非常明確且清楚地知道角色在做什麼、為什麼說這句台詞，而不是用感覺或情緒來詮釋。

還有，演員要打開耳朵認真聆聽，要讓自己在當下所聽到的話，都像是第一次聽到一樣。

聆聽是表演最困難的部分。拜託，麻煩就專心聽。之所以會困難是因為演員常常本末倒置，把角色在戲走完後的體悟帶到戲開始前，這樣就會變成在演情緒，就像今天早上的排練那樣。表演時要不去顧慮台詞，很難；不去注意能量投射，也很難；對話都聽了超過二十遍以上了還要假裝第一次聽，更難。但，只要你願意聽，真正的表演就會開始了。

處理這齣戲時，要把劇中世界具體想像出來，這樣會有助於了解角色行為的成因。尤其當舞台很抽象時，如果演員能去想像劇中世界長什麼樣子，對表演就會很有幫助。

我在寫上面這段話時，我忽然意識到，跟我之前和祕密劇團（Secret Theatre Company）工作時的看法有很大的矛盾。這個集體創作劇團由藝術總監尚恩・霍姆斯（Sean Holmes）[23]於利瑞克漢默史密斯劇院（Lyric Hammersmith）[24]創立，演員有十人，目前已經成軍一年，而我則是以聯合藝術總監的身份參與，跟他密切合作。在過去發展的作品中，我們特別著重演員和彼此、演員和觀眾同處於一個空間的狀態。我們總是鼓勵演員不要去扮演角色，而是要去投入每一個在場的當下。

不過或許事情就是這樣吧，每部劇本都有不同的創作語言，每齣戲都需要不同的發展過程。唯一的重點，就是方法要一以貫之。

不要以為會有什麼準則是本來就在那裡的，應該要為每部劇本或每個製作慢慢去找，找到一個對的、適合的基準，然後全心全力、從一而終地去執行。

要因應每部劇本不同的戲劇內容及每個劇場各自的特殊條件而定，而不是每次不管什麼情況都硬塞同一套方法。

或許這就是能跟各種不同導演工作的樂趣，讓我有機會可以看到這麼多可能性。

飾演劇中角色凱西母親的演員茱莉・赫斯姆德哈爾格（Julie Hesmondhalgh），[25]請教我「沒想到約翰的公寓居然這麼豪華」的那種驚訝感該怎麼演。我其實

---

[23] 英國劇場導演，2009年至2018年間擔任利瑞克漢默史密斯劇院之藝術總監。

[24] 倫敦西區的劇院。

[25] 英國演員，生於1970年。代表作有連續劇《加冕街》（*Coronation Street*）。

不太知道該怎麼回答她，而且我覺得自己當下反應看起來有點蠢。

但或許就是要好好想像劇中世界，每個細節都想，然後演行動，不要演情緒，應該吧。我跟她說，她一定會找到辦法解決的。

有問題很好。問題就是劇場創作最好的禮物，不是答案。任何的問題和難關，都是我們發展作品時重要的基石。我們找到解答的那一刻，可能也是停止創作的那一刻。我們該做的就是問問題，找到不同的問題，問不同的問題，繼續問，一直問，不停問，因為問題就是一切。

我帶著心裡滿滿的收穫離開排練場，並深信他們一定有辦法找到方向。

1月9日

這是我今年第一次回到辦公室工作。

我的辦公室在倫敦的新北路（New North Road）上，也就是連接老街（Old Street）與高貝里及伊斯靈頓圓環（Highbury & Islington Roundabout）的那條路。這間辦公室以前是一家皮革工廠的員工廁所。這裡的建築外觀走的是裝飾藝術風（Art Deco），也是哈克尼（Hackney）[26]和伊斯靈頓（Islington）[27]兩區之間現在僅存的一棟裝飾藝術風建築，因為很多地方都變成了廢地，準備拿來蓋社會住宅。

從我的窗戶看出去，外面是一大片公寓樓房。有時我就待在那邊看著對面的人來來去去。大部分的時候都很無聊，那些人就是出去回來、出去回來，完全就是你可以想得到的樣子。

不過有一次，有位臥底警察用我這裡來監視對面某間公寓裡住的一名毒販，然後看見那名毒販從公寓走到停車場。我以前從來沒有親眼目睹過任何這種違法行徑發生，有時候會聽到有人在停車場叫囂，但頂多也就那樣。

[26] 倫敦的一區。

[27] 倫敦的一區。

我整個早上都在回 E-mail。唯一有認真在寫的東西，是寫給我的北歐經紀人貝里特・古爾柏（Berit Gullberg）的致謝詞，他現在已經七十歲了。

我寫到，我們好像永遠沒辦法知道我們在劇場裡做的一切到底是好是壞，這點對很多人來說都是一大課題。編劇不知道，導演也不知道，演員更不知道。我們這些人都被別人的反應給綁住，而且沒有辦法預期到他們的反應可能會如何，於是變得只能完全仰賴我們信任的創作夥伴。

我常聽到有人抱怨他們的經紀人，所以我覺得我真的很幸運。我最主要的經紀人梅・肯揚是我的朋友兼戰友，她不僅幫我處理了大部分國家的經紀事宜，而且貝里特和我在德國的經紀人尼爾斯・塔伯特（Nils Tabert）也都是她幫我找到的。我認識梅已經有十七年了，差不多跟我認識我老婆一樣久。

我今天中午跟麗茲・懷特（Liz White）[28]吃飯，她是我認識好幾年的演員，去年有演我在國家劇院的戲《泊》（*Port*）。

我問她是否曾經回頭檢視自己的表演，她說從來沒有，甚至是自己的影像表演作品也不會想去看。我想，這是因為演員必須讓自己的直覺時時刻刻保持打開的狀態吧，這點真的蠻奇妙的。其他我所知道的職業，大家為了能讓自己工作表現變好，都很講究自我檢視的能力，但就我認識的演員裡，沒有人會去找什麼標準來檢視自己演得好不好，以及怎樣算好、怎樣算不好。

國家劇院的藝術顧問瑪莉安・艾略特是我最好的朋友之一，也是跟我合作過相當多次的工作夥伴，曾經執導我的劇本《泊》。她要我考慮改寫馬婁（Christopher Marlowe）[29]的《浮士德博士悲劇史》（*Dr. Faustus*），我這週花了很多時間在讀這劇本，同時也在考慮改寫的可行性。

我喜歡這劇本裡面的超自然力量，也喜歡浮士德被殺死之後還能復活的那段劇情。更好玩的是，居然有角色可以這麼亂來，不只想去哪裡就去哪裡，還

---

[28] 英國演員，生於 1979 年。

[29] 英國劇作家，生於 1564 年，卒於 1593 年，與莎士比亞為同代人物。代表作品有《浮士德博士悲劇史》。

能召喚出亞歷山大大帝和特洛伊戰爭的海倫，[30] 甚至可以讓敵人的頭上長角。

我還喜歡劇本裡探討的永恆觀。例如劇末有一段，浮士德問說是否在地獄裡待上千千萬萬年後，就能獲得救贖。

這讓我想起上週的一段對話。我跟我十五歲的兒子奧斯卡，還有我兒子的導師，同時也是我的朋友喬恩・塞德馬克（Jon Sedmak），我們三個人在聊宇宙到底有多大。光是想到每個物體都會變得無限擴張，兩個物體之間的距離無法計算，宇宙原來這麼無邊無際，就讓我驚嘆不已，而且給人一種想要掉進去的渴望。物質本身有其限制，最後無不被死亡給終結，死後皆無法繼續存在，這些事情讓我深思良久，敬畏之心不禁油然而生，不僅勾起我內心的恐懼，同時也點燃我書寫的渴望。

我也很喜歡劇本裡談到交易的概念，把永恆當作是一種可以玩弄於股掌之間的東西。現在假想一下，你為了想得到某樣東西而奮不顧身，願意冒任何的風險。

但得到這樣的東西所要付出的代價，可能真的會很高。

浮士德享盡了二十四年的歡樂時光之後，我們見證了他履行約定，來到他生命中的最後一小時。

想像一下，若是這樣能讓你改變世界，能讓你起死回生，能讓你得到任何你想要的女人，就算已經逝去的也能讓她復活，還能讓你所有的敵人都徹底消失。

然後時間一分一秒地過去，所有事物都漸漸來到終點，最後一起消失不見。想想看，是不是很神奇？

除此之外，我想在這劇本裡放入歌隊。或許歌隊可以是個樂團，甚至會表演尼克・凱夫（Nick Cave）[31] 的歌。

---

[30] 希臘神話中的人物，被譽為「世界上最美的女人」，其美貌也引發特洛伊戰爭。

[31] 澳洲音樂人、編劇與演員，生於 1957 年。從 1983 年開始擔任尼克凱夫與壞種子樂團

我喜歡劇本裡有角色可以打破這世界所有的既定規範。

然後讓他漸漸變得與世隔絕又孤單，體悟到死亡所帶來的永恆，以及宇宙所承載的浩瀚。

我想把這劇本背景設定為現代，這個沒人相信上帝也沒人相信魔鬼的年代。若是這樣的話，該如何用戲劇來呈現魔鬼的現代概念呢？

我認為，這劇本被想要表現的諷刺給綁住了，放到現在來演會顯得有點過時，所以那些對於天主教教會的種種指涉，很難引起現代觀眾的共鳴。

我覺得還是要回歸到德國自己的政治脈絡來看，找到一個當今可對應的權力體制，這樣的體制崩壞才能讓觀眾有感。而且我覺得馬婁對於天主教思想有點簡化，甚至無趣。若要寫出一部好劇本，就必須擁抱我們所反對的立場，而且擁抱的程度要多於我們所認同的立場。

1月10日

中午的時候，我參加了蘇珊．史密斯．布萊克本劇本獎（Susan Smith Blackburn Prize）的評審會議。這一年一度的獎項是為女性編劇而設，經由評審們決議，頒給該年度寫出最好作品的女性編劇。評審分為兩組進行，每組三人，一組在紐約開會，另一組在倫敦。

對於我們評審該如何選擇，官方並無設定任何標準，也沒有提供任何的活動宗旨。整個活動作法非常傳統，就是完全相信評審們的直覺來評判作品的優劣，而這些直覺常被誤認為是絕對中立的。

我們最後評選的方式，就是各自看哪個劇本寫得比較符合自己創作的路數。

不過，至少他們有供應午餐，而且要在兩週內讀完十部由不同女性編劇所寫的劇本，令人非常痛快，同時令人獲益良多。

（Nick Cave and the Bad Seeds）之主唱，電影配樂代表作有《野蠻正義》（*Lawless*, 2012）、紀錄片《地球兩萬日》（*20,000 Days on Earth*, 2014）等。

我和導演菲莉妲·洛伊德（Phyllida Lloyd）[32] 和演員莉亞·威廉斯（Lia Williams）[33] 在倫敦西區的一間餐廳開會，這間餐廳外觀看起來不錯，但裡面其實還好。在這次的十部決選作品內，我們這幾位評審一致決議露西·柯克伍德（Lucy Kirkwood）[34] 的《中美國》（*Chimerica*）是最好的作品。這部作品不僅是倫敦這裡每位評審的首選，也是紐約所有評審們的首選。

這部劇本充滿奔放的想像力。1989 年，在天安門廣場上，那名站在坦克車前面、舉世皆知的抗議人士，手裡拿的塑膠袋究竟裝的是什麼東西？劇本以這個提問為起點，發展出了一段刻骨銘心的愛情故事。劇中角色因錯過了彼此，終其一生都活在悔恨之中。

這劇本相當出色，涵括諸多主題，格局宏大，不僅探討政治，亦深鑿人性。整體詼諧、動人、大膽，饒富情緒張力，舞台效果十足，畫面感強烈，讓人拍案叫絕又絲絲入扣，總之很棒就是了。

這劇本去年一整年都在劇院裡上演，但我完全錯過，不知道為什麼我沒去看。我在想，有可能是我本來以為這劇本不過就是一位英國編劇帶著某種文化帝國主義（cultural imperialism）的調調，以高姿態來批判美國和中國罷了。結果後來才發現，這根本是我的成見，實在有夠愚蠢。編劇十分聰明，完全沒有這些毛病。

這部劇本真的寫得很好，獲獎實至名歸。

我和莉亞一起從餐廳走路到瓦德街（Wardour Street）。

途中我們聊到演員是怎麼思考自己的工作。我問她演員表演是不是真的很靠直覺。她說，有很大一部分是直覺，但同時也要去感受同台對手和現場觀眾的反應。

---

[32] 英國電影與劇場導演，代表作有《媽媽咪呀！》（*Mamma Mia!*, 2008）與《鐵娘子：堅固柔情》（*The Iron Lady*, 2011）。

[33] 英國演員，生於 1964 年，代表作有影集《王冠》（*The Crown*）。

[34] 英國編劇，生於 1984 年，代表作有《中美國》。

我喜歡「演員的表演無法被具體量化」這個說法。或許更準確來說，演員表演的好壞，應該要從他們的行動帶給其他角色的種種反應來看。不免讓我想到，這跟人生其實很像。我們可能永遠都不會真的知道自己是怎樣的人，只能透過別人是如何對待和看待我們來下定論，藉此來推論我們自己是誰。

我們對於自己的身份認同常常說變就變，難以固定，以至於最後根本沒有所謂的「性格」這種事。

晚上去艾美達劇院（Almeida Theatre）[35] 看了《美國殺人魔》（*American Psycho*）這部音樂劇，導演是劇院的新任藝術總監魯伯特・古爾德（Rupert Goold），[36] 而劇中派翠克・貝特曼（Patrick Bateman）一角則由麥特・史密斯（Matt Smith）[37] 擔綱。

麥特是個表演細膩、巧思滿滿的演員，以非常純粹且真實的表現，帶出了劇中角色五味雜陳的人生。

就視覺上來說，是齣好看的戲，但我有點不確定，在劇中加入對於資本主義物化人心、剝奪感受的諷刺是否合適。

這樣的製作方向彷彿是在暗示說所有人最後都會發瘋，而唯一能讓人們擁有感覺的方式，就是去把別人的腳砍下來，然後用那些殘肢上的血在牆壁上寫字。

不過，我倒是很喜歡劇中以充滿情感的無伴奏合唱來重新詮釋菲爾・柯林斯（Phil Collins）[38] 的爛歌〈今晚在空中〉（“In the Air Tonight”）。

---

[35] 倫敦伊斯靈頓區的劇院。

[36] 英國劇場導演，從 2013 年開始擔任艾美達劇院之藝術總監。

[37] 英國演員，生於 1982 年，代表作有影集《王冠》。

[38] 英國音樂人，生於 1951 年，創世紀樂團（Genesis）的鼓手兼主唱。

1月13日

讀了《長夜漫漫路迢迢》（*Long Day's Journey Into Night*）。[39]

這劇本也他媽的寫得太好了吧，是我所知道最生猛、最悲傷、最蒼涼、最情感豐沛、最令人血脈賁張的劇本之一。

劇中有位不在場的角色，是一個已不在人世的嬰兒，叫作尤金（Eugene），小時候被他哥哥所殺。

這是一部關於藥癮和喪志的劇本。

這是一齣在講病痛和絕望的戲。

此劇的重點都在舞台指示裡。雖然現在已經沒有劇本會把舞台指示寫這麼冗長且絕對，但在此戲中，舞台指示本身就在說戲，而非著重在舞台上的功用。

搬演這劇本有個很重要的關鍵，就是最好不要像安東尼・佩吉（Anthony Page）[40] 和萊斯・布拉澤斯頓（Lez Brotherston）[41] 去年的製作那樣，完全遵照著文本敘述來呈現，而是要從歐尼爾（Eugene O'Neill）[42] 陳述出來的氛圍中，挖掘出箇中隱喻。全劇氣氛凝重，調性哀傷，充滿暴力和恐懼。

中午跟克里斯多夫・漢普頓（Christopher Hampton）[43] 餐敘，他是英國戰後時期最重要的劇作家之一，至今六十餘歲仍執筆不輟，產出不少成功之作。我向他請教，接下來的二十年我該如何持續創作的熱力。

我很常思考這個問題。我喜歡創作，也喜歡靠創作維生，我希望我可以終其

---

[39] 美國劇作家尤金・歐尼爾的劇本。

[40] 英國劇場導演。

[41] 英國舞台設計與服裝設計。

[42] 美國劇作家，生於 1888 年，卒於 1953 年。1936 年獲得諾貝爾文學獎，代表作有《榆樹下的慾望》（*Desire Under the Elms*）、《長夜漫漫路迢迢》。

[43] 英國劇作家，生於 1946 年。2020 年以電影《父親》（*The Father*）獲得奧斯卡最佳改編劇本獎。

一生都在創作，但我也擔心自己很快就會腸枯思竭，然後就得再度回到達根罕（Dagenham）[44]教書。我其實很喜歡達根罕，只不過我更喜歡寫劇本，所以我開始找一些資深的劇作家聊，詢問他們的建議。我去年跟我最崇拜的女性劇作家卡瑞·邱琪兒（Caryl Churchill）[45]聊過，然後今天跟克里斯多夫聊。

他跟我說，就他經驗來看，要多去接觸不同事物，而邱琪兒則是建議多找人合作。兩人似乎都是鼓勵我不要永遠從自己腦袋裡的想法出發，應該要效法後浪漫時期對於天才的觀點，要多多打磨自身工夫。

漢普頓後來也寫了不少音樂劇、歌劇和電影劇本。到目前為止，他已經有十六部電影作品完成上映，也寫了十五部舞台劇、歌劇和音樂劇。此外，還有三十部尚未製作的電影劇本。

他創作都是先用手寫，記在筆記本上，之後再找人幫他打字。

他說，他有辦法一次記住四到五句台詞，然後再一口氣寫下來。對他來說，這樣跟他用電腦打字或一直動手寫所花費的時間差不多。

他寫電影劇本和舞台劇本的思考方式差不多一樣。

我喜歡思考行動（gesture）之間的關係，包括像是「書寫」這樣的肢體行動，以及透過語言將抽象想法變成具體表述的智性行動。

我真的非常喜歡克里斯多夫·漢普頓的劇本。他的第三部劇本《非利士人》（*Philistines*）是他在大約二十四歲的時候寫的，當時在倫敦西區連演了三年。

全世界大概只有英國和美國，在商業劇場和藝術創作之間會存在著某種奇特的微妙關係，我覺得這樣的景象很詭異也很有趣。

有時我會覺得英國劇場創作者的作品過於狹隘，我們需要不斷地向市場兜售作品。這也意味著，我們無法創作多大膽的作品，也無法將形式推到極致，

---

[44] 倫敦的一區。

[45] 英國劇作家，生於1938年。代表作有《遠方》（*Far Away*）、《七個猶太小孩》（*Seven Jewish Children—a Play for Gaza*）、《愛與資訊》（*Love and Information*）。

或者真的去挑戰形式和內容之間的關係，因為我們不能讓觀眾感到太過疏離。觀眾笑或不笑，對我們來說非常重要。

甚至有時會過於在乎台詞是否會有「笑」果，因為笑聲是最清楚具體、最能立即感受到觀眾開不開心的標準。

在其他國家，特別是德國，比較沒那麼在乎這些，所以或許作品比較不用跟市場妥協。賽巴斯汀・努伯林就不太懂為什麼我們這麼依賴觀眾的笑聲。

不過就另一方面來說，創作者必須貼近市場、兜售作品，還是有其正面意義。那就是：

我們不能自溺。

我們不接受自溺。

我們要說到做到。

接著跟瑪莉安・艾略特在國家劇院會面。我現在正為她寫一部電影劇本《瀑布》（*Waterfall*），她給了我許多不錯的建議。我們還聊到，要不要考慮以《浮士德博士悲劇史》或《長夜漫漫路迢迢》為靈感基礎來寫個劇本，但她並沒有特別鍾愛哪一個。我目前在為國家劇院發想一些創作題材，包括了至今已發展一年多的布萊希特和科特・威爾（Kurt Weill）[46] 的《三便士歌劇》（*Threepenny Opera*）改編。我之前幫紐約的曼哈頓戲劇俱樂部（Manhattan Theatre Club）寫的劇本《海森堡》（*Heisenberg*），預計於 2015 年春天首演，很希望瑪莉安之後有機會可以導。

不過，我們要等到新任的國家劇院藝術總監魯佛斯・諾利斯（Rufus Norris）[47] 上任之後，有時間思考是要《浮士德博士悲劇史》、《長夜漫漫路迢迢》或其他劇本，才能做最後決定。

可能要到這個月底才會明朗。

---

[46] 德國作曲家，生於 1900 年，卒於 1950 年。布萊希特長期的合作對象。

[47] 英國劇場導演，從 2015 年開始擔任英國國家劇院之藝術總監。

我的劇本《卡門片斷》今天在漢堡開排，導演賽巴斯汀・努伯林會跟次女高音里納特・沙漢姆（Rinat Shaham）[48] 先展開為期一週的排練。這劇本是為她量身打造的，某部分內容是取材自她的生命故事。導演昨天晚上打電話給我，說他看了我幫歌手那位角色新調整的段落，他很喜歡。

《廣闊世界的海岸上》（*On the Shore of the Wide World*）上週末在雪梨的格里芬劇院（Griffin）首演，演出非常順利，而且意外地備受好評。

莎拉・法藍肯人在曼徹斯特，專程傳簡訊過來給我，跟我說今天排《死角》時，她非常喜歡這部劇本整體看下來的感覺，講得很像她很驚訝自己會這麼喜歡這劇本。說不定在這之前，她心裡一直偷偷在想說「這劇本是什麼鬼東西」。

過滑鐵盧橋（Waterloo Bridge）的時候，天空在下冰雹，還刮起了強勁的西風，吹向東邊的河口，結果我被搞得渾身濕答答，像隻落湯雞。

1月14日

今天趁著排練空檔，忙裡偷閒之時，我修改了《雀鳥之地》。《雀鳥之地》是我為皇家宮廷劇院寫的新劇本，之前導過我改寫的《玩偶之家》的導演凱莉・克拉克奈爾，在今年春天會導這齣戲，同時她也是這劇本去年讀劇呈現的導演。

劇中主角保羅（Paul）是一位搖滾巨星，我試著把他調整成一個很喜歡問問題的角色。我覺得他心中不會有那麼多恨，反而是充滿好奇心。在戲裡，他跟團員的女友瑪妮（Marnie）一夜情，結果輾轉害對方自殺。這個悲劇的發生，讓他人生徹底陷入絕望。

我試著修整初稿裡角色過度仇視女性的部分。

讓我震驚的是，我完全沒有意識到自己會那樣寫，竟然把角色寫得這麼幼稚、

---

[48] 以色列次女高音。

失控，而且明顯仇視女性。

今天早上我跟編劇夏綠蒂・麥克勞德（Charlotte Macleod）[49] 在泰特現代美術館（Tate Modern）[50] 一邊喝咖啡、聊寫作，一邊俯瞰倫敦的美景。

這座城市對我來說好像懷孕了一樣，感覺隨時都會爆炸。這讓我想起了十年前的紐約，完全不是人住的地方。現在這裡也是一樣。

我匆匆地逛了一個新的常設展覽，好像叫作「面對歷史」（Facing History）。

整體策展概念很有意思，把時興於十九世紀的早期現代主義藝術品吊掛在當代作品對面，相互掩映，讓彼此更加醒目。

每當看到類似的創作時，總會讓我有醍醐灌頂的感覺。藝術和娛樂，看似涇渭分明，但當今的劇場作品卻時常立於兩者交界，這樣的景象讓我覺得非常有趣。這是這個國家某種特有的產物，而說來奇怪且意外的是，這是我這星期以來覺得最有意思的事之一。

告訴自己要起床工作，要走入產業和市場，這些想法可以為創作帶來正面能量。告訴自己不能只躲在被窩裡，要走向外面的世界。告訴自己要記得我們是在跟觀眾對話，而不只是透過作品來表述自我。這些思考能讓我們的觀點更清楚，也能讓我們更進步。

然而，不論是格哈德・里希特（Gerhard Richter）[51] 的畫作，或是赫拉・薩基森（Hrair Sarkissian）[52] 呈現出三座敘利亞城市中不同行刑場所的一系列攝影作品《刑場》（*Execution Squares*），都讓我看了不寒而慄，不僅讓我深受啟發，也讓我感覺到沒有必要為了商業而做出妥協。

---

[49] 英國編劇。

[50] 倫敦的美術館，收藏畢卡索、羅丹、莫內等藝術家之作品。

[51] 德國視覺藝術家，生於 1932 年，以「模糊」美學而聞名。

[52] 敘利亞攝影師。

我想，有一點非常重要，就是作品仍然需要對話。

我們走過一段經驗，然後我們會用自身的創作技法，將這段經驗轉化成某種意象或隱喻。這整個創作過程，會幫助我們從這段經驗中領悟，也讓其他人了解到他們並不孤單。

重點是，技法需要不斷練習，直到純熟為止。一路下來，會耗上好長一段時間。

要對自身周遭所體驗到的點點滴滴打開感知，有時最難的就是這點。反正隨時隨地都要把眼睛睜大看清楚就是了。

今天，寒意中夾帶一絲暖陽，讓倫敦感覺起來格外美好。我最喜歡的就是這種天氣。

1月15日

我今天一個字也沒寫。

就在倫敦瞎晃，然後跟朋友見面。

從尤斯頓廣場（Euston Square）走到貝德福廣場（Bedford Square）附近的布魯姆斯伯里出版社（Bloomsbury）辦公室，要去跟安娜．布魯爾會面。他們現在有一個新的櫃檯接待處，但擺設比較像是早期那樣，只擺了一張桌子，而不是接待桌前坐著一位女性接待員，周圍還會放一堆書的那種。

這完全就是個模擬舊時代的複製品，頗具巧思。

安娜是我在梅修恩戲劇出版社的編輯，她給了我一些優秀年輕作家寫的書。最近確實有幾位年輕作家相當不錯，我特別喜歡的有阿里斯戴爾．麥克道爾（Alistair McDowall）、[53] 布萊德．柏奇（Brad Birch）、[54] 提姆．布萊斯（Tim

---

[53] 英國編劇，生於 1987 年，代表作有《偉大的冒險》（*Brilliant Adventures*）。

[54] 英國編劇，代表作有《黑山》（*Black Mountain*）。

Price）[55] 和瑞秋・德拉海（Rachel Delahey）。[56]

由於預算大幅縮減，過去曾挹注於新銳創作的扶植資源已不再，使得新生代的創作發展環境備受挑戰。就人數統計來看，現今的編劇可能比以往都多，但能夠提供編劇呈現作品的舞台卻不斷銳減。要讓一位編劇學習和成長的最好方法，還是要讓劇本能夠被演出來。我希望他們能夠持續下去，不要變得怨天尤人，要堅持自我。

有時會聽到有人說，想要人生第一部劇本直接上皇家交易所劇院或布許劇院（Bush）[57] 的舞台演出，並不是沒有可能。但這種說法會讓人覺得好像第一部劇本非得在這些劇院演出才叫成功，所以若是劇本在非典型劇場演出，就會讓人覺得很失望一樣。好的編劇不會受到這些事情影響，就是一直不斷地寫而已。

我中午跟編舞家侯非胥・謝克特（Hofesh Shechter）[58] 和導演拉敏・格雷（Ramin Gray）[59] 午餐，討論我們一起發展了一年多的創作計劃《十七》（*Seventeen*）。拉敏是倫敦巡迴劇團（Actors Touring Company）[60] 的藝術總監，之前導過我三齣戲，後來把我們幾個找來一起發展創作，而侯非胥則是當今全世界最重要的編舞家之一。我們針對這個發展中的創作計畫，做了一些決定。

我們確定會用舞者，而且要是能讓侯非胥滿意的舞者。雖然我比較想用素人來呈現我的本，但他沒辦法忍受素人。有時我覺得素人的表演有種真誠的質感，那是在一些平庸的演員身上所看不到的。

演出裡會有性愛場面，會從三位異性戀男人的視角出發，投射出他們對於美

[55] 英國編劇。

[56] 英國編劇。

[57] 倫敦的劇院，致力於培育新生代編劇。

[58] 以色列編舞家，侯非胥・謝克特現代舞團之藝術總監。代表作有《無盡的終章》（*Grand Finale*）。

[59] 英國劇場導演。

[60] 英國劇團。

女的幻想。

某些地方會有點像《三個王國》，之前一堆用女性主義觀點出發的劇評人恨死這個劇本了，若那些人有機會來看這齣，恨意肯定會多十倍，因為這個演出會更肆無忌憚。

侯非胥認為，性是一種心理場域；面對性，我們皆失去防備，呈現脆弱。正因如此，我們更應該要探索，正視那些最讓我們感到恐懼、害羞或徬徨的事物。

接著，我到利瑞克漢默史密斯劇院去看祕密劇團的新戲《閃爍之地》（*Glitterland*）前三幕的整排。這作品的編劇是海莉．絲奎爾斯（Hayley Squires），[61] 重新詮釋了約翰．韋伯斯特（John Webster）[62] 的《白魔》（*The White Devil*），整體還不錯。全戲的背景移至當代政治語境，讓人聯想到甘迺迪時期的美國。發展好一點的話，會給人一種在看電影《教父》（*Godfather*）的感覺，都在處理類似的恐懼和背叛。

祕密劇團已經開始展現出他們長久合作以來的默契和火花，演員之間信任、自在和親近的程度令人激賞。彼此相愛相殺，互鬧互虐。

我希望我們不會把跟劇團有關的事真的都弄成是「祕密」，但早在我們一開始組織這個團時，就已經決定不會對外公布作品的劇名或內容，只會替作品編號，如作品 1 號、2 號、3 號、4 號等。其實這個概念一直讓我覺得很討厭。

這概念並不是我們想的，是劇院行銷部那邊提的，結果好笑的是，反而讓戲變得很難賣。

這樣的方法並沒有幫助到觀眾了解這齣戲。

---

[61] 英國演員與編劇，生於 1988 年，代表作有電影《我是布萊克》（*I, Daniel Blake*, 2016）。

[62] 英國劇作家，生於 16 世紀，代表作有《白魔》（*The White Devil*）。

在導演艾倫・麥克道格（Ellen McDougall）[63]的詮釋下，整齣戲清楚、乾淨又有力。

故事本身還需要再修整。我們需要聽到實實在在的故事，才有辦法接受一齣戲為什麼要這麼長。

觀眾不會去介意戲是否會太長，長度不是觀眾覺得一齣戲有趣或無聊的關鍵，創作者是否有辦法掌控整體節奏才是。全長只有三十分鐘的戲也可能使人如坐針氈，若是內容拖個沒完沒了的話。

六個小時的戲也可讓人目不轉睛，若是整體都有掌握好的話。

我最近好像一直反覆思考類似的問題。故事是劇場裡操縱時間的必要工具，而且就本質上來說，每則故事都在講人。不論這世界有多麼浩瀚，或者變得多麼衰敗，故事總會帶領我們從中找到自己的定位。

人生裡沒有情節，而情節也不會完全模擬真實人生。我們說故事，不是因為這些故事真的出現在人生裡，我們沒那麼笨。我們說故事，是因為故事裡有隱喻。

我越是到英國以外的國家工作，越是發現內容和形式之間所呈現出來的衝突很有意思，因為內容可以成為形式上探索或突破的動力。兩者之間的對話甚至有可能讓作品變得抽象、斷裂，但表現出來的張力卻非常直接。

我去了培茵普羅劇團（Paines Plough）的成立週年慶祝餐會。培茵普羅是一個致力於推動新劇本巡演的劇團，而我是該團委員會的一員。今年已經是這團第四十年了。

創團藝術總監大衛・鮑納爾（David Pownall）[64]的致詞斷斷續續，甚至聽不太清楚，但不失詼諧幽默。他在四十年前的願景，時至今日，仍然值得大家持續邁進。

---

[63] 英國劇場導演。

[64] 英國劇作家，生於 1938 年，代表作有《大師課》（*Master Class*）。

許多新銳編劇期待他們的劇本能有巡演的機會，也有觀眾希望能夠欣賞到這些作品，值得我們繼續努力。

1月16日

再度搭上火車，要回去曼徹斯特了。

我在火車上著手《深夜小狗神祕習題》的刪本工作，之後這劇本會進行為期一個月的駐校演出，到倫敦各校給孩子們看，剛好也為將來要到百老匯的演出預先作長度上的調整。

去年十二月某天，阿波羅劇院（Apollo）[65] 的天花板灰泥掉落，很可能是被當天伴隨暴雨而來的雷擊給震落，結果砸到觀眾席。我聽到這消息時，是剛聽完《雀鳥之地》的讀劇，正要從國家劇院走出來時。因為導演凱莉・克拉克奈爾在國家劇院有另一齣戲要排，所以讀劇就順便辦在那邊。

當我正準備離開讀劇現場時，聽到有技術人員說，阿波羅劇院的屋頂塌了。我心裡想說，該不會有觀眾命喪現場。

好險事情沒有那麼戲劇化，沒有造成人員嚴重傷亡，而這事件中最後一名受傷的人也已在聖誕節前夕出院了。不過，場館也因此要關閉六個月。

這檔製作的演員會轉至倫敦各校免費演出一個月。為了讓這項演出計畫方便進行，我把全本刪減了二十分鐘左右。

說來並不意外，因為最近的這些想法，我慢慢傾向把目前劇本裡某些原本用來增強氛圍的部分刪掉，讓故事盡可能地簡潔。這跟把句子裡面一堆多餘的形容詞拿掉，是一樣的道理。

《深夜小狗神祕習題》改變了我一生。我從來沒有想過，我做劇場有可能可以一個月賺一萬五千英鎊，但過去四個月以來確實都是如此。

---

65 倫敦西區的劇院。

接下來一段時間，情況會有點改變，不過之後就會再回到常軌。

除此之外，我還買了三套西裝，幾次穿起來都很喜歡。奧斯卡笑我，他說完全不懂我幹嘛要穿西裝，因為編劇的工作根本就不需要穿啊。

《深夜小狗神祕習題》真的是一齣非常適合所有人看的戲。有觀眾在場共同見證當中的劇場魔幻時刻，對這齣戲來說相當重要。一想到有觀眾為了能在聖誕節前夕看到戲而存錢存了很久，現在卻看不到，就讓我覺得很難過。要是他們能看到的話，肯定會覺得很感動。

我們一定會再回來的。

抵達曼徹斯特後，去看了《死角》的演出，這是部令人悲傷又有點奇怪的劇本。我會煩惱這劇本是不是應該要多多聚焦在某個主角身上，也會煩惱這內容對曼徹斯特這裡的觀眾來說會不會太過沉重灰暗了，儘管演員演得很好。

我有時還會煩惱這劇本是不是講太多了。

我之前常有的經驗是，在看正式演出時，會忽然覺得自己寫的劇本好爛，而通常當我有這種反應時，就表示演員的狀態已經準備好要面對觀眾了。

《死角》是一部關於謀殺的劇本。曼徹斯特是我從小長大的地方，至今仍舊籠罩在多年前沼澤謀殺案（Moors murderers）[66] 的陰霾底下，這種揮之不去的感覺就是我想透過這作品刻畫的。全劇可說是埃姆林・威廉斯（Emlyn Williams）[67] 那本關於那兩位沼澤殺人魔的傳記《信仰之外》（*Beyond Belief*）、尤瑞匹底斯的劇本《米蒂雅》和泰倫斯・馬立克（Terrence Malick）[68] 的電影《窮山惡水》（*Badlands*）三者之綜合體，呈現出一見鍾情演變成狂亂，再一步步走向絕望和暴力的過程。

---

[66] 英國著名的兒童謀殺案，發生時間為 1963 年 7 月至 1965 年 10 月。

[67] 英國劇作家，生於 1905 年，卒於 1987 年。

[68] 美國電影導演，代表作有《窮山惡水》（*Badlands*, 1973）、《紅色警戒》（*The Thin Red Line*, 1998）等。

演員們覺得自己演得不夠清楚到位，把整齣戲給搞砸了。

對我來說完全不是這樣。我認為他們在台上聽得字字入耳，演得從容自在。我覺得是我劇本寫到後面節奏有點鬆掉了。

不過，劇中還是有某些時刻，例如殺小孩那段，我覺得張力抓得很好，我自己很滿意。

後來我跟演員們到劇院隔壁的湯姆牛排館（Tom's Chop House）晚餐小酌。十五年前，我在這點了一杯很烈的威士忌，因為等一下我就要跟皇家交易所劇院的人第一次正式會面，這其實也是我有史以來第一次跟專業劇團面談工作上的事。所以現在帶著我跟皇家交易所劇院第四度合作的劇本回到這，別有一番意義。

安德魯・謝立頓、凱蒂・威斯特和茱莉・赫斯姆德哈爾格說，知道我在台下看戲讓他們很緊張。一部分是因為英國的排練場大多以編劇為中心，另一部分是因為我現在是老屁股了，寫劇本都寫了快二十年了。我剛開始創作時，凱蒂・威斯特還在念國中吧。

她真是一位令人驚艷且難得一見的演員，風靡全場，讓演出散發能量和光芒。

她完全不曉得自己有多棒。

莎拉的導演手法很講究心理細節，這正是英國導演最擅長處理的一環。他們會努力呈現出人們在真實生活中的面貌，至少是他們所體認到的真實生活。

1月17日

我今天早上跟莎拉討論她之前給我的筆記。我和她悄悄地坐在舞台上，跟她小小聲地聊著。

有件事，一直是我編劇生涯發展以來很驕傲的一件事，就是我和許多導演都有很密切的合作關係。其中最早開始合作也是最重要的一位，就是莎拉。

我最早認識她時，她在皇家交易所劇院當文學經理（literary manager）。即便她現在是藝術總監了，她的工作仍然跟以前一樣需要有很多的想像力，也需要大量地閱讀。不過，我在觀察莎拉和肢體指導伊莫珍・奈特工作時，發現她其實在肢體方面的感知能力也相當敏銳，但她自己應該會不好意思承認。

傍晚時，她跟我說，一直到現在，她才漸漸認為自己是個藝術家。

「藝術家」（artist）在英國劇場界好像是個貶義詞，甚至對全英國人普遍來說都是如此。那是因為劇場這種形式時常遊走於藝術創作和大眾娛樂兩端，而且相較於藝術家，我們好像比較欣賞藝人（entertainer）這種說法，感覺比較親民，沒那麼高高在上，同時這也讓我們認知到，我們其實都是在服務他人的工匠。即便我喜歡工匠這樣的說法，但有時我們還是得大方承認，我們所做的東西並不是在複製過去既有的產物，而是在打造讓人能夠感受情緒、刺激思考的作品。

戲劇不能拿來坐，也不能用來開門；不能拿來騎，不能用來生火，也不能拿來吃；遇到危險時無法保護你，文法不懂時也無法教你。戲劇居然這麼沒用，讓我們不知該如何是好。或許，藝術的作用很抽象，卻不可或缺。一旦失去了藝術，我們可能會日趨頹靡，感知匱乏，漸如行屍走肉。

生活若少了藝術，還是過得下去，但生命會缺乏自我觀照，失去細膩感受，只剩下用錢堆砌出來的浮華。

有時重新喚醒腦袋、好好擁抱思考，是很重要的一件事。

一旦失去思考，我們就會少了生而為人的部分意義。

另一個我不斷在排練筆記本裡寫下的事，就是鼓勵演員拿出直視對方、感受當下的勇氣。

今天早上就排得不錯，然後下午正式走的時候，戲的感覺都出來了，因為演員們實實在在地感受當下，每一個當下。

這群演員們今天有辦法做到這點，真的很厲害，尤其是他們本來就知道戲會怎麼發展了，還能把劇本後面出現的那股恐懼感表現得這麼真實，實在了不起。要不疾不徐地在台上享受每個當下，需要強大的專注力和紀律。

當然，他們一定還可以再更好，不過我現在只希望他們叫我趕快搭火車滾回倫敦，這樣才能讓他們自己好好發展這齣戲、搞定這齣戲。

過去所有劇本在排練時，我都會給這個筆記。演員們必須勇敢接受挑戰、克服萬難。

他們必須狂妄。

哈洛・品特（Harold Pinter）[69] 有次跟某位導演說，他一直都覺得直接表明他對演出的真實感覺是他的責任。

我沒那麼同意品特的這點說法。我在排練場時，我比較喜歡覺得自己是在「為導演工作」，所以我會盡可能地協助排練順利進行，並協助演員發揮自己最好的一面。有時態度會比較直白，有時會多些鼓勵，鼓勵他們大膽一點。

我喜歡自己點出劇中哪些小地方是直接取材自我的真實生活經驗。最明顯的就是凱西・海耶跟希凡說約翰連收襪子都不會，那句台詞讓我想到自己有多依賴我那最賢慧的老婆波莉，而且不是普通依賴。

我 1990 年代曾在達根罕的東布魯克小學（Eastbrook School）教過書，那時教過的一位孩子現在人在曼徹斯特工作，也來看了這齣戲。他上週有寫 E-mail 給我，說他現在人在這裡。

我很開心能夠跟他見面。我教他的時候，他才十五歲，現在已經三十歲了，比我教他的時候還大了。

看完之後，他說這齣戲很「溫暖」（lovely），這是他對這作品所想到最貼

[69] 英國劇作家，生於 1930 年，卒於 2005 年。代表作有《背叛》（*Betrayal*）、《情人》（*The Lover*）、《生日派對》（*The Birthday Party*）。

切的讚美。這齣戲的內容是關於一位女人親手殺了她小孩的故事，排練過程我們一直試著從中找出「愛」（love）的感覺，這對我來說很重要。「溫暖」也是在莎拉・肯恩（Sarah Kane）[70] 的劇作中反覆出現的字。因此，她的劇本所探討的不是暴力，而是愛；她的作品核心是充滿希望的，所勾勒的是一個溫暖美好且充滿無限生機的世界。她至今仍是我最喜歡的劇作家之一。

「溫暖」是她一再使用的字，這是我某天在火車上讀完她所有劇本的時候發現的。那一天，火車從尤斯頓開往斯托克波特，我設法趕去見我父親的最後一面，結果沒趕上。

這個字能讓我和她有所連結，對我來說深具意義。

之後跟幾位老朋友去小酌幾杯。我對曼徹斯特的路完全不熟。

但我喜歡像個旅人一樣，遊覽這座城市，布滿紅磚，斑駁而美麗。

火車上，人潮擁擠，摩肩接踵。整個車廂讓人覺得很暖，有點太暖了，像是在搭易捷航空（easyJet）的飛機一樣。我迫不及待想回到家了。

1月20日

凌晨五點起床後，搭著計程車前往蓋威克機場（Gatwick）。[71] 車子一路向南，穿過了市中心。

爾後搭了易捷航空的班機前往漢堡，準備迎接《卡門片斷》的排練。

在飛機上，我在睡睡醒醒之間，把劇本重讀了一次，覺得這劇本寫得並不糟，內心著實鬆了一口氣。

劇院派來的司機，名叫蓋比（Gaby），開著一台全新的賓士來機場接我，我

---

[70] 英國劇作家，生於 1971 年，卒於 1999 年。代表作有《驚爆》（*Blasted*）、《渴求》（*Crave*）、《4.48 精神崩潰》（*4.48 Psychosis*）。

[71] 英國倫敦第二大機場。

每次來這裡工作都是她來載。這是我跟德意志劇院所合作的第四部戲了。這座劇院建於十九世紀，共有一千兩百個座位，完全就是個理想劇院該有的樣子，有著巨大的鏡框、眾多的觀眾席。我的劇本能在這種地方演出，讓我深感震懾。會有這樣的反應，一部分是因為我在創作時，不會特別去想說今天這劇本是要寫給大劇場的觀眾看的，一部分是因為面對大劇場，讓我更顯渺小、更覺謙卑。

車子直接開到位於市區東側工業區的排練場。很高興又跟賽巴斯汀見到面了。

賽巴斯汀主持了排練的開場，整個人散發著活力和魅力。我跟大家分享了我寫這劇本的緣由，而賽巴斯汀就是當初帶給我創作這劇本靈感的人。里納特曾在不同版本的《卡門》（*Carmen*）中擔任女主角，唱過三十九齣製作，唱遍全世界各大洲。賽巴斯汀對於里納特這樣四處漂泊、宛如浮萍般的人生很感興趣，不但跟我分享了他的感覺，後來甚至催生了這部劇本。我們還聊到，整個劇本內容是從原歌劇的主題和結構發展而來，並環繞在四位主要角色身上。

我今晚忽然意識到，這是一齣在講愛情和死亡的戲。對我來說，用獨白來架構這劇本很重要。當代人類對於科技的沉迷，使得人與人之間變得越來越疏離，但在劇場裡，人的形體存在與交流卻從未消去。不論科技把人與人之間的關係弄得多麼分裂，演員仍是以在場的肉身來面對觀眾、跟觀眾溝通。從這角度來看，當今科技日新月異的世界中，劇場反而奇妙地成了一種前衛的藝術形式，比我編劇生涯以來的任一時期都還要前衛。

劇場是一個屬於陌生人的空間。在這裡，陌生人比肩而坐，彼此看往同一個方向，看著對面的人跟他們身處在同一個時空裡，同樣呼吸著。

劇本讀起來的感覺還行，我喜歡聽我的劇本用德文唸出來。我很喜歡德文，聽起來很性感、很溫柔。我喜歡聽我的劇本用我不懂的語言來唸，因為會再度提醒我作品不是在寫概念，而是把能量給帶出來。

舞台設計多明尼克・雨貝（Dominic Huber）[72] 所設計的舞台，重新打造了劇院的內部建築，非常美麗。整齣戲的過程中，舞台會緩緩地往觀眾的方向移去。

這個舞台概念很大膽，相當具有戲劇張力，但舞台也不是為大膽而大膽，而是回到劇本，從劇本裡面挖掘出想法。

他從一個簡單的核心概念出發，再慢慢發展出舞台，同時也站在演員的角度思考，設計出該有的表演區。

德國設計師的作品不僅充滿想像、簡單乾淨，而且懂得為表演思考，這就是他們都為什麼這麼棒的原因。

晚上到聖喬治大教堂附近非法紅燈區一帶的一家印度餐廳吃飯，之後就回到德意志劇院，思考要怎麼把歌手這角色修得更好。這劇本由五段獨白所組成，同時有歌隊穿插其中。在這齣戲中，由原歌劇裡幾位主要角色所發展出來的那四個角色，我目前覺得應該可行。歌隊的部分經修整過後，應該也沒什麼大問題了。至於里納特所要扮演的歌手，這部分就比較棘手，我們目前有點找不太到癥結點，而且因為語言不通，所以我們溝通當下的情緒都顯得有點激動。

但我們沒有在吵架。情緒會激動是因為現在狀況很卡，想不出辦法，不是因為要吵架。

我們決定明天再來想，然後就約去喝酒了。

賽巴斯汀問我覺得這部劇本中最重要的主題是什麼，我說是愛情和死亡。我忽然發現到，這兩者都是歌手這角色所沒有的。我明天一定要特別注意一下。

再度回到賴希斯霍夫飯店（Reichshof）真好。這家保有十九世紀風格的老飯店有跟劇院合作，所以這十年來我到這住過很多次。我當初第一次到德國來跟賽巴斯汀見面時，就是住在這裡，那時候是來跟他談《情色》

---

[72] 瑞士舞台設計。

（*Pornography*），那也是第一部我寫給他導的劇本。

內部裝潢跟《三個王國》裡的布景很像，還有一直會產生回音的奇怪走廊，也沒有什麼人味。飯店裡還有威士忌酒吧、早餐區和游泳池。

賽巴斯汀和我去那個酒吧喝過很多次。

他問我有沒有興趣為他寫一個三部曲，會在魯爾藝術節（Ruhrtriennale）[73] 演出。我會想試試看，或許是改寫《奧瑞斯提亞》（*Oresteia*）。[74] 我最近很多作品都是在改寫經典劇本，例如改自《米蒂雅》的《死角》、改自《巴爾》（*Baal*）[75] 的《雀鳥之地》、改自《卡門》[76] 的《卡門片斷》。我覺得，經典作品是很寶貴的資源，而且改編經典也是古典劇作家常用的作法。某種程度上，經典就是座豐富的文化寶庫。事實上，我們的創作鮮少是發想自一個全新的素材，大多是取材於他人或多少受他人影響，然後經過再構思，一直以來都是如此。有些人自以為能寫出完全屬於自己的原創故事，但這種虛榮心其實是很現代才有的。

聽說賴希斯霍夫飯店準備要賣給中國的房地產開發商了，但之後仍然會是飯店，我有點難想像這地方若不是飯店會是什麼樣子。不過，紐約的切爾西飯店（Chelsea Hotel）後來是被改建成了公寓，所以這裡之後有可能也會走向同樣的局面吧。

1月21日

《卡門片斷》排練的第二天

我們重讀了一次劇本，試試看新寫的開場如何。我們嘗試把里納特．沙漢姆所飾演的歌手置於不同的時間軸。相較於其他四段故事發生在市區中的一天

---

[73] 每年於德國魯爾工業區舉辦之藝術節。
[74] 希臘悲劇家埃斯庫羅斯所寫之三部曲。
[75] 德國戲劇家布萊希特的劇本。
[76] 法國作曲家比才（Georges Bizet）的歌劇。

之內，歌手的故事則是發生在一念之間。

我們試著去找出她所處的世界邏輯，跟其他人的很不一樣。這個角色的邏輯並不那麼寫實，不那麼生活，比較是根基於她自己的心理狀態。

我們很努力地要挖掘出，她每況愈下的心理狀態所反映出來的真實是什麼。我覺得，今天排練結束之前，我們已經找到了可行方案。

這是我所寫的劇本裡第一次出現歌隊，是諸多聲音的集合體，共同述說著劇中城市某種內在精神狀態，折射出劇中主要角色在廣大社會結構底下的生命樣貌。而這個社會是一個被科技所宰制的社會，當中人與人之間的親密不再，變得疏離，日漸薄弱。

里納特依導演的指示，以德文唸出她的台詞，頓時散發出一種美麗而奇特的質感。英文並不是她的母語，她無法像講母語一樣很自然地找到節奏感，但她用英文詮釋時還是很自在，不太會打斷她表演的流暢度。

不過，讓里納特用德文這個她無法完全自在使用的語言來詮釋，似乎更能彰顯出，她的角色想要完整且清楚地表達出對於這世界的感覺是相當困難的一件事。

這讓我想起，之前提到《十七》要找什麼樣質感的表演者來唸台詞時，我個人的觀察是，找那種訓練有素的平庸演員最要不得。表演者若因思緒被打斷，使得語言處理上呈現出緊張而彆扭的拙態，有時反而會有更好的效果。

我們聽了我在劇本裡安插的幾首歌，有音速青春（Sonic Youth）、[77] 羅伊・奧比森（Roy Orbison）[78] 和電力站樂團（Kraftwerk）[79] 等。

我有時候都會想說，我寫劇本最主要的原因，是不是就是為了逮到機會能在劇場裡把我最愛的歌曲都放出來給大家聽。這樣說起來，我一直都還蠻像一

[77] 1981 年成立於紐約的樂團，於 2011 年解散。
[78] 美國歌手，生於 1936 年，卒於 1988 年。
[79] 成立於德國的樂團，電子音樂的先河。

個超級煩人的DJ。音速青春一放下去，整個排練場頓時無言，就跟以前一樣，我以前在約克（York）念書時，還真的在小酒吧當過 DJ，每次只要放他們的歌，就可以讓舞池清空。他們的音樂根本就是把舞池清空的最佳選擇啊。

這劇本的內容最後該如何排序，比較不是取決於情節本身，而是整體的調性和節奏。因此，敘事的重點變成是在梳理、統整劇本所蘊藏的能量，而不是在想怎麼把故事說清楚。聽這劇本用其他語言來詮釋，讓我的耳朵能夠聚焦在文字的能量，而非文字的意義。

身為編劇，我們現今所面臨到的問題，跟幾百年前的藝術家所面對的問題一樣。我們要如何用戲劇呈現出當下人類最真實的生存狀態？為了朝這方向探索，在之前的很多劇本裡，我試著盡可能貼近我們在日常生活中的行為和語言，來捕捉人類行為和語言的樣貌。現在這部劇本很不一樣，語言非常精煉且富饒詩意，結構較破碎，整體世界觀也不那麼寫實。

但我不確定，我們現在對於生活的感知，是否還跟我以往劇本中所呈現出來的一樣寫實。

我們有時過度沉浸在 YouTube、推特、色情網站和 E-mail 裡，對於我們究竟身在何處、在跟誰講話，已經完全沒有感覺，所以我在想我們是否該尋找新的劇本形式了。

我們現在對於生活的感知，不再只是充斥著如一般劇情中的細瑣事件，同時也充滿了各種音樂性。我們的記憶狀態，時而明確清楚，時而模糊斷裂。因此，我試著在這劇本中找到一種富有音樂性、如印象派繪畫般、相對碎片化的敘事方式來轉化這種生活感受，這跟我過去的編劇手法有所不同。

我很有可能會失敗，我們都會失敗。重點並不在於成功與否，因為我們沒有人會有所謂真正的成功。重點在於嘗試。

聽羅伊．奧比森的歌讓我想到我爸，也讓我想到約翰．皮爾（John Peel）。[80]

---

[80] 英國 DJ，生於 1939 年，卒於 2004 年。

〈結束了〉（'It's Over'）這首歌的歌詞有一種很美麗的純粹。兩年前，我到科隆（Cologne）[81]寫劇本，某一刻剛好聽到這首歌，過不久就看到路邊牆上的塗鴉寫著：「結束了。」

感覺冥冥之中早有安排。當下覺得自己這位英國中年大叔，變成了一位情境主義者（situationist）。[82]

這劇本大部分的內容，是我在倫敦市區裡邊晃邊用手機把想到的東西錄音下來，之後再發展而成的。以前我也常用這樣的方式來創作，不過用的是錄音機。當下這些行為總讓我覺得自己有點奇怪，感覺像是個間諜一樣。那是二十年前手機還未盛行的年代，但現在遊走於城市中的人們，每個都在竊竊私語，手機緊貼著耳朵。

我想，如此隨著漫步所發展出來的意識流風格，塑形了這劇本某部分的語言調性。

收到梅・肯揚從史考特・魯丁（Scott Rudin）[83]的辦公室寄來的 E-mail，問我想不想要跟馬丁・史柯西斯（Martin Scorsese）[84]合作他下一部電影。這是我收過最瘋、最扯的一封信了，害我差點跌倒。

過去十五年以來，我從梅那邊收到的信已經無可計數，這些信把我的寫作生涯推到我從未想過的方向。

波莉跟我說，這就是所謂的夢想成真。但並不是，因為我壓根兒連做這種夢的膽子都沒有。這根本是妄想成真，就跟假如曼聯找我去踢球一樣，太天馬行空了。

---

[81] 位於德國的城市。

[82] 一種社會心理學理論，認為人的個性與行為由所處環境等外在因素形塑，而非由與生俱來的性格、氣質等內在因素決定。

[83] 美國電影製片。

[84] 美國電影導演，代表作有《計程車司機》（*Taxi Driver*, 1976）、《神鬼玩家》（*The Aviator*, 2004）、《華爾街之狼》（*The Wolf of Wall Street*, 2013）等。

這當然不可能會發生。佩吉・拉姆齊（Peggy Ramsay）[85]常說，若要寫電影劇本，重點就是要拿到錢，不要去期待真的會拍出什麼東西。

讓我們拭目以待。

1月22日

起床之後，在賴希斯霍夫飯店吃早餐。這家飯店的餐廳很大，相當富麗典雅，很適合享用大餐。同時，這地方也不禁讓我想起了我的劇本《三個王國》裡面，史蒂芬・德雷斯諾（Stefan Dressner）偷偷把三個可頌塞進口袋那一場。

跟賽巴斯汀一起到排練場之後，我自己待在隔壁的小房間裡，繼續修改第一週排練後劇本需要調整的地方。我為歌手重新設計了一條劇情線，把歌手男友這角色的概念抓得更清楚些，並暗示了他的存在可能只是想像出來的。

若要用戲劇來表現寂寞，最好的作法不是讓角色用說的，而是給予角色想要交流的渴望。

我在歌隊的部分加了幾段內容，越寫越覺得有趣。我一直都很喜歡這劇本裡歌隊的概念。

賽巴斯汀很好笑，後來要我和山謬・威斯（Samuel Weiss）[86]去找他，然後問我一些關於山謬所飾演的角色的背景問題。他們想搞清楚這人是從哪來的、他的家庭背景是怎樣，以及他是怎麼認識這位他想要借錢的朋友。賽巴斯汀打趣地說，他這種問法把自己弄得像是英國導演一樣。

我非常享受跟他一起工作的短暫時光。

我覺得能跟許多不同導演合作很有趣。談到導演工作，他們總是抱持著一種奇特的想法，都認為自己的工作模式最標準，因為他們從來沒有機會去看其他導演怎麼工作。他們會認定自己所做的就是每個導演都會做的，那是因為

[85] 澳洲戲劇經紀人。

[86] 瑞士演員，生於1967年。

他們並不知道其他導演是怎麼做的。但我所知道的每位導演，其實都有自己不同的工作方法，關於如何創作出好的劇場作品也都有各自的一套準則。

賽巴斯汀的個性是出了名的焦躁，有時根本像是個過動兒一樣。每當看到令他覺得灰心的戲，他最常使用的字眼就是「無聊」。不過這週排練，他在椅子上半坐半蹲，看得屏氣凝神、目不轉睛，表示這戲準備得差不多了。

氣氛相互影響之下，排練過程十分順利。大家這週都排得開心，演員很放鬆，詮釋起角色都恰如其分，而且讀起劇來充滿巧思，不乏細膩之處。

今天下午我們第一次跟飾演歌隊的演員們見面。他們到的時候，我正在排練室裡。三十五個有著不同背景、樣貌、身型、年齡的人，各自拿著一張椅子，緩步走進，魚貫而入，彷彿永無盡頭，令人嘆為觀止。

劇場是最以人為本的藝術形式。有這麼多活生生的人即將在我的作品裡面現身，想到這點就令人振奮。這些人是誰？他們從哪來？他們為何想來排這齣戲？為了跟賽巴斯汀工作？為了有機會在德意志劇院演出？純粹出自於對劇場的熱愛？還是為了逃避家庭壓力？關於這些問題，我不知道是否真有辦法得到解答，儘管我真的很想知道。

賽巴斯汀帶他們做了一些練習，嘗試用不同的方式讓他們在空間裡遊走。光是靜靜看著這些人，就覺得好有戲。

等我下次回來時，搞不好他已經把歌隊的戲都刪了，但也可能不會刪啦。

從排練場搭了計程車到機場。買了些玩具給孩子們，作為我這幾天沒在家陪他們的補償，還買了一本 Moleskine[87] 的筆記本給奧斯卡。

吃了一個三明治，喝了一杯啤酒，然後搭飛機回家。

[87] 1997 年成立於義大利之筆記本品牌。

1月26日

《死角》的預演（preview）已經演了三場了。

早起帶孩子們去上學，也好好陪他們，就算只有半個小時。接著到尤斯頓車站，搭火車北上曼徹斯特。

這幾天會待在我媽和她男友的家，挺好的，這樣早上起床就有好喝的早茶可以喝了，真是一大享受。

我喜歡看預演，但預演總讓我戒慎恐懼。

我喜歡看預演，因為預演是我第一次有機會跟觀眾一起觀賞劇本在舞台上演出，讓我能夠測試劇本的效果。演員在這時候大致都已進入最佳狀態，於是我就會開始發現一些之前在寫劇本時沒發現過的東西。

前面幾場預演走下來，我更加確定茱莉・赫斯姆德哈爾格所飾演的蘇珊・海耶（Susan Heyer）的行動不會只從憤怒出發，同時也是出自於關愛和脆弱。或者，她的憤怒是無法表達恐懼所產生的附加情緒。憤怒往往是衍生而來的情緒。人們生氣，是因為無法控制某種內在的原始力量。因此，蘇珊・海耶之所以會憤怒，主要是因為她無法控制自己被女兒和孫女拋棄所產生的恐懼，加上她丈夫早逝，讓她倍感無助和寂寞。

茱莉是個相當聰明且開放的演員。她之前詮釋蘇珊一直都是走凶狠路線，到了預演時，我們為這角色添加了幾許慈悲，漸漸地，關愛和慈悲的感覺越來越清晰，故事輪廓越來越清楚，使得觀眾在情感上也越來越能投入這齣戲。整個情感累積過程，不僅循序漸進，而且呼應了全戲的脈動，相當成功。

整個藝術團隊製作出來的成果十分令人激賞。李・柯倫（Lee Curran）的燈光設計，搭上安娜・弗萊斯里（Anna Fleischle）美麗的舞台，讓整體畫面更加立體，為這劇本建構出了一個質地柔和又充滿情感張力的世界。彼得・萊斯（Pete Rice）所打造的聲景（soundscape）大膽而強烈，頗有大衛・林區

（David Lynch）[88] 電影的況味。

至於表演，我認為可說是超乎想像地好，五個人都是。蕾貝卡・卡拉德表現出道德與情慾之間的掙扎。傑克・迪姆（Jack Deam）[89] 對於雅各（Jacob）的詮釋充滿細膩之處，亦可見對人性的同理。而茱莉・赫斯姆德哈爾格則是覺得自己處在一個很微妙的位置，因為她在連續劇《加冕街》裡飾演海莉・克羅珀（Hayley Cropper）一角，其開放且直白的演技，讓她成了當今英國人氣最高的演員。這角色是一名跨性別者，患有胰臟癌，後來在星期一晚上那一集裡結束了自己的生命。我從來沒有在劇場裡看過觀眾這麼愛一位演員。她過去很長一段時間都在演連續劇，而非好萊塢電影或電視影集，所以觀眾對她的感覺比較不是崇拜，而是親切與愛。感覺上觀眾都跟她很熟一樣，她還會跟大家握手。特別是昨晚，她的魅力令人完全無法抵擋。

安德魯・謝立頓至今已演過我三部作品了。他是一名細膩且聰明的演員，同時也是一位大膽又優秀的編劇。他擅長處理語言，表演中也總是可見清楚的行動和明確的動機。

我覺得凱蒂・威斯特所飾演的年輕凱西・海耶，可以說跟之前演過我劇本的那些演員們一樣好，她的表現完全不輸給當年的萊斯莉・夏普（Lesley Sharp）、[90] 丹尼・梅斯（Danny Mays）[91] 和安德魯・史考特（Andrew Scott）。[92] 我坐火車回倫敦時，耳畔都還繚繞著她唸出我台詞的聲音，眼眶不禁泛淚。我知道我是個濫情鬼，但她表現得真的很棒。當她告訴約翰・康諾利說自己「相信」他時，當她告訴蘇珊・海耶說自己是唯一一個可以稱呼魯斯（Ruth）為「魯希」（Ruthy）的人時，我聽得好揪心。

---

[88] 美國電影導演，其作品的超現實主義色彩濃烈，風格陰鬱而詭異。代表作有《藍絲絨》（*Blue Velvet*, 1977）、《穆荷蘭大道》（*Mulholland Dr.*, 2001），影集《雙峰》（*Twin Peaks*）等。

[89] 英國演員，生於 1972 年。

[90] 英國演員，生於 1960 年，代表作有《一路到底：脫線舞男》（*The Full Monty*, 1997）。

[91] 英國演員，生於 1978 年。

[92] 英國演員，生於 1976 年，代表作有《倫敦生活》（*Fleabag*）。

今天早上的《觀察者報》（*The Observer*）裡有一篇文章，談到勞工階級的小孩如果想要在編劇、表演、導演、音樂或其他藝術創作領域闖出一片天，現在是越來越難了，所需的花費越來越高，一般人根本吃不消。這篇文章讓人看了很憂心，但說得真對。

在這個對藝術創作如此不友善的環境裡，看到《死角》的演員們這麼認真的表現，讓我更是感動。

我很喜歡跟莎拉一起過筆記。她時時保持傾聽，而且非常著重角色心理細節。她過去最好的幾齣作品，有些都是在這裡完成的。

我有點擔心觀眾。我擔心他們很單純地只是花錢來看海莉．克羅珀，結果跟他們想的很不一樣。我甚至覺得自己應該在戲開演前，到觀眾席走一圈，跟每位觀眾道歉才對。不過，觀眾其實都很專注，而且反應很好，是我一直以來都低估了曼徹斯特這裡的觀眾素質。他們比想像中的要開放且有反應，沒有倫敦觀眾那麼「酷」——沒有那些人那麼冷酷，也沒有那些人那麼酷炫。他們比較不會表現得自己很前衛，也不像在倫敦經常看戲的人一樣那麼了解劇場。不過相較來說，他們更能直接給予反應，不會去在乎旁人的眼光。

他們比較不怕說出戲裡面哪個點很爛，也不怕笑得很大聲。

昨晚觀眾席就傳出了不少笑聲。在幾個悲傷的橋段，也可聽見一些擤鼻涕的聲音。真是令人滿足。

這裡的觀眾來自曼徹斯特各地，整個西北部都有，不限於柴郡（Cheshire）的人，所以觀眾相當多元且開放。

莎拉非常滿意這齣戲的觀演關係，而這層關係叩問了當代劇場的目的。我覺得自己體內有某種娛樂大眾、帶來歡笑的本能。某種程度上，英國劇場仍保有娛樂的特質，這點我還蠻欣賞的，但也很可能成為某種限制。我叔叔是個溫暖大方的人，他昨晚來看戲，結果下半場要開始前，他跟我說：「幹得好！要繼續逗我開心喔！」如此對於娛樂的期待，還是相當明顯地存在於英國劇場觀眾的心中。

這是壞事嗎？也許未必。

我常在想，人們為什麼不能帶著參觀現代美術館的心情進劇場看戲呢？皇家交易所的表演廳相當氣派，而且大樓裡面從過去到現在都充滿了各式各樣的商業活動。

這樣的特色，對我來說，一則以喜，一則以憂。

我過去在致謝詞裡曾多次感謝過我媽，她以前是位老師，用書本滋養我，啟發了我對於閱讀的熱情。而我爸則是位推銷員，但一直以來，我都覺得自己忽略了推銷員這個基因對我的個性和創作有多大的影響。

就某方面來看，劇本裡的每一場戲，都像在跟觀眾談定某種交易，或達成某項協議。就另一方面來看，這樣的市場機制帶給了藝術家無比的創作能量，所以我有時很珍惜。我們應該要起身去面對市場，奮戰到底，就算颳風下雨，就算乏人問津，都要堅持下去。

我想起了昨天下午場開演前的焦慮。跟世界文學史上那些作家相比，這點焦慮實在是微不足道。我所寫的東西不會害我坐牢，我的家人也不會因此受到迫害。我能夠很公開直白地、無拘無束地寫我想寫的任何內容。我不會被逮捕或被虐待，也不會被辱罵或被砍頭。

我唯一需要顧慮的事就只有市場，完全不會有任何身體安全上的疑慮。至於市場對作品本身來說，所帶來的影響究竟是正面還是負面，那就見仁見智了。

1月27日

回到了曼徹斯特看《死角》的最後一場預演。給了一些筆記，也刪減了一些地方。我很喜歡在預演的時候刪本，因為原本劇本沒處理好或講太多的地方在預演時會完全暴露出來，所以我就利用這機會把這些地方修掉。

劇場裡最美好的時刻，是不需要任何語言文字的。

處理完筆記後，我竟有點說不上來的小難過，一種懷舊的感覺油然而生。從這一刻起，像是開始對演員放手。他們一直以來都很努力，現在開始就算沒有我的提醒，他們也會很棒的。我覺得自己好像一位父親在對自己即將上大學的小孩道別一樣，永遠會對他們所做的一切感到驕傲，同時也會因為他們以後不再需要我了而感到難過。

市面上有不少書籍在談創作力的本質，其中臨床精神科專家奧立佛・薩克斯（Oliver Sacks）針對自閉症者所做的研究《火星上的人類學家》（*An Anthropologist on Mars*），在這方面提供了十分獨到的見解。其中一章寫到一位病友，有著很嚴重的懷舊傾向，1980 年代住在佛羅里達州，卻異常懷念他 1950 年代的家鄉拿波里，[93] 而且這情況已經嚴重影響到他眼睛所看出去的世界。每當他要走出現在的家門時，他就會看見過去的家鄉，所以每次外出都很要他的命。但他偏偏又是個技藝純熟的油畫家，畫拿波里也畫佛羅里達，也見證過從前拿波里油畫市場蓬勃發展的時期。不論過去或現在，他都靠畫畫維生，也偶有展覽要辦。

薩克斯認為，創作力與懷舊感同出一源，源自於自我內在深處的某個地方，這個地方充滿了過去某種感覺因為被打斷而產生的空隙。我們不會對所有經驗都產生懷舊之情，就某方面來說，只會對過去那些未能繼續的、無法完滿的事情有這種感覺。人們之所以想創作或有懷舊感，就是出自於心裡一股想要撫平缺憾、修補斷裂的動力。

當我離開排練場也離開演員的時候，那股懷舊同時又想創作的感受特別強烈。是心底的那塊空缺，讓我產生了懷舊之情，也給予我創作的渴望。

看到這群演員這麼努力地把我腦袋中的構想給具體呈現出來，把角色詮釋得這麼到位，豈能叫人看得不揪心？

今天這場預演走得很糟，還好走得很糟。每次在預演階段，總會有這麼一場表現不佳，可能太緊張或放不開，以至於大家看起來都有點畏畏縮縮的，但這樣的預演才是最有用的預演。就是在這樣不理想的預演中，我們才會知道

---

[93] 位於義大利南部的城市。

大家排練的成果有多硬、有多死，今晚證實了確實就是太硬、太死了。

演員們講台詞要不是口齒不清、吃螺絲，就是忘詞。之前給演員的筆記，感覺上只是被演出來而已，沒有好好被消化進去，連走位也像是在執行走位而已。不過，即便如此，觀眾仍然看得目不轉睛，還是有被衝擊到。所以即使演員表現不如預期，結果也不一定很糟。

但我還注意到了演出中有很多人在咳嗽。感覺上是觀眾覺得既然台上沒有什麼事情發生，不會打擾到什麼，所以想咳就咳沒關係。

演員要演行動。
演員要問問題。

我在火車上寫了一則小品，要給維也納人民劇院（Volkstheater）。他們要我寫個東西來回應這個問題：「人們在劇院裡應該要做些什麼事？」我還蠻滿意自己寫的內容：

在這日漸狂亂的世界中，人們在劇院裡應該靜靜地坐著不動。
在這愈益疏離的世界中，人們在劇院裡應該要坐在陌生人旁邊。
在這科技日新月異的世界中，人們在劇院裡應該要把手機都他媽的給我關機。
在這主觀意識先行的世界中，人們在劇院裡應該要打開耳朵仔細聽。
在這不再相信上帝的世界中，人們在劇院裡應該要多多相信彼此。
在這越來越憤世嫉俗的世界中，人們在劇院裡應該要敞開心胸。
在這越來越愚昧無知的世界中，人們在劇院裡應該要好好把腦袋拿出來思考。
在這越來越缺乏幽默感的世界中，人們在劇院裡應該要放聲大笑。

柏林德意志劇院（Deutsches Theater）的總戲劇顧問（Chief Dramaturg）索妮亞・安德斯（Sonja Anders）來看戲，他們明年打算要做這齣戲。她很喜歡莎拉的詮釋，但也很驚訝是在這樣的環形劇場演出，因為演員的表演狀態會變得非常赤裸。

在這座劇場裡，演員必須完完全全地處在角色的狀態中。

1月29日

今天醉到不行，因為昨晚喝了三瓶紅酒。

看完《死角》的首演之後就回家了。

昨天早上在皇家交易所大樓看到兩位以前學生時期的朋友，爾後去跟波莉・湯瑪斯（Polly Thomas）[94] 會面，她今年夏天會策劃一個「飢餓交易」[95] 的展演活動。我選了四位編劇各自寫一齣短劇，來反映食品貿易在曼徹斯特的情況。這四位編劇分別是米瑞安・巴蒂（Miriam Battye）、[96] 凱莉・史密斯（Kellie Smith）、[97] 布萊德・柏奇和阿里斯戴爾・麥克道爾，個個都很年輕且優秀，他們讓我看見了未來編劇的活力和希望。他們已經先寫了一版劇本，我正在陪他們精修和持續發展。

這次的會面令人焦躁，因為文學經理忽然說請了假要去做產檢，她這一走，讓大家都很錯愕，不知接下來要怎麼進行。

我喜歡跟年輕的創作者一起工作，跟他們工作會讓我更進步。我就像吸血鬼一樣，偷偷吸取他們的想法。不過我這次反而多了點緊張感，怕自己會讓他們失望。

接著，就是《死角》最後一次修戲了。

自從星期一那次不甚理想的預演之後，演員們就變得有點緊張。莎拉甚至直接點出，說大家的心都沒在一起，只顧著各演各的，於是忘詞的忘詞、卡詞的卡詞。要解決這種問題，最好的方法就是把焦點放到對手身上。

---

[94] 英國劇場導演與製作人。

[95] 以糧食危機為題，於英國皇家交易所劇院舉辦之展演。

[96] 英國編劇。

[97] 英國編劇。

大家筆記消化得還不錯。

然後真的排完也修完這齣戲了。不用再繼續排戲的感覺，總是令人失落。我和這群人之後都不會再有機會一起排這些場景，也不會再繼續一起發展或探索角色了。看到大家為這劇本付出了這麼多努力，已經讓我覺得很滿足，所以我不會特別想去看劇評寫了什麼。

這種依依不捨的眷念，有時會讓我有想哭的感覺，讓我覺得自己好像愛上了這群演員，因為他們投入了這麼多心力，為的就是要呈現出我劇本裡所想像的一切，但我應該要慢慢放下了。我過兩天就沒事了，只不過現在感觸特別深刻。

這部劇本很黑暗，試圖引導觀眾去原諒一位在他們面前親手殺了自己小孩的女人。整段殺人的過程處理得很幽微，純靠演員深沉的表演來呈現。沒有讓小孩這個主要角色出現，不知對這劇本來說是否會扣分，但至少我自己現階段是非常滿意。

不過，我老婆波莉卻非常討厭這齣戲，不是因為劇本寫得不好或導演處理得很爛，而是要觀眾去原諒一位殺了自己小孩的人，對她來說實在太不舒服了。這齣戲能讓她看了這麼生氣，實在有點奇妙。

觀眾的反應也很兩極。大家跟你分享感想時，你可以知道他們在講真話還是講假話。我想，不論是內容上的黑暗或是製作上的簡約，肯定使得這齣戲很難貼近部分觀眾，但仍然有許多人深深受到這齣戲打動，甚至感到激動。演員們都很開心，莎拉也是，儘管她並沒有看這場眾多媒體出席的首演場。我完全沒辦法叫自己不看。

走出劇院時已經很晚了，後來又去喝酒，喝太多了。搭今天早上的火車回家，叫自己別看劇評，但很難。昆丁・雷慈（Quentin Letts）[98] 說，這是一齣「只有髒話、沒有格局的小戲」。他自己才心胸狹窄、食古不化又沒想像力吧。他每次看我的戲看到臉很臭，我就覺得超爽。我跟我大部分的劇場朋友一樣，

[98] 英國劇評人。

都希望他的臉可以一直臭下去。

今天跟凱文・康明斯（Kevin Cummins）[99] 一起吃午餐，聊到製作一部史密斯樂團（The Smiths）[100] 電影的可行性。不過，電影產業充滿投機風險，常常說變就變，對我來說實在太難以捉摸了。

1月30日

今天是我女兒史嘉蕾的七歲生日。我在蘭伯特舞團（Rambert）的新工作室跟侯非胥・謝克特和拉敏・格雷一起工作了一整天。作品名稱暫時還是叫《十七》。

我們今天進行甄選。

有二十名舞者從歐洲各地來這參加甄選。侯非胥帶領舞者們做了一連串的練習，並編了一段舞給他們跳。我們會從這些人當中選出十二位來，下午和明天一起工作。

最後要目送八個人離開，讓人看了心疼。

我們把最後錄取名單貼在門上。

那些沒錄取的人，眼淚在眼眶裡打轉，離開時還跟我們道謝。

這個演出計畫會把我們腦袋裡的內容，透過舞者的身體，傳遞給觀眾，讓觀眾可以在腦袋裡思考。

總之就是一個從腦袋到身體再到腦袋的過程。

這樣的交流模式是有可能的嗎？

舞者們習慣從抽象出發，善於表現情緒感受和本能衝動，比較不擅長處理具

[99] 英國攝影師。

[100] 1982 年成立於曼徹斯特的另類搖滾樂團。

體的戲劇情節。

拉敏一直在想要故事和不想要故事之間拉扯。

他這樣來回搖擺不定的狀態，某種程度上很自由奔放，但也讓跟他合作的人很挫折。

他的思考很發散，常常岔來岔去的。

我就比較常往聚焦的方向走去。這也是戲劇敘事的核心，試圖在兩點之間找到連結，希望在分裂的事物中尋求交集。

不過這似乎顯示出，我們都喜歡探索事物之間的某種隔閡。

我想要找到一個能夠仔細探索這些隔閡的形式。

我們今天下午發展出的一些東西，讓我想到比爾・維奧拉（Bill Viola）[101]的創作，相當令人驚艷。除了比爾・維奧拉，還有威廉・巴辛斯基（William Basinski）。[102]

一片徐緩而美麗的氛圍，突然間，被陣陣如暴力般的聲光給刺穿。

跟波莉聊了《死角》。她說，凱西無法放下自己對約翰的愛，這點讓她很生氣，因為不但顯示出這人缺乏主體性，而且對於自己之前的所作所為也不願意負責。

我跟波莉說，我覺得這種非理性的面向很有趣。戲劇就是在處理這種所謂非理性的作為，而這種作為總被一般人所排拒。當角色做出看似毫無道理的事情時，觀者在認知或信念上會感到矛盾不安，但有時所謂的道理本身是很武斷、很自由心證的，至少對我來說是如此。這種情況又該如何用戲劇來呈現呢？

---

[101] 美國影像藝術家（video artist）。其作時常觸碰人類精神層面，探討生命、死亡、意識等議題。

[102] 美國前衛作曲家。

1月31日

針對《死角》的負面評價持續出現。

瑪莉安・艾略特寫 E-mail 告訴我她有多不喜歡這部劇本。信裡頭提到的幾個點，我覺得很有趣。

演員和角色的種族身份是否有必要一致？我看過不少基督徒的演員扮演穆斯林、錫克教或無神論的角色，儘管都是黑人或棕色人種的演員。我們這次用了一位非猶太人的演員來扮演猶太人的角色，瑪莉安對於這部分頗有疑慮。

此外，她也無法同理這些角色。她說，我寫這齣戲只是為挑釁而挑釁，太過偏激了，但她同時也表示，有感受到很多的愛和情感，顯然說法有點前後矛盾。

我非常感謝她這麼誠懇的分享，讓我可以有好好反思的機會。不過我想，戲的內容沒處理好和戲的初衷有問題，這是兩碼子事。

她的一番話，像是在說我這個人太過偏激、自以為是，這比說我劇本寫得爛還傷人。

我只知道我很喜歡凱西這個角色。除了我之外，也有其他人說喜歡。我是真的非常喜歡。我只會寫我喜歡的角色。我寫這劇本的初衷，就是想呈現一位女子在殺自己小孩的行為背後所顯露出來的人性，或許我沒寫好。但我想寫卻沒寫好，跟我想寫的是別的東西，這是兩回事。

我想，我是真的被傷到了，竟被看作是個過度偏激的人，尤其是被一位朋友且是長期的工作夥伴這麼看。

我會慢慢放下這些雜音。

不過，編劇寫出來的角色是否一定要讓觀眾在乎，這個問題很有趣。此類建構角色的方法，很符合猶太基督教的敘事原型，到了現在這個後宗教資本主義時代，仍有其效力。內容大致上都是某個英勇的主角，面對眼前不可捉摸的命運，但仍然奮戰到底之類的神話。我之前許多劇本的主軸也都是類似的神話原型。

但我覺得我常常沒把東西寫好。

其實瑪莉安之前就常常對我的某些劇本有意見，像是《摩托鎮》（*Motortown*）、《早晨》（*Morning*）、《三個王國》，所以我不是要抱怨她，相反地，我很感謝她跟我說這些。只不過，這些劇本沒有出現像我大部分劇本中會有的那些英雄好漢，但這並不表示這些劇本就很偏激。我打從心底都不覺得我是一個偏激又自以為是的人，從以前到現在都不是。

純粹就是寫得有點爛而已，也許吧。但不管怎樣，我是很認真看待我對於劇場的責任和使命。

今天又跟侯非胥和拉敏工作了一整天。

這個展演計畫的核心，不是台詞和對話的表現，而是文本和意象的疊合，並充滿群像的調度和荒謬的張力。有幾個畫面不斷在我腦海裡盤旋：八十一歲的安．費爾班克（Ann Firbank）[103] 與年輕舞者們共舞；她對他們說著睡前床邊故事，故事內容充滿情色和欲望；他們的頭髮披蓋在臉上；他們玩弄著自己的頭髮；他們的肢體昨天呈現出一連串慢動作，今天則是隨著音樂，發展出了變化不斷的身體律動；一邊是一位男舞者隨性擺動，另一邊是其他舞者們親密舞動。

今天下午，試著用舞蹈來表現「停止」這個概念，讓舞者把身體維持在靜止不動的狀態，一直到完全受不了為止。每當他們有任何想說話的衝動，也會被打斷。

我得好好修改文本，讓內容更有詩意，讓群體效果更強烈，讓情感更幽微，讓結構更紮實，並且把張力一步步堆疊到結尾。

---

[103] 英國演員，生於 1933 年，代表作有影集《勸導》（*Persuasion*, 1971）。

2014年2月

2月2日

今天帶我兒子奧斯卡和他表哥湯姆搭火車北上看《死角》。

我、莎拉·法蘭肯和倫敦皇家哈洛威大學（Royal Holloway University）編劇系教授丹·利巴列圖（Dan Rebellato），一起進行了一場演前座談。孩子們則是自己去買漢堡吃，再到阿戴爾購物中心（Arndale）[1]附近亂逛，這些才是年輕人在曼徹斯特應該做的事。

座談有點久，不過進行得很順利。

我最喜歡的問題是，如果把劇本背景設在倫敦東區的話，內容是否會有所不同？我把角色設定為斯托克波特的居民，那在寫這些角色時，是否會用某種特殊的角度來感受和理解事情？

這我不太確定。

但我猜，我那些把背景設定在斯托克波特的劇本，應該都帶有較濃厚的懷舊感。某方面來說，那些生活在斯托克波特的角色，看到的天空比較寬廣，視野也比較遼闊。不像其他劇本裡生活在倫敦的角色，對斯托克波特的人而言，政治就只是在地的人事物，比較沒有受到全球化、國際化的影響，以及新自由主義的荼毒，使得他們對於歷史和空間的感受力比大城市裡的人寬闊許多。

其實這劇本寫得還行。一齣戲總是在首演之後再看會更好看，我現在看就比以前看出更多東西了。

我注意到，在這製作裡的演員們大多是用腦袋在演戲。或許這就是莎拉最大

[1] 曼徹斯特的購物中心。

的本事，透過一步步的詢問，帶演員深入挖掘角色的內心世界。但在看這齣戲時，我發現，演員們的身體大都維持在一種很奇妙的生硬狀態裡，胸口全然打開，手臂鬆軟垂放於身體兩側，因為他們都只靠腦袋在溝通。

這使得全戲給人一種詭異、疏離且迷幻的多重感受。

我還是沒去看劇評。我知道《衛報》（*The Guardian*）的琳・加德納（Lyn Gardner）[2]很喜歡，還有《金融時報》（*Financial Times*）的伊恩・沙特爾沃思（Ian Shuttleworth）[3]也是。當然，我也知道大部分的人並沒有很喜歡。我私下有傳訊息跟沙特爾沃思道歉，說我沒去看他那篇劇評。我告訴他，說實在的，我覺得我只是在壓抑自己，免得看完劇評之後被害妄想症發作。

我很訝異有這麼多人覺得安娜・弗萊斯里的舞台太簡陋，我自己倒是很喜歡這種簡約風格。這使得整個舞台像是一座偌大的場域，承載著導演莎拉所著重的角色細膩心理。

週末讀了阿斯特麗・林格倫（Astrid Lindgren）[4]的小說《獅心兄弟》（*The Brothers Lionheart*）。托瑪斯・艾佛瑞德森（Thomas Alfredson）[5]想要將小說改編成電影，於是把東西寄給我看看。這作品是一部很龐大的奇幻歷險小說，講述兩位男孩來到了死後世界，努力想要解救面臨威脅的山谷人民和生活，整部作品的筆觸美麗而沉穩。他們挑這部小說來改編，對我來說，是個很有趣的選擇，畢竟我完全沒寫過任何這方面的題材，天啊我甚至連《哈比人》（*The Hobbit*）[6]都沒看過。不過，我倒是在這作品裡死亡不斷重現的時刻中，感受到了非常動人的力量。

兩位男孩都死了，接著他們來到了死後的世界，並拯救了這個世界，之後他們又都死了。

---

[2] 英國劇評人，評論常刊於英國《衛報》。

[3] 英國劇評人，已移居德國。評論常刊於英國《金融時報》。

[4] 瑞典小說家。

[5] 瑞典電影導演。

[6] 英國小說家托爾金（J. R. R. Tolkien）所寫之奇幻文學三部曲。

這部作品是否會太北歐？事件是否會太滿，轉折是否會過多？

2月3日

跟編劇阿瑞尼．肯恩（Arinze Kene）[7] 和導演尚恩．霍姆斯約在伊斯靈頓喝咖啡，聊了祕密劇團委託阿瑞尼創作的劇本。很高興有今天這番交流，我建議他多去挖掘深藏在這劇本裡的情感。

我們現實生活裡真的有真愛的存在嗎？愛情到底是什麼玩意兒？他認為，愛情不過是一種可以讓人們暫時不去思考存在意義的非常手段。

我這週忽然想到，基本上所有故事都在尋找一個可以讓人們不去思考死亡、面對死亡的方法。

愛情就是其中之一。

看了在楊維克劇院演出的《快樂天》（*Happy Days*）。[8] 這劇本實在太驚人了，同時也讓我驚覺，我竟然花了好幾十年才真正看懂貝克特（Samuel Beckett）。[9] 死亡必須是一種可以具體感受、真的可能發生的狀態。戲中，他一邊提出他對社會的精闢分析，一邊分享他對婚姻、愛情、回憶及家庭的觀察，整場下來像是把這些內容通通埋入了台上的墓塚裡，如此劇作手法相當驚人。

我年輕時從來沒想過，原來他對於生命的見地，居然這麼精準。

2月4日

今天進行《雀鳥之地》的選角，很高興聽見場景內容讓演員們讀出來。我們主要在物色可以飾演瑪妮的演員，這角色是一位有自殺傾向的女孩，她的死

7　奈及利亞裔英國演員與編劇，生於 1987 年。

8　愛爾蘭劇作家貝克特的劇本。

9　愛爾蘭劇作家，生於 1906 年，卒於 1989 年。代表作為《等待果陀》（*Waiting for Godot*）、《終局》（*Endgame*）等。

導致主角陷入了憂鬱狀態。我最近有點擔心，英國劇場有點被中產階級背景的演員給壟斷了。這些演員當中有很多都很棒，他們知道要演行動，也會問問題，也知道要讓表演維持誠實狀態。

不過，若要說我對於這週的生活有什麼新體悟的話，就是我發現要評判一位演員的好壞，其實非常主觀。我以前一直以為表演跟寫作、導演不一樣，覺得有些人就是會演，而且演得比別人好，但最近幾次交流下來，我發現，我喜歡的演員不一定大家都喜歡，我沒那麼喜歡的演員也可能有人很喜歡，這讓我以前的想法完全改觀。

凱莉・克拉克奈爾只想選一小部分的演員，然後主要是看他們的天分，不是看表演的精準度，所以之後演員會扮演跟自己年齡或性別不符的角色。只要他們能夠演行動、問問題，維持誠實狀態，並時時打開耳朵聽，角色詮釋就不必受到現實外在條件的限制。

後來去了史特拉福德（Stratford）的舊市政廳，看《深夜小狗神祕習題》的試演。這個月，在倫敦西區演這齣戲的原班人馬，在史特拉福德舊市政廳演出兩週，免費給紐漢區[10]學校的小朋友們看。沒有投影，只有音效，完全就是呈現劇本內容而已。

今天觀眾大約有兩百位，其中有五十位是東布魯克小學的學生，我以前在這間學校教過，而這些孩子是葛蘭・安德森（Glenn Anderson）帶他們來的，他是我以前的同事，也是我的人生導師。下午的這場演出很精彩，演員們表演精準到位，彼此反應丟接流暢。孩子們看得很專心也很感動，每個看完都很振奮。

很高興能再度跟葛蘭見面。

這讓我想起了當初跟馬克・海登第一次見面談話時，聊到為什麼想改編這部小說，以及怎麼改。這齣戲可以用非常簡單的形式來呈現，我一直覺得這點很重要。投影和燈光讓這齣戲變得很豐富、很吸引人沒錯，但不論是劇本或

[10] 倫敦的一區。

小說，都是為一般大眾所寫的作品，所以我們應該要做一場由業餘演員們擔綱的演出，就在某間學校禮堂演，才會讓這齣戲更有意義。當然，這次演出很接近前面提到的方向，雖然演員是國家劇院級的專業演員，而且演出場地也不是在學校禮堂，而是在史特拉福德市政廳內部，建於十九世紀、貴氣典雅的廳堂。今天下午是我做劇場以來最快樂的時刻之一。

2月5日

今天下午修改曼哈頓戲劇俱樂部委託我創作的劇本《海森堡》。幾週前，這劇本在紐約讀劇，演員有伊恩・麥克連（Ian McKellen）爵士[11]和瑪麗—露易斯・帕克（Mary-Louise Parker），[12]那個下午真是令人回味無窮。他們讀起劇來幽默風趣，又不乏細膩之處。讀完劇後，麥克連整個人靠到桌上去，親了帕克一下，表達出兩人合作愉快的心情。

修改過後，整個故事變得比較清楚。主角艾力克斯・普利斯特（Alex Priest）是個情感麻木的肉販，某天遇見了一位從美國來的、年紀比他小三十歲的陌生女子。漸漸地，肉販的情感被女子給喚醒，同時角色的個性也變得更有趣了。

現在要找伊恩爵士演戲已經太遲了，他說他目前沒興趣在紐約繼續演戲，他覺得自己太累了。他站在紐約西43街的讀劇場地外，用手輕撫頭髮，閉著眼睛，看上去真的很累。

老實說，我完全不知道這劇本接下來的命運會是怎樣，可能有下一步，也可能什麼都沒有。但有機會回頭檢視作品總是好的，然後我發現這劇本其實寫得並不差嘛。

這劇本跟《死角》如出一轍，角色都很奇怪，語帶機鋒，而且異常地愛講話。

---

[11] 英國演員，生於1939年，作品產量豐富，種類多元，古典、現代、劇場、影視皆有。電影代表作有《魔戒》（*The Lord of the Rings*）、《X戰警》（*X-Men*）。

[12] 美國演員，生於1964年。

不過，前者比後者要溫和多了。這劇本比較溫暖。

跟波莉到傑伍德樓上劇院（Jerwood Theatre Upstairs）[13] 去看約翰・唐納利（John Donnelly）[14] 的《十年帶球跑》（*The Pass*），同行的還有我們的朋友蓋瑞・萊因克爾（Gary Lineker）和丹妮爾・萊因克爾（Danielle Lineker）。[15] 蓋瑞以前是很傑出的職業足球員，同時也是國內首屈一指的球評，他問我這地方是否就是劇場編劇界的「溫布利球場」（Wembley）。[16] 我說，比較像是西漢姆學院（West Ham Academy）[17] 或 1990 年代的克魯足球俱樂部（Crewe Alexandra），[18] 是許多編劇職業生涯發跡的起點。這讓我想起，十三年前《蒼鷺》（*Herons*）在那裡演出時，我有多興奮。

那次製作的點點滴滴，我都歷歷在目。

蓋瑞說，他覺得看這戲的時候有點進不去，因為劇本裡呈現出來的足球員樣貌和他在生活中實際相處過的很不一樣。我沒當過職業球員，所以沒辦法感受他所說的，但我個人覺得這劇本裡大部分地方都寫得很棒，編劇建立出來的劇中世界也很有說服力。

這忽然讓我有個深刻的感覺，就是我們在記憶裡感知到的真實，大部分是基於我們的體感經驗，跟我們在想像裡感知到的真實很不一樣。我認為，創作寫實的劇本時，應該要往這種想像出來的真實走去。

寫實是為了什麼？某種程度上，是為了讓觀眾可以想像自己生活在舞台上創造出來的那個世界裡，從中看見自己，激起自我覺察和省思，進而接收劇中所要傳達的某種隱喻。

於是我們會讚嘆，編劇怎麼有辦法把某個經驗或感覺捕捉得這麼精準。

---

[13] 皇家宮廷劇院內的黑盒子劇院。

[14] 英國編劇。

[15] 威爾斯演員，生於 1979 年。

[16] 倫敦的足球場，多項國際級賽事的舉辦場地。

[17] 位於英國達根罕的足球學院，以培育新選手而聞名。

[18] 位於英國柴郡的足球學院，以培育新選手而聞名。

透過作品，我們更進一步思考什麼是人，也更深入檢視自我人性。對我來說，這就是劇場的核心意義，也是所有藝術的核心意義。創造出一個空間，在一段有限的時間裡，讓人們能在此時此地好好思考身而為人的意義。

然而，舞台上複製出來的世界離我們現實生活中的世界太近時，我們最後反而會感到疏離，因為現實生活完全不是那樣子。因此，比起那些極力想貼近我們現實生活樣貌的戲，我們更有可能在某位十四世紀的丹麥王子或某位古希臘國王的故事中看見自己，進而得到省思。

甚至還有所謂的魔幻寫實風格。不論是打造出來的世界或情節，都無法讓人從中找到跟現實生活連結的痕跡，卻能勾起我們對於自己生命或別人生命的感觸。所以，對我來說，約翰．唐納利對於足球得分的描寫沒什麼問題。我跟蓋瑞提到這點，他看了我一眼，那個眼神像是我從來沒有踢球得分過一樣。

我還真的沒有得分過。

我對於得分經驗的連結和認知，不是來自於我個人生活，而是來自於我對某種生活的想像。

由伊沃．凡．霍夫領導的阿姆斯特丹劇團（Toneelgroep Amsterdam），[19] 其製作人沃特．梵．瑞納斯貝克（Wouter van Ransbeek）打電話來確認我和馬克．伊佐（Mark Eitzel）[20] 合作的獨白預計完成的日期。這作品的名稱暫時會叫作《凡維克公路》（*The Van Wyck Expressway*）。[21]

明年三月會在聖保羅或阿姆斯特丹首演。

我得在六月底之前寫完。

---

[19] 荷蘭最大的劇團。

[20] 美國音樂家，美國音樂俱樂部合唱團（American Music Club）之主唱。

[21] 紐約的公路，連接甘迺迪機場與皇后大道。

2月6日

我今天四十三歲了。

今天是我的閱讀日，我讀了三部劇本。一部是莎拉・丹尼爾斯（Sarah Daniels）[22]所寫的《大師之作》（*Masterpieces*），內容直視色情產物在父權體制下的樣貌。這劇本一方面感覺上有點過時，因為透過劇中角色學習所傳達出來的旨意，過於直白而顯得說教，但另一方面，劇本直接探討色情產物物化人性的本質，這一點又多多少少讓人覺得有所共鳴。

作者的書寫風格很微妙，像是中期的布萊希特和古典諷刺作家的融合。我蠻喜歡這部劇本，雖然裡面的政治策略真的有點過時了。作者對於色情產物的看法，就現在來看是否仍然適切，這點令人玩味。莎拉・肯恩就很有可能不同意她的看法。肯恩一直都認為，女性主義者簡化了大多數男人與色情產物之間關係的複雜性。

另一部是恩達・沃爾許（Enda Walsh）[23]的《妄亂青春》（*Disco Pigs*），就現在的角度來看，仍然是一齣富有張力、神祕費解又爆發性十足的作品。劇情內容相當直白，形式也非常簡單。全劇最具特色之處，是沃爾許的戲劇語言表現。爆發力強、暗藏威脅、極具動能，而且喋喋不休，這點非常地愛爾蘭。

還有一部是阿里斯戴爾・麥克道爾新寫的劇本《森林森林》（*A Forest A Forest*），是一部帶有哥德式風格的龐大作品。內容講述某個宗教團體中的男人囚禁、虐待及謀殺女人，最後跟他們自己的女兒結婚。全戲可說是對於摩門教的暗黑版探索，調性生猛，格局宏大，堪稱佳作。時而幽默，時而載道。不過，或許這就是為什麼我會說我已經不夠主流了，或許我們應該更直接清楚地表露自己的意識形態。這似乎就是現在年輕一輩編劇在做的。

---

[22] 英國編劇，生於 1957 年。

[23] 愛爾蘭編劇，生於 1967 年。

麗茲・懷特寫信跟我說，她覺得凱莉・克拉克奈爾在國家劇院「戲棚」（Shed）[24] 所導的那部探討性別政治的作品《模糊界線》（*Blurred Lines*），是某種新的開始。也許，她指的就是創作者願意透過作品表現出自己的意識形態這件事吧。

2月7日

白天在紐波特市（Newport）[25] 來回奔波，因為奧斯卡的護照不見了，要重新申請。

火車大誤點，因為西南部大淹水，很慘，很像世界末日。

護照署在一座橋下的停車場裡面，像是巴拉德（J. G. Ballard）[26] 的作品中會出現的地方，與周遭環境扞格不入，詭異而孤立，彷彿不存在一樣。

紐波特市看起來很荒涼。我越是走出倫敦，越是發現倫敦其實才是那個跟其他地方都不一樣的城市，根本就自成一個國家。紐波特一片蕭條慘澹，讓人切身感受到這座城市的經濟窘況。

趕回來看《閃爍之地》的第一場預演，這齣戲是祕密劇團在利瑞克漢默史密斯劇院演出的第四部作品了。

表演和設計都很好，但內容不清不楚。海莉・絲奎爾斯之前寫過一部在談論政治抱負的劇本，頗有格局，但她需要再多多加強敘事能力。她需要想辦法讓觀眾多進入內容一點。用生活中真的會使用的名詞，用確切的地名，把故事放在明確的地點。少了這些東西，故事會讓人難以進入，內容也就讓人難以理解。

久而久之，整齣戲就會讓人覺得無聊。

---

[24] 2013 年至 2014 年間，英國國家劇院的寇特斯洛劇場整修，「戲棚」便為這段期間臨時搭建、啟用之 220 席紅色木造劇場，已於 2016 年停止使用。

[25] 位於威爾斯的城市。

[26] 英國小說家，生於 1930 年，卒於 2009 年。代表作有《超速性追緝》（*Crash*, 1973）。

即便表演很穩、設計很美，而且還頗有大衛・林區的黑色電影美學。但，若看戲看了好長一段時間，觀眾都還沒辦法知道這些角色誰是誰、他們到底想要什麼、他們在做什麼，那麼觀眾就會開始不在乎台上這些人，漸漸地就會覺得戲很無聊。

這本日記寫得越久，越是讓我發現故事這種東西很迷人。

劇場是用來思考人和人之間關係的場域。

故事就是把在處理這些關係的事件，依照時間，梳理成序。

2月10日

我今天早上在家接受廣播四台（Radio 4）[27] 的訪談，分享了我的創作和家庭之間的關係，以及我作品裡的家庭樣貌。我請他們直接到我家來，這樣比較方便，也讓我覺得講話和思考比較輕鬆自在。

死亡無所不在，幾乎每部劇本都會出現死亡的身影。也許，我們和死亡和解的時候，就是我們覺得最輕鬆自在的時候。這時候的我們，別無所求也問心無愧，完全活在當下，並且意識到自己的渺小。

花了好幾個小時改寫契訶夫的名劇《櫻桃園》。我覺得我第一稿寫得還不錯，節奏抓得蠻好，而且又不失幽默，不過副詞用太多了，反而減弱了原本形容詞的力量，例如「實在太難」、「非常殘酷」等。這部分處理起來還算容易。

再次回到史特拉福德看《深夜小狗神祕習題》下午場的演出，這次是跟馬克・海登一起看。真的很開心看到這齣戲在這地方演出，我非常高興有機會能跟他一起合作。他說，很驚訝我居然到現在還對這齣戲這麼投入。我覺得，我只是很享受看演員在台上表演時，做出角色選擇的瞬間。飾演克里斯多夫（Christopher）的年輕演員麥克・諾布爾（Mike Noble）[28] 今天感覺特別鮮活，

---

[27] BBC 旗下的廣播電台，內容以名人訪談與戲劇新聞為主。
[28] 英國演員。

他做出的每一次決定都像第一次一樣，在演了一百場之後還能有如此表現，實在了不起。

回到利瑞克漢默史密斯劇院參加一個劇本會議。

祕密劇團持續打磨已經進入預演階段的《第四號演出》（*Show 4*），但全團卻籠罩著一股不悅的氣氛。團員們彼此攻訐，針鋒相對。他們一直以來都受到鼓勵要把自己當成是藝術家，但似乎忘了，衡量藝術作品的那把尺不只是自己做得有多開心而已。他們現在的心態，甚至不願接受劇本有任何的修改或刪減。

之前聽我所有在歐洲的工作夥伴們說過，這就是以集體創作為主的團隊會有的工作情況。

回到市區跟梅・肯揚吃晚餐，之後去看麗莎・德萬（Lisa Dwan）[29]的表演，是沃爾特・阿斯姆斯（Walter Asmus）[30]執導的三篇貝克特短劇《非我》（*Not I*）、《落腳聲》（*Footfalls*）和《搖籃曲》（*Rockaby*）。演出非常精彩，細膩動人。這齣戲完全就是貝克特的作品應該呈現的方式，不僅讓觀眾完全沉浸在劇本所構建的世界中，也帶給觀眾相當深刻的感受和省思。

此時此刻，可以感覺到劇場不只是一個說教聽訓的地方，而是一個充滿蛻變力量的場域。雖然貝克特的作品有時看了會讓人覺得人生很絕望，但他筆下對於一般大眾和女性角色的觀照，常會流露出溫暖的人性和細膩的情感，所以完全不會讓人覺得疏離。

我還記得我當初跟梅第一次碰面的時候。我跟波莉和她爸本來一起在倫敦吃午餐，結果吃到一半，甜點都還沒來就得先離開，讓人覺得很煩，就是為了要去跟這位經紀人碰面。我覺得有點煩，是因為在那之前我就已經在倫敦西區跟另一位經紀人見過面了，而且我很喜歡那位經紀人，本來都打算要跟她簽約了。我坐在梅忙亂的辦公室外面，等了差不多十分鐘，因為她還在裡面

---

[29] 愛爾蘭演員，生於1977年。

[30] 德國劇場導演。

講電話，所以我對那裡的印象很差。

那個地方又忙又亂、又吵又雜，於是我當下決定，等會兒一進去，就要用最快速度把事情講完，然後飛奔回去找波莉和她爸。結果，我跟她聊了兩個半小時。

我們聊了我的創作，聊了劇場，也聊了英國北方的情況，還有政治和階級等議題。她跟我提到她手邊正在合作的作家名單，全是英國當今最好的作家。

我們這一代最好的作家都交由她負責經紀。對外她盡力代表我們，對內她盡心了解我們的想法，替我們物色工作機會，並為我們爭取權益。她同時也是莎拉・肯恩、羅伯特・霍曼（Robert Holman）、[31] 大衛・格雷格（David Greig）、[32] 大衛・哈洛維（David Harrower）、[33] 露西・柯克伍德及許多人創作生涯的幕後推手。

我晚上跟她一起在外面邊喝邊聊，聊得很開心。酒喝了很多，八卦也聊了很多。

2月11日

開始跟凱蒂・米契爾工作《櫻桃園》，她今年秋天會導這齣戲。她說很喜歡我改的版本，我聽了心裡頓時鬆了一口氣。她確定這齣戲在楊維克劇院的演出結束之後，就會到莫斯科藝術劇院（Moscow Art Theatre）巡迴。

她給的筆記不多，整個人充滿熱忱。我們坐在南岸藝術中心（Southbank Centre）[34] 裡，針對劇本裡的一些細節和選擇，展開了熱烈的交流。

她建議修改的內容裡面，我最喜歡的一項是，她要我把所有提到「舞台」的

[31] 英國劇作家，生於 1952 年，卒於 2021 年。

[32] 蘇格蘭編劇，生於 1969 年。

[33] 蘇格蘭編劇，生於 1966 年。代表作有《黑鳥》（*Blackbird*, 2005）。

[34] 位於倫敦泰晤士河南岸之複合式藝文中心，一般稱南岸中心或南岸藝術中心，英國國家劇院、沃德美術館等單位都在此。

部分都改成「房間」。這樣一來，角色就不會是走進或走遍整個「舞台」，而是走進或走遍整個房間。

她由衷認為，在舞台上呈現劇中世界的整體性是絕對必要的。我沒見過她這種導演，比誰都還要求舞台上的劇中世界完整度，比誰都還排斥任何譁眾取寵的效果。

現在每次談到我的作品時，她和努伯林常常會硬被放在一起討論。不過有一點確實值得討論，就是他們看待觀眾的態度。

或者換個角度來說，是他們對於演員表演狀態的拿捏，以及演員和角色之間的關係。

他們兩位的看法非常不同，常常讓我在自己腦袋裡打架，但我很喜歡。

2月12日

今天跟國家劇院新上任的藝術總監魯佛斯・諾利斯和藝術顧問班恩・鮑爾（Ben Power）會面，討論《三便士歌劇》的演出計畫。

魯佛斯非常希望我可以重新構思場景，大刀闊斧地修改，讓這齣戲能夠更加引起現代觀眾的共鳴。簡單來說，原本的劇本不夠好。

你可以感覺到，布萊希特在寫這劇本時，不是打從心底對中產階級戲劇充滿鄙視，就是不太知道要怎麼把場景寫得有戲。三不五時就有不相干的東西跑出來，情節一直被打斷，最後結尾根本天外飛來一筆，荒謬至極。不過，音樂很棒。

我有點不太確定重新構思這整部劇本是否真的可行。

我擔心的是，即便全劇的場景都現代化，但這齣戲講的是警政腐敗，以及遊民依存關係被破壞，要做成音樂劇恐怕不太容易。或者應該說，這樣的內容根本不適合音樂劇這種形式。

但魯佛斯希望以這齣戲作為他上任後的第一齣製作，到時會是一檔旗艦製作。這樣讓我很難拒絕。

繼續跟凱蒂・米契爾討論文本。

接著，去跟影像導演達利亞・馬丁（Daria Martin）[35]和編舞家約瑟夫・阿爾弗德（Joseph Alford）[36]會面，一起討論一個由泰特現代藝術館（Tate Modern）委託的展演計畫，試圖探索鏡像觸覺聯覺症（mirror-touch synaesthesia）的感官體驗。有這種症狀的人，同理心會異常強烈，能夠切身感受所看見的、發生在他人身上的感覺。

我今天並沒有準備得很充分，但我有想到，或許可以讓這部影片成為現在一般青少年願意走出家門的動力，這似乎可行。

今天忽然覺得自己接太多工作了。

今天忽然覺得自己蠟燭多頭燒。

西海岸今天飽受暴風雨摧殘，很像世界末日。由於全球氣候混亂，聽說之後天氣變化會變得很極端，現在感覺上已經開始了。

事實已經擺在眼前。

明天本來要去曼徹斯特看《死角》，現在這樣有可能看不到了。

2月13日

今天接受《衛報》記者馬特・楚曼（Matt Trueman）[37]的訪談，聊了音樂對我作品的影響。我很喜歡馬特，他是當今年輕一輩寫劇場相關報導寫得最好的記者了。

---

[35] 美國藝術家。

[36] 英國劇場導演與肢體指導，2000 年開始擔任英國 O 劇場之藝術總監。

[37] 英國劇評人，評論常見於《衛報》。

我所有對戲劇的了解，都是從音樂學來的。我對於戲該如何架構或流動的感知能力，是源自於音樂裡的時間感和節奏感。

音樂對我來說，本質上是充滿懷舊感的，在我記憶中的每件事可以說都是透過音樂來連結。最初讓我有創作書寫動力的人，是那些寫歌的人。馬特問我對於賽巴斯汀・努伯林的看法，我說我覺得這個人有股特別的律動，全身上下都是。

我說過，我渴望找到新音樂類型的焦慮，跟我創作時會有的焦慮很像。那是一種自然而然的感覺，一種一直想要找某樣東西卻又找不到的感覺。

跟班恩・鮑爾和瑪莉安・艾略特午餐，同時談了改編《浮士德博士悲劇史》劇本的事。我和瑪莉安決定往重新構思《浮士德博士悲劇史》故事的方向進行，就先不做《長夜漫漫路迢迢》了。對我來說，改編的關鍵點在於，該用什麼角度來切入永恆這個概念，該用什麼方式來呈現出一個人的某項決定造成的後果可能會影響到他的一生，甚至永劫不復。

把魔鬼這原本抽象的概念，用具體的形象呈現出來，也很有趣。

最困難的地方在於，要讓角色執意做出一個重大決定，而且這個角色我們還要能夠認同。

我在想，不知道有沒有可能浮士德是女的，梅菲斯特[38]是男的。

然後他會誘導她質疑魔鬼的存在。魔鬼說服人們魔鬼這種東西並不存在，這是魔鬼最厲害的詭計。

爾後我搭火車回曼徹斯特。整個英國到處暴雨肆虐，洪水泛濫。我很幸運，準時抵達。

去看了《死角》最後一場演出。

演得很棒。

---

[38] 德國傳說中惡魔的名字。

整體演出簡潔有力，故事清楚，表演不拖泥帶水，節奏明快。觀眾全神貫注，深受感動。

演後座談時，觀眾分享觀後感想，他們對於這劇本理解的程度，遠遠超過我所預期。他們認知到這劇本在談愛情的瘋狂，也說到這劇本是在叩問人犯下最沉重的罪行之後，是否仍有獲得救贖的可能。

這群原本只是慕名來看海莉・克羅珀的觀眾，居然把這齣戲看得這麼深入，著實令我感動。

我以曼徹斯特為榮。

午餐時，我問班恩・鮑爾和瑪莉安是否認為自己是北方人。他們說是，但有點難解釋。[39] 我在想，他們是不是因為怕別人覺得他們太做作，所以才這樣說。我同時也在想，就算他們真的認為自己是北方人，離開北方然後到南方發展，這樣也沒什麼不對吧。

出門跟演員們小酌。

這些演員對這劇本付出了諸多努力，我不知道要怎麼用文字來表達我對他們的感謝，同時又不會顯得自己太濫情、太笨拙，總之我由衷感謝他們。一切都結束了，之後會有好一陣子見不到他們了。

2月14日

昨天弄到很晚，然後今天就直接搭火車南下，穿過了泛濫成災的西北部。快累壞了。

跟倫敦巡迴劇團的贊助人共進午餐，他們不只是有錢，而且有熱忱也有智慧，還有一顆熱愛劇場的心。

[39] 鮑爾和瑪莉安也跟史蒂芬斯一樣，都在斯托克波特長大，但他們後來皆活躍於倫敦。有時，北方人會覺得倫敦人很做作。

這位贊助人是一位女性，隨行的還有她兒子。他們說話條理分明，對這個世界和未來都充滿好奇和熱情，而且他們同樣也是曼聯的粉絲，聽到這點讓我非常開心。

後來跟詹姆斯・羅斯（James Rose）[40] 會面，一位年輕的編劇。我讀了他的作品，非常喜歡。

接著跟安德魯・史考特討論《雀鳥之地》。

他預想這齣戲會很大。他非常期待這齣戲，既緊張又焦慮，還有點興奮。

今天就像一場接力賽一樣，一齣戲接著另一齣戲又接著另一齣戲，一整天下來讓我頭昏眼花。

一直工作到凌晨兩點半，才有時間回 E-mail，才總算完成今天所有工作。

明天要放假了。

我等不及了。

真的等不及了。

2月24日

到紐約看《玩偶之家》在布魯克林音樂學院劇場的首演。

製作團隊用日支費讓我的飯店升級，所以我現在落腳位於紐約下東區 [41] 的標準飯店（Standard Hotel），非常舒適。裡面的床又大又好看，讓我晚上很好睡，有助於我調時差。

早上走了幾條街，去跟特里普・庫爾曼（Trip Cullman）[42] 吃早餐，他今年秋

---

[40] 蘇格蘭編劇。

[41] 紐約曼哈頓的一區。以前，此處多為移民與工人聚集之處。

[42] 美國劇場導演。

天會幫曼哈頓班級劇團（Manhattan Class Company〔MCC〕）[43]導《龐克搖滾》（*Punk Rock*）。

我們聊了好幾個小時，聊英文的特殊之處，也討論到這些角色的性格有多北方人。我總是覺得，在北方，人越有錢，口音就越不明顯。英國人的口音有非常多種，但北方上流社會的小孩，口音跟全英國上流社會的小孩聽起來差不多。

關於選角和演出的事，又再度回到之前提過的同一個概念：只要演員清楚且誠懇地把戲劇行動給演出來，那麼種族、膚色、年齡就都不是問題。這點在美國特別明顯。美國因受到過去奴隸制度的影響，現在仍處於分歧狀態，那段殘酷的歷史對美國這個相對年輕的國家來說，還未沉澱太久。

再訪《龐克搖滾》劇中世界的感覺有點奇妙。這劇本是我七年前所寫的，裡面很多內容我都忘了，角色對彼此講過什麼奇怪的話也不太記得了。我寫的很多東西都非常出於直覺，而那劇本我花比較多時間在構思劇情和行動上，但整體寫得很快。我覺得，通常我花很多時間構思但後來寫得很快的劇本都寫得比較好。這表示，我對於語言策略上的選擇，例如台詞，比較不是經過腦袋思考，而是非常訴諸直覺，所以我常忘記自己到底寫過什麼台詞，或者我為什麼要寫這些台詞，得靠導演和演員自行去挖掘。我並不是那種當初在寫本的時候，就很明確知道要表達什麼的權威型作者，我就是試著把東西寫出來而已。我試圖創造的是某種能量或張力。

現在回頭來看這劇本結尾的謀殺景，覺得有點怪。這段謀殺本質上是非常驚悚、突然的，而沒辦法挽回。這些死亡不需勾起任何情感，就是非常立即地發生。生命倏地結束，沒有情感累積的過程，也無人需要感到抱歉。最恐怖的就是，事情來得很隨性且迅速。

我想，搬演這齣戲時，若把劇本最後這一場給刪掉，某種程度上會限縮整個作品格局。前面的戲都發生在歷史悠久的學校圖書館裡，呈現出壓抑、混亂

---

[43] 紐約的外百老匯劇團。

和封閉的氛圍，一直到最後，當場景轉至一間精神病院的病房時，角色才獲得了某種弔詭的希望感。

我穿過格林威治村，到第七和第十四大道附近搭一號地鐵，搭到哥倫比亞大學，要去給主修編劇的學生演講。一路上暖陽夾帶涼意，漫步在這座城市最美的其中一角，讓人心情也跟著美了起來。

編劇安東尼．威（Anthony Weigh）[44] 主持了這場座談，對談的來賓有我、他和克利斯汀．帕克（Christian Parker）。[45] 克利斯汀是我在紐約認識最久的朋友：他在大西洋劇院（Atlantic Theater）[46] 當文學經理的時候，讀了我的《泊》，是在紐約第一個支持我作品的人。他刺激我想法，拿東西給我讀，提供我劇本上的回饋和建議，督促我成為一位更好的編劇。

我很驕傲大西洋劇院是紐約第一個搬演我作品的劇院。

整場對談進行得很順利，與會的有十二位主修編劇或戲劇構作（dramaturgy）的學生，大多安靜到不行。

我分享了懷舊和創作之間的關係，以及常帶給我靈感的五種體驗。一種是我個人的生命體驗，奧立佛．薩克斯認為這些生命的點點滴滴是懷舊和創作的源頭；一種是我從別人身上觀察到的體驗；一種是我從研究資料看來的體驗。另一種是我從其他劇本裡所得到的體驗，包括了我喜歡所以想進一步探索的劇本、我看了會生氣的劇本，以及我自己寫過的劇本——我會想要新作品跟前一部走完全不一樣的路數。還有一種是劇場裡的體驗。我寫作時都會考量到實際的舞台運作和實體的劇場建築，這也是我為何喜歡後台區的原因，因為後台是舞台魔法醞釀的地方，也是我為特定演員創作的動力所在。

我還談到，每部劇本某種程度上都在試圖叩問同一個問題，也談到每當我完成一部劇本，某種程度上都覺得好像失敗了。這樣的挫敗，正是讓我不斷嘗

---

[44] 澳洲編劇。
[45] 美國劇場導演與學者。
[46] 紐約的外百老匯劇院。

試、繼續創作下一部劇本的原因，因為我永遠無法成功。

我沒有辦法確切地指出那些問題是什麼。我覺得，那些問題跟某種想要離家又渴望回家的感覺有關，跟我們必須在這未來一片茫然的世界裡還要保持樂觀有關，跟結婚生子有關，也跟這一切是如何讓生命變得強大、變得豐富、變得困難有關。

安東尼說，我劇本裡主角都沒有真的在提問或追尋。他的話讓我覺得很驚訝也很有趣，因為我一直以為有。或許這就是為何我要一直回到原點。我努力想要清楚地呈現，角色在面臨死亡之際，是如何想要透過理智來搞懂他們的人生，但偏偏這些角色又都活在一個支離破碎的世界裡，所有思維和主體都處於分裂狀態，所以他們的種種追尋永遠無法讓人完全理解。

我們要怎麼生活在一個秩序已然崩解的世界裡？

我們要怎麼在這樣一個全然鼓勵自我矛盾、頌揚離經叛道的世界裡，達到任何目標或理想呢？

2月26日

今天早上我跟一位橫跨電影和劇場的製作人史考特・魯丁會面。我坐在他位於四十五街的辦公室大樓裡面的大廳等待，周圍掛了許多海報，都是他以前製作的電影，包括保羅・湯瑪斯・安德森（Paul Thomas Anderson）、[47] 柯恩兄弟（Coen Brothers）、[48] 魏斯・安德森（Wes Anderson）[49] 等人的作品。我已經很久沒有在等著跟人會面時這麼緊張了，上一次是十六年前跟梅・肯揚會面的時候。

---

[47] 美國電影導演，代表作有《心靈角落》（*Magnolia*, 1999）、《黑金企業》（*There Will Be Blood*, 2007）。

[48] 美國電影導演，代表作有《巴頓芬克》（*Barton Fink*, 1991）、《冰血暴》（*Fargo*, 1996）、《險路勿近》（*No Country for Old Men*, 2007）。

[49] 美國電影導演，代表作有《布達佩斯大飯店》（*The Grand Budapest Hotel*, 2014）、《法蘭西特派週報》（*The French Dispatch*, 2021）。

他人很好，親切又幽默，涉獵很深，而且讀遍了我過去的作品。我們聊了政治和關於未來的想法，還聊了編劇們都怎麼創作、為什麼創作、我怎麼有辦法寫這麼多東西，以及我為什麼要寫這麼多東西等等。整個話題其實都沒有真的聊到他之前要我好好考慮的那些計畫，但我有點覺得，這樣天南地北的閒聊比談那些計畫還要值得。

然後我就去了布魯克林音樂學院的哈維劇院，看《玩偶之家》的最後一場預演。

正在演出《玩偶之家》的這座布魯克林音樂學院哈維劇院，相當漂亮。據說這地方是彼得．布魯克（Peter Brook）[50] 發現的。這裡原本是個廢棄的歌劇院，聽說當初他從外面窗戶爬進來，看到裡面的空間感和頹圮感，於是就想在布魯克林區打造一個跟他所創建的巴黎北方劇院（Bouffes du Nord）類似的空間。周圍刻意裸露的紅磚、水泥、鋼條，給人一種復古而典雅的韻味。十五年前皇家宮廷劇院重新整修的時候，史蒂芬．戴爾卓（Stephen Daldry）[51] 和伊恩．里克森（Ian Rickson）[52] 一定也想過這些。

這個空間外觀宏偉又不失溫度，同時兼具某種劇場魔力，完全可媲美其他一流場館。

伊恩．麥克尼爾（Ian MacNeil）[53] 所設計的高雅舞台，置於這劇院碩大的翼幕空間底下，儼然像是一個真的娃娃屋，比我之前看過的任何製作都還像。

我跟凱莉．克拉克奈爾坐在劇院前區的後排，包廂區的正下方。可惜的是，這個位置是聲響上的死角，所以我們聽演員講話聽得很吃力，越聽越累。這也讓我意識到，這劇本某方面有完全受到語言文字宰制的危險。就這點來說，我自己的感覺有點奇妙。我非常著迷於這劇本裡口語表達毫不間斷的部分，

---

[50] 英國劇場導演，因其「空的空間」之理論而聞名。

[51] 英國電影與劇場導演，代表作有《舞動人生》（*Billy Elliot*, 2000）、《時時刻刻》（*The Hours*, 2002）、《為愛朗讀》（*The Reader,* 2008）。

[52] 英國劇場導演，1998 年至 2006 年間擔任皇家宮廷劇院之藝術總監。

[53] 英國舞台設計。

對我來說，這清楚地表示了一件事，就是寫劇本不是真的在表述語言，而是在表現能量。假如演員無法因應這劇院艱困的硬體條件來作出調整，那觀眾就會越看越累，聽到的就只會是一團資訊，接著就會開始不在意台上在演什麼，漸漸對角色及其行動失去興趣，只能去猜這些角色好像要講些什麼。

中場休息時，凱莉決定硬著頭皮去跟演員們講一下。她本來有點怕講了之後會影響士氣，結果反而更安定軍心。演員們後來提高了能量，把下半場處理得很好，將很多角色想法都表達得更明確了。對話間的種種細節，我們不但沒有漏掉，反而還聽到更多。整個下半場走得很棒，同時也證明了凱莉的做法是對的。

這場演出的觀眾比之前幾晚的觀眾都要安靜，但看完的反應卻相當熱烈，很多人還起立鼓掌。

以凱莉這種性格冷靜、不動聲色的人來說，可以展現出這樣的決心和膽識，著實令人激賞。很高興看到大衛・連恩（David Lan）[54] 也來看戲，他即將接任新建的世貿大樓表演藝術中心的藝術總監。他肯定能為紐約劇場注入新的活力。

他是個相當有遠見的製作人，在楊維克劇院從以前到現在所做出的貢獻，一直以來都帶來許多正面的影響力。

2月27日

今天是《玩偶之家》在布魯克林音樂學院的首演。

昨晚演出的表現很棒。某部分的我希望能有時間早點進場，把劇本略作修整，因為這裡的空間太大，把戲都給吃掉了。劇本中許多細膩或角色掙扎的時刻，現在整個被攤開看。劇院觀眾席越大，張力就越被稀釋，劇中的潛台詞就越難表現出來。

---

[54] 南非籍英國劇場導演與編劇，生於 1952 年。2000 年至 2018 年間擔任楊維克劇院之藝術總監。

同時，我也在想，舞台上的世界是否仍能維持原本設想的封閉性。凱莉熱衷於挖掘角色細膩的心理層次，並希望演員們對於舞台上的劇中世界能有共同的感知基礎。她引導演員們對於劇中世界有同樣的想像。楊維克劇院的演員們善於藉由鑿深角色心理來打造真實，但我在想，在這麼大的空間演出，會不會反而讓觀眾覺得疏離。我會希望演員們能讓觀眾走進他們的世界一些，多去意識到這實體劇場空間的存在，多一點點就好。

演員們後來卯盡全力，克服了空間和音量上的問題。到了情緒最高漲的第三幕，表現更是鏗鏘有力。從來沒有看過飾演托瓦德（Torvald）的多明尼克・羅恩（Dominic Rowan）[55]表演這麼生猛。當他看見柯洛斯塔（Krogstad）的信，從口中吼出「我得救了」的那一刻，深刻地讓人感受到他從絕望谷底被拉回的感覺。

飾演娜拉的哈蒂・莫拉罕（Hattie Morahan）[56]表現也相當精彩，跟另一方的對手戲可謂勢均力敵，拳拳到位。

最後這一幕的走向，從柯洛斯塔和林德太太（Mrs. Linde）兩人擁抱彼此破碎靈魂的溫情，到托瓦德和娜拉之間的性別張力，轉至打毛線那一段帶出來的詼諧氛圍，以及藍克醫生（Dr. Rank）道別時的深沉悲痛，結尾再以娜拉和托瓦德之間一場驚心動魄、緊張刺激的衝突作收，整場下來展現了最高乘的編劇布局手法。

整個製作我最喜歡的地方，就是托瓦德去拿他的雪茄，留下藍克和娜拉兩人在沙發上獨處的時候。他們靜靜地坐著，不發一語，但兩人之間對情愛的難分難解、對死亡的哀傷恐懼，完全溢於言表，表現得相當出色。

在哈維劇院這麼棒的空間裡演出這一場，宛若一段靜止不語的雙人芭蕾。

某部分的我覺得，我自己所有的作品裡面，我最喜歡的片刻都是角色不講話的時候。

---

[55] 英國演員，生於1971年。

[56] 英國演員，生於1978年。

我們以後應該要多多在舞台上呈現沉默。我應該來嘗試寫一部完全沒有對話的劇本。

2月28日

抵達希斯洛機場。[57] 讀了班恩・布蘭特利（Ben Brantley）[58] 在《紐約時報》（*New York Times*）上所寫的《玩偶之家》劇評。

這是我過去一整年以來讀的第一篇劇評，非常直截了當的好評。然而，好評也有可能讓我們墮落。要我對這齣戲在歌劇院演出時出現的狀況睜一隻眼閉一隻眼，其實並不難。不是我故意要難搞，只不過我意識到，發現自己的問題所在比看到《紐約時報》上的好評還要高興，這讓我覺得很踏實，同時也讓我不免覺得，到最後這樣的發現其實更有收穫。唯有透過問題或錯誤，我們才能真正學到東西。

這是我現階段不斷給自己的信念，也常拿來跟新生代的創作者分享。在英國土生土長的新一代創作者，從六歲開始就不斷接受來自政府的各種考試或測驗，大部分的人很可能根本不記得了。大家都想考好，然後藉此來博得父母或師長的關注，但成功並不會教我們任何事情。只有面對自己犯過的錯誤或處事上的缺失，並從中省思，我們才能真正有所學習。

跟拉敏・格雷與任教於肯特大學的芙蕾亞・瓦絲一里（Freya Vass-Rhee）博士在國家美術館的咖啡廳會面。芙蕾亞・瓦絲一里過去曾是威廉・佛塞（William Forsythe）[59] 的舞蹈構作顧問，兩人合作了十六年之久。她跟我們提到了佛塞靈活多變的創作發展方法。佛塞的排練期通常會持續好幾個月，有時甚至會在首演前幾天才完全確定演出的樣貌。她分享的發展過程，跟拉敏偏好的發散式思考不謀而合，但跟我相對聚焦的思考方式就背道而馳了。

---

[57] 倫敦最大的機場。

[58] 美國劇評人，評論常見於美國《紐約時報》。

[59] 美國編舞家，代表作有《身體協奏曲》（*Limb's Theorem*, 1990）、《無處又遍處》（*Nowhere and Everywhere*, 2005）、《福賽斯全開》（*Full on Forsythe*, 2019）等。

我工作時習慣把分散的想法整理出一套邏輯，而拉敏則是會把想法再打得更散，這使得我倆的合作關係不斷出現拉扯。某方面來說，我覺得有這些拉扯是好事。

芙蕾亞形容自己是「觸角式」（tentacular）思考，這個詞我很喜歡。

她解釋到，劇場裡「並置」和「對位」這兩個概念的不同。她很喜歡佛塞善於運用聲響、語言、動作、圖像等元素形成某種對位關係，而非只是將許多元素並置在一起而已。他的舞者們工作方式很像爵士合奏，要同步聆聽別的樂器或聲部是怎麼思考的。

她也提到了佛塞如何使用語言，比較不是要傳達表面上的字義，而是要找出不同節奏。聽到這點，我整個人大為振奮。

這點完全扣合了我一直想要在台上用沉默來表現張力的想法，重點是要如何傳達出劇本概念，而要傳達這些，不見得需要透過話語或文字。這也讓我想到了，當初在看《玩偶之家》第三幕藍克和娜拉兩人沉默的那一場時，我心裡的一些想法。

越過亨格福德橋（Hungerford Bridge），來到國家劇院跟班恩．鮑爾會面，談布萊希特遺產執行委員會要委託的《三便士歌劇》改寫計畫。我們能夠刪掉投影標題嗎？我們能夠改變故事背景嗎？我們能在劇本裡面加入髒話嗎？我們能改動情節嗎？我們能置換舞台場景嗎？……這些都是我們想問他們的幾個小問題。他們的回應會決定我們要不要繼續執行這個計畫。

2014年3月

3月3日

《雀鳥之地》排練的第一天。

再度來到皇家宮廷劇院的感覺有點複雜，很興奮，同時又有種說不上來的熟悉感。有點像回到自己家的感覺一樣，但一般回家的感覺又不會到這麼興奮。不過，今天最後自我介紹的時候，我認得的工作人員大概只剩兩位，而且我們離去時，即便沒有我們了，在場的人還是繼續聊得很開心。

第一天排練通常差不多都是同樣的行程。大家一早會合，地點在「現場」排練場（The Site），是「青年編劇計畫」（Young Writers Programme）的舊場地。與會的人員包括演員們、凱莉・克拉克奈爾，還有繼《玩偶之家》之後又再度合作的伊恩・麥克尼爾，以及舞台監督組員、劇院的藝術總監維琪・費瑟斯頓（Vicky Featherstone）[1] 等人，大家看起來都很緊張。我們讀劇、看舞台模型，然後吃午餐，下午正式開始工作。

正是這種熟悉感令人緊張。在這裡大家得把自己攤開，演員會顯得特別不安，跟開學第一天會有的那種惶恐一樣。

不過，讀劇讀得很好，這群演員非常棒。這劇本改編自布萊希特的《巴爾》，將場景重新設定在一個現代「體育館搖滾」（stadium rock）風格的世界裡。有點像是綜合了《巴爾》，以及葛蘭・吉（Grant Gee）[2] 所拍攝電台司令（Radiohead）樂團 [3]《OK 電腦》巡迴演唱會的紀錄片《擁抱大眾》（*Meeting People is Easy*）。安德魯・史考特飾演此劇的主角保羅，這次一起合作的演

---

[1] 英國劇場導演，從 2013 年起擔任英國皇家宮廷劇院之藝術總監。

[2] 英國電影導演。

[3] 1985 年成立於英國牛津郡的另類搖滾樂團。

員還有妮基・阿姆卡─伯德（Nikki Amuka-Bird）、[4] 尤蘭達・凱羅（Yolanda Kettle）、[5] 艾力克斯・普萊斯（Alex Price）、[6] 夏洛特・蘭德爾（Charlotte Randle）和丹尼・塞奎拉（Danny Cerqueira）。[7] 在讀劇時，他們把劇本內容處理得很清楚也很細膩，同時保有玩興。

還好有聽到某些幽默橋段的喜感有呈現出來。關於這劇本該怎麼改寫，我其實也還有一些其他想法，但都不是什麼值得挑戰的嘗試。這版本就是我目前最希望呈現的版本。

我們試了性別置換的選角方式，大家後來認為這招行不通。有經過這個嘗試和決定的過程，我覺得很好。

這劇本不會像前面幾稿一樣那麼仇視女性。某方面來看，這樣反而更貼近普世人性一點。不過，我還是很擔心自己會不會又下意識寫出什麼仇視女性的內容，所以我很高興凱莉先幫我審查過一遍。

下午凱莉開始跟大家順每一場的角色動機（intention），過程很冗長，但很重要。她把整個劇本分成好幾段，大約每半頁為一段，然後請大家一起看看每段具體的事件是什麼。這幾場中，徹底改變角色內在世界的事件是什麼？因為這些事件，角色們會做出什麼反應？基於這些反應，角色們會想做什麼事情，而事情背後的動機又是什麼？我們逐段討論，讓大家對於這些角色動機有所共識。

此階段鉅細靡遺的討論，讓我們對結構有更清楚的輪廓，這也是為整齣戲的樣貌打底的開始。

也就是說，演員們開始對於劇中世界的想像有同樣的畫面，這樣才真正像在演同一齣戲。他們開始有共同的語言，他們很認真地在掌握每個細節。

---

4 奈及利亞裔英國演員，生於1976年。

5 英國演員，生於1988年。

6 英國演員，生於1985年，代表作為影集《超時空奇俠》（*Doctor Who*）。

7 蘭德爾與塞奎拉均為英國演員。

早上的最後一個階段，伊恩．麥克尼爾和服裝設計霍莉．瓦汀頓（Holly Waddington）[8] 向大家說明他們的設計理念。伊恩打造了一個五彩繽紛又迷亂失序的小酒館空間。台上的人物擺出一連串的定格靜像，在劇院背牆所透出的幢幢黑影烘托之下，畫面令人震懾。爾後，兩側裝滿汙油的水池平面漸漸上升，最後把整個舞台都給淹沒，同時也吞沒了那些人物的倒影。

霍莉設計的服裝，以攝影師亞歷克斯．普拉格（Alex Prager）[9] 的作品為靈感基礎，頗有超真實（hyper real）的美學風格。我覺得，這樣鮮明強烈的視覺風格與著重心理寫實的表演技巧並置一起，有可能會呈現出特別的張力。

此製作中不論是內容上或美學上的各種衝突，都將發生在劇場裡這道裸露的背牆前面，這個概念是約瑟琳．赫伯特（Jocelyn Herbert）[10] 和安迪．菲利普斯（Andy Phillips）[11] 兩位設計先驅過去在這裡所有作品的核心理念。在宮廷劇院的每一齣製作，有把這道珍貴的歷史遺跡納入思考處理的，反而都比較好看。我們這個製作在這舞台上演出，而這舞台之前也演過許多前人的作品，包括奧斯本、[12] 邦德 [13] 和邱琪兒等許多知名劇作家。這些曾經在這搬演的作品，跟這道背牆一樣，都是歷史的幽魂，帶給我們的是自由，不是侷限。

去年在倫敦跟阿姆斯特丹劇團的製作人沃特．梵．瑞納斯貝克聊天時，他說過一段話，我至今仍印象深刻。他走遍各國，交遊廣闊。現在，每當被問到下一波最具創新精神的劇場會出現在哪時，他會告訴大家是倫敦。他說，倫敦的劇場不論在設計或導演方面，現在越來越讓人驚豔，充滿許多可能性。假如我們能將這點結合真誠的表演、縝密的劇本，以及有機的觀演關係，那麼我們就有能力打造出獨樹一格的劇場型態，讓德國劇場的前衛顯得倒退。

---

[8] 英國服裝設計。

[9] 美國攝影師。

[10] 英國舞台設計，生於 1917 年，卒於 2003 年。

[11] 英國燈光設計，生於 1940 年，卒於 2004 年。

[12] 此處指的是約翰．奧斯本（John Osborne），英國劇作家，生於 1929 年，卒於 1994 年。代表作為《憤怒回顧》（*Look Back in Anger*）。

[13] 此處指的是愛德華．邦德（Edward Bond），英國劇作家，生於 1934 年。代表作為《教宗的婚禮》（*The Pope's Wedding*）。

3月4日

《雀鳥之地》排練的第二天。

凱莉繼續逐場討論角色動機。這整個過程非常縝密且細瑣，大部分時間就是大家圍著桌子坐在一起討論。

此階段的討論，不僅能讓團隊凝心聚力，也能讓大家對於劇中世界的樣貌有共同的感知基礎。

透過這樣的排練過程，也能讓製作在前期就準備得更充分，因為大家對於戲會有個共同想像的完整藍圖，所以在詮釋上就不會只從個人的直覺或本能出發，而是以大家共同思考出來的具體共識為依歸。

有些演員很喜歡這種工作方式，但有些演員卻覺得很疏離，因為這樣會讓他們無法訴諸於自己的直覺來表演。

我個人並不完全認為演員的直覺有多可靠。

我有時會認為，演員是最無法評斷自己演出的人。我知道這聽起來很像是我在懷疑演員的智商，但那不是我的本意，我要說的比較像是馬克斯・弗里施（Max Frisch）[14] 曾經說的那樣，演員是永遠無法看到自己演出的藝術家。

這是舞台劇演員在工作上最困難的一件事吧。他們永遠無法看到自己演出來是什麼情況。

從我過去許多劇本的演出中，已經看過太多演員個人感覺不可靠的例子了。演員沾沾自喜覺得自己演得很好，而我卻覺得他們的表現令人失望到瞠目結舌的地步，這種情況在我過去劇本的演出中也見識過不少。還有些時候是演員自認為表現不好而感到沮喪，但我看來卻覺得剛才他們的表演清楚又細膩。

---

[14] 瑞士劇作家，生於1911年，卒於1991年。

我有點覺得，編劇是否也是類似的情況，無法好好認真看清自己的作品。

這劇本似乎又回到了我過去作品反覆出現的提問。我們該如何在這個充滿變動和未知的世界裡，保持樂觀向上的人生態度？一旦離開了家，我們還有回來的可能嗎？身處在這個分裂不已的世界，我們該如何愛人？

還有個新的問題，就是我們現在還有辦法知道什麼是真的、什麼是假的嗎？

這個關於真真假假的提問，在這齣戲，似乎透過了劇場這個形式，完整展現了出來，因為劇場本身就是一個充滿各種扮演、充斥真假虛實的場域。演員透過假扮，以表演者之姿出現，跟觀眾處於同一空間，這種表演性在這齣戲裡似乎特別明顯。除此之外，內容上也扣合著真假的主題。戲走到後面，主角保羅的不確定感越來越強烈，甚至對於自己所經歷的種種究竟是真是假，感到疑惑。整場下來，在在顯示出在這樣充滿變動的世界裡，若想尋求任何穩定不變的狀態，根本是天方夜譚。不過，這劇本並不是要對渴望穩定狀態的人潑冷水，反而是讓這樣的渴求更顯珍貴。

排練結束後，尚恩來跟我會面，然後說因為一些時程的關係，所以他應該會找喬爾・霍伍德（Joel Horwood）[15] 來當祕密劇團《第五號作品》（*Show 5*）的戲劇顧問。我一方面有點難過，也怕說之前找我是不是讓他後悔了，但一方面又覺得是種解脫。不管往哪方面想，其實都有道理，總之我現在有些時間空出來了。

接著我去接受一位來自東京的記者訪談。這位記者剛在東京看了《威斯特湖》（*Wastwater*）的演出，然後想跟我聊聊我的作品，以及我在東京的地位。

她告訴我，東京的劇場圈都知道我這號人物，我覺得有點奇妙。

她問我是否認為劇場很重要。

我跟她說，我認為劇場從來沒有像現在這麼重要過。在這個科技擾動人性、分化人心的世界裡，劇場是一個促使陌生人相遇的場域，兩兩並肩而坐，看

[15] 英國編劇。

往同一方向，共享著某種可以活絡智性和陶冶美感的現場體驗。

劇場是觀照自我不可或缺的明鏡。藝術家的責任，就是決定鏡子裡會照出什麼內容，以及要呈現出這內容的哪一個面向。

3月5日

凱莉．克拉克奈爾非常認真且堅決地要把整部劇本的角色動機都徹底梳理一番，我覺得很棒。

但與此同時，她也非常善於聆聽演員們遇到挫折時的心聲。

今天面對其中一位演員時，她重新調整了她的工作方法。她試圖了解這位演員對這工作過程的看法，也理解他所反應出來的挫折感。在她全盤接受對方的狀況之後，反而讓對方卸下心防，改變了態度，變得自在、敢玩，更有創造力和活力。

跟瑪莉安．艾略特一樣，她對於工作方法的思考也很靈活，不會從頭到尾死守著一種方法。她很能適時調整，因人而異，引導出演員們各自最好的一面。

這個時候往往就是最讓人興奮的時候。

晚上去丹瑪倉庫劇院（Donmar Warehouse）[16]看了彼得．吉爾（Peter Gill）[17]的戲《凡爾賽》（*Versailles*）。這齣戲冗長得不像話，內容講的是凡爾賽條約[18]簽訂時期，歐洲各國之間的張力關係。全戲中段戲劇性薄弱，只見角色闡述劇本的歷史背景，但缺乏戲劇行動，使得角色變成交代歷史的工具，讓人看了很無感。

作者很會營造沉默的張力，也很會寫女人。不過讓男性角色講話講了一整幕，實在蠻讓人受不了的。

---

[16] 倫敦西區的劇院。

[17] 英國劇場導演。

[18] 第一次世界大戰結束後，勝方協約國與敗方同盟國所簽訂的條約。

但，我的天啊！他筆下女性角色進場的時間點，以及沉默出現的片刻，真的寫得非常好，讓人看了心裡沉痛不已。

以作者這樣的年紀，還能有如此大膽的創作企圖，寫出市面上這麼少見的劇本，真的很令人感動，也給了我很大的動力。

我每天都很害怕，想說我是不是已經把我最好的劇本給寫掉了。

我仔細研究過二戰後最好的幾位英國劇作家的創作軌跡，大部分劇作家最好的作品都差不多是在我這個年紀完成的。

所以就這點來看，吉爾非常了不起。

3月6日

今天跟《雀鳥之地》的演員們進行了一段很有意思的對話，聊到在扮演不同角色時，是否需要用不同口音。凱莉和我試著引導他們不要往那個方向走去。

就演員和角色之間的關係來說，最讓我覺得有趣的點，並不是演員能否精準地揣摩角色的說話方式，也不是他們能否想像角色在劇本開始之前的生活情況，而是他們怎麼去滿足特定的角色動機。

最重要的並不在於演員能否精準地複製角色形象，而是他們能否深入挖掘角色細節，進而創造出角色之間更細膩的心理**互動**。

從這角度來看，口音就一點都不重要了。

他們擔心這樣的表演策略會不會跟舞台風格不搭，但就我觀察，這正是凱莉的本意。

大膽嘗試把角色之間合情合理的互動，放到一個這麼奇特的舞台上來發生。

若演員忽略口音，只管角色動機，完全專注在角色之間互動細節的話，會讓觀眾連結不起來透過戲所理解到的角色和實際上所看到的樣子。但正是因為這層斷裂（比方說「他們講話的方式不像是從鄧迪〔Dundee〕[19]來的人。」「怎麼沒看到他現在在吃的東西？」「台上沒有床，他們怎麼會說有床？」之類的問題），才讓想像有了空間。這樣的空間，也讓觀眾能夠看見自己的所在。也正是因為有了這樣的空間，才能讓這齣戲不只是一齣在講搖滾樂的戲，而是在某種程度上成為一齣探討人性的戲。

到蘇活劇院（Soho Theatre）[20]看了薇琪・瓊斯（Vicky Jones）[21]的戲《那個他》（*The One*）。過去十年，薇琪執導了許多新劇本，大多是男性編劇的作品。她這次是第一次寫劇本，結果就得到維麗蒂巴蓋特獎（Verity Bargate Award）。[22]

這是一齣既生猛又詼諧，充滿情色和爭議，兼具暗黑和高雅的儀態喜劇（comedy of manners）。

我很愛。

假如作者是男性的話，我不知道自己會不會反過來鄙視這齣戲。

我在想，作者的性別是否真的會有影響。

3月7日

再度前往摩爾菲爾德，舟車勞頓，旅途顛簸。我今天被麻醉的時候，護士叫我不要一直跟醫生講話。她說，我會這樣，是因為我很緊張，因為我眼睛要被打針了，她說的沒錯。下午回到皇家宮廷劇院，看《雀鳥之地》排練。

凱莉一直在仔細尋找的角色動機，以及馬克思・史塔佛德—克拉克（Max Stafford-Clark）[23]所強調、後來也撰文論述過的角色行動（action），這兩者

---

[19] 蘇格蘭東部的城市。

[20] 倫敦西敏市（Westminster）的小劇場，容納人數約為150人。

[21] 英國劇場導演，代表作有《倫敦生活》（*Fleabag*）。

[22] 蘇活劇院所舉辦之劇本獎。

[23] 英國劇場導演，代表作有《頂尖女孩》（*Top Girls*, 2011）。

之間的差異我在今天下午終於搞懂了。

角色動機總是跟在事件之後。

事件是指某一場景中發生的事情，可以是角色對話內容的刻意轉向，也可以是某個角色的進出場、某個肢體行動，或是從外面導入的突發事件。

角色動機指的是當下發生的事件，讓角色產生某些反應，促使他們想達成某項目標。

行動則是角色為了要達到目標，實際上採取的行為手段。

角色 A 在角色 C 面前朝角色 B 的頭部開了一槍。這個**事件**會同時啟動角色 A 和角色 C 一個新的角色動機。

角色 A 的**動機**可能會是說服角色 C 幫他們將這把槍藏起來。

他們的**行動**可能會是脅迫對方、懇求對方、恐嚇對方或誘惑對方。

角色動機和角色行動之間可能會有相當精彩的拉扯。

場景發揮到極致時，常會有這樣的戲劇張力出現。

在《雀鳥之地》的排練過程中，我們常發現角色有時動機很強烈，但行動很溫和，而看到這種時候我們就會很享受。這種時候也是威脅性最強或危險性最大的時候。

安德魯・史考特飾演的角色保羅就是這樣。

我今天下午同時也在想，像這樣的作品，特別是貫徹得這麼徹底的，應該絕對不會出現在德國劇場。或許我的觀點不見得正確，也或許不是什麼有趣的大發現。英國的劇場圈和劇評界常懶得思考，講到德國劇場就會以偏概全，我自己很多時候也是，真是罪過。

但這種路線，努伯林應該真的不會有興趣。

寫這幾段文字的當下，是週六早上，我正坐在廚房裡，剛結束《雀鳥之地》第一週排練，而且正準備迎接《卡門片斷》的最後一週排練。

現在剛好處於我英國的工作和我德國的工作之間的交界。要不斷在這兩個創作之間切換思維，一直讓我備受挑戰，同時也讓我充滿鬥志。

我這週得知，我有可能會得到一個委託創作的機會：幫 2017 年的德國魯爾藝術節（Ruhrtriennale）寫一部新劇本，其實是幾個短篇合成的三部曲計畫。這個藝術節是德國劇場最大的藝術節之一。與此同時，我還要幫瑪莉安・艾略特寫一齣新戲，到時會由她執導，在奧立佛劇院（Olivier）[24] 演出。這場介於德國劇場和英國劇場之間，關於文化和美學的對話，仍會持續進行下去。

今天在市區巧遇尼古拉斯・田納特（Nicholas Tennant）。[25] 很久沒見到他了，上次見到是他演《三個王國》主角伊格內修斯・史東（Ignatius Stone）的時候。他說他女兒現在已經兩歲半了，我好驚訝。《三個王國》在塔林（Tallinn）[26] 演完沒多久，他女兒剛好出生。

《三個王國》這齣戲在當時引起不小的騷動。這是至今唯一一齣賽巴斯汀在英國導的戲。這齣戲造成了兩派人馬意見分歧，一派是極度厭惡此作的主流劇評界（麥可・柯凡尼〔Michael Coveney〕[27] 說會喜歡這齣戲的觀眾都是道德淪喪的人），另一派是主要都在線上工作的新一代劇場編劇（安德魯・海登〔Andrew Haydon〕[28] 認為這作品不論是劇本或製作都是當年度最佳）。更奇妙的是，這製作至今還是有人在討論。這齣戲有辦法讓人這麼愛，也有人這麼恨，值得獲得一枚榮譽動章。

這齣戲所引起的軒然大波，帶來了不少影響。許多青年導演開始在創作中加入抽象概念和並置手法，探索戲劇和現實之間的關係。喬・希爾—吉本斯

---

[24] 英國國家劇院內的大型劇場。

[25] 英國演員。

[26] 愛沙尼亞之首都。

[27] 英國劇評人。

[28] 英國劇評人，評論常見於《衛報》。

（Joe Hill Gibbins）[29]後來在奧立佛劇院演出的《愛德華二世》（*Edward II*）就是從那時開始構思的，其他例子還包括了羅伯特・艾克（Robert Icke）[30]的《1984》和艾倫・麥克道格的作品。而最明顯的影響，就是催生了尚恩・霍姆斯在祕密劇團的創作。這也讓我意識到，這方面的主題已經不自覺地成為我創作中來回探索的對象。

因為那是我在劇場一直以來不斷思考的事情，同時也是我許多合作夥伴所關注的內容。

賽巴斯汀這週打電話給我，跟我說他要刪掉劇本裡很多歌隊的部分——我覺得這是英國導演不會去做的事。而且還說他要改結局，我其實無所謂。這文本一開始在寫的時候，就保留了刪改和重整的空間，語言也有增減和調動的彈性。

我很佩服導演有勇氣做出這樣的舉動，這點有啟發到我。

不過，我也見證過凱莉嚴謹認真、富有想像力且充滿關懷的工作方式，同時見識到諸多優秀演員是如何在她的引導之下激發潛力，爾後又如何被操到沒力。這些在角色心理上的深入和在表演細節上的工夫，都是難得一見且不容忽視的。很多人都忽略了英國劇場在這方面的優點，但我相信到時候一定會在演員表演上看到成果。

3月10日

今天早上是我過去這個月以來，第一次在早上進辦公室。把收件匣裡的信件都清空之後、工作了一下《十七》的文本，這個作品會跟拉敏・格雷和侯非胥・謝克特合作，由倫敦巡迴劇團所委託。

2013年在紐約排《哈伯・雷根》（*Harper Regan*）時，腦袋出現過幾個畫面，

---

[29] 英國劇場導演。

[30] 英國劇場導演，擅長以當代觀點詮釋經典文本。代表作有《1984》、《奧瑞斯提亞》（*Oresteia*）等。

後來都被我記錄了下來，現在我試著把這些畫面組合起來。這幾個畫面充滿情色和空虛的氣味，靈感主要是來自於當時我離家許久而生的寂寞，以及過去三年在醞釀《十七》的過程中所產生的一些思考。《十七》這作品主要是在探討人類意識到時間無情流逝後的心理感受和自我狀態。

我認為，處理這個作品的關鍵，就是要把單人獨聲和集體合唱的意象並置一起。

我喜歡這個單人的聲音是由一位七十歲的女人渴望性愛的聲音來表現，然後這女人希望在她死前能夠體驗最後一次性愛。

我為這作品想到了一個新的名字，叫作《核子大戰》（*Nuclear War*）。這名字真的是太屌了，我不敢相信居然從來沒有人用過。

今天跟史考特・魯丁通了電話，我答應接下改編大衛・伊格內修斯（David Ignatius）[31] 小說《局長》（*The Director*）的委託創作計劃，會由保羅・葛林葛瑞斯（Paul Greengrass）[32] 執導。魯丁最為人稱道的就是他的執行力，幾乎可謂驚人，而某部分的我其實有點怕跟他一起工作。

不過，葛林葛瑞斯是一位很棒的導演，他們兩人都很優秀且投入，所以我覺得我從他們身上學到的東西，肯定會大於跟他們工作所帶來的緊張感。

後來我跟阿姆斯特丹劇團的沃特・梵・瑞納斯貝克午餐。我們去了布萊克斯（Blacks），在蘇活區迪恩街（Dean Street）上的一個私人俱樂部。他很喜歡那裡，而我一直都是那裡的會員，已經八年了。今天沒什麼人，感覺不錯。中午大部分的時間，整層樓就只有我們兩個。我倆就這樣，安靜地坐在蘇活區中心，聊著天。

我們聊了《凡維克公路》，這作品我寫完之後會由伊沃・凡・霍夫來導。劇本是以獨白寫成，內容講的是有位在紐約的商人，得知他十多歲的弟弟心臟

---

[31] 美國小說家。

[32] 英國電影導演，代表作有《神鬼認證：最後通牒》（*The Bourne Ultimatum*, 2007）與《怒海劫》（*Captain Phillips*, 2013）等。

病突發過世的消息之後，回到了他在阿姆斯特丹的家。劇情時間為期一週，從他得知消息一直到葬禮後飛回紐約。作品到時會有音樂，由馬克・伊佐作曲。

他很喜歡這齣戲用書信體這個形式來說故事，會給人一陣一陣、斷斷續續的效果，不需要什麼事都一清二楚。

戲的高潮有可能會安排在劇中的某個特定日期——葬禮那一天，而音樂有可能會在一些令人意想不到的時刻中出現。

我們都很喜歡音樂以歌曲的形式呈現。

我們聊到一般世俗文化對於死亡的恐懼。當人類無法從生命中找到比自己肉身存在更高的價值，那麼死亡就會變成一個絕對且殘酷的事實。

我們聊到有人為了建造一棟大樓，奉獻了一生的時間和精力，但自己卻從沒見過成品。

我們聊到了城市空間和人的關係。相對於高樓大廈到處林立的紐約，阿姆斯特丹是個以人為本的城市。

我們聊到人們對歸屬感的需求、對回家的渴望，以及對回家的恐懼。

家，是一個讓人沒有欲望也沒有遺憾的地方。假如有人是獨自生活的話，那麼欲望和遺憾的感覺就會特別強烈。

於是金錢，便成了某種引來混亂的力量。

我們聊到一般社會文化對於談論死亡的忌諱。死亡，是我們每個人最後都會面臨到的終極真理，但在生活對話中卻是禁忌。

我們走到大英博物館去看傑奧格・巴塞利茲（Georg Baselitz）[33] 及其同時代畫家的作品展。1960 年代，納粹大屠殺和德勒斯登大轟炸的陰霾結束十五年

[33] 德國畫家，生於 1938 年，擅長以陰森、怪誕的風格繪製顛倒的作品。

後，德國飽經摧殘，以及柏林形成分裂的年代，所有德國藝術創作都蘊含著一股能量。從許多偉大的電影、搖滾樂以至這些畫作，皆可見一斑。

巴塞利茲過去曾被冠上政治思想不成熟的罪名，而被東柏林的大學開除學籍。他的作品風格怪誕，帶有骯髒又有力的幽默力量。他有些水彩畫讓人看了真的是歎為觀止。

里希特幾件素描作品也很驚人，勾勒出某種不安的想像。

另一位在德勒斯登（Dresden）[34] 出生的畫家彭克（A. R. Penck），[35] 作品帶有塗鴉風格，也相當令人驚艷。我之前從來沒聽過這號人物。

展覽裡面有很多作品都是木刻版畫，我很喜歡。這些藝術家藉由重拾德國古典藝術傳統，回應了當時那個急遽分裂的時代。

他們回到古典形式，創造出具有現代意義的作品，這種作法我非常喜歡。

3月11日

我今早工作了《核子大戰》的文本。我喜歡把劇本的名稱定為《核子大戰》，因為夠浮誇，我也很喜歡劇名表面上跟內容完全扯不上關係，但同時又反映出作品中某種深層的運作機制。

一方面，這齣戲完全沒有在處理任何跟核子大戰有關的內容，而劇名這樣取，就顯得有點有趣。

但另一方面，這劇本確實是在反思人類的感知和意識帶來的影響，探究人們對於未來感到不明確而產生的恐懼。這種種所造成的後果或可能導致的災難，幾乎可說是跟原子彈爆炸帶來的衝擊不相上下。

劇中的老婦人決定在死前重新體驗性愛，但爾後又期待落空，我以此作為切

---

[34] 德國薩克森邦的首府，第二次世界大戰時，此地為美國與英國投擲炸彈的重點目標。

[35] 德國畫家，生於 1939 年，卒於 2017 年。其畫作用色少、下筆猛。

入點，為這作品找到了結構方向。全劇發生在一天內，這樣的結構不僅可為劇情推展帶來驅動力，而且用這樣的方式來探討性愛與死亡等主題，也比較有趣。這讓我有機會藉由角色漫遊城市的過程，探索拉敏希望我去尋找的某種集體合唱本質。

之前我問紐約編劇馬克・舒爾茲（Mark Schultz）[36]認為什麼是神，他跟我分享的內容一直都讓我印象深刻。他說，某種程度上對他來說，神就是城市，是從好幾百萬個陌生人的集體精神裡長出來的某股力量。我想，這就是我在所有劇本裡一直反覆探尋的東西。

接著我搭了飛機到漢堡去看《卡門片斷》最後一週的排練。

我在飛機上開始讀羅素・修托（Russell Shorto）[37]寫的《阿姆斯特丹》（*Amsterdam*），作為創作《凡維克公路》之前的準備功課。我又回去聽了一年前在阿姆斯特丹跟馬克・伊佐做的第一次訪談。

排練的狀況很糟。

賽巴斯汀告訴我，他覺得這群演員非常難搞。後來他又告訴我，他覺得劇本本來的結局缺乏說服力，覺得歌手這個角色離開歌劇院的行為有點太天真了，所以他試了另一種走法。

眼睜睜看著自己寫的劇本被換了一個完全不一樣的結局，讓我不太開心。

但讓人更不開心的，是看到一群完全提不起勁的演員。他們都沒有在聽對方講話，也不像處在同一個空間，只是自顧自地演，上下場時還慢吞吞的。

整齣戲總共花了三個小時才走完，過程斷斷續續，因為要停下來處理演員的狀況。

整場下來令人費解，角色感覺上根本沒生活在同一個世界裡，而且我本來的

---

36 美國編劇。
37 美國作家與歷史學家。

想法是，劇中世界是歌手的主觀世界，但劇本原本可釐清這設定的地方，很多都被刪掉了。

對這整件事，我個人的感覺是有趣大於沮喪。

這再怎樣都只是一齣戲而已，又不是世界末日，沒人死，也沒有要打仗。到頭來，所有事情不過就只是一場遊戲罷了。

我比賽巴斯汀看得開，他說他現在的處境有點水深火熱。

以目前的情況來說，唯一能做的，就是要有耐心、要謹慎仔細。

要回到作品最原初的那些設定，要引導演員好好聆聽對方講台詞，要把該接的點接好，要試著跟大家一起享受當下。

我在想，這齣戲在發展上所遇到的問題，會不會跟德國的劇場文化有關。駐團演員有這麼多人，那成本一定很高，所以就需要足夠的票房收益，那觀眾席座位數自然就得多，但就算每晚一千兩百張票都賣光，其實也很難光靠票房來支撐演員的收入。況且劇院那麼大，賽巴斯汀光是想要個別給演員筆記，都可能要花上三十秒的時間才能走到每個演員那邊講話。像這麼大的劇院，可能真的不太適合拿來發展創作。

但場上偶爾還是會迸出一些火花和新意。只要演員可以好好演行動，彼此演在同一個頻率上；只要他們抓對進場的時間，接好所有該接的點，那麼戲可能還是會蠻好看的。

3月12日

我跟賽巴斯汀一起工作文本，他感覺上比較有精神了。我們在想要怎麼把戲縮短，整齣戲確實有些地方要縮短，同時也在思考要怎麼讓角色更有動量，並且對舞台上其他角色的存在更有意識。

午餐時，他跟我說，維也納城堡劇院（Burgtheater）[38] 的藝術總監被辭退了，因為他讓劇院虧了一千三百萬歐元。這個案例某方面可看出德國劇場難以自主經營的情況。

今晚排練狀況好很多。戲長縮短了，節奏也變快了。演員們感覺起來有在聆聽對方，沒有再各演各的了，讓我對他們、對這作品恢復信心。

這作品不僅結構複雜，以一場機車事故串織起所有角色，而且呈現手法多重，將種種充斥孤寂感的視覺畫面與一場突如其來的死亡同步置於舞台上，但只要演員們能清清楚楚地把劇中行動都演好，這齣戲的力量就能自然地被帶出來。

賽巴斯汀的詮釋手法是把畫面和文本並置一起，兩者之間不必然有所關聯，而他藉由這樣的並置手法所要探尋的道理，其實還是蠻傳統的。

後來在酒吧，他跟我說，目前的戲有個很主要的問題，就是劇本本身欠缺構作思考。他覺得我沒有找到合適的方式，讓這些角色可以同時出現在同一個空間裡，所以現在感覺起來很不搭。

在排練後期聽到他這些意見，還蠻傷人的。

但，也許他說的沒錯。若下次還有機會寫在大劇場演出的戲，我應該要避免寫太過隱晦的資訊或太多潛台詞。也許亞里斯多德式的情節布局會比較適合這種場地，所以我應該要多接觸這種路數，不要一直往反方向走。

這或許也讓我可以回到我最初的想法，就是編劇們最應該要做的，是要多去接觸古典作品。那些古希臘經典都是戲劇構作的精髓所在，包括了尤瑞匹底斯、索福克里斯、埃斯庫羅斯等人的作品。

之前在反思那些德國戰後視覺藝術家將創作回到木刻版畫形式的時候，也讓我想到一樣的事情。

---

[38] 奧地利的國家劇院。

儘管我可能真的讓導演失望了，我也因此覺得很挫折，但看過《卡門片斷》劇本的人，大部分的回應都很正面，有些人甚至瘋狂愛上這劇本。所以我不知道是不是賽巴斯汀自己沒辦法處理劇本本身充滿流動且相對有機的構作方法，然後再把他自己的問題怪到劇本上來。又或者，他說的其實是對的，這劇本基本上就很有問題。我甚至在想，這作品上的任何問題，也許雙方都難辭其咎。

今天的心情有如洗三溫暖，本來充滿希望地離開排練場，後來卻聽到自己的好朋友也是好夥伴，用和顏悅色的口氣講出了這麼嚴厲的批評。

今年真是奇特的一年，有這麼多劇本要寫。也許最後沒有一齣會成功，也許這些劇本某種程度上都會讓觀眾覺得疏離，而且一部比一部還要疏離。

3月13日

我跟戲劇顧問西碧勒・邁耶（Sybille Meier）[39] 和賽巴斯汀說，我昨晚一整晚都在掛心他們對這劇本的想法，他們聽了有點嚇到。

他們並沒有想要打擊我對作品信心的意思。

不過劇本有些事，確實要等到真正開排之後才會比較知道是怎麼一回事。

我覺得，就一位演員來說，里納特有太多技術上的限制無法突破，讓整個狀況變得更糟糕。其實她的表現很不錯，但也已經花了不少時間發展了，她還是覺得要好好聽演員們在台上對話很不習慣。身為一個歌劇女伶，她從來就不需要聽另一位演員講話聽得這麼仔細，通常只要跟著指揮，配合樂團就行了。仔細聆聽的能力，仍是作為舞台劇演員最不可或缺的一大技能。

但只要她一開口唱歌，就可以毫不費力地擄獲你的心。

今天早上又一起討論要怎麼把戲再縮短一些。

---

[39] 德國戲劇顧問。

討論過程似乎還算順利。

賽巴斯汀對於想調整的方向比之前更明確、更有感覺也更有動力了。

一個下午寫了五十封 E-mail，但沒有一封是用這家飯店的網路發出去的，因為這裡網路實在是有夠爛。

我在這家賴希斯霍夫飯店住過好幾次，陸陸續續大概有十年了。雖然飯店快要關了，我沒機會再住在這了，但我好像沒有太難過，反而因為網路難用得要死，讓我覺得這地方乾脆快點倒掉算了。

3月14日

德國劇場並沒有預演場的文化，完全沒有。首演場就是演出第一個對外售票的場次，也是媒體和劇評人會出席觀賞的場次，而首演場結束之後，主創團隊通常就離開，前往下一個城市了。

他們不會因為觀眾反應而作出進一步調整。

不過，這裡有個東西叫作公開彩排場。

週五晚上，有一百四十個人來看《卡門片斷》的彩排場。

其中還包括了劇院的藝術總監卡琳・拜爾（Karin Beier）。[40]

演出令人有點挫折，因為差一點就可以很棒了。台上有不少讓人驚艷的時刻，合唱、獨唱和畫面的部分都很不錯。

但戲太長了，缺乏層次，表演扁平，結尾拖沓。

我花了兩個半小時跟賽巴斯汀和其他工作人員坐在一起，爾後也重新思考結尾要怎麼處理才好。我想要刪掉差不多整整兩頁的篇幅，但賽巴斯汀跟我說，太遲了。

---

[40] 德國劇場導演。

這跟英國的體系很不一樣。我很喜歡在首演前刪本，我一直都覺得這些是我給演員的小禮物，這樣可以讓他們有東西思考，不用一直被困在首演的壓力。而且我敢說，要是我能幫他們刪本的話，戲一定會更好看。

但，如之前所述，在這個製作中，暴露出了駐團演員制的缺點，雖然就我以往在德國參與的其他製作來看，也是有優點。當工作來源不需要擔心時，當演出機會無法自己選擇而是靠上面給什麼就做什麼時，當大家不再需要爭取導演青睞，而是導演要去博得大家歡心時，演員們很容易就變得事不關己、興致缺缺，漸漸就失去動力了。

他們不會想說刪本可能會對戲的整體有幫助，而是會覺得心理受挫，覺得怎麼台詞變少了。我不覺得這是我個人偏見，比較是我對整個結構面的觀察心得。

兩邊的劇場就結構面來看都有利也有弊。我唯一可以確認的是，賽巴斯汀在首演場前夕的彩排後要給筆記時，從演員那邊感受到的阻礙，比我在其他劇組看到的都還要大。

這不是誰的錯，我覺得是結構面的問題。

最後還是想到了一些新的想法，把劇本一些地方給刪了。

且讓我們拭目以待吧。

3月15日

今晚首演場的表現很好，這才是一般首演場該有的水準。

或許劇組裡的大家互相討厭彼此，或許這劇場太大了，以至於無法弄出什麼有趣的作品，或許這劇本就是不適合大舞台，也或許把歌隊的部分拿掉之後，破壞了敘事結構，而且讓劇本變得單薄，但謝天謝地，我們最後還是打了漂亮的一仗。

劇本刪減過後，節奏比較緊湊了。

整個結尾重新調整過一番，現在多了一股層層堆疊的強烈張力。置於舞台中央的歌劇院，往觀眾方向移動的時間也提早了，使得本來有的毀滅步步逼近的感覺更加深刻。

演員們無不使出渾身解數，克服了這作品的挑戰。音樂調整過後，變得比較大聲，也比較有侵略感。里納特把每顆音符都處理得很細膩，戲感飽滿而有力。

而且令人驚訝的是，觀眾看得很入迷，掌聲如雷，不絕於耳。但當賽巴斯汀和我依照德國當地劇場禮儀，上台鞠躬以表謝意時，也聽見了一些激烈的噓聲，讓我覺得非常刺激。

這讓我想起了我以前玩過的樂團鄉村戲弄者（Country Teasers），[41]1990 年代中期時跟其他團員一起玩了差不多有十年，那時候觀眾對我們團的演出常是歡呼和罵聲混成一片。今晚觀眾的反應有給我同樣的衝擊。

我們舉辦了一場傳統的大型慶功宴。我向所有演員表達了感謝。

波莉說她很喜歡這齣戲，還說她很欣賞舞台。能通過她這關，那我就放心了。

我知道作品一定還有進步的空間，節奏可再緊湊些，很多地方的戲感可再多點，畫面意象和文字的並置對話也可再更強烈。賽巴斯汀後來寫訊息跟我說，他有點覺得他把這齣戲做失敗了。但，不管怎樣，這是這群人做這齣戲所能呈現出的最佳表現，所以我們沒啥好遺憾的了。

我不會想看劇評，因為全都是用德文寫的。

3月17日

離開了一週，今天花了老半天清理我的收件匣。

另外也聽了我和馬克・伊佐在阿姆斯特丹做的幾段訪談錄音。今天特別在聽

---

[41] 1993 年成立於蘇格蘭愛丁堡的樂團。

他的一些看法。

我們想要做一齣以人性為核心的戲，內容描述主角在他弟死後返鄉，重新體驗到生而為人的感受和意義。我想過可能會有的問題，就是怕會把他寫得過於情感濃烈或太憤世嫉俗。他是個平凡的人類，不是藝術家，也不是什麼狂熱的革命份子，就只是個一般人而已。

這個人每天工作就是為了賺錢，但不是什麼大壞蛋，就只是為了混口飯吃罷了。

然後某天他弟就過世了。

馬克寄給我一些很好聽的音樂。

我這週要趕快來看書，還要看小津安二郎[42]和泰倫斯・戴維斯（Terence Davies）[43]的電影。

我要來開始動工了。

3月18日

我回到利瑞克漢默史密斯劇院，看祕密劇團排練。

他們在發展一齣新的集體創作作品，這次跟編劇喬爾・霍伍德合作。我昨天跟他們午餐，試著幫他們精煉這作品的核心概念。幾經討論之後，我們試圖釐清這作品的方向，希望透過不斷想要改變不可能改變的事情，來彰顯人性尊嚴和情感。讓角色企圖改變不可能改變的事，比讓角色直接放棄探索要來得高明許多。

這作品會以一連串的即興為發展基礎。在這些即興片段當中，會有一些擷取

---

[42] 日本電影導演，生於 1903 年，卒於 1963 年。其作多以市民生活為題，並以低仰角鏡頭拍攝，代表作有《東京物語》（1953）、《秋刀魚之味》（1962）等。

[43] 英國電影導演，代表作有《遙遠的聲音，寂靜的生活》（*Distant Voices, Still Lives*, 2011）、《長日將近》（*The Long Day Closes*, 1992）等。

自莎劇的場景。尚恩花了一整天在研究怎麼演繹莎士比亞的語言。

能這樣短暫參與他們作品發展的感覺真好。

當演員們加重後半部台詞的語氣時，會有令人耳目一新的感覺。

或是加重五音步抑揚格詩（iambic verse）的第二音節。

這時候，語言會從靜態的詞藻，轉化為充滿能量的行動。

這時候，會產生追尋問題的渴望，進而帶出某種生命力。

我覺得這點相當有趣。

看到劇團的男演員里歐・比爾（Leo Bill）[44] 扮演馬克白，也看到娜迪亞・阿爾比那（Nadia Albina）[45] 扮演薇奧拉。

莎士比亞是所有劇作家裡作品最雅俗共賞的一位。

因為他的作品充滿能量，富有張力，而且文字量之多，令我驚嘆。這千千萬萬個文字，定義了英國。

更讓我驚嘆的是，這個語言是在沒有排練或導演的文化背景底下孕育出來的。

當時的演員只要負責把文本語言處理好，儘管文本常常到了演出當下才完成。

如果他們能在每句台詞的結尾留一拍呼吸，然後在同一句台詞的後半部加上重拍，就能讓文本充滿能量。如果他們能好好磨練這項技術，就不需要排練了。

台詞的生命力來自於技術。

---

[44] 英國演員，生於 1980 年。
[45] 英國演員。

3月19日

今天一整天都待在東米德蘭的學校裡。先到比爾伯樂中學（Bilborough College），[46]那裡有位女老師叫作雪倫．麥伊恩斯（Sharon MacInnes），在擴充教育（further education）[47]部門裡開設戲劇科，收了約有兩百位高中生，個個充滿熱忱，深受啟發。

接著去了切斯特菲爾德（Chesterfield）[48]參觀一間天主教學校，叫作蒙特聖瑪麗中學（Mount St Mary's），並跟那邊的高中生聊聊。

我應該要多花一點時間跟年輕人相處，他們給了我很多靈感。

我跟他們聊到失敗與檢討失敗的重要，也鼓勵他們可以試著創作看看。

很多人都對私立學校有意見，覺得裡面有很多特權問題，但位於德比（Derby）[49]的特倫托中學（Trent College），四年前卻啟發了我寫下《龐克搖滾》這個劇本。

今天去的這兩間學校，都帶給我很大的衝擊，同時也給了我滿滿的能量。

對這個國家的未來而言，戲劇教育乃當務之急。戲劇不僅增進我們對於人性的感知，也使我們成為更好的人。基於這點，雪倫．麥伊恩斯老師增設戲劇科班一事，令人敬佩，足以成為英國的典範。

在蒙特聖瑪麗中學時，我聊到我劇本裡為何有那麼多髒話。似乎因為這點，使得我的劇本很難出現在學校製作裡面，即便他們都已經是高中生了。我最後聊到罵髒話有多爽，也聊到用英文罵不同髒話時在細節和爽度上的差異。

---

[46] 在此教授的是第六學級（sixth form）課程。在英國教育體系中，第六學級指的是中等教育的最後階段，有意願升大學的人會在此時做準備。

[47] 在英國教育體系中，擴充教育指的是中等教育結束後之非學術研究型教育，科目涵蓋園藝、戲劇、舞蹈等。

[48] 英國德比郡的城鎮。

[49] 英國德比郡的城市。

他們教戲劇的老師認同我的說法，但我覺得他們校長應該不以為然。

3月20日

經過長途跋涉，才到了倫敦的貝爾塞斯公園（Belsize Park）[50]附近，去看《雀鳥之地》排練。

之前努伯林的排練場是拼命地想要演員把節奏抓緊、把力道拿出來、把音量放大，現在轉換到另一種排練場狀態，挺好的。

凱莉跟大家釐清每一場的角色動機之後，接著就是看演員把場景給演出來。她特別指出幾個劇中可以發揮的時間點，要演員們好好掌握。

我們排了劇中保羅告訴強尼（Johnny）他不喜歡新歌的那一場。安德魯、艾力克斯和妮基等演員皆透過表演，挖掘出更多角色心理層次和劇本趣味之處。

我只要負責好好坐著看戲就好，不插手，讓那些優秀的演員們自行去探索場景，有時這也是最明智的選擇。

回到這種自由演員制的排練場，讓人倍感活力，因為演員們個個都充滿熱忱，樂於合作，一起想把作品做好。

凱莉總是表現得很穩，讓演員很放心，同時也允許演員有自由發揮的空間。

後來到了楊維克劇院，去跟伊沃・凡・霍夫會面，討論我為他寫的那個獨白。

一位單身男子坐在鋼琴前，寫信給他十幾歲的弟弟，而他再也看不到他弟弟了。信寫了一週，一直寫到了他弟葬禮那一天，而他在彈的這架鋼琴，應該就是他弟的鋼琴。

他每天寫一封信，於是透過書信這個形式，讓他找到了新的能量，就這樣一

---

50 倫敦肯頓區（Camden）的高級住宅區。

寫寫了七天，一直到葬禮的那一天。他偶然的哼唱，成了這封信字裡行間短暫停頓的呼吸；他對於靈魂救贖的渴望，引領他走向音樂的懷抱。

這個劇本受到泰倫斯・戴維斯、小津安二郎和考克多[51]的作品所啟發，講的是一個在黑暗裡找光的故事。而這裡的黑暗，是隨著某個年輕生命逝去而引來的黑暗，也是這個價值被價格取代的世界裡呈現出來的黑暗。

3月22日

我今天早上跟約瑟夫・阿爾弗德會面，他來自倫敦的 O 劇場（Theatre O）。他是漢普斯特劇院（Hampstead Theatre）[52]製作《烏布的審判》（*Trial of Ubu*）的肢體指導，目前正在跟我合作電影導演達利亞・馬丁的新作品。

達利亞是一位藝術電影導演，展開一系列探討聯覺症的創作。聯覺指的是一種感官和神經混亂的狀態，造成觀者看到某些靜態物件會引起情緒反應。

我們目前創作的這部電影跟共感有關。那些有鏡像觸覺聯覺的人，當他們看到別人所歷經的身體感受，自己的感覺也會很強烈，像是完全感同身受。

我們想到了這部作品的形式，要讓影片無限循環播放。

這次比較有趣的是，練習如何透過動態影像而非文字或文本，來溝通作品概念。

這次的文字會是用來對位或對比，而非作為解釋之用。如此對位手法，讓觀者能夠有自己的詮釋空間。

我會往這幾個方向試試看，東西要在四月底寫完。

接著回到辦公室，繼續工作那個阿姆斯特丹劇本。

---

[51] 尚・考克多（Jean Cocteau），法國電影導演。代表作有《詩人之血》（*Le sang d'un poète*, 1932）、《奧菲斯》（*Orphée*, 1950）。

[52] 倫敦肯頓區的劇院。

是要叫《從遙遠國度捎來的信》？
還是叫《從遙遠國度傳來的歌》？

伊沃請我們想個新的劇名。我想到歷史上有個遠征東方的荷蘭東印度公司，於是就聯想到了「遙遠國度」（The Faraway Land）這個詞。我在想，或許就把戲叫作《從遙遠國度捎來的信》，搞不好可以彰顯荷蘭歷史、死亡和美國等概念。

說不定真的可以。

我看了小津安二郎的《晚春》，很好看，然後讀了理查・佛特（Richard Ford）[53]的短篇小說《石泉城》（*Rock Springs*）。

此刻的我，正在聽舒伯特（Franz Schubert）[54]的《冬之旅》（*Winterreise*）。

我有個感覺，這劇本的定位會落在小津、佛特和舒伯特之間。有著某種哀傷和孤絕，以及從幽微中窺見蒼茫的格局。

小津的電影看了令人痛到心坎。裡面的笑，日常無奇，卻幾乎讓我心碎。

晚上我去了國家劇院的萊特頓劇院（Lyttelton）[55]看凱特・歐弗林（Kate O'Flynn）[56]和萊斯莉・夏普演出的《蜂蜜的滋味》（*A Taste of Honey*），編劇是謝拉赫・迪蘭尼（Shelagh Delaney）。[57]凱特去年在這演《泊》，萊斯莉則是在《哈伯・雷根》裡面演主角的那位。

這劇本很棒。說來有點奇怪，我從來沒看過這劇本，但這作品卻給了我非常深刻的感覺。一定是因為我喜歡的作家從莫里西（Morrissey）[58]到吉姆・卡

---

[53] 美國小說家，1996 年以長篇小說《獨立日》（*Independence Day*）獲得普立茲小說獎。
[54] 浪漫時期奧地利音樂家，生於 1797 年，卒於 1828 年。
[55] 英國國家劇院內的中型劇場。
[56] 英國演員，生於 1986 年。
[57] 英國劇作家，生於 1938 年，卒於 2011 年。代表作為《蜂蜜的滋味》（*A Taste of Honey*）。
[58] 英國歌手與作家，史密斯樂團（The Smiths）之主唱。

特萊特（Jim Cartwright）[59] 都表示過這齣戲帶給他們的影響，所以那股影響也不知不覺地滲入到我心裡了。

萊斯莉和凱特的表現令人驚艷。她們兩人在劇中帶有爵士風格的哼唱非常動人。這兩位聲音這麼美的演員，都演出過我作品，現在能看到她們同台演出，對我來說別具意義。

3月23日

難得的週六假期，我晃到國家劇院，跟珍・霍洛克（Jane Horrocks）[60] 及強者吉姆・卡特萊特會面聊天，聊了《蜂蜜的滋味》之後的戲對於曼徹斯特的刻畫是什麼樣貌。

這有好多可以說。很多原本用來刻畫北方風情的常見戲劇設定，亦可在其他地區看到類似的樣貌。從格拉斯哥（Glasgow）[61] 到唐橋井（Tunbridge Wells），[62] 皆可見人們有著從絕望中看見幽默的態度；不善表露自己情感的個性；以母權為主的家庭結構，以及受到各生活面向影響的音樂。而曼徹斯特現在是一個重要的歐洲城市，一方面可跟慕尼黑、里昂和巴塞隆納等大城並駕齊驅，另一方面又彷彿是座存在於 1960 年代且帶有某種詭譎神話色彩的小鎮。索爾福德市（Salford）[63] 的街道是以鵝卵石鋪成的，這一區應該會非常適合在英國廣播公司（BBC）工作的人居住。現在這個國家的勞工階級給人的普遍印象，已經不再是一群在經濟不好時苦中作樂、相互扶持、你我一家親的人，而是一群在亞馬遜工廠上班賺錢後拿來訂閱天空體育台（Sky Sports）[64] 的人。

從另一方面來看，我發現兩件事。西北部的地理環境是由山谷形成的，加上

---

[59] 英國編劇，生於 1958 年。

[60] 英國演員，生於 1964 年，代表作有電影《啞巴歌手》（*Little Voice*, 1998）。

[61] 蘇格蘭最大的城市。

[62] 英國肯特郡（Kent）的城市。

[63] 英國大曼徹斯特區的城市。

[64] 英國的訂閱制體育電視台，為多項國際級足球賽之轉播頻道。

有本寧山脈（the Pennines）[65] 和墨西哥灣暖流交互作用的加持，所以這一區的降雨量相當豐富。在大雨中保持樂觀的能力，或如攝影師凱文・康明斯（Kevin Cummins）所說的：「在傾盆大雨中尋找光明。」似乎就是這種地理環境下的產物。因為雨勢洶洶，所以我們必須挺身對抗。此外，這城鎮鄰近溪流、山谷，也為這裡的都市氣息添加了幾許幽幽的自然況味。

我們看了幾個劇本片段，包括吉姆的和我的作品，還有《蜂蜜的滋味》，發現有幾個明顯的共同設定不斷出現，例如希望能跟女兒建立好關係的母親、以食物作為建立關係的手段、食物匱乏的廚房，以及女人設法展現自我魅力來制伏男人的橋段。

《蜂蜜的滋味》所有的場景都發生在希爾德加德・貝克特勒（Hildegard Bechtler）[66] 所設計的自然主義式舞台上，因此全戲都籠罩在一股極度寫實仿真的調性中。這樣的戲，某種程度上就是要讓演員的字字句句都反映著我們的日常。

戲結束時，有個女的朝我走來。她是一位學者，以激動且顫抖的口氣，拜託我一定要寫一部以亞馬遜工廠為題材的劇本。她認真希望我能夠呈現出北方新勞工階級的人民們有別於以往的生活樣貌。

3月24日

我今早跟史考特・葛蘭姆（Scott Graham）[67] 和卡爾・海德（Karl Hyde）[68] 在辦公室會面。史考特是相當重要的肢體劇場——聚狂現代劇場（Frantic Assembly）——的藝術總監，而卡爾是位音樂人，最有名的就是他在電音名團地底世界（Underworld）的創作，過去五年跨足戲劇界，曾跟導演丹尼・

[65] 英國北部的山脈。
[66] 德國舞台設計與服裝設計。
[67] 英國肢體指導。
[68] 英國音樂人。

鮑伊（Danny Boyle）[69]合作。他做過鮑伊的電影、劇場作品《科學怪人》（*Frankenstein*），後來還幫他統籌奧運開幕典禮的音樂。

過去六個多月以來，我們一起構思一齣跟父親這個主題有關的創作。我們打算返鄉訪談五位男人，請他們分享為人子和為人父的經驗。我們目前正試著彼此互相訪談。

要練習把問題問對。

昨天早上，我們跟卡爾聊了三個小時。

比預期多聊了一個小時。我覺得我們在聊自己父親的同時，應該要再把問題聚焦在我們自己為人父的經驗上。此外，我覺得我們應該要擴大訪談對象範圍，多跟不同背景的人聊。不過，這次還是聊得很有收穫。

卡爾相當誠實且坦白地分享了他從小在英格蘭和威爾斯交界處的成長經驗，聊到為何他會自己偷溜出去獨處，聊到這如何影響他身為藝術創作者看世界的角度，也聊到他從垃圾桶底部看出去的世界有何不同，還聊到他長大成人後，偶爾喝醉時會跑去重溫兒時場景。

現在的問題是，我們要怎麼把這些素材轉化成藝術創作？我們能用什麼結構和形式來表現這個作品？我們該怎麼重組，甚至改動這些內容？

我們該怎麼以此為靈感基礎來創作音樂，以及富饒意象的畫面？

他在分享時，語氣中夾帶著一股悲傷和愛，很美。

3月25日

今早跟一些人會面，有瑪莉安．艾略特、十六電影公司（Sixteen Films）的

---

[69] 英國電影導演，代表作有《猜火車》（*Trainspotting*, 1996）、《貧民百萬富翁》（*Slumdog Millionaire*, 2008）等。

卡米拉・布雷（Camilla Bray）[70]和劇本編審斯科特・梅克（Scott Meek）等人，聊得很愉快。關於《瀑布》這個劇本，斯科特提供了很多很棒的想法。他分享的內容深具啟發，清楚精確，聽他一席話就像是跟大師上了一課。

雖然我不知道這電影之後的情況會是怎樣，但從他所分享的想法和點到的一些細節，已經讓我學到很多，至少目前感覺上還算值得。

下午我和瑪莉安到貝爾塞斯公園一帶的聯合獨立錄音室（Air Studios），[71]跟尼克・凱夫會面。我們跟他聊到我們對於那個浮士德劇本的想法，這齣戲會跟恐懼有關。劇中人把自己的靈魂賣給了魔鬼，面臨萬劫不復的苦難。

這種感覺不會停止，他們會永遠處在水深火熱中，會永遠感受到這些痛苦，會痛到無法呼吸也無法休息。所以他們愛的人也會跟著他們受苦受難，這些人會看清這一切，然後怪罪他們。不管你躲到哪去，他們都會如影隨形地跟著。你永遠永遠永遠都沒辦法死，狀態會一直持續下去，因為這是他們所作所為導致的結果。

尼克為人親切和藹，但工作上尋根究底，處事總是秉持懷疑態度，不過最後還是被我說服成功了。他說，他很喜歡讓劇中人陷入恐懼這部分的想法。他過去做了好幾年的音樂，但都是偏向服務氛圍為主，現在想要寫些探索人性、直搗人心的作品。

今天這整段談話令人心滿意足。

我們離開時都非常開心，難掩喜悅之情。

這次能有機會面對面跟這位我崇拜的人交流，真的是我以前想都沒想過的。

若一切進行得順利的話，我對他的態度會從崇拜轉為尊敬，不再把他當偶像來看，而是把他看作是我的工作夥伴。

---

[70] 英國電影製片。

[71] 原名為 Associated Independent Recordings。

3月26日

今天一整天都在讀羅素・修托的《阿姆斯特丹》，內容闡述阿姆斯特丹的歷史，觀點清楚，立論分明。全書的論述主軸是，經過了種種地貌變遷和隨之而來的社會脈動，又歷經宗教改革結束和資本主義崛起之後，以及透過斯賓諾莎（Spinoza）[72]的哲學和林布蘭（Rembrandt）[73]的畫作，我們所認知到的自由價值，才開始在這座充滿故事的小城市裡花了約莫一百年的時間慢慢成形。

讀這本書是為了跟馬克・伊佐合作的那齣戲做功課。

我喜歡這劇本慢慢發展下來，變成在探討自由主義（liberalism）的本質，而且發生的時間點像是自由主義價值的終結。

劇中的主角離開紐約，離開這個某種程度上象徵著資本主義和自由主義終結的城市，爾後回到這兩個意識形態的發源地，參加他弟弟的葬禮。

他並不會因為阿姆斯特丹太過理想天真就心生厭惡。他會為這座城市哀悼，因為這裡是他所認知的一切價值誕生的地方，而這些價值正逐漸消亡。

所以他弟弟的死，其實帶有某種歷史隱喻。

3月27日

回到《雀鳥之地》排練場。

觀察凱莉・克拉克奈爾排練，真是如沐春風。她的工作方法，在許多層面上跟努伯林幾乎是互為對比。她對於展現個人特質或強化領導魅力，毫無興趣。

她做事有條不紊，思路清晰。

---

[72] 荷蘭哲學家，生於1632年，卒於1677年。

[73] 荷蘭畫家，生於1606年，卒於1669年。

她看排時勤做筆記，條理分明，內容精確，見解獨到，所以當她回過頭來給演員筆記時，都能溝通得很清楚。

她習慣用「版」（draft）來指某一場從頭到尾走過一遍的狀態。她會這樣說：「這一版走得非常清楚。」這樣的說法賦予了演員們創作的權力，我相當激賞。

劇場裡，我們每一位都是作品某部分的創作者。我自己所寫的場景版本，一定不可能比我們大家一起創造出來的版本有趣，因為我的版本不會說話也不會動。

我很愛凱莉為這齣戲所創造的劇場空間。

有種現代小酒館的感覺，呈現出某種頹敗的西方文化氛圍。

不過，我每次看自己的劇本在場上走過一次時，都會忽然發現劇本真的寫得好爛，今天看《雀鳥之地》也是同樣感覺。這齣爛戲基本上就是一個有錢異性戀白人男子的無病呻吟。演員演得很好，導演詮釋充滿想像力，但整齣戲看得我如坐針氈。

我知道，我明天看排時，情況就會好轉了。

晚上和伊沃・凡・霍夫吃飯，他非常喜歡《從遙遠國度傳來的歌》這個劇名。

3月28日

今天排練狀況好很多，大家排得很認真且細膩。

我花了很多時間跟安德魯・史考特聊，跟他確認他在問問題時，是認真想知道答案。這番提點似乎真的激發了他內在某股能量。

我們不斷反覆排練，最後走了整齣戲，整體很鮮活，比較沒有讓人覺得自憐自艾了。總之，好多了。

切記，要去問問題，要像是你不知道答案一樣，要真的想問。我的排練筆記有一堆都是在講這個。我劇本裡的角色，不論一開始看起來是一般人還是壞人，戲走下來，觀眾會漸漸發現，角色問了很多問題。

我想，我的劇本基本上就是一連串提問的過程。

從一個問題問到另一個問題。

我之所以創作，不是因為我有什麼話想說，往往是因為我有什麼事情不了解。我創造角色時的思考基礎就是問題，劇本就是環繞著這些問題和這些角色去發展。保羅就是其一。

3月31日

我整個早上都在南岸購物中心的三樓，跟凱蒂·米契爾討論我寫好的《櫻桃園》初稿。

我們討論了第二、三、四幕。

凱蒂喜歡將劇中世界打造成一個全然封閉的時空，這跟努伯林和凱莉所構想的世界觀有非常大的不同。對努伯林和凱莉來說，舞台和觀眾席之間仍存有縫隙，因此在舞台上塑造的戲劇世界，始終會被觀眾意識到是在劇場裡虛構出來的。

此外，她非常要求劇中諸多環節或線索要合理且連貫，包括了劇本背景與人物關係的連結、角色言語和內心世界的關聯。她不相信任何非理性狀態的存在，除非是很明顯的非理性狀態，但仍要建構在一個有邏輯和讓人相信的世界裡。所以她常會要我拿掉劇本裡互相矛盾或模稜兩可的地方。

我非常欣賞她處處嚴謹的工作方法，也很喜歡跟她合作。雖然很多人覺得她很嚴肅，但其實她本人很不正經，笑起來跟喜德·詹姆士（Sid James）[74]一

[74] 英國演員，生於1913年，卒於1976年

樣邪惡，愛聊八卦，還喜歡一些腥羶色的低俗笑話。

我的主要目標就是要逗她笑。我非常希望能夠說服她找維克・里夫斯（Vic Reeves）[75] 演羅帕辛（Lopakhin），但她並沒有這個打算。

我現在正在修改劇本，突然覺得我大部分的修改都在刪掉多餘的副詞和形容詞。我應該要把劇本修得簡練些。

看了《雀鳥之地》第一天的技排。[76] 服裝很棒，燈光出色，舞台也相當亮眼，就怕設計會把劇本給吃掉。但我相信在凱莉的領導下，不會讓這種事情發生。

接著去了市政廳音樂及戲劇學院（Guildhall School of Music and Drama），跟本身是演員也是導演的喬・麥金斯（Jo McInnes）和一群一年級的學生見面，他們在排我的劇本《海洋廣場》（*Marine Parade*）。喬導了這劇本於 2010 年在布萊頓藝術節（Brighton Festival）[77] 的世界首演。我在想，喬是個這麼有熱忱的人，不知道我們有沒有可能今年秋天再重製這齣戲。這劇本裡有某種人物情感是我非常喜歡的，值得好好再深入挖掘。

[75] 英國演員，生於 1959 年。

[76] 即技術排練。

[77] 每年於東薩塞克斯郡（East Sussex）布萊頓舉辦之藝術節。

2014年4月

4月1日

我今天當天來回皇家威爾斯音樂戲劇學院（Royal Welsh College of Music and Drama），去跟該校的學生聊聊。

我本來預計差不多二十位學生，結果來了一百多位。

我本來預計講一個小時，結果講了兩個小時。

我從戲劇的本質扯到了人類這種動物。人們受到「什麼是意識」的意識所控制，會透過一個人的行為來定義自我和他人，因此我們是自己做的所有事情的累加總和。我還談了技術、發展過程和失敗的可貴之處。

我認為，鼓勵年輕人失敗這點很重要。唯有透過失敗，我們才能真的學到東西。現在的年輕人從小就被教導成功的重要性，但成功什麼也無法教給我們。透過失敗、失敗再失敗，才能讓我們真正學習。

只要我們有智慧、夠清醒，好好反思自己的失敗之處。

在火車往返的過程中，我試著消化凱蒂關於《櫻桃園》的筆記。

讓劇情簡單些。
刪掉形容詞。
刪掉副詞。
讓戲簡潔有力一點。

4月2日

《雀鳥之地》在皇家宮廷劇院演出的第一次彩排。

我帶了奧斯卡和一位寄宿我家的交換學生托比亞斯（Tobias）一起去。

我真的太累了，那我今天就直接複製貼上我寫給凱莉的信件重點吧。

整體來說，我有信心這齣戲最後一定會很棒。現在比較是一些技術上的問題，感覺上演員們有些點還沒練熟，還好還有一次彩排。
我覺得他們就是需要多練習而已。

話說回來，幾乎所有藝術上的選擇，我都覺得很聰明，而且令人耳目一新。
我很喜歡這作品的聲景。
我很喜歡這齣戲的走位、形式和色調

我發現，這作品雖然有某種散發出來的質感可能會被解讀為浮誇，但事實上裡面非常細膩
這是一齣外表浮誇、內裡細膩的製作，我非常非常非常喜歡這作品的這點特性

這些內容都用粗體字寫，是因為這些是整封信最重要的部分。下面的部分乍看會有點嚴肅，可能會讓你以為我不高興

我沒有

不過我確實有些想法……

我唯一**最最最希望**做的，就是回復保羅父親提到強尼母親的那一句台詞，希望在彩排前可以調整，預演就更不用說了。

我覺得，不論就哪個角度來看，之前重寫那段都是不對的。

我很討厭現在改的內容，很抱歉造成困擾。

拜託你能否請他們改回原本的台詞。

我不覺得瑪妮這個角色現在的重量從頭到尾有在哪一刻忽然消失過，應該不用再改了。

這幾個部分就再麻煩妳了。

其他部分：

1. 我覺得第一場這樣不行。我在想，這些男生是不是演得太急了，反而成效不彰。不知道欸，但他們彼此的表演都沒有對在一起。

   他們沒辦法把話說清楚，因為他們沒有在聽，而他們沒有在聽，是因為對於情境的危機感不夠，所以戲一直要到第二場一半過後才真正開始。

   但整齣戲開場又這麼浮誇，煞有其事，緊接著一大段這麼沒力，很奇怪。我覺得他們必須要真的想問對方問題，而且真的想找到答案。「你的頭還好嗎？」就是一個很好的提問，而這時候強尼就要真的去關心保羅的情況。他們要再多專注在各自的行動上。

2. 把行動給演好，對前面四場來說特別重要。當他們把行動都演清楚之後，角色之間的訊息交流就會開始出現。

3. 我覺得前面那幾場（那一排椅子還在台上時），他們要更在當下，對於這世界各自不同的陳述也要再更清楚一點。他們要試著別把前幾場的狀態帶到這些新的場景來，要找到新的能量，而且有自信一點。他們必須盡可能地重新徹底感受自身和現場空間的關係。

4. 普希金咖啡館（Café Pushkin）[1] 裡面會放現在這種音樂嗎？

5. 基本上，演員表演時要把二樓和三樓觀眾席也考量進去。
   不然很容易被以為是演員放不開，若演員只對一樓觀眾席演，看起來就很像放不開。他們必須要對二樓以上的觀眾席演。

6. 我覺得安德魯要避免演陰暗、演懊悔，反而要多展現出熱忱和能量，以及表現出跟他人連結的渴望。陰暗是表現在語言文字上面，但不見得都要這麼直白地呈現出來。當他避免呈現出陰暗的一面，陰暗的力量反而會更強烈。

---

[1] 氛圍復古的俄羅斯餐廳，提供的甜點種類繁多。

7. 大衛在辦公室跟保羅講話，說到「強尼還好嗎？沒有那女的，現在應該過得比較好吧？」這句台詞時，心裡應該要有瑪妮的存在才對，因為瑪妮的事情是一件嚴重的大事。還有，面對保羅不客氣的回應，路易斯（Louis）反應出來的憤怒要再強烈一點，要對這人徹底感到灰心。演員在大衛出現的最後一景，行動要掌握得再清楚一點。他應該要展現出在氣勢上壓倒保羅的爽感。

8. 我覺得凱歌皇牌香檳（Veuve Clicquot）[2] 前面那一段的舞蹈，能量有點太低了，也有可能是太長了。

9. 我真的不太確定爸爸那一場，汙油浮起來的那個效果是否真的有必要。而且老實說，我並不喜歡演員在那邊還要走在水裡面。
   但若真的要做的話，我覺得應該要發生在警察景和大衛那一場，而不是父親那一場。
   那場呈現得好的話會很美，但整場都泡在水裡走，很讓我分心。

   我希望以上這幾點有清楚表達我的想法。

   累死了，沒力氣再多寫了。

4月3日

《雀鳥之地》第一場預演。我六神無主，手足無措，坐立難安。我期待著劇本裡的每一個字被說出來，也要克制自己不要唸出來。緊張到差點跑去抓助理導演的手。

演完了。觀眾很喜歡，還起立鼓掌。

我很討厭預演，因為不知道觀眾鼓掌是真的喜歡還是在騙人。我懷疑他們有可能在騙人。

---

[2] 1772 年成立於法國漢斯（Reims）的酒廠。

感覺上是個好的開始，要乘勝追擊。

他們該接的點都有接好，也有辦法把聲音送到每個角落了。

他們現在有辦法駕馭這整個場地了。

4月4日

《雀鳥之地》第二場預演。安德魯把改過走位的第三場演得他媽的好。他經過沉澱，重新調整，果然帶出了一場精彩有力、精準乾淨的表演。

但演完後他自己有點沮喪。

那幾位女演員也是。

第二場預演都是這樣。演員往往不喜歡第二場預演，都會覺得自己演得很爛，但其實第二場預演通常都比第一場要來得乾淨且有戲。第一場往往腎上腺素就像炸彈一樣亂噴。

一堆人聚在劇場外面，等著要跟安德魯見面。他被團團包圍，很多都是十幾歲的小女生，真擔心他會被嚇死。才剛演了兩個小時在講名聲讓人失去自我的戲，結果出來就看到這種場面，應該會覺得很奇怪。

現在覺得這劇本沒那麼爛了，稍微有信心一點了。

不過，奧拉・安尼瑪舒文（Ola Animashawun）[3]——皇家宮廷劇院顧問，同時也是我之前在幫劇院弄「青年編劇計畫」時的上司——有點擔心這戲走到後面能量會掉下來。凱莉還是要演員在最後四場涉水，但我真的不覺得這樣會行得通。

[3] 英國劇場導演。

4月10日

《雀鳥之地》的首演終於結束了，接下來我會休息十天。

我不確定這個休息是反映了這製作對我來說有多重要，還是反映了我四個月內完成了四檔戲的首演有多累。

也有可能兩者皆是。

最後兩場預演表現得不慍不火，相當成功。在克拉克奈爾沉著的領導之下，將演員們和整個藝術團隊帶到一個正確的方向。

現在回頭想想這兩次預演，我只依稀記得充滿焦慮和害怕的感覺。

我試著思考一路上我學習到了什麼。

首演的時候我看得很認真，過程中不斷讓我感覺到這齣戲寫太滿了。

我一定要記取這個教訓。

許多細碎的語言來去都可以拿掉，調整成較為簡潔的台詞或立場表述。

我好想喊停，然後重寫。

但不可能。

戲劇張力最強的時刻，是角色不說話的時候，或是台詞跟台詞之間的空拍。

整體來說，凱莉和伊恩對於這製作的詮釋調性絢麗浮誇，演員們的表演細膩而清楚，我認為這兩者融合得相當成功。

演員們對首演場的反應都很激動，因為他們從觀眾身上感受到了無比的熱情和感動。安德魯很驚訝，其實所有演員都很驚訝。

整齣戲就像是一個集體創作的作品。

我整個人焦慮到不行。

這場演出有一堆人來看，個個看起來都親切又大方。

我不知道為什麼首演總是讓我緊張得要死。我過去一整年已經刻意都不去看劇評了，我一點都不在乎那些劇評人怎麼寫。我若因他們的好評而沾沾自喜，那我會覺得自己很髒；若他們用評論來對我吐口水，我也會覺得自己被玷汙了。

此外，很抱歉這麼說，但我**不覺得**他們值得尊敬，真的不覺得。永遠都是先有作品，才有評論，我不覺得我能從他們身上學到什麼東西，所以我想我最好還是都不要看劇評好了。有些好一點的劇評人，人很好，但寫出來的東西卻沒有什麼見地。安德魯．海登有，琳．加德納有，以及一些部落客的文章或許也有。

既然如此，我為何要他媽的這麼緊張呢？

也許是因為現在這個時間點意味著要收工了。

之後不會再排練了。

所以這齣戲還沒解決的問題，都不可能再改了。

而身為編劇，就只能這樣乖乖地看著你的劇本在台上被搬演，然後什麼也不能做，令我倍感挫折。

真的很挫折。

我覺得這齣戲的劇評應該是毀譽參半，然後可想而知，查爾斯．史賓賽（Charles Spencer）[4]一定在《每日電訊報》（*Telegraph*）上面謾罵到不行。這個傢伙曾表示過，**從來沒有**喜歡過我的任何一部作品，雖然他之前給了《泊》、《鄉村音樂》（*Country Music*）、《哈伯．雷根》、《蒼鷺》和《龐克搖滾》四顆星。操，叫他去死吧，去被幹死算了。我會這樣講，是因為他說我人太好了，所以我就乾脆用文字來讓這些惡靈退散。如果我對他粗魯一

---

[4] 英國劇評人，評論常刊於《每日電訊報》。

點，說不定我就會變得比較會寫劇本。

看吧，我根本不在乎那些人怎麼說。

《衛報》的麥可・畢靈頓（Michael Billington）、[5]《獨立報》（*The Independent*）的保羅・泰勒（Paul Taylor）[6]和《舞台快報》（*WhatsOnStage*）[7]的麥可・柯凡尼都很喜歡這齣戲。《城市指南》（*Time Out*）[8]也是。

所以呢。

各種聲音都有，好壞各半。

而且我猜，這會是《每日郵報》（*Daily Mail*）給我的第三篇一顆星評論。我很高興之前《每日郵報》給過我這麼多一顆星評論。每次只要是《每日郵報》給我一顆星，我就知道劇本那樣寫是對的。

上週每天白天我都在跟侯非胥・謝克特和拉敏・格雷工作《核子大戰》。

感覺上我的文本有激起他們的創作動力。

想想這些文字從安・費爾班克的口中唸出來會有多麼美。可以聽到一位八十一歲的老太太直白地談論著性愛和死亡，我一定會很喜歡。拉敏、侯非胥和舞者們因應文本一起發展出來的一些畫面相當迷人。

有位新加入的舞者，從挪威來的，叫作希爾德（Hilde），這人根本是天才。她有著大膽狂放的想像力，以及勇於挑戰自我的熱忱，令人驚艷。有那麼一刻，我開始想像這部作品是個雙人戲，由希爾德和安來擔綱。

侯非胥開始要來找他想合作的表演者。

拉敏和侯非胥持續帶給我驚喜，把這作品推到了我從未預期過的方向。

---

[5] 英國劇評人，評論常見於《衛報》。

[6] 英國劇評人。

[7] 英國網站，提供劇場演出資訊，如票價、評論等。

[8] 英國文化雜誌，介紹世界各大城市之娛樂資訊。

有時候會讓我覺得作品很糟，因為我完全找不到他們在創作上走的方向與我的文本之間的連結，但這時候，通常又會讓我覺得作品似乎可以打破觀眾想像。

這作品有機會在皇家宮廷劇院演出，我覺得會比在沙德勒之井（Sadler's Wells）劇院好。在皇家宮廷劇院演出，比較不會有過多包袱，但如果到侯非胥・謝克特常去的沙德勒之井劇院演出，新作難免會被放大期待。

我和艾力克斯・普茨（Alex Poots）[9] 共享了一頓美好的午餐。他問我有沒有興趣寫些東西，在明年的曼徹斯特國際藝術節 [10] 中演出。很可惜我沒時間，我真的完全沒空。

不過我很喜歡他這個人，他有某種蘇格蘭人的硬派和音樂人的氣質。他幫藍色尼羅河樂團（The Blue Nile）[11] 的第二張專輯《帽子》（*Hats*）吹過小號。只要是《帽子》這張專輯裡面的人，我都很欣賞。

而這週末，我看了伊沃・凡・霍夫在楊維克劇院的《橋上一瞥》（*A View from the Bridge*），好看到讓人說不出話來。整個製作不論視覺上或感受上都非常動人，相當具有生命力，且風格簡潔。

他把整齣戲弄得像是一則日本武士的故事，有點小津的味道，也有點黑澤明 [12] 的調調，令人驚艷。

4月14日

白天在我久違的書桌上寫作，感覺是這幾年來第一次。今天在家工作，不過因為復活節，孩子們現在放假，所以我很難專心。

週末時，我有顆牙齒的牙冠不小心掉下來，不過牙根之前就已經處理掉了，

---

[9] 英國劇場製作人，2005 年至 2015 年間擔任曼徹斯特國際藝術節之藝術總監。

[10] 每二年於曼徹斯特舉辦之國際型藝術節。

[11] 1981年成立於蘇格蘭格拉斯哥的流行樂團。

[12] 日本電影導演，生於 1910 年，卒於 1998 年。代表作有《羅生門》、《七武士》等。

所以不會痛。在整個寫作的過程中，我會不自覺地一直用舌頭去舔缺牙的地方。我還有分享在推特上面。

但我還是把我的電影劇本初稿完成了，之後要給達利亞・馬丁看。

我這邊說「我的」，但其實我並不覺得自己是這作品唯一的創作者。

或許她的攝影指導也是另一位具有同等地位的創作者。這對我來說不是問題。

我試圖把我們共同的想法，以及之前跟約瑟夫・阿爾弗德的討論，轉化為文字語言。

我很享受整個書寫過程，讓我有機會叫自己寫出帶有敘事感但又不是以故事為主軸的內容。作品中注入了影像，不僅畫面和畫面之間互為對比，畫面和語言之間亦如是。

從我今年兩齣在排的戲來看，雖然可見我非常注重敘事邏輯要清楚這點，但不論是這個跟達利亞合作的影像劇本或《核子大戰》，劇本都比較是被當作某種發想起點，用來刺激夥伴們的創作靈感，而且除了作為故事主軸之外，也被拿來作為對比或對照之用的素材，我覺得這樣的發展模式非常有趣。

昨晚我去了克拉珀姆轉運站（Clapham Junction）[13] 附近的劇院 503（Theatre503），[14] 這個劇場規模小但相當重要。那裡的人之前請我選一部新銳編劇的劇本給他們呈現，我選了門賽・惠特尼（Monsay Whitney）[15] 的《從手到口》（*Hand to Mouth*）。

我第一次見到門賽，是她在 2011 年於利瑞克漢默史密斯劇院演出尚恩・霍姆斯所執導的《拯救》（*Saved*）時。某天晚上演出結束後，我跟她搭同一條地鐵回家，然後她跟我說她有個劇本想寫。

---

[13] 倫敦旺茲沃思區（Wandsworth）的火車站。

[14] 倫敦旺茲沃思區的劇院。

[15] 英國演員與編劇。

我就把她放到利瑞克漢默史密斯劇院那個青年編劇計畫裡，然後她在工作坊期間寫了《從手到口》這個劇本。

劇院 503 想找我幫這些編劇背書，不然的話，他們很難獲得聲譽或關注。

我很喜歡門賽的劇本，有著跟安卓亞・鄧巴（Andrea Dunbar）[16] 和謝拉赫・迪蘭尼同樣的創作脈絡。她們都是青年勞動階級的女性編劇，試圖用書寫來對抗以中產階級男性為中心的傳統規範。全劇充滿無比樂觀的力量。這個年代的權力運作規則是，鼓吹人們從彼此身上看到最壞的一面，並藉此來定義對他人和自我的認知，但這部劇本卻試圖從罪惡中挖掘人性的一面。整體情緒豐沛，富饒想像，而且非常幽默。

這劇本有些台詞，會讓我希望自己是那個作者，這是我判斷是否喜歡某部劇本的方法。這劇本把劇場這種說故事的形式，發揮得淋漓盡致。

此外，門賽是位非常特別的女性。她是性情中人，但往往以柔待人。她以前住在哈林蓋區（Harringay）[17] 那種給遊居者住的房子，現在是個單親媽媽，住在托特納姆區（Tottenham）[18] 的社會住宅。她思路清楚，表達流暢。

她劇本讀起來很有力量，充滿喜感，比之前看的時候還要好笑。最後一場是她新寫的，寫得很好。

結束後有位演員走過來跟我道謝，感謝我願意支持這麼一部用倫敦勞工階層的真實聲音所寫出來的劇本。他說，現在已經看不到有人像她一樣，會把這樣的聲音放到舞台上了。

他說的沒錯。表演訓練費用高得令人望之卻步，漸漸變成只有中產階級才能享有的奢侈活動。此外，皇家宮廷劇院不僅定調了國內新劇本的發展路線，也已成為重要的參考模式，但近來這裡所呈現的劇本，多在探討中產階級的

---

[16] 英國編劇，生於 1961 年，卒於 1990 年。

[17] 倫敦哈林蓋區（Haringey）的一區。

[18] 倫敦哈林蓋區的城鎮。

問題，使得貧窮階級的聲音再度被邊緣化。

我跟門賽進行了一場演後座談，聊到她寫這部劇本的初衷和發展過程，整段分享充滿智慧和熱情。她常會過於自謙，甚至自貶，這點她得克服，不然日後會影響到她的成就和創作，因為我們心裡默默覺得自己是怎樣的人，久而久之就會真的成為那樣的人。

我真的非常希望《從手到口》能被搬演。

我會寫信跟維琪・費瑟斯頓聊聊這件事。

這種劇本就是皇家宮廷劇院應該要做的劇本。

這種劇本也是皇家宮廷劇院之所以存在的原因。

4月15日

我花了大半天刪掉我《櫻桃園》劇本裡所有的副詞。我交稿幾個月以後，重讀劇本最大的感受，就是副詞本質上是花俏又多餘的文字。這劇本裡的每個句子，只要把副詞去掉都會更順。

去西區看了《堰》（*The Weir*），[19] 很好看，仍是一齣結合幽默、恐怖和感傷等面向的好戲，劇中鬼魂所帶來的不安力量依舊強烈。喬西・洛克（Josie Rourke）[20] 跟這劇本十五年前首演的導演伊恩・里克森在手法上如出一轍，這次製作的詮釋相當忠於原著，幾乎依照原本劇作家康納・麥佛森（Conor McPherson）[21] 的構想來呈現，所以整體感覺上有點奇怪，像是伊恩版本的復刻。如何以當代觀點重新打造現代經典，這方面還有很大的空間可以嘗試。

---

[19] 愛爾蘭劇作家康納・麥佛森的劇本。

[20] 英國劇場導演，2012 年至 2019 年間擔任丹瑪倉庫劇院（Donmar Warehouse）的藝術總監。

[21] 愛爾蘭劇作家，生於 1971 年，1999 年以劇本《堰》獲得奧立佛最佳新劇本獎。

4月16日

我到楊維克劇院去接受訪問，對方是音樂網站寂滅（*The Quietus*）的記者。當下的我，覺得自己好像是保羅被安娜莉莎（Annalisa）訪談，[22] 有點精神分裂，非常奇怪的感覺。

之後跟瑪莉安・艾略特和凱緹・魯德（Katy Rudd）[23] 花了一整天在聊《深夜小狗神祕習題》的美式用語。針對美國方的製作人點出來的語言問題，大致上都找到了不錯的解決方法，除了警察對克里斯多夫發出「警告」（caution）那裡。在美國，類似的說法可能會是「抓他去做筆錄」（to book him），不過實在很難想像一位來自史雲頓（Swindon）[24] 的警察會這樣講話，而且這樣就變成是動詞，而不是名詞了。

花了一個半小時跟羅漢普頓大學（Univeristy of Roehampton）[25] 的美國學生聊天，他們很多都是美國賓州州立大學創作研究所的學生。這種科系有點像是專門產出電視編劇的機器，期待學生畢業之後就可以直接進入電視劇產業，光用想的都覺得可怕。

爾後又跟瑪莉安去皇家歌劇院（Royal Opera House）看《浮士德》（*Faust*），一張票要 215 鎊。這部歌劇製作非常傳統、冗長，毫無想像力，非常無聊。

我們中場休息就離開了，然後去酒吧聊天。我們聊到在什麼情況下，會願意出賣自己的靈魂。

當我們渴望性愛、貪圖錢財、想要青春、覬覦權力、追求美麗的時候。

當我們失去理性、思慮不周、貪婪作祟的時候。

當有人慫恿我們別去考量後果的時候。

---

[22] 這段情節出自《雀鳥之地》。

[23] 英國劇場導演。

[24] 英國威爾特郡（Wiltshire）的城鎮。

[25] 倫敦的公立大學。

當有人告訴我們，所謂的後果都不會真正發生的時候。

當魔鬼跟我們說他並不存在的時候。

若說十九世紀是煤和蒸氣的年代、二十世紀是石油的年代，那麼我想，二十一世紀就是鈳鉭鐵礦（Coltan）[26] 的年代。

我們很清楚在剛果因為鈳鉭鐵礦貿易所導致的衝突，還有在中國智慧型手機工廠發生的事，但人們仍樂此不疲地沉溺於滑手機的快感，完全忽略了我們就是這些事件的幫兇。

我們想像各自的女兒到了我們現在這個年紀，想要見面小酌一番，卻沒辦法出門，因為外面生態浩劫嚴重，而且路上到處可見搶水的暴民。他們會知道，生活變成那樣是我們這一代造成的。實際上是我們為了自己，出賣了他們的靈魂。我們正活在一個非常浮士德的年代。

我們複製著魔鬼的惡行，自己卻毫無意識。我們追求我們想要的生活方式，但對於這些生活方式可能產生的後果卻毫無自覺。魔鬼看似平凡無奇，但滲透我們日常生活的程度，遠比我們想像的還要深入。

除此之外，說不定也可以跟康納・麥佛森一樣，在劇本裡面說一些走路會遇到妖精、走樓梯會碰到鬼、在墓園會看到戀童癖殭屍之類的故事。[27]

若這部劇本能結合上述關於公共生活和心理情緒這兩方面的恐懼，肯定會更完整、更好看。

4月26日

說起來有點扯，我過去一週的日記都不見了，這就是用三台不同電腦寫日記會搞出來的狀況。

---

[26] 一種應用於製造手機、電腦、相機的金屬。

[27] 這些橋段皆出自康納・麥佛森的劇本《堰》。

過去一週，我記了一些《遙遠國度》的筆記，這劇本之後會由伊沃．凡．霍夫來執導。

我會一邊發展劇本，一邊做些功課。我會找一些我想閱讀、觀賞或深入研究的資料，包括了電影、劇本、詩、圖片、音樂等，在主題上多多少少跟我正在發展的劇本有所關聯的東西，然後一邊做筆記。

這週，我重讀了瑞蒙．卡佛（Raymond Carver）[28] 最後的詩集《通往瀑布的新路》（*A New Path to the Waterfall*）。詩並不像短篇小說的故事性那麼強烈，但他仍試圖結合這兩種文學形式，將角色的重大醒悟時刻以簡練的形式來表達，結果內容基本上就是充滿一堆敘述，意象薄弱，毫無驚喜。或者應該說，就現階段的我來看是這種感覺，畢竟我二十幾歲的時候曾經很愛這些作品。不過，這本詩集的第六部分回顧了他當初得知自己生病的反應，這部分非常動人。他和詩人黛絲．葛拉格（Tess Gallagher）過去十一年來朝夕相處，並在臨終前幾個月結為連理，還一同到歐洲旅行，如今卻得跟對方永別了。字字句句，勾勒出他透過窗外看見她的景象，呈現出船來了把他帶走的畫面，也帶出了他所感受到的恐懼和愛，令人刻骨銘心。

在我爸的告別式上，我朗讀了卡佛的最後一首詩。

另外，我最近一直在看小津的電影「紀子三部曲」：《晚春》、《麥秋》和《東京物語》。跟前面所提的情況完全相反。我第一次看《東京物語》是二十幾歲的時候，看完只覺得很無聊，搞不清楚這種東西怎麼會被認為是經典名片。

但我的天啊，我這週完全看懂這些作品了，包括長時間的定鏡；讓演員直接對鏡頭講話的手法；對家庭的刻劃；對家人之間複雜情感的描寫，呈現出孩子們的殘酷，也呈現出父母們的哀傷，因為他們看見孩子們長大，想到他們未來會歷經懊悔和挫折。還有二戰末期、廣島、戰俘營等訊息，從未提及卻無所不在。

---

[28] 美國短篇小說家，生於 1938 年，卒於 1988 年。代表作有《能不能請你安靜點？》（*Will You Please Be Quiet, Please?*, 1976）、《大教堂》（*Cathedral*, 1983）等。

看這些電影對我來說是很大的刺激，讓我想要寫些簡單一點的故事，讓我想捨棄掉浮誇的結構，寫些易懂且動人的東西，多寫一些像是《廣闊世界的海岸上》之類的劇本，多寫一些簡單平實的故事。

我這週看了兩齣戲。一齣是馬琉斯・馮・梅焰堡（Marius von Mayenburg）[29]的《黃金國》（*Eldorado*），令人看了很難過，內容講述一場末日劫難即將到來，對於某個不知名西方城市裡的中產階級生活造成了威脅。筆觸充滿機鋒，形式和語言表現都很大膽，而且畫面感強烈，跟小津的作品帶給我的啟發完全相反，讓我想要變得更加猛烈、勇敢且狂放。

我會去看這齣戲，是因為之前演過《情色》和《威斯特湖》的阿曼達・黑爾（Amanda Hale）[30]這次有演。她是一位既漂亮又聰明的演員，兼具智慧和直覺，沉穩中帶有張力。

我喜歡這份存在於我對小津和梅焰堡兩者感覺之間的矛盾。我喜歡這種不知道自己下一步想要做什麼的感覺。

我想要把《遙遠國度》盡可能地寫得簡單，同時又保有大難臨頭的危急感。劇情內容簡潔易懂，講的是死亡與悲傷，講的是兩座從海底長出來的城市，講的是自由主義和資本主義的終結。

然後昨晚我去看了史考特・葛蘭姆執導的《相信者》（*The Believers*），編劇是布萊恩尼・拉弗里（Bryony Lavery）。[31]史考特導得很棒，他和舞台設計喬恩・布瑟（Jon Bausor）[32]共創的這個製作，已經榮登我最喜歡的聚狂劇場作品。呈現手法相當大膽，藝術野心強大。

持續修潤《櫻桃園》。一直在刪副詞，想辦法讓故事更簡潔有力，也把背景交代得更清楚，同時讓語言表現更直接。

---

[29] 德國劇作家，生於1972年。代表作有《醜男子》（*The Ugly One*）等。

[30] 英國演員，生於1982年。

[31] 英國劇作家，生於1947年。

[32] 英國舞台設計與服裝設計。

持續修潤我幫達利亞．馬丁寫的影像劇本《同理心碎》（*Empathy Heartbreak*）。這是我寫過最多敘述的影像劇本了，她很喜歡我文字勾勒出來的畫面。

寫了一則關於克里斯．索普（Chris Thorpe）[33] 的介紹詞，要給柏林戲劇節（Theatertreffen）[34] 的劇本市集（Stückemarkt）。我提到了避免待在確立狀態的重要性。我需要新一輩的編劇，或是其他編劇，來刺激、挑戰或挑釁我，讓我不要太過安定，不要被鎖在過度確定的狀態裡。在藝術的範疇裡，確立就是惰性。一旦你進入了完全確立的狀態，那麼你就停止進步了。

跟電影導演克麗歐．芭納德（Clio Barnard）[35] 會面。我們聊到 2016 年時要斥資三十萬英鎊來拍《泊》，要拿出打游擊戰的精神，盡快把作品拍完。同時我也鼓勵她，創作要多走出舒適圈。

跟行為藝術家艾瑪．史密斯（Emma Smith）[36] 會面，她希望我可以幫她牽線，讓她有機會接觸一些小型、偏向實驗性質的正規製作，從中觀察排練和展演之間的關係。她興致勃勃地跟我分享了一個新發現，她認為，粒子物理學家、遠古文化、法國哲學家最終其實都走向同一種結論——世間一切皆由物質所組成，相繫相連，從未分離，萬物皆空，彼此無異。

她還說了一件很有趣的事，我覺得可以作為《遙遠國度》的靈感。考古學家從早期人類聲帶演變的過程中觀察到，人類的聲帶構造本來是用來唱歌，而不是說話。

在最早的文化紀錄中，人類是藉由唱歌來跟對方溝通，後來才發展出語言對話。

人們理解歌的方式，比理解語言更為原始純粹。

---

[33] 英國編劇。

[34] 每年於德國柏林舉辦的戲劇節，其評審團每年在德語區內觀賞並挑選十齣最值得關注的戲到戲劇節中演出。

[35] 英國電影導演。

[36] 英國藝術家。

我越是在劇場裡處理語言，越是深知，文字是打造劇場體驗的所有元素裡面最不重要的一環。

跟一位年輕導演喬治・旺特（George Want）[37] 會面。我鼓勵他放掉以前在伯貝克學院（Birkbeck）[38] 學到的想法——編劇是劇場中最重要的藝術家。沒有最重要的藝術家這種東西，當然沒有。劇場就是共同創作。雖然我覺得英國劇場大部分的人都認為編劇要會從無中生有，但就我個人的寫作經驗來看，諸多想法大都是透過其他形式或從某種文化中找到，而不是憑空想像的。

如果到時候有找到其他天的日記，就再直接放進來吧。

4月28日

我今天看了泰倫斯・戴維斯最初的三部曲電影，作為我動工《遙遠國度》之前的起手式。

這些作品令我驚嘆萬分，包括沉靜氛圍的掌握，以及對死亡的捕捉。

作品內容講的不是同性戀，而是愛、寂寞和死亡。

花被框住的畫面——窗台旁擺了個花瓶——不斷反覆出現。

美麗被人給框住，並留在了容器裡。

不知怎的，覺得這個畫面有點政治。

他對生活經濟面的關注由此可見一斑。人類這種動物的潛在美麗是如何被貧窮控制和抑止，始終是他關注的主題。

象徵回憶的清唱劇旋律貫穿整部電影，透過聲音和畫面交疊，引人想起種種過去所發生的事，手法相當精彩。

---

[37] 英國劇場導演。

[38] 倫敦大學系統中的學院之一。

我想，英國人忽略了在自己國家的電影史上也曾有過這種大膽、勇敢且充滿詩意的表現。他真是一位非常非常棒的導演。

我想，《遙遠國度》也可以玩得很大膽，透過時間來去穿梭，透過不同觀點的切換。不同的角色對於回憶和其他事物各自有著不同的觀點。會比我過去的作品都還要大膽。

會透過威廉（Willem）這個角色的視角來呈現。

接著，我去利瑞克漢默史密斯劇院看《第五號作品》排練。

讓人看了有點煩，因為排戲過程中充滿噪音，讓我進不去戲裡面。

演員們應該要鎮定一點，他們要搞清楚自己正在做一件很重要的事。若搞不清楚，他們就會整個從戲中跳出來。他們還會邊排邊笑，這種情況若是發生在排寫實劇，編劇和導演應該會很生氣。

他們不覺得排練時應該要認真以待，但他們不應該這樣子，因為他們這樣做的時候，只會變成一群人在自嗨而已。

尚恩．霍姆斯完全了解強迫娛樂（Forced Entertainment）[39]的藝術總監（同時也是賽巴斯汀．努伯林的啟蒙人）提姆．艾契斯（Tim Etchells）[40]現在的處境，於是跟他聊到了關於表演時要冒險和專注的事。他建議演員應該要全心全力認真看待自己正在做的事，才能適時地讓自己走出舒適圈，然後去冒險。這樣觀眾才會願意將自己完全投入在演出中。

祕密劇團的演員在笑的時候，他們的表演已經不再冒險了。

我還讀了約翰．伯格（John Berger）[41]的書《以及我們的臉孔、我的心，短暫如照片》（*And Our Faces, My Heart, Brief as Photos*）。

---

[39] 1984年成立於英國雪菲爾的劇團，風格前衛，作品多以集體創作劇場為主。

[40] 英國劇場藝術家，1984年開始擔任強迫娛樂的藝術總監。

[41] 英國藝術評論家，生於1926年，卒於2017年。代表作有《觀看的方式》（*Ways of Seeing*, 1972）。

以深入淺出的筆觸探索死亡，也探索人與死亡的共存之道。

這本書告訴我們，人可以活在某種獨立於身體時間之外的時間——我們的意識時間。書中也表示，人類的獨特之處，就是有辦法生活在這兩種時間框架內，而這項能力，就是人之所以為人的原因。

真是一本深具啟發的好書。

4月29日

今天看了泰倫斯．戴維斯的《遙遠的聲音，寂靜的生活》（*Distant Voices, Still Lives*）和《長日將近》（*The Long Day Closes*）。

《遙遠的聲音》讓人看了倍感衝擊，但我還是比較喜歡他的三部曲。

三部曲把死亡刻劃成某種白色的意象，對於愛情和暴力也有相當深刻的描繪，帶給我非常強烈的感受。

《遙遠的聲音》也有那些東西，但力道感覺上就稍微輕了些。

片中使用了音樂來歌頌生命，以及讚揚人們面對萬難仍努力求生的精神，特別是在電影的後半部，但有時對我來說有點太煽情了。

不過，戰爭場面別具真實感，父親的憤怒也很有張力。

戴維斯比我所知道的其他導演都還會拍人哭泣的狀態。

我總是認為，在劇院裡唯一哭泣的人應該要是觀眾，但也許是我錯了。哭泣，或許還是有其戲劇作用，但目的不是要讓觀眾落淚，而是要吸引觀眾注意，並刺激他們去感受身為人是多麼奇妙的一件事。

當我看到泰倫斯．戴維斯電影裡面的人在哭，我並不會為他們感到難過，反而會驚覺人這種動物怎麼這麼奇妙，身處光亮卻宛若禁錮，勇敢歌唱卻是在前往死亡的路上，就像是片中那些擺在花瓶裡的花一樣。

《長日將近》少了點暴戾之氣，多了點哀戚之情。作品內容在探討主角巴德（Bud）對於愛的渴求。

我覺得巴德內心一定充滿寂寞。

他生活在家庭、學校等體制化的場域之間，偶爾也會到電影院。

我認為，電影跟劇場最大的不同點，是透過畫面和聲音（包括對話）的並置來說故事。我們看到的和聽到的東西，可能會以不同速度來呈現。

我很喜歡他電影的這些地方。

作品精準地捕捉了回憶的主題，並讓不同的感官經驗同步發生。

我得在《遙遠國度》裡好好找到驅動威廉的力量，得搞清楚他到底想要什麼東西。是什麼事情在阻止他？他該怎麼做才能達到目的？他需要的是什麼，跟他想要的是同樣的東西嗎？

把這幾點都想通之後應該就會順暢許多。

4月30日

今早在布萊克斯俱樂部跟麥克．諾爾斯（Mike Knowles）會面。他是我小學同學，現在在做電視劇。他希望我能幫他寫東西，我也很高興有這機會能跟他工作，合作對象還包括了跟他同公司的兩位優秀演員安德魯．林肯（Andrew Lincoln）[42] 和史蒂芬．曼甘（Stephen Mangan）。[43] 不過我跟他說，我要到2016年底才有空，聽起來有點扯，但我說的是真的。

而且我不知道自己是否還願意回去電視圈淌渾水，搞那些浮誇又討好觀眾的東西。

---

[42] 英國演員，生於1973年。代表作有電影《愛是您，愛是我》（*Love Actually*, 2003）與影集《陰屍路》（*The Walking Dead*）。

[43] 英國演員，生於1968年。

然後我跟製作人卡米拉・布雷和瑪莉安・艾略特聊《瀑布》劇本聊了幾個小時。我們後來去了英國電影協會跟一些人會面，這個單位很有可能會資助我們把《瀑布》製作成電影。這些人是目前唯一接觸過這劇本，而且年齡超過四十歲的女性朋友。

他們很有興趣，其中有一位還講到熱淚盈眶，感覺上他們已經決定要製作這部電影了。我過去開會從未見識過這種情況，從未感受過這麼強烈的熱忱。

我們想要讓觀眾看電影看得開心也看得滿足，於是花了點時間聊了這部分的事。瑪莉安覺得要在某個時刻製造驚喜，然後讓觀眾被驚喜帶著走。

話是這樣說沒錯，但這驚喜不能亂做。若驚喜不是從故事的核心概念長出來，那麼並不會讓人越看越開心，只會顯得那個驚喜很沒邏輯而已。

最重要的是要找到作品的核心概念，並把這些概念透過主角的欲望和目標來呈現。他們必須得到自己真正想要的，也必須得到自己所需要的。當目標快要達成時，作者必須讓他們清楚認知到自己快成功了，同時也讓觀眾們清楚認知到這一點。

我認為，《瀑布》的核心概念是在告訴大家，就連英國人也有打破規則、忠於自我的天性，即便是在最保守的年代，所以我們要擁抱這種天性。

要讓角色差點得不到，然後再讓他得到。現在的艾蜜莉（Emily）並沒有差點得不到她需要的東西，也就是克里斯多夫和逃離這座島的路，所以其實她並不用冒多大的風險就能達到目的。應該要讓她到快要放棄的地步，但後來又繼續堅持下去。

純粹是我個人的想法。

真的很高興能有機會跟他們交流。

我必須坦白說，這個計畫感覺上好像真的有可能會成，有點出乎我意料之外。不過，通常會讓我有這種感覺的，就表示之後肯定不會成。

2014年5月

5月2日

整理了跟《瀑布》相關的筆記，中午跟梅修恩戲劇出版社的安娜・布魯爾在倫敦一家很可愛的餐廳吃飯，在國王十字車站（King's Cross）[1] 北邊。這附近剛翻修完沒多久，整個煥然一新，有種這座城市的某一塊忽然被打通的感覺。現在車站北邊的這一大片廣場，不會讓人覺得人工感太重，但某種程度上很像是從車站和運河系統直接延伸出來的地方。

然後我去看了兩齣戲。

跟克麗歐・芭納德去皇家宮廷劇院看了《毒蟲》（*Pests*），編劇是薇薇安・弗朗茲曼（Vivienne Franzman），[2] 是一齣很好看卻又讓人看了很難過的雙人戲，內容在講海洛因成癮的議題。此劇不僅對於毒癮的描寫鞭辟入裡，筆觸真情流露、充滿巧思，而且我很久沒看到有劇本可以把語言處理得這麼有想像力，上次我記得是在看《妄亂青春》的時候。西妮德・馬修斯（Sinead Matthews）[3] 在裡面也演得非常好。這部作品實在是令人驚艷。

我很喜歡皇家宮廷劇院的樓上劇院這個空間，我之前沒有很常來這裡。

這裡的觀演關係很親密，空間使用上也很有彈性。在這裡，觀眾和演員之間真的可以毫無距離。

忽然讓我想到一點，整個皇家宮廷劇院的歷史不只包含了劇本發展史，也囊括了表演活動史，而且兩者同樣悠久。這麼說來，演員西妮德・馬修斯在《毒蟲》裡的表演，同樣也被載入這座劇院的歷史了。

---

1 倫敦市中心的火車站。

2 英國編劇，生於1971年。

3 英國演員，生於1980年，代表作有影集《王冠》。

另外，有件事讓我很驚訝，這齣戲可以說是我有史以來看過第一齣這麼如實地描述女人初經的戲。真奇怪，這世界一半的人口與生俱來的生命體驗，以前竟然沒有人寫過。

後來去了沃特福德（Watford）[4]看詹姆士・格里夫（James Grieve）[5]導的戲《干涉》（*An Intervention*），編劇是麥克・巴特雷（Mike Bartlett），[6]由培茵普羅劇團製作。這劇本也寫得很棒，同時也是一部雙人戲，題材不僅也觸及了成癮議題，還處理了對他國的軍事干涉和對他人的私事干涉兩者之間的幽微關係，甚至推到人性層次，反思人們愛管閒事的癖好。全劇所需演員有兩位，任何年齡和性別皆可，整體輕鬆、幽默又兼具巧思。

真的很高興在沃特福德宮廷劇院（Watford Palace Theatre）看到這麼一齣內容饒富巧思、形式充滿創新的戲，而且看到觀眾的反應都這麼熱情且直接。這正是培茵普羅劇團為何存在而且這麼重要的原因。

我發現自己開始思考起這部劇本的商業潛力，這很不像我，我自己也覺得有點奇怪，但我是真的認真在思考這方面的事。由於經濟局勢的改變，不再有資金願意挹注在藝術上，那麼戲是否有辦法能讓製作方回收，這點就變得不容忽視了。

5月3日

今天複習了一下我之前看約翰・伯格和羅素・修托的東西所做的筆記。感覺到自己功課還沒做足，目前還是很不確定這齣戲裡面的世界該長什麼樣子。

要把概念轉化成情節、角色和戲劇情境，這又是一道關卡。

寫劇本就是這麼痛苦，要花上很長一段時間才有辦法把一堆認知、想法和感受轉變成具體的、有行動的角色。

---

4 英國哈特福郡（Hertfordshire）的城市，位於倫敦西北方。

5 英國劇場導演。

6 英國編劇，生於1980年。

我要沉穩一點，這次應該要採用傳統的寫作規則。角色想要什麼？是什麼阻止了角色得到他們想要的？他們又該怎麼克服所有障礙來得到自己想要的東西呢？

要將概念具象化，找到某種戲劇形式來呈現，並開放各種不同的詮釋。

讀了伯格的東西，再次讓我認知到時間、空間和角色生命狀態之間存在著某種微妙的關係，而這層關係對於人、對於戲來說，很根本也很重要。

不論是自然主義、寫實主義或抽象藝術，表面上看似處理不同的問題，但核心都是指向同樣的命題：什麼是人。

我一直都很怕去處理這個命題。不過，也往往是在處理這個命題的時候，戲才會真的出現，劇本也才會有重量。

5月6日

我早上花了好多時間在跟達利亞・馬丁和約瑟夫・阿爾弗德修潤電影劇本，現在的片名改叫《內在世界》（*In the World of Interiors*）。

我們讀了劇本。

我覺得讀起來還算可以。

有些動作指示對於角色內心狀態的陳述太多了，應該要透過行動或畫面來呈現。

聽約瑟夫把劇本大聲讀出來的當下，我才明白問題在哪裡。

我以前從來沒注意過電影裡動作指示的事。

達利亞喜歡精準的語言。這次的工作就是要把語言寫到完全精準，這很不像我一般會做的事。我寫作往往是想要捕捉某種戲劇的能量，所以有時會跑出時序混亂或是文法有誤的情況發生。

這次這樣子工作比較像是在進行改編或改寫，只不過是在改我自己的本。

需要我工作的部分應該就到此告一段落了。

5月7日

我北上到西敏寺學院（Westminster College）去跟高中生會面，一起工作《摩托鎮》（*Motortown*）。他們聰明、活潑有朝氣，讓我又驚又喜。

他們問的問題都很直接，而且鬼靈精怪，像是我為什麼要寫作、大概會遭遇怎樣的挫折或失敗、我通訊錄裡面最有名的人是誰等問題。

他們問我最新的劇本在寫什麼。我在回答這問題時，忽然意識到自己劇本寫得還不夠好。

整個故事應該要有辦法精煉成一句話，而且要讓觀眾想聽下去。

就是呢，有個人……

他弟弟過世了。
他回家一趟。
他去找他前男友，也是他一生中最愛的人。
他當初會和前男友分手，是因為他覺得他們的愛不夠完美。
他和前男友說，自己當初不應該拋棄對方。
愛，就跟人生或民主制度一樣，本來就不可能完美。
他們沒有復合。
他在他妹妹家待了一晚。
他就回家了。

我花了一整個下午複習之前的筆記。

明天我會重新整理筆記，加上小標題：角色、地點、觀察，以及最重要的事件，目的是要試著讓內容有個結構。

5月8日

《遙遠國度》持續發展中，過程跟我之前大部分劇本的情況差不多。

首先是思索期，以這個案例來說，就是我去年冬天跟馬克·伊佐去阿姆斯特丹的時候。在那個時候，我不會做太多事，就是讓死亡、哀傷、愛、歐洲、城市、自由主義等想法，在我腦袋裡慢慢沉澱。不用去煩惱要做哪些筆記，而是透過隨機的記憶和直覺來自動整理。

在這之後，通常就會有個時期需要做比較多功課。我看了小津和戴維斯的電影，也讀了伯格和修托的書，作為我架構這部劇本的靈感基礎。

而現在我在重新複習那些筆記，想辦法讓那些內容發展成這齣戲的某種樣貌。

某種戲劇形式。

所以昨天我把筆記從頭到尾看過一遍，然後開始找吸引我的事件，還有角色。我必須再想得更具體一些，而不是一直停留在主題、想法或概念的層次。

劇場是把抽象變成具體的地方。不論是哪種形式，都是試著在將想法、感覺或概念慢慢轉化成某種具體的樣貌。

就我過去的經驗來說，我發現把想法變為具體的最好方式，是把角色放到一段持續進行的情境中，也就是所謂的故事。

這就是我現在在工作《遙遠國度》劇本所做的事。

下午到布萊頓（Brighton）去看德米特里·克雷莫夫（Dmitry Krymov）[7]在布萊頓藝術節的製作《第七號作品》（*Opus No. 7*）。整齣製作有不少視覺華麗的時刻，有些畫面讓人看了歎為觀止，但基本上都是看到什麼就是什麼，畫面把內容都說完了。整個作品分成兩部分：第一部分題為「系譜」

[7] 俄羅斯劇場導演。

（Genealogy），是透過納粹大屠殺的視角來回溯猶太文化的歷史，最後以耶穌的誕生收尾；第二部分叫作「蕭士塔高維奇」（Shostakovich），[8] 探究蕭士塔高維奇在史達林[9] 政權下被迫做出的種種妥協。

有些畫面相當壯觀，令人震懾，例如一面哭牆直接在我們眼前炸裂，以及幾架宛若芭蕾般舞動的鋼琴，像在進行一場坦克大戰。然而，整場下來，少有辯證或其他詮釋的空間。關於納粹大屠殺，除了是一場大災難之外，是否還有其他面向可以探討？關於史達林，除了這人很殘暴之外，是否還有其他面向可以探討？

還有很多面向可以探討，但克雷莫夫都沒去探討。

不過，能夠見到侯非胥和拉敏還是很開心。我們聊了《核子大戰》。我建議現階段他們兩人應該要開始生出一些內容，來跟我的文本對話。我認為自己應該要往後退一點，讓他們有自由發揮的空間，帶出創意和驚喜，之後再回來看看他們生出來的東西。

要用抽象的形式來跟我用語言所寫成的內容對話，我個人覺得真的好難。

他們必須用那樣的形式來對話，而我也必須回應他們的對話。

真的很高興能跟他們交流。

對於這樣的發展方式，我相當樂觀其成。

此外，若我也把我這邊的任何觀點注入在這作品中，那就表示作品內部必然會存在著斷裂、疑問和矛盾，而這些東西正是克雷莫夫的作品中所缺乏的。

我深信，創作這部作品，就跟創作所有作品一樣，重點在於要保有某些空間讓觀眾去細細探索，要留下一道傷口讓觀眾去慢慢挖掘和感受。

---

[8] 俄羅斯音樂家，生於 1906 年，卒於 1975 年。

[9] 前蘇聯領導人，生於 1878 年，卒於 1953 年。

5月14日

剛從柏林回來，快累死了。

有幾天沒寫了，因為我這幾天一直在今年柏林戲劇節的劇本市集當評審。我選了克里斯·索普作為我推薦的編劇。

這幾天的派對活動異常平靜，但能見到幾位好朋友還是很開心。

克里斯的劇本寫得很好，演出也進行得很順利，儘管這齣戲晦澀的語言和靜態的美學讓部分觀眾感到疏離。我跟他進行了一場非常有趣的演後座談，唯一覺得可惜的是，我沒有他那麼沉穩、機靈和幽默。

但幽默之餘，他的每段分享其實都很發人深省。他談到了編劇對一個文化發展的重要性，觀點直接，論述明確。我們需要編劇，需要說故事的人，來幫助我們看清生命中的種種混亂。在當今這個年代，這些人不僅比過去任何時期來得重要，也比大部分其他工作來得重要。他將自己的工作視為英國文化建設最重要的根基。只要生活中有文化，就會有說故事的人，而這些人會幫助我們了解自己是誰。

不過，這個劇本市集的情況有點有趣。往年他們會找七位編劇來參加，而今年則是邀請了一個集體創作劇場（devising theatre）的劇團、導演，還有一位編劇。在柏林雷寧廣場劇院（Schaubühne）[10]的時候，托比亞斯·魏斯（Tobias Weis）[11]跑來找我，講話很不客氣，因為他覺得這麼做根本就是在毀掉一個重要的劇本基地，而且我怎麼可以替這種事情掛名背書。

感覺好像七年前我們在英國也有過類似的對話。

當然，關於何謂編劇，定義一直在改變，五花八門，變幻無窮。編劇會受到別的創作形式所啟發，也會啟發別的創作形式，但這並不意味著編劇未來會

---

[10] 德國柏林之劇院。

[11] 德國音樂劇演員。

消失，也不表示身為編劇的我們可以就此功成身退。我們應該有所警覺的是，別讓我們的藝術創作變成例行公事。

能有機會跟比利時藝術家米耶・沃洛普（Miet Warlop）見面並聊她的創作，也帶給我不少啟發。她是凱蒂・米契爾這次推薦的藝術家，帶了她的作品《神祕磁鐵》（*Mystery Magnet*）來。

在《神祕磁鐵》這個作品中，她以非常激烈且多面向的手法來探索顏色和形體，整體對我來說，像是一場對於性慾和恐懼的狂歡式研究。整場演出沒有語言，相當精彩。更精彩的是，看到劇場這種我還算熟悉的形式，能呈現出如此強大的探索能量。

她稱她自己為藝術家，創作的是現場藝術，在劇場空間裡所發生的藝術。

讓我想到，名詞若是放在不同上下文，意義就會產生變動，這點在過去這週已經看到例證。

這樣的變動是語言之所以能存活下去的部分原因。

劇場應該要擁抱變動，而不是害怕變動。

看了歐斯特麥耶（Thomas Ostermeier）[12] 的《小狐狸》（*The Little Foxes*），有點驚訝。導得很有質感，作品散發著某種典雅沉靜的調性，貴氣十足，但也有點保守。我從來沒有想過會把歐斯特麥耶和保守聯想在一起。

事實上，德國劇場圈就是這樣看他的作品。我之前就略有耳聞，但我以為比較是跟德國劇場的口味有關，而不是他的作品真的是這樣。

《卡門片斷》這次落幕後就暫時不會再演了。對劇院來說，這是個失敗的作品。我聽到的消息是，德國那邊的人開始覺得我和努伯林的合作關係需要休息了。

---

[12] 托瑪斯・歐斯特麥耶，德國劇場導演，1999 年開始擔任德國柏林雷寧廣場劇院之藝術總監。代表作有《玩偶之家——娜拉》（*Nora*, 2003）、《理查三世》（*Richard III*, 2015）等。

5月16日

《遙遠國度》的初稿終於搞定了。這週寫劇本寫得很爽，但這也表示我又一陣子沒碰這本日記了。

我只要一抓到時間，就想繼續寫這劇本。

我發展這劇本的方式，跟之前許多劇本一樣，會先花很長一段時間思考，讓想法沉澱在腦袋裡，接著再密集地做功課。以這劇本來說，我看了小津的電影、泰倫斯的電影，還讀了伯格和修托的書，然後邊看邊做筆記。

然後整理這些筆記，全部集結起來，整理成一份四十頁的文件。

再來決定結構。以這劇本為例，是用七天之內寫的七封信件來架構。我一一看過所有筆記，然後將相關筆記分配到劇中的相關場景（以這劇本來說就是信件）。

接著我開始寫場景。

這次寫《遙遠國度》的過程很有趣，我發現我看到威廉這個人更多面向，也發現自己正在創造東西。感覺這劇本應該會蠻好玩的，感覺會有很多發揮空間。

我把劇本寄給馬克了。

我週日又把劇本重讀了一次，覺得好多地方要改。

目前劇本篇幅比理想上多了一倍，我真的要好好確定這劇本的核心概念，把內容聚焦在這個核心概念上發展，把多餘的東西拿掉，或者進一步修整，讓作品更能跟現代產生連結。

就現在來說，劇本少了某種醒悟的時刻。我要決定一下威廉學習到了什麼。最後一場，也就是主角跟前男友艾薩克（Isaac）對話的那場，他主動聯絡對方，對方卻對他一點都不感興趣，這場的張力應該要再強烈些。他應該要在這場領悟到一些大道理，或是在跟他妹妹的那一場。

或許這兩場應該要相互影響。

我在想，這是不是某種程度上可以連結到威廉只要事與願違就想躲的個性。我覺得，我應該要把這點當作是某種隱喻，拿來貫穿全戲。就人際互動上來看，我相信這點應該能讓觀眾有所共鳴，甚至感同身受。這就是為什麼他和艾薩克感情會破裂，也是為什麼他妹妹要問他那些問題的原因。理論上他應該要回去好好面對那些人，重新建立關係，這是他和艾薩克衝突、談判過後深刻領悟到的事。但他沒辦法，他就是沒辦法。

週六又跟奧斯卡看了一次凡・霍夫的《橋上一瞥》，然後當天晚上帶我老婆的妹妹艾瑪（Emma）和她老公彼得（Pete）去看《雀鳥之地》。我覺得就製作的角度來看，《雀鳥之地》並不亞於《橋上一瞥》。《橋上一瞥》非常精彩，導得很好，讓人看了震懾不已。

這作品不僅情感真實，兼具想像空間，而且在手法大膽的同時，又不失滿滿的人性溫度。

《雀鳥之地》的演員都讚到爆，特別是安德魯的表現，非常出色。他相當敏捷、靈活，始終維持著聆聽的狀態。大家都熱血沸騰，彼此過招都像是玩真的一樣，讓人看了很開心，又不會太過頭，恰到好處。

5月19日

到克拉珀姆去見《深夜小狗神祕習題》的新卡司。我太囉唆了，盡說一些沒意義的東西。若我能有機會再跟他們說什麼，那我會強調這劇本之所以會成立，是因為這是一部從愛、遊戲和信任之中長出來的劇本，所以唯有往這個方向走去，這齣戲才會好看。這齣戲回歸倫敦西區，接著巡迴全國，後來還到百老匯演出；這齣戲變得越是成功，我們就越有可能失去原本該有的遊戲感，我們必須一起努力把持住。

我很喜歡有位演員提出來的一個問題，關於一人飾演多角。他們好奇，這部分是我這邊刻意的選擇嗎？

我認為這點很根本也很重要。

來看這齣戲的人，很多人是第一次進劇場。一人飾演多角的策略，讓觀眾得以清楚認知到，台上所有一切都是想像出來的，而且是演出來的。在這個文化中，對戲劇的認識主要是來自於電視，所打造出來的想像世界充斥著各種寫實細節，因此像《深夜小狗神祕習題》這樣的戲，以富饒意象的手法來呈現，似乎就顯得更加重要。

跟編劇伊芙．蕾（Eve Leigh）[13] 共進午餐。她給了我一些修正《遙遠國度》這個劇本上很好的建議。

然後我就又再寫了一稿。

我刪掉了三千字。我試著把之前講過的那些點放進去。

明天演員尼克．西迪（Nick Sidi）[14] 會來讀劇給我聽。他是瑪莉安．艾略特的老公，演過我劇本的次數比其他演員都還要多，我非常信任他。

感覺之後有更多事情要做了。

5月20日

我看了麥克．巴特雷的《查理三世》（*King Charles III*），概念很棒，不論形式或內容上，都像在跟莎士比亞較勁。劇本背景設定在一個想像中的未來英國，此時王國正深陷危機，然後有個人漸漸失去自我。整齣戲的語言是用詩行寫成的。

這作品受到很多人瘋狂推崇，被認為是近幾年來寫得最好的新劇本。這對於

---

[13] 美國編劇，生於1984年。

[14] 英國演員，生於1966年。

劇本寫得好、人品也好的麥克來說，絕對是個好消息。

這齣戲演了好一陣子我才看到，整體來說沒有讓我太驚艷。我太了解這種概念的操作了，所以我並沒有覺得多驚喜。我之前期待過高了，而且到了最後，這劇本沒有讓我對自己有什麼新的體悟。我認為，這點是我去劇場看一齣戲的主要目的，不是去認識別的世界長什麼樣子，而是要認識我自己是什麼樣子。

我和尼克・西迪到了楊維克劇院的辦公室，一起坐在一個相當舒適安靜的小房間裡面，聽他讀《遙遠國度》的劇本給我聽。

有幾段聽起來的感覺很棒，我自己非常滿意。

其他有幾段有點沒力，我想我應該會多加強艾薩克拒絕威廉這部分的張力。威廉對他付出了些什麼，期待他有什麼回報嗎？艾薩克的拒絕又是怎麼毀掉威廉的呢？

另外，這劇本實在太冗長了。

5月21日

我現在寫的這幾天日記，是事情過了幾天之後才補上的。我之前在閉關修改《遙遠國度》，並將劇名改為《遠方之歌》（*Song from Far Away*）。我喜歡這個劇名，這也是伊沃後來比較喜歡的劇名。不過，這也讓我想到，我們這樣很像是在以邱琪兒的劇作為基礎，延伸創作出一系列歌曲，彷彿是將原本劇中的反烏托邦世界轉化為一套聯篇歌曲（song cycle），[15] 向這部劇作致敬。我非常喜歡這個概念。

昨晚，波莉在我們兩人共同的辦公室翻找一個放舊信件的箱子。她找到了一封我經紀人梅・肯揚在二十三年前寄給我的信，1993 年 5 月。我那時候寄給她我大學畢業後寫的第一本劇本，劇名叫作《耶路撒冷之愛》（*Jerusalem's*

[15] 聯篇歌曲是由多首曲子所編成的套曲，曲子之間有共同的主題或故事。

Love）。這作品是我少數幾部一直還沒有機會以任何形式搬演的劇本，學生時期沒有機會製作，後來也沒有業餘劇團做。梅寫給我的這封信，筆觸細膩，充滿鼓勵。她很真切地表示她覺得劇本寫得很有張力，氛圍感也很強烈，但她同時也指出劇情缺乏推展的動力，確實如此。她也解釋說，因為這樣，所以她沒辦法做這齣戲。她鼓勵我之後有新的劇本再寄給她。

我沒有想過這封信會再次出現在我眼前。我記得當初收到這封信時，她的關心與鼓勵真的有觸動到我。五年後，我寄給她《藍鳥》（*Bluebird*），然後她真的就把我放到她的名單裡面了。從那時候開始，她就一直是我的精神支柱、構作導師、劇本經紀人和忠實擁護者。她對她所有的委託人都充滿著同樣的熱忱。

我大學畢業之後開始準備打拼，那時候我很窮，一邊在咖啡館工作，一邊盡可能利用空閒時間寫作。我父母很擔心，覺得我在虛度人生，跟我囉唆過好多次，說我如果真的覺得自己以後有辦法當編劇，那簡直是天大的笑話。

我必須要很有毅力才能堅持下去，梅的信給了我那樣的毅力。從《耶路撒冷之愛》到《青鳥》，整整花了我五年的時間。

那些日子還有另外兩個很支持我的人。一個是特拉弗斯劇院（Traverse Theatre）[16] 的戲劇顧問艾拉．懷爾德里奇（Ella Wildridge），[17] 跟我見過面喝過咖啡。還有一個是現在國家劇院的文學經理傑克．布萊德利（Jack Bradley），那時候是蘇活劇院的文學經理，他讀了我的《耶路撒冷之愛》之後很喜歡，所以就邀請我到倫敦進行劇本工作坊（workshop），但我卻連火車票錢都付不出來。

這些人的鼓勵給了我無比的動力。我深刻了解到，等到哪天我不再創作了，那就表示我已經可以功成身退了，所以這也就表示，我很清楚自己永遠不可能不創作。

---

[16] 蘇格蘭愛丁堡的劇院。

[17] 蘇格蘭戲劇顧問與翻譯。

我把這封信照下來，放到推特上面，結果五分鐘之內就被轉推了兩百五十次。

我跟攝影師凱文・康明斯、他的出版商凱文・康羅伊（Kevin Conroy）和電影製片托德・埃克特（Todd Eckert）[18]等人共進午餐。他們希望我可以寫個跟史密斯樂團有關的劇本給凱文・康明斯導，我們一直以來都在集思廣益。

我把我的想法整理成檔案，提供給他們參考。我大費周章構思這些東西，花時間整理成檔，再把資料寄出去，但最後很有可能就是開完一次會就不了了之了。這種感覺真的很怪，而且讓人覺得有點不知道在幹嘛。

不過開會過程倒是很愉快，看看之後會怎樣吧，感覺機會渺茫。

5月22日

馬克・伊佐現在在英國，我今天早上跟他見面，跟他一起討論《遠方之歌》。我們把主角被前男友拒絕這段的節奏抓緊，並把這整段的重點放在對於主角無法表達自我感情又刻意疏遠身邊親友的反諷。於是，主角寫了好幾封信給他已經不在人世的弟弟，還寫了幾首歌，闡述自己過去因為不知如何表達自我感情而疏遠他人的體悟。

我們一起把劇本讀了一遍，並討論他覺得哪些地方應該放歌。

真是個愉快的早晨。

非常特別的早晨，可以說是我寫作生涯中最棒的早晨之一。

因為我居然有幸跟我所景仰的音樂人，我此生最崇拜的音樂人，一邊隨性哼唱拍打，一邊討論音樂。我還記得，我放過馬克在美國音樂俱樂部（American Music Club）[19]時期的某張專輯給我小時候的朋友蘿西・墨菲（Róisín Murphy）[20]聽，我們那時候十七歲。她後來成為一位非常成功的歌手。她跟

[18] 美國電影製片。
[19] 1983年成立於美國洛杉磯的獨立搖滾樂團。
[20] 愛爾蘭歌手，生於1973年。

我說過，假如我往後有機會寫歌的話，應該會聽起來像馬克・伊佐的東西，結果現在我真的跟他一起工作。

好有趣喔，陸續跟一些檯面上的音樂人在工作上有所交集，包含莫里西、強尼・馬爾（Johnny Marr）、[21] 馬克・伊佐和尼克・凱夫。那些曾帶我尋找自我的藝術家，那些曾用他們的作品讓我對人生慢慢放下恐懼的藝術家，最近又再度出現在我人生中。

[21] 英國樂手，史密斯樂團之吉他手。

2014年6月

6月2日

之前放期中假，我跟家人去了曼島（Isle of Man）[1]度假。能在那邊工作《瀑布》這個劇本，是非常難得的經驗，因為劇本的故事背景就設定在那座島上。幾年前跟我家人到那裡度假之後，我就想說要以那地方為靈感寫一齣戲。從沒想過還能有機會再次感受那座島嶼的小，以及它奇特的孤絕狀態。這座島所處的地理環境，真是既美麗又遺世。

不像現在在都市裡，光是要有自己的祕密都好難！我在那裡的時候把劇本重讀了三遍。

我們今天去了第四頻道公司（Channel 4）[2]聊這劇本。這間公司是過去十幾年來退我稿退過最多次的公司了吧（也許僅次於白城區〔White City〕[3]的公司）。這地方讓我有點退縮，讓我覺得自己微不足道。

但會議進行得很順利。

他們問我為什麼覺得這劇本適合拍成電影，這讓我思考起電影、劇場和電視三者之間作為戲劇敘事載體的差異。電影需要那種能讓觀眾看到忘我的故事，而且需要觀眾暫時把現實世界拋諸腦後。觀眾不能邊看電影邊哄小孩睡覺，或者邊泡茶給我們另一半喝。觀眾需要走進一棟建築物裡面，放下自身所處的世界，寄情於黑暗之中。

我們所要寫的故事，要能引導觀眾有那些體驗。劇中世界觀要夠宏大，角色心理狀態要夠引人入勝，影像畫面要夠震懾人心。電影和劇場迥然不同，

---

1 位於愛爾蘭海上、大不列顛島與愛爾蘭島之間的島。

2 英國的公共電視台。

3 BBC 的辦公大樓所在。

因為電影需要觀眾完全放下現實世界。由演員在現場、用肉身所形構出來的真實，不論其行為有多超現實或多不真實，都會使得劇場成為一種事件（event），而非只是提供幻想。舞台沒辦法像鏡頭一樣跳切、變焦、伸縮，演員都待在同一個空間裡，觀眾也是，實際置身於同一空間裡。電影完全不同，是一種純然的幻想，與觀眾隔絕也與現場隔絕。

在我沒寫日記的這段期間，《雀鳥之地》演完了。

我看了最後兩場，覺得很好看，演員演得很棒。雖然其他人覺得很疏離，但我非常喜歡舞台設計。舞台試圖要呈現的，是某種光鮮亮麗外表底下的混亂自我所反映出的存在困境，所以這舞台對我來說完全合理。

當我們必須透過金錢來建構自我，那麼剩下的就只有一個空洞的世界，而在這樣的世界裡，人的所有一切都是種自我反照（self-reflective）。對我來說，《雀鳥之地》這劇本就是在講這個。

看著這個舞台，我好像終於了解到最後那兩場到底在講什麼。那兩場我當初在寫的時候，其實並沒有真的非常清楚為什麼要那樣寫。

當我們只願意相信，所謂的個人就是每個人的自我意識核心時，我們要怎麼理解死亡？

若是沒有社會這種東西的存在，那麼死亡對我們來說又他媽的會是什麼？

6月3日

我白天在修潤《遠方之歌》，還有針對《櫻桃園》進行最後的調整，然後清空我的收件匣。

持續消化凱蒂的筆記中，把劇本修得乾淨一點。對這個有史以來最講究畫面細節的導演來說，打造一個完全清楚且有說服力的故事和劇中世界，才是最重要的。差不多快好了，刪了一堆廢話，讓轉折更精準，讓行動更清楚，讓整個劇中世界更具體。

之後去了艾美達劇院，跟一群人會面，包括曬得很黑還帶了副太陽眼鏡的魯伯特・古爾德、他的戲劇顧問珍妮・沃頓（Jenny Worton）[4]和詞曲創作人湯姆・格雷（Tom Gray）。[5]我們討論要怎麼把約翰・藍儂（John Lennon）[6]的傳記電影《搖滾天空：約翰藍儂少年時代》（*Nowhere Boy*）改編成音樂劇。我兩年前寫了一稿，現在魯伯特是艾美達的藝術總監，他很想趕快找機會搬演這齣戲。我覺得要把四個人的想法統合成一個概念，這有點不太可能。所以我想問的是，我是當執行概念的人就好，還是要當主導概念的人。

在我幾年前寫的第一版劇本中，我多寫了幾個場景，讓故事從馬克・查普曼（Mark Chapman）[7]暗殺藍儂開始講，緊接著呈現藍儂死亡的幾個階段，宛如耶穌受難記般，然後再把這幾個場景跟原劇本的場景交織穿插在一起。我覺得，現在這個策略某方面來說應該還是可行的。把藍儂的出生和死亡平行交織，這個概念我實在太喜歡了，喜歡到我覺得換成其他方式來說這個故事都難以成立。

某部分是因為用這樣的方式來說故事很有趣、很好玩，也很有劇場性。另一部分是因為我覺得人生活在這世界上該如何面對未知的未來及死亡，這些問題很有趣，讓我很想一直探索下去。

生與死的雙重性，是我所有戲劇概念的核心。假如戲不是往這個方向走的話，那就表示我該退出這個計畫，或者我就純粹當一個負責執行的編劇工匠。

我想，若這個計畫要我純粹負責執行，我也會很樂意。

6月4日

我跟演員尼克・西迪再度碰面，他讀了《遠方之歌》的最新版劇本。

---

[4] 英國戲劇顧問與編劇。

[5] 英國音樂人。

[6] 英國音樂人，生於 1940 年，卒於 1980 年，披頭四樂團之主唱。

[7] 1980 年槍殺約翰・藍儂的兇手。

整體好多了。節奏變緊湊了，悲傷的力道也變得更強烈了。將威廉的人設調整為一個無法表述自我情感的人，效果很好。故事曲線清晰多了，政治隱喻也清楚多了。這齣戲就是在說，主角逝去的弟弟在冥冥之中告訴他，要他好好面對深埋心底的人生課題。

現在所有環節全都扣在一起了，整體變得更加清楚有力。

我把劇本寄出去了。

當劇本完整呈現出自己希望能夠呈現的所有面向，頓時心中湧現了無比的喜悅，同時也帶給我滿滿的熱血。

感覺好像某種詭異的魔法，有點神奇。

而且劇場創作最奇特的地方，就是你無法量化創作，也無法真的說明清楚到底什麼是創作。那該怎麼知道你寫的東西什麼時候行得通，什麼時候又只是一坨大便呢？不可能會知道的。這種情況讓人既期待又怕受傷害，我其實還蠻享受的。

但同時，把劇本寄給伊沃和沃特之後，那種不確定感，一直讓我有頭暈的感覺。接下來的好幾個小時，我可能會一直焦慮，一方面是不確定感本來就會使人焦慮，一方面是擔心他們很有可能會討厭我寫的東西。這種事情真的很難說。這就是劇場創作好玩又有生命力的地方，也是劇場創作讓人害怕的地方。

我會一直疑神疑鬼，直到收到他們看了我劇本的感想為止。然後過不久，我又會繼續疑神疑鬼。

劇本的戲，也存在於作者和讀者之間的空隙中。這層空隙無法量化、描述或期待。

這次修改劇本的過程中，我覺得我做得最好的地方就是刪本，把不必要的部分都拿掉，讓劇本有呼吸的空間，而且之後可能還有更多地方要刪。接下來，要找到音樂適合出現的時機，也是另一種挑戰。

我在看最後一場《雀鳥之地》的演出時，心裡就在想說，我以後很有可能再也寫不出跟這齣戲一樣好的作品了。每當一齣戲結束，我往往都會有這種感覺。不過，《遠方之歌》應該還行。即便規模較小、形式較單純，調性也較憂鬱和哀傷，但我還是覺得這劇本有值得看的地方。

我週一跟朋友喬恩・塞德馬克和諾拉里・塞德馬克（NoraLee Sedmak）吃午餐。他們是對劇場非常有熱忱且相當重要的贊助夥伴。他們人非常好，這五年下來我們變成了很好的朋友。

我跟諾拉里說，我在想接下來寫東西是不是應該寫慢一點，或許花多點時間寫，或許寫的時候多去擁抱那些不確定感。就是剛開始創作某個劇本時，完全不知這劇本最後會走去哪裡，或者最後會長成什麼樣子。

此時此刻，我忽然想到有兩件事要做。我要為國家劇院寫一個重要的角色，給一位男演員演，同時也要為皇家宮廷劇院寫一個重要的角色，給一位女演員演。這樣一來，我劇中主角性別及倫敦這兩間重要劇院的對應關係就剛好顛倒過來了，因為過去我為國家劇院和皇家交易所劇院寫過重要的女性角色，也為皇家宮廷劇院寫過重要的男性角色。

6月5日

我跟馬特・懷爾德（Matt Wilde）[8] 會面。他是一位劇場導演，最近也跨足電影，很想把《一分鐘》（*One Minute*）翻拍成電影。他很有熱忱，也很誠懇。我跟他說我會祝福他，但說實在的，影視的投資成本太大了，有點危險。

若認真想在作品中加入形式上的挑戰，那幾乎是難上加難，不太可能。

我跟一位想要研究《雀鳥之地》的學者碰面，整個談話過程下來，讓我深刻了解到安德魯・史考特這個演員到底有多棒。他某些表演狀態的切換和某些表演選擇，都讓人充滿驚喜。我打電話要跟他說，結果被轉到語音信箱，所

[8] 英國劇場導演。

以只好留言。

跟編劇克里斯・索普午餐，聊他新寫的劇本。他描述到，這部作品完全是在探索語言，所做的每個選擇都是從語言的角度來思考，節奏和結構也都跟語言息息相關。

他的論述清晰、頭腦靈活，而且直覺很強，我得好好跟他看齊，多多訓練自己思考。他的新作肯定相當有可看性，可想而知台詞一定會寫得很厲害。

克里斯針對我的劇本給了一些建議，然後劇名我們一致覺得應該要叫《遠方之歌》。聽到我找了馬克來做這齣戲的音樂，他非常期待，我們真是英雄所見略同。

他特別注意到了劇本裡其中一段話，內容敘述人體在死後會發生的種種情況，他覺得這應該是我從網路上發現的。他可以感覺到我有去網路上找資料，是因為這整段內容讓他很出戲，而且還說他自己也常做這種事。對，他說的一點都沒錯。

編劇們若要找資料的話，或許應該要去大英圖書館，寫出來的東西就會比較有機一點。

接著我回到了辦公室。今天一整天所寫的東西，就是獻給我岳母沃莉（Voirrey）的一段話，她即將搬離住了二十五年的房子，而這房子本來也是他們一家人住的地方。

我試著表達這房子帶給我的意義。每當我想到波莉，我就會想起這個地方。

這讓我深刻感受到，即便是十五分鐘的致詞，這整個書寫的過程還是包括了發想概念、尋找資料、架構內容、確定形式、梳理脈絡及反覆修潤等階段，根本就跟寫劇本一模一樣。

我寫完的時候已經快累死了，而且是身體上的那種累，這整個書寫過程真的是很誇張。

6月6日

早上我在重寫《瀑布》。

我寫舞台劇劇本的時候，從來不會像寫電影劇本那樣整個重寫。一方面是跟產業的性質有關，影視所牽涉到的資金比劇場要多很多，所以劇本就得符合更多人該有的利益。一方面是因為整個發展過程涉及各種風險，充滿各種不確定性，所以完全可預見，一部在小小房間裡生出來的劇本，可能會帶給後面多大的影響。我深刻感受到，電影編劇比較像是在想像世界裡划船，而非用寫作來讓演員、時間和空間進行一場強而有力的對話。

我覺得這樣好浪費力氣，因為真正拍成電影的機會並不大。每個人都持續努力，樂觀以對，但是表面上樂觀，內在卻很空虛。所以這麼認真地重寫劇本，最後可能都會白忙一場。

就好比幫某個快死快死的人動植髮手術一樣。

即便如此，過程中還是有些有趣的地方。

我從中學到不少。

有趣的地方是電影非常講究敘事原型。所以在一則像《瀑布》這樣的愛情故事中，重點在於要讓男女主角看似快失去對方，但後來並沒有失去對方。

這就是抓住觀眾感覺的訣竅。

我在推特上讀了一篇提姆・艾契爾轉推的文章。有人信誓旦旦說到，在他下一篇小說中，不會有角色，也不會有情節。

我在戲劇相關領域工作越久，越覺得人類是一種需要說故事的動物。我們透過故事來覺察時間、空間和自我的關係，透過想像力和記憶來理解自我，而這種說故事的能力，就是為什麼我們人類在這麼短的時間內經過這麼多不同文化和不同環境的變遷，還能夠開枝散葉的緣故。這就是為何人類這種動物能夠生生不息的原因，也是為什麼這個物種在歷經了乾旱、戰爭、飢荒、祝融等災難之後，還能存活下來的原因。靠的就是說故事，分享彼此是如何走過風風雨雨。

我們現在所說的故事，不一定是在教大家哪裡可以挖到馬鈴薯或釣到魚，或者該怎麼駕馭獅子，但有著相同的作用。

這些故事幫助我們度過各種危難，例如暴力、寂寞、貪婪，以及無能的政府。

當然，重點不是要叫大家去迴避這些情況，反而更要去面對，並因此變得更勇敢。我們要為自己說出來的故事負責，不要停止說故事。

我們需要意識到，敘事存在著某種潛在的政治運作機制，例如性別概念、意識形態或價值體系等，皆會影響敘事本身，但這並無法阻止我們說故事。

發生在人類身上的諸多經驗，有其值得玩味之處，應當被放到所處的時空脈絡來好好思考，而這樣脈絡化的過程，我認為透過故事的形式來呈現，是最好的方式。

說故事很重要，不是因為故事可以帶我們體驗資本主義，也不是因為寫劇本可以賣錢，更不是因為這是亞里斯多德、[9] 羅伯特・麥基（Robert McKee）[10] 或大衛・馬密（David Mamet）[11] 所提倡的道理，而是因為說故事文化源遠流長，與人類這種動物的種種經驗密不可分。

6月9日

白天在工作《瀑布》，試圖把我腦袋裡的幾個畫面呈現得更清楚些。

---

[9] 古希臘哲學家，生於西元前 384 年，卒於西元前 322 年。其著作《詩學》（*Poetics*）影響後世戲劇觀甚深。

[10] 生於 1941 年，被譽為「美國好萊塢編劇教父」。其著作《故事的解剖》（*Story: Substance, Structure, Style and the Principles of Screenwriting*）、《對白的解剖》（*Dialogue: the Art of Verbal Action for Stage, Page and Screen*）被視為影視產業之編劇聖經。

[11] 美國劇作家，生於 1947 年，代表作有《大亨遊戲》（*Glengarry Glen Ross*）。

讀了奇士勞斯基（Krzysztof Kieślowski）[12]和皮爾斯維奇（Krzysztof Piesiewicz）[13]的電影劇本《藍白紅三部曲》（*Three Colours*），從中學習怎麼寫電影劇本。

這些劇本不僅讀起來很過癮，同時讓我深刻感受到，電影劇本和舞台劇本有著完全不同的作用。舞台劇本的作用，是要促進演員、導演、設計與文本之間的對話，讓彼此一起在同一空間裡好好感受。就這方面來看，劇本是活的。

電影劇本則是用來讓投資人、導演或演員能夠想像一部電影的樣貌，所以內容全部都是一堆敘述。

要叫任何當今的編劇，以現在那樣的委託創作費，用奇士勞斯基和皮爾斯維奇電影編劇的方法來寫舞台劇本，那是不可能的事。那樣的創作方法似乎太侷限，也太過時了。

同樣地，也不可能叫電影編劇用莎拉・肯恩寫《4.48精神崩潰》（*4.48 Psychosis*）的方式，或馬丁・昆普（Martin Crimp）[14]寫《要她的命》（*Attempts on Her Life*）的手法來寫電影劇本，不然會讓人懷疑自己到底看了什麼東西。

我大概花了十年的時間，才真正搞懂這一切。

在看通了這一切之後，我就不確定自己是否還喜歡寫電影劇本了。

我晚上去皇家戲劇藝術學院（RADA）[15]看一位年輕導演茱蒂・克里斯汀（Jude Christian）[16]導的《龐克搖滾》。演出並沒有真的很成功，演員表演參差不齊，某些概念沒有跟戲融合得很好。不過，至少很敢冒險，也很有想像力和活力，

---

[12] 波蘭電影導演，生於 1941 年，卒於 1996 年。代表作有《十誡》（*Dekalog*）、《雙面薇若妮卡》（*The Double Life of Veronique*, 1991）、《藍白紅三部曲》。

[13] 波蘭電影編劇，生於 1945 年。奇士勞斯基長久以來的合作夥伴。

[14] 英國劇作家，生於 1956 年。代表作有《要她的命》。

[15] 倫敦的戲劇學校，全名為 Royal Academy of Dramatic Art。

[16] 英國劇場導演。

還有某些演員的表演很棒。

劇本某些地方讓我看了心裡覺得很難受。這齣戲的首演是五年前的事了，而當初開始寫這劇本到現在也已經七年了。有些想法現在來看有點太囉唆了，某些主題甚至是為重複而重複。我當下只希望台上少講一點。

同時也讓我深刻感受到，我這作品深處充滿著一種對於性的失落感，比對於人際互動和權力關係的失落感更為強烈。那些校園槍擊犯，不管他們用的是什麼武器，最應該做的事就是少看一點A片，然後直接去被人幹一幹比較乾脆。

但我們每個人其實都一樣，對吧？

6月10日

白天主要在繼續修改《瀑布》，試著讓自己學會寫那種充滿敘述的動作指示，然後看了奇士勞斯基的作品，真是撫慰人心。繼續試著把東西改好。

與此同時，聽著天鵝樂團（Swans）[17]的新專輯《寬容》（*To Be Kind*），讓我整個人熱血沸騰、靈感噴發、心情澎湃、亢奮不已。麥可・基拉（Michael Gira）[18]都已經六十歲了，還能做出這麼嚇人、這麼大膽的作品，給了我很大的啟發。

6月11日

跟傑克・布萊德利會面，他之前是國家劇院的文學經理，現在是倫敦西區製作人索尼亞・佛萊曼（Sonia Friedman）[19]的聯合製作人，一直以來他都是我創作生涯中一位相當重要的前輩。1990年代初期，他還在蘇活劇院當文學經理時，是倫敦第一位讀我劇本、給我回應的專業人士，所以他那時的鼓勵對我來說意義重大。他在國家劇院當文學經理的時期，剛好是我在寫《廣闊世

[17] 1982年成立於紐約的實驗搖滾樂團。
[18] 美國音樂人，生於1954年，天鵝樂團的核心成員。
[19] 英國劇場製作人。

界的海岸上》和《哈伯・雷根》的時候，於是他就邀請我去那裡當駐館編劇一年。

很開心能跟他見面，還跟他聊到說倫敦西區是否真的有辦法支持新創作。

他對商業劇場的前景抱持著樂觀的態度。

不過，我目前有點難以想像接受委託創作會是什麼樣的情況。我覺得若是要我嘗試寫商業的東西，我應該會失敗。我個人比較傾向為自己喜愛的幾個劇院空間量身打造劇本，像是皇家宮廷劇院的鏡框式舞台，或是皇家交易所劇院的空間。假如哪天運氣真的很好，剛好有人看中了作品的商業潛力，那我當然樂見作品到市區去演，像《小狗》和《玩偶之家》就是。

又回來修改《瀑布》修了一陣子。我發現，要在這部日記中寫跟書寫有關的事好難。我在想，主要可能是因為這些內容很無聊，而且都是我下意識的想法，腦袋裡想到什麼就寫什麼。要試著遠離網路，不要分心；要試著停止自我懷疑，不要一直怕自己不夠好；要試著在寫作時為作品帶來活力。

《瀑布》我還是有新寫了幾場，而且這幾場都比較大，感覺上比較像舞台劇的場景。試著多去感受兩位主角艾蜜莉和克里斯多夫，讓他們把彼此的心傷得更重。

爾後跟莎蓮娜・卡密爾（Selina Cartmell）[20]午餐，她是今年夏天會在貝爾法斯特（Belfast）[21]的利瑞克劇院導《龐克搖滾》的英國導演。她很客氣地想了解劇中幾個戲劇張力比較強的地方，很高興有機會可以跟她聊。貝爾法斯特利瑞克劇院的新任藝術總監，敢用一齣在講英國學生的英國戲劇來作為他們新的戲劇季開幕，而且是一齣當代戲劇，真的是很有勇氣。

若到時候他票房推得很辛苦的話，我一點都不會意外。

但至少他的膽識令人激賞。

---

[20] 英國劇場導演，2017 年開始擔任愛爾蘭都柏林的門劇院藝術總監。

[21] 北愛爾蘭的首府。

6月12日

我今天早上跟電影導演保羅・葛林葛瑞斯會面，他是英國當今最成功的電影導演之一，作品相當不錯。我們約在蘇活飯店（Soho Hotel），[22] 但我一直以來都不喜歡這家飯店，這裡有點像是蘇活屋俱樂部（Soho House），[23] 而且更吵。要跟他見面已經夠讓我緊張了，同時還要面對這裡的氣氛帶給我的不安，讓我變得更緊張。

好在保羅待人親切和善，而且對我這個人和我做過的事情都很感興趣。我們分享了彼此對許多電視劇製作人的不滿，覺得他們反智，而且要的內容常常變來變去。同時，也因為我們兩人都拒絕跟腦殘人士卑躬屈膝，以及共同對足球的熱愛，所以變成了很好的朋友。

他非常喜歡跟紐約製作人史考特・魯丁合作。我們之後有可能做個製作，改編大衛・伊格內修斯的小說《局長》，所以這次就一起來發想一些想法。會面結束後，一想到改編這劇本有好多可能性，我整個人就充滿熱忱和力量。

我覺得我應該可以從他身上學到很多東西。

南下到克拉珀姆公地（Clapham Common）[24] 去看《深夜小狗神祕習題》的新卡司排練，很不錯。不過，我現在擔心戲會有點太濫情。媽的，最近都一直在重複給同樣的筆記。要演行動，不要演感覺。要認真問問題，要專心聽。一句話最重要的字通常都出現在句尾。

這幾點，似乎又再一次地點出演員表演狀態不穩的原因了。

到艾美達劇院去看羅伯特・艾克導的《伯恩斯先生》（*Mr. Burns*），編劇是安妮・沃許本（Anne Washburn）。[25] 戲很不錯，讓這一晚完全是「屬於劇場的一晚」。張力十足，能量豐沛。戲中對人性充滿嘲諷，一開始讓我看了有

[22] 倫敦的飯店。

[23] 1995年成立於倫敦的俱樂部，匯集各行業的菁英份子與創意人士。

[24] 倫敦的地鐵站。

[25] 美國編劇。

點不快，但久而久之，就慢慢感受到越來越多情感層面的力量。

新任藝術總監魯伯特・古爾德和副總監羅伯特・艾克聯手重新打造艾美達劇院，現在的觀眾群年輕又有活力，感覺之後會有機會在這裡看到一些比較富有挑戰性的劇場作品。

6月13日

北上到紐卡索（Newcastle）[26] 去北方舞台（Northern Stage）[27] 帶一個工作坊。

在旅途往返的過程中，我把《瀑布》寫完了，感覺真的像是突破了一個關卡。我得再把劇本重讀一次，但總之今天很有收穫。

工作坊有二十三個人，有編劇、演員，還有其他表演藝術相關領域人士。北方舞台是一座相當棒的劇院，位於紐卡索市中心。這座劇院長久以來所製作的作品，不僅可見創意和想像力，而且常引起諸多討論，特別是在上一任藝術總監艾莉卡・懷曼（Erica Whyman）[28] 的帶領之下。這樣的能量，在紐卡索市議會刪除所有藝術相關補助之際，仍在羅恩・坎貝爾（Lorne Campbell）[29] 的領導下延續不斷。

為了把問題快點切到「什麼是人」，於是我就一直問工作坊的學員們，人類和其他動物不一樣的地方在哪。

學員中有位實習心理治療師的答案非常有趣。他說，就生理學上來說，其一主要不同之處是，人類的大腦皮質在出生後會持續成長。大部分的哺乳類動物在出生時，大腦皮質就已經成熟了，而人類的大腦皮質要到六歲時才會發展完整。在這之前，人類的大腦皮質都在塑形、修整，不斷受到跟他人互動所影響。他表示，我們是社群動物，而我們的身份認同並不是與生俱來，而

[26] 英國泰恩威爾郡（Tyne and Wear）的城市。

[27] 紐卡索的劇院。

[28] 英國劇場導演，2013 年開始擔任皇家莎士比亞劇團副總監。

[29] 威爾斯劇場導演，2020 年開始擔任威爾斯國家劇院藝術總監。

是透過跟他人互動，經過一連串的塑造和修整而來。

我他媽的毀了這工作坊的節奏，花了太多時間在講笑話和東拉西扯一堆大道理。不過，還是進行得很順利，他們過程中很有反應，感覺很充實。

紐卡索這座城市很有特色，而且很美，但現在都被毀了。我越是常到倫敦以外的地方去旅行，越是發現英格蘭裡面根本是兩個國家。

一邊是富麗堂皇的蘇活飯店，可以坐在裡面愜意享受；一邊是紐卡索一路逛下來了無生氣的景象，只見一堆連鎖酒吧「威瑟斯本」（Wetherspoons）和貸款機構「錢莊」（Money Shops），還有許多店家的窗戶都被封了起來。2008 年金融崩壞後，英格蘭四分五裂的程度及政府相關的因應措施，都令人難以置信。

這讓我想到，我要跟莎拉．法藍肯去北方玩一週，為了寫給皇家交易所劇院的新劇本。

同時也讓我深刻體悟到，我應該要嘗試為那個空間打造一部大型劇本，一部格局大、規模大且形式也大膽的劇本，寫跟上述分裂情況有關的內容。

6月20日

我有一週沒寫日記了。

有點不太知道是為什麼。

前面一週都在精修《瀑布》。我對於成品非常滿意，我覺得這一版打造出來的世界觀比前幾版都要完整，然後內容也更好看了，現在劇情完全聚焦在克里斯多夫和艾蜜莉兩人身上，而且現在艾蜜莉的戲份變得很重。我自己在腦袋裡想的是，我要把這劇本寫好，好到可以寄給艾蜜莉．華森（Emily Watson）[30] 看，然後她不會拒絕邀演。我覺得這作品或許可以寄給她了，而

[30] 英國演員，生於 1967 年，代表作有《破浪而出》（*Breaking the Waves*, 1996）、《迷霧莊園》（*Gosford Park*, 2001）。

且應該不至於讓她覺得寫得很爛。

我今天下午把劇本寄出去了，接下來只能聽天命了。

當創作要開始寫細節時，我就會完全栽進去，所以才沒思緒管日記的事。到那個工作階段時，我就會全心投入，進入閉關狀態，整個人會變得自閉，一心只想把作品寫完。

嗯。

現在終於寫完了。

我應該以更全面的角度來書寫英格蘭，這種感覺在去了吉爾福德（Guildford）[31] 和伯明罕（Birmingham）[32] 旅行之後變得更加強烈。倫敦跟這幾個城市相比，根本像是不同國家一樣。倫敦這座城市，宛若自體一國，資金流動活躍，來去能量繁盛，令人目眩神迷，帶給我們奢華餐廳、夜店生活、高級西裝等東西，應有盡有。其餘地區，不僅無法跟倫敦一樣成為貨幣市場，而且公共建設頹圮，市容看起來殘破不堪。不過，也有可能在這些殘破不堪的地方，才能看見真正的生命力和創意。未來的倫敦，就某些方面來看，有可能會比國內其他地方缺乏生機。

吉爾福德這地區沒什麼活力，除了偶爾去拜訪波莉她媽時，還覺得有點樂趣之外，基本上這裡就是一個到處都是多功能辦公室的地方。人們在辦公室裡面都在做什麼事？他們開會都在談些什麼內容？每個人看起來都像在警察刑事調查部工作的人一樣，外表看起來光鮮亮麗，內心卻充滿暴戾之氣。

我去給了一個講座，對象是一群有活力、有熱忱又迷人的高中生。我非常喜歡這次的交流經驗。

週四時，我北上到伯明罕大學給講座，跟那裡的學生聊聊，也讀了幾個劇本給他們聽。我讀了我 1997 年寫的《藍鳥》，過程中有種奇妙的感受，因為

[31] 英國薩里郡（Surrey）的城市。
[32] 英國西米德蘭郡（West Midlands）的城市。

某些隻字片語觸動了我當下內心深處的自我，而且感覺上可以放到《瀑布》劇本裡面，但同時也發現到另外有些片段沒什麼張力，戲劇節奏零散。此外，也讀了《海牆》（*Sea Wall*），這劇本一直以來都很受一般大眾喜愛。還有《遠方之歌》，讀起來效果蠻不錯的，我自己很滿意。

我寫信給馬克．伊佐，問他有沒有興趣真的「出現」在這齣戲裡。我個人覺得那樣會很好看，會讓整齣戲提升到另一個層次，會讓劇場性更強烈。他或許可以直接幫唱，也或許可以寫更多音樂。

我跟卡爾．海德聊了。聊天的過程中，我慢慢構思出《父土》（*Fatherland*）的結構。我在想，有可能是四個各自獨立、發生在二十四小時內的故事，交互串織，然後會有一群歌隊，跟每個角色的聲音抗衡。

我在想，要不要把《卡門片斷》的劇本寄給羅伯特．艾克或門劇院（Gate Theatre），[33] 不知道這劇本有沒有機會在英國搬演。

簡單來說，應該是不可能。

6月21日

我把《瀑布》寄出去了，準時交稿。我自己覺得劇本寫得很有趣。

晚上我去看了打醉劇團（Punchdrunk）[34] 的《溺水之人》（*The Drowned Man*），是一齣大型的沉浸式、特定場域（site-specific）作品，在帕丁頓（Paddington）[35] 的一個廢棄倉庫裡，細細探索《沃伊采克》（*Woyzeck*）的故事。我看完之後很生氣。觀眾戴上面具，任意遊走，盡情穿梭在一個精美打造的世界中，其中設計的品質無可挑剔。然而，過程中，我以為我一直走錯房間，走到的房間剛好都沒事，都是隔壁在發生好玩的事情，結果我走了老半天，發現我剛才其實沒走錯，因為什麼事情也沒發生。整部作品充滿設

[33] 愛爾蘭都柏林的劇院。

[34] 英國劇團，作品多以沉浸式劇場為主，代表作有《不眠之夜》（*Sleep No More*）。

[35] 倫敦西敏市的一區。

計感，煞有其事，卻毫無實質內容可言，像是有大衛・林區電影的表面氛圍，卻沒有對於夢魘或恐懼之類的事進行更深層的叩問。

感覺上就是在一間裡面有很多人的大倉庫裡走來走去，完全沒有抓到大衛・林區的核心。

我回到家時已經醉了，然後在推特上面寫了今天的看戲感想，結果馬上就後悔了。在推特上發表對於別人作品的負面觀點很沒意義。我以前從來不會這樣，現在這樣讓我心裡覺得很煩。

這齣戲為什麼會讓我這麼生氣，這點仔細想想還蠻有趣的。

毫無疑問地，這作品不僅視覺設計很精美，表演者舉手投足間的線條也很美。整場演出宛如一場盛會，就好像你走進了一場音樂祭或電音派對一樣。某種程度上，這作品確實有令人眼睛為之一亮的地方，這點不能否認。

但，我不斷有種被騙錢的感覺，而且一直讓我想起強尼・洛頓（Johnny Rotten）在性手槍樂團（Sex Pistols）[36]時期最後一場演唱會上講的一句話：「你們有沒有覺得自己被騙錢了呀？」

後來我終於明白了，是因為整場演出都沒有在講故事。

我很驚訝自己在這部日記裡三番兩次就重新強調故事有多重要，我其實並沒有預料到自己會講這些。

總之，若是作品本身缺乏一個完整的統合概念，那整齣戲就會顯得空洞無比。

而且某方面來說，這種作法有點自以為是，感覺上他們一直想弄得跟太陽馬戲團（Cirque du Soleil）一樣，以藝術之名來包裝自己，其實只是在做國際品牌行銷。這樣說或許不公平，但我感覺到的就是這樣。

---

[36] 1975 年成立於倫敦的龐克樂團，洛頓擔任樂團的主唱。

6月22日

週末時，我去布許劇院看了《無法辨識》（*Incognito*），編劇是尼克．佩恩（Nick Payne），[37] 劇本相當精彩。這齣好戲是在探討人類的本質無法捉摸也難以確定。這種本質就是人類的心靈活動，不可能完全透過理智思考來理解。昨晚彼得．布魯克在楊維克劇院的戲《驚奇之谷》（*The Valley of Astonishment*），好看到爆，也是在講同樣的主題。我們有辦法具體指出人類的本質在哪裡嗎？還是說把腦袋裡的哪一塊削掉，就可以把人類的本質消除掉了呢？

週日晚上，一邊看電影《虎豹小霸王》（*Butch Cassidy and the Sundance Kid*），一邊對照著讀威廉．高德曼（William Goldman）[38] 所寫的電影劇本。他的這部劇本很有張力，而且以敘述為主。我問丹尼斯．凱利（Dennis Kelly）[39] 電影劇本和舞台劇本有何不同，然後他跟我說：「嗯，電影劇本比較像散文。」高德曼寫的是畫面內容，是鏡頭運動。

我為我小孩目前就讀的契森豪小學（Chisenhale Primary School）開設了一個編劇工作坊，對象是十歲的小朋友。大家都很活潑，過程需要多花點時間，但想出來的想法都很棒，每位都很聰明。我們做了「坐針氈」（hot-seating）這個活動，就是對他們創造出來的角色進行提問，大家都很喜歡。他們一起生出來的這個作品非常有趣。

我發覺，完成舊工作之後和開啟新工作之前的這段時間，感覺很奇怪，有點不上不下，卡在中間，不知該怎麼開始。我真的要來開始工作《卡西米爾和卡洛琳》（*Kasimir and Karoline*）[40] 了，明天就動工。

我昨天做的事情，主要就是教那幾個十歲小朋友，還有跟幾位編劇吃飯。

---

[37] 英國編劇，生於1984年，代表作有《星座》（*Constellations*）。

[38] 美國編劇，生於1931年，卒於2018年。1969年以電影《虎豹小霸王》獲得奧斯卡最佳原創劇本獎。

[39] 英國編劇，生於1970年，代表作有《小魔女》（*Matilda*）。

[40] 匈牙利劇作家霍爾瓦特（Ödön von Horváth）的劇本。

非常開心可以見到愛麗絲・柏琪（Alice Birch）[41] 和丹尼斯・凱利兩人。愛麗絲是一位很年輕但很有潛力的編劇，剛得到喬治・迪瓦恩獎（George Devine Award）。[42] 丹尼斯也是編劇，他劇場生涯所歷經過的趣事可能跟我一樣多。

我們在聊另一位編劇。這位編劇跟前女友在一起很久，但他前女友不覺得他有辦法寫出什麼東西，最後兩人分手了。後來他喜歡上另一個女的，而且現在這個女的相信他做得到，所以現在的他寫作如行雲流水。

除了波莉之外，我沒有跟其他人交往過。這讓我體認到，她的信念帶給我的支持與鼓勵，遠遠超過我所想像。

我之前一直都沒看過彼得・布魯克的作品，昨晚是第一次。整齣戲沉穩、簡單，製作很有質感，演員也演得很棒。

我非常喜歡。

他作品中對於死亡的思考，相當具有智慧和高度，唯有長者才有辦法體悟出這些道理。他以充滿希望的筆觸，探索人類宛如魔術般的極限樣貌。整部作品瀰漫著愛與希望的氛圍。

6月24日

第二次跟契森豪的孩子們進行工作坊，他們比上次更專注也更有熱忱。他們發展了主要角色和次要角色，然後我們討論到人類和其他動物的差異之處。

我在每個工作坊的開場都會問到這個問題。

他們提到，其他動物沒有好奇心，也沒有五根手指，而這些都是人類最根本會有的東西。人類有好奇心、有五根手指。

然後我跟他們一起發展了他們角色的欲望。

---

[41] 英國編劇，生於1986年，代表作有劇本《自殺的解剖》（*Anatomy of a Suicide*）、影集《正常人》（*Normal People*）。

[42] 成立於1966年之劇本獎。

我後來跟一位學者賈桂琳・波頓（Jacqueline Bolton）見面，她現在任教於林肯大學（University of Lincoln），是目前發表過最多篇論文談我的創作的學者。我們主要在聊《哈伯・雷根》，談到劇中突然插入一段帶有種族歧視色彩的謾罵內容，這段有什麼作用嗎？以色列是從歷史上最不堪的一段戰爭罪行中所建立的國家，卻同樣以殘暴的手段來對待他們的鄰居巴勒斯坦，而如此情景所帶給我的恐懼，就是催生這部劇本的動力。那些話語，就是要用來顛覆傳統認知，刺激觀眾好好思考。

接著去看了牙醫。

泡了些茶來喝。

然後到格爾古德劇院（Gielgud Theatre）[43] 去看了《深夜小狗神祕習題》的第一場預演。這座劇院很漂亮，就在阿波羅劇院旁邊，空間很大，也保養得很好。裡面的廁所很棒，酒吧也很棒。後台地板沒有鋪上黑膠。整棟劇院建築都很讚，品質非常好。

戲走得還可以，不過我昨晚注意到了幾件之前比較沒注意到的事。這群演員非常棒，艾德（Ed）由尼古拉斯・田納特飾演，克里斯多夫由優秀的葛蘭姆・巴特勒（Graham Butler）[44] 飾演，希凡（Siobhan）由莎拉・伍德沃德（Sarah Woodward）[45] 飾演，茱蒂（Judy）由艾蜜莉・喬伊斯（Emily Joyce）[46] 飾演，但他們的聲音必須要再放出來一點，不能低估了這座劇院的空間大小，所以每一場都應該卯盡全力，把張力發揮到最大。他們得知道自己在台上演的時候，同時有音樂在放，這些技術上的挑戰都得納入思考。不過他們後來慢慢越走越順，到了下半場就表現得非常好。

葛蘭姆・巴特勒在表演上的幾處選擇相當細膩，令人印象深刻。他演的克里斯多夫比其他人演的個性更鬼靈精怪、講話更直接，應對上也比較沒那麼弱

[43] 倫敦西區的劇院。
[44] 英國演員。
[45] 英國演員，生於 1963 年。
[46] 英國演員，生於 1969 年。

勢。他表現出來的樣子易怒且自大，有時會讓人聯想到演員約翰・克里斯（John Cleese），[47] 但又不失幽默及動人之處。他所呈現出來的喜感，讓演員表演狀態和角色內心孤寂之間存在著某種斷裂。之所以會流露出這份喜感，是因為角色並沒有意識到自己的悲傷，甚至從來沒有，而這就是葛蘭姆・巴特勒賦予克里斯多夫這個角色的獨特之處。

假如有觀眾在上半場覺得這齣戲的形式有點干擾，不適合放在倫敦西區演，那到了下半場肯定就沒問題了，因為下半場充滿歡慶和喜悅的感覺。

我很驕傲地說，這齣戲是適合每個人來看的戲。我當初會寫這齣戲，是因為這樣就可以帶我的小兒子來看我寫的戲。昨天晚上，這個任務就某方面來說已經達成了。

回家路上去了布萊克斯俱樂部喝了一杯威士忌。這齣戲已經停了六個月了，這次能夠再次登場，意義非凡。

6月25日

回到契森豪小學。陪那群小朋友發展作品，一切都進行得很順利。我很喜歡這群小傢伙，也喜歡這間學校其他有跟我共事到的夥伴。小朋友們個個天馬行空，無比活潑。雖然叫他們專注和聽話很難，但他們真的是創意無限。

接著清空我的收件匣，我最近的生活大概有一半都花在清空收件匣上面。

以前會有人蒐藏作家的通訊紀錄，也就是書信。字跡優美，用字高雅，內容簡潔，行雲流水。現在收到的信常常錯字一堆，我都迅速看過，不過好像也沒差。

形式永遠走在功能後面。

[47] 英國演員，生於 1939 年，超現實幽默表演團體「蒙地蟒蛇」（Monty Python）創始成員之一。

6月26日

北上到約克大學的實驗劇場「戲劇穀倉」（Drama Barn），[48] 去跟校內戲劇社的一群大學生聊聊。這是我最初幾部作品發表的地方。1990年5月，我在這裡演出過《精神病院》（*Asylum*），劇本是我和喬納森・史特勞（Jonathan Stroud）[49] 合寫的，他現在是一位相當成功的青少年小說作家。當時同一檔節目還有《法蘭克的狂野年代》（*Frank's Wild Years*），是我在十七歲時深受湯姆・威茲（Tom Waits）[50] 的歌曲啟發所寫的獨白。《公爵》（*Duke*）和《今晚好搖滾》（*Good Rocking Tonight*）也是在這裡演出。《今晚好搖滾》戲中有個專門在翻唱貓王歌曲的樂團——吉米P和泰勒派恩（Jimmy P & The Telopines）；在戲劇穀倉演出時，我還擔任了吉他手一角。真的非常高興能夠有機會再度回到這來，滿滿的懷舊之情頓時油然而生。

面對這些過去的回憶，就像是重新揭開一道舊傷口，而這些回憶和傷口都會形成我們創作的動力。忽然想起了這個奧立佛・薩克斯提到的論點。他表示，創作力和懷舊情同出一源，都是想要填滿過去心理上某種被打斷的感覺，或是想要彌補某種遺憾的渴望。我當初在戲劇穀倉時，有好多想做的事都沒做，有好多想說的話都沒說，也有好多想法後來都不了了之。

很高興能回到這裡，給年輕人一點支持和鼓勵。

我跟這間學校戲劇社的創辦人伊恩・史都華（Ian Stuart）和現任社長對談了兩個小時，不僅深感伊恩的才華，而且三代之間有機會這樣談天說地，極其難得。

回到母校的感覺有點奇妙。這一區看起來比以前有特色許多，我記得以前就是一個拿來住的地方，跟一般的英國小鎮差不多，沒什麼特別的地方。但這次回來，有點奇怪，忽然發現到這裡的中世紀歷史色彩變得很明顯。以前對

---

[48] 約克大學內的黑盒子劇場。

[49] 英國奇幻小說家，代表作有《巨靈三部曲》（*The Bartimaeus Trilogy*）。

[50] 美國音樂人，生於1949年。

我來說，這裡就是酒吧、豆子專賣店和學校。

在火車回程的路上，進行《深夜小狗神祕習題》的刪本，可能已經刪了整整三頁了。瑪莉安不會去動那些刪掉的部分，因為她一直要我以整體節奏作為主要考量，留重點就好，我現在就是朝這方向去進行，所以她不會再去動那些部分。目前修本這件事進行得很順利，我真的很喜歡她這個人。

6月27日

今天早上到摩爾菲爾德回診，整個療程很不舒服，弄太多碘了，搞得我差點沒辦法走路。

讀了《卡西米爾和卡洛琳》這個劇本。曼徹斯特的家劇院（Home）藝術總監沃特・邁耶霍漢（Walter Meierjohann），[51] 請我改寫一個新的版本，直覺上希望可以把場景置換到曼徹斯特。我蠻認同他的這份直覺，雖然我不想整齣戲到時看起來時空錯亂，但感覺上還是有不少值得嘗試的地方。

我應該會把原本的音樂改成現代的音樂，也會把 1929 年慕尼黑啤酒節（Oktoberfest）這個背景設定換掉。這齣戲在語言處理上，可以添加一些空洞又俗爛的話語，反映出劇中人物因經濟危機，生活備受打擊，失去表述能力，全然喪失自我。我認為這個概念還不錯，生活無異於連續劇，語言被陳腔濫調所宰制。

6月30日

開始工作劇本《卡西米爾和卡洛琳》，從頭開始寫。我打算把原劇中樂團演奏的慕尼黑民謠，換成復古搖滾風的歌曲。還要讓舞台上更有動量，也要把場景和場景之間的分段都拿掉，這樣可以讓這些場景合而為一，發展出比較正規的場景，同時要把語言盡可能寫得飽滿豐富些。

---

[51] 出生於荷蘭、活躍於英國之劇場導演，2013 年至 2019 年之間擔任家劇院藝術總監。

2014年7月

7月1日

一整天都跟馬克·海登關在瓦德街上的一家錄音室裡面。我們一起接受了十場廣播訪談，內容是關於《深夜小狗神祕習題》。記者們事前都答應不會問到跟阿波羅劇院屋頂坍塌有關的事，結果後來每位記者都問了。每次都要一直回答一樣的問題，真的很奇怪，無聊到讓人想睡覺，然後我還要試著讓答案聽起來不無聊。馬克說，他這十年來也是一樣，一直在回答重複的問題。

他說，他在寫《深夜小狗神祕習題》之前，嘗試寫過給大人看的小說，完成了三部，但後來都丟到一旁了。把作品擱置這件事，對我來說實在是蠻難理解的。這就是為什麼我覺得寫電視劇這麼不健康的原因，要花好幾個月寫一個最後沒必要生出來的東西。

但這就是馬克的工作模式，不論寫劇本或寫小說都是這樣。

這十場訪談結束後，我幾乎快失去好好說話的能力了。我發現，在開啟對談模式的同時又要不帶任何表演心態，好難。我覺得自己好像掉進訪談的無限迴圈裡面了。

7月2日

今天是契森豪的小朋友們的作品演出日。我跟一群人在格洛夫路（Grove Road）上的咖啡廳會面，包括了演過《深夜小狗神祕習題》的馬特·巴克（Matt Barker）、演過《哈伯·雷根》的尼丁·昆德拉（Nitin Kundra）、演過《雀鳥之地》的夏洛特·蘭德爾和演過《泊》的凱特琳·皮爾斯（Katherine Pearce）等人。[1] 喝完咖啡後，我們一行人再一起到學校去。

1 巴克、昆德拉、蘭德爾與皮爾斯均為英國演員。

跟這群演員工作相當享受。

我們到學校裡的一間教室準備，這間教室就是之前跟孩子們排練的地方。孩子們一個一個進來，呈現各自的場景給我們看。

他們既緊張又興奮，還有點臭屁臭屁的樣子。演員們看得是既困惑又著迷，越看越有趣。我們一起把場景重組成新的結構，並鼓勵演員們盡情發揮，隨性探索，大膽地玩，自在地演。

我們接著到大教室，把場景內容邊演邊讀給教室裡的學生看，他們都笑得樂不可支，因為那群孩子在場景裡面用了「賤人」這個詞。大家都看得專注，聽得入神。

今年，這幾個場景呈現下來的感覺特別陰鬱。整體來說，這幾位十一歲的學生所寫的劇本很有戲劇張力。其中有四場在寫孤兒，有兩場出現了「賤人」這個詞。有時調性會變得有點像電視劇《東區人》（*Eastenders*），[2] 但沒有到太常。

有幾場設定在芝加哥，內容講的是一位藝術家和他的職棒選手繼兄的故事；有一場在堡區（Bow）[3] 的墳墓邊，內容是一位母親和她兒子即將到美國之前的對話；有一場是一對失去雙親的姊妹，姊姊要妹妹不要再幻想她們的媽媽會出現了；有一場設定在東京，角色兩位，一個是小偷，一個是被偷東西的人；有一場發生在菲律賓宿霧（Cebu）[4] 當地的公家機關辦公室，有名孤兒想說服一位公務員竊取跟政府貪汙有關的文件資料；還有一場是兩個小孩在派對上的互動。

班上同學迴響熱烈。

演員們也都覺得很棒。

---

[2] 英國連續劇，描繪倫敦東區勞工的生活景況。

[3] 倫敦哈姆雷特塔區（Tower Hamlets）的住宅區。

[4] 菲律賓中部的海島型度假勝地。

晚上去看了《深夜小狗神祕習題》。這次整體掌握得比較好了，情感也更加誠懇。觀眾起立鼓掌。演員們彼此有在聆聽，節奏變得更緊湊，刪本有發揮作用，每個環節的狀況都不錯。尼古拉斯．田納特飾演克里斯多夫的父親艾德，他的表演特別真實，是他歷來演出中我最喜歡的其中之一，完全沒有刻意要擠出情緒，純粹、直接又有效。

7月3日

跟艾力克斯．普茨、卡爾．海德和史考特．葛蘭姆會面。我們試圖說服艾力克斯，讓我們那個主題在談父親的作品可以跟2017年曼徹斯特國際藝術節合作。艾力克斯是個很有活力、頭腦也很清楚的工作夥伴。我們從父親作為一種身份，聊到了父親作為一種文化源頭的象徵；從尋找對於父親這個身份的認同，延伸到重探我們都疏遠已久的歷史根源。艾力克斯鼓勵我們多去反思歐洲獨善其身的封閉狀態，也鼓勵我們可以多考慮非典型的展演空間，同時希望這作品在形式上能多些挑戰。

他這番話，讓我躍躍欲試，也讓我放心不少。他希望我們可以做個沉浸式的作品。如果我們能夠在沉浸式劇場對於建築空間的想像中，注入實質內容，那麼我們的作品肯定會不同凡響。

今晚跟巴特．凡．登．艾恩德（Bart Van den Eynde）開會討論《遠方之歌》，他是阿姆斯特丹劇團的戲劇顧問。他對於這劇本的反應蠻正面的，很多地方都很喜歡。感覺上伊沃也蠻喜歡，他的舞台設計楊．維斯維爾德（Jan Versweyveld）[5]則是非常非常喜歡。

他希望我可以把劇本裡的日期刪掉，也許這樣才對。他還希望我可以強化米娜（Mina）和威廉的父親這兩個角色，讓他們更亮眼。我覺得這些我應該都有辦法改好。感覺到他們兩人都不討厭這劇本，真的是讓我大大鬆了一口氣。一直以來都是這樣。

5　比利時舞台設計。

巴特相當有智慧，所以我很信任他。至於伊沃就更不用說了，就是一位非常棒的導演。

我們聊到或許可以讓馬克本人出現在戲裡，巴特很喜歡這個想法。搞不好真的可行。

晚上我跟奧斯卡和波莉去看祕密劇團在利瑞克漢默史密斯劇院演出的《第五號作品》。這是我過去一整年所看過最大膽、最敢玩的作品了。娜迪亞・阿爾比那飾演主角，主角的名字是抽籤決定。她在台上很敢玩，而且都玩得很猛，不留一絲餘力。戲裡其中一段是重新詮釋《羅密歐與茱麗葉》的樓台會，她飾演的茱麗葉真的是太棒了。這是我有史以來看過最生猛的《羅密歐與茱麗葉》。

7月4日

前往巴塞隆納，到一間叫作「貝克特實驗劇場」（Sala Beckett Theater）[6]的機構帶工作坊，這地方並不大。我每年會在這裡開設為期一週的工作坊，跟來自世界各地的編劇一起交流，由這個主要在扶植加泰隆尼亞新劇本發展的小型孵化基地所舉辦。劇場帶給這城市的影響相當深遠，同時他們也已經讓市民們有個觀念，就是新劇本是一座劇院不可或缺的項目。

這次來跟我交流的編劇，有兩位是加泰隆尼亞人，他們常一起工作。另外，也有來自其他地方的編劇，包括西班牙、法國、德國、阿根廷、烏拉圭、智利和英國，其中法國人有兩位。

他們每人都針對我所出的題目寫了一個劇本，題目是請他們反思各自文化在未來可能會面臨的情況。今年這幾個交上來的劇本品質都很好，不論角色或戲劇行動都比以往的劇本更清楚，整體內容也更有趣。

我晚上跟他們見了面。

[6] 西班牙巴塞隆納的劇院，舉辦多項推廣戲劇、挖掘新血之活動。

我們喝了幾杯啤酒，然後就去看哥倫比亞對上巴西的世界盃八強賽。最後巴西勝出，贏得很漂亮。

7月5日

我這週想花點時間，記錄一下這次由貝克特實驗劇場主辦、由我授課的工作坊。

我希望透過書寫我在那裡的授課細節，可以啟發其他戲劇實務工作者，包括老師、編劇和導演，讓他們有機會應用我帶來的練習或方法。

過去十五年來，教書對我來說是很重要的一件事。教書和我的家族之間有很深的淵源，就跟其他職業和其他家族之間也可能有很深的淵源一樣。有些家族裡可能有很多人在當警察，有些家族裡可能有很多人在吃牢飯，而我們家則是有很多人都在教書。

教學過程讓我更清楚自己在創作上要什麼，讓我有辦法掌握整個創作發展過程，讓我有能力覺察自己當下的創作狀態，讓發展過程中有理性的參與，而非由直覺主導一切。我認為，藝術家若單靠直覺來創作，是走不久的。教學讓我可以遠離這種窠臼。

2009 年是我第一次來這裡帶工作坊，每一年的經驗都很棒，但偶爾也會有不順的時候。我自己在這個工作坊交流經驗中學到最多的是，從我的作品中可以看出，我對於創作是什麼、劇場是什麼有既定的想法，但這並不是我天生就這樣想，這些都跟特定文化有關，不僅深受我二十世紀末在英國的成長經驗所影響，同時也反映出，在資本主義至上的時代由物質享受和心靈恐懼交錯而成的種種雜音。這也跟我在皇家宮廷劇院受過的訓練有關，讓我汲取到歐陸與美國的戲劇敘事方法，影響了我的一些劇場觀，包括了劇場作品基本上是透過戲劇情境和對話而非透過口述敘事來呈現，情節很重要，以及演員的要務就是假扮成他人。

這幾十年來，這些觀點在其他國家的劇場文化中一再地受到質疑，不論法國、德國、拉丁美洲或伊比利半島上的那幾個地方，這些國家的編劇大多浸淫於後戲劇劇場的美學觀念，或深受布萊希特的敘事劇場（epic theatre）所啟發。因此，近幾年跟這些國家的編劇們合作交流，形成了某種挑戰和刺激。

我一再地強調以戲劇情境和對話為主的形式，不要往敘事劇場或後戲劇劇場的方向走去，但我自己卻總是受到其他編劇影響，而作品呈現出來的樣貌，也往往會朝其他戲劇觀的方向走去。沒有其他地方比這個工作坊更能帶給我刺激和挑戰了。

貝克特實驗劇場的藝術總監東尼・卡薩雷斯（Toni Casares），[7] 每年都會請我出一道題目給工作坊的學員們，然後請他們根據題目來發想一個劇本。今年的編劇所寫的劇本要回應以下問題：

我們所處的這個年代，對一樣東西非常執著，而這樣東西永遠摸不著也猜不透：未來。

也許這跟我們人類的意識有關，也就是說，其實人類本來就會這樣想，人類知道生命中有未來這種東西。即使科學家都傾向認為時間是一個維度，並不是線性前進的狀態，但這種不斷前進的狀態，仍然定義著人類這種動物所感受到的世界。時間看似持續前進的同時，世間百態卻越來越混亂，不確定感越來越強烈。人的歲數一年比一年增長，我們有回顧過去的能力，我們有活在當下的渴望，但對於下一刻會發生什麼事，我們永遠沒有辦法知道。

我年紀越大，越是對這些事情感到著迷。一部分是因為我現在四十好幾了，對死亡的感覺比以前更有感；一部分跟現在是三個小孩的爸有關，我常會思考孩子們的未來。他們的未來，跟我私領域和公領域的生活都息息相關，也帶給我很多故事靈感。對我來說，之所以會寫劇本，是因為想試圖釐清某個我不了解卻又深深為之著迷的事物。漸漸地，我對於所有跟未來有關的想法，似乎也有了這樣的感覺。

我同時認為，人類所打造出來的文化，往往環繞著某種對於美好未來的憧憬，

[7] 西班牙劇場導演。

至少在西方是如此。

從經濟的角度來看，我們渴望復甦，害怕一再崩解。在企盼改變和渴求進步的動力之下，我們創建了各種產業，同時浸淫在未來有機會回到過去的美好想像裡。

從生態演化的角度來看，未來如魅影般不斷朝我們逼近——某個對於文化的重大傷害尚未到來，但我們知道總有一天會來，只是不知會以什麼形式出現。

就文化的層面來說，我們渴望新科技時代的到來，帶領我們進入一個既可怕又迷人的烏托邦。蘋果電腦和手機之後，下一個會是什麼？ Google 有辦法知道以後會發生什麼事嗎？在距今不遠的未來，我們會在 YouTube 或推特上面看見什麼樣的內容、分享什麼樣的消息？

就公共關係的層面來說，我們面對未來是既期待又害怕。我們一邊共同放眼人類社會的集體未來，一邊不禁在想，保持樂觀的態度究竟是不切實際、自欺欺人，還是說這樣才是腳踏實地、認真負責的待人處事之道？那麼選擇悲觀主義究竟是大智慧的境界，抑或只是有錢人無病呻吟的自溺心態？

*

我請這幾位編劇創作一部短篇劇本，藉此回應這個問題：「未來會怎麼走？」

編劇要能夠在這些劇本裡，讓我們看見他們的國家或文化，方法不限。我希望他們能夠想像某種未來可能的樣貌，可以是政治上的、經濟上的、科技上的、生態演化上的，或者是個人的，也可以是對於未來這個概念從根本上提出質疑。

劇本背景可以設定在未來，但也沒有一定要。劇本裡應該要有的，就是對於未來走向的反思。

劇本背景可以設定在編劇自己的國家，但也沒有一定要。

劇本應該要做到的，就是在短時間內可以引導觀眾思考未來會帶來什麼保障，未來會帶來什麼威脅，未來會帶來什麼希望，未來有著什麼意義。

劇本長度大約十五到二十分鐘之間即可。編劇可以選擇任何想要的戲劇形式，演員人數不限。

*

近幾年來，讓我驚訝的是，越來越多編劇傾向創作有角色、時間和情節的劇本，跟 2008 年經濟崩潰之後那幾年的創作氛圍有所不同，感覺上，大家開始有了想透過說故事來了解我們文化斷裂現象的渴望。

我總是用同樣的活動來作為這個工作坊的開頭。

我請編劇們把眼睛閉上，然後分享他們各自的生命故事。我請他們想一下，就他們所知，當初出生時大概是怎樣的情形，有沒有聽別人說過他們嬰兒時期是怎樣的情況？接著，請他們回溯最早的感官記憶。請他們回想幼年時期，跟家人之間的互動，在幼稚園的點點滴滴，然後引導他們回顧一下，從小時候上學、轉學，到青春期、性啟蒙、戀愛，以至於後來出社會、教書、寫作、閱讀、接觸戲劇、做劇場、面對人生各種混亂和糾結等回憶。我要他們全程都把眼睛閉上，然後我試著慢慢問。

我讓他們有二十分鐘可以好好沉澱思考。

然後我給他們一人一張 A3 的白紙，要他們各自把目前走過的人生地圖畫出來，涵括腦海裡記得的所有細節，以便大家能夠了解彼此一路走來、從剛出生到工作坊當下這個時刻的人生過程。

可以是讓他們人生原地打轉的圓環，也可以是讓他們迷惘的十字路口，或是半路遇上道路施工，或是必須勇往直前的高速公路。他們還可以在地圖旁邊附上照片，用來圖示說明他們個人生命中的重要事件，或者是與他人互動的重要回憶。

我把劇本視為某種行為地圖，所以多多練習繪製地圖的技巧很有用。

他們每人都要跟另一人分享自己的人生地圖，然後對方的任務是把當事人的地圖記好，並引導其他人進入這份地圖。

這活動的目的是要訓練建立情感連結。大家能夠藉此更認識彼此，而且進行的方式既私密又安全，因為每人都有跟自己攜手互助的同伴，而非把自己直接丟給一堆人。同時，這活動也結合了劇場創作的概念。過程中，每人都得仰賴彼此，而我們在寫劇本時，就像是把地圖交給對方，然後相信對方會依循著地圖的腳步，用心感受，包括我們所有的工作夥伴，還有觀眾。

這跟寫作的過程也有異曲同工之妙。每份地圖都完全不同，而這個活動其中一個好玩的地方就在於，看到地圖打開那一刻產生的第一個反應。就像在繪製地圖一樣，編劇將他們的技巧應用於某個主題上，這就是我們所謂的風格，而且每個人的風格都是獨一無二的。人們進行藝術創作時也會產生風格，所以當我們把個人創作技巧應用到所要處理的主題上時，就會顯示出自己的風格。劇本創作是如此，這個活動也是如此。

今年的人生地圖比前幾年的都要抽象許多，沒那麼語言導向，比較偏向表現主義的思考。會這樣，有可能是因為我一開始沒講清楚。

不過，更有可能是這個活動本身就帶有某種特定的文化認知。也許是我自己本來就認定了，畫出一張人生地圖是有可能的；也許是我自己本來就認定了，用線性時間的角度來思考人生是有可能的，而我這樣同時也間接認定了，時間是向前移動的。也許「生命是順著時序來走」這樣的觀念只會出現在某些特定的文化裡；也許只有英美文化背景的人，才會用線性故事的方式來感受和理解人生。所有學員中，針對這個活動的回應最大膽、最具表現主義思考的是一位來自智利的編劇。這位編劇的作品充滿拉丁美洲原住民文化色彩，把他自己從他的人生地圖中除去，而且對於他人生重要事件是何時發生、在哪發生之類的問題，絲毫不感興趣。

也許在接下來這幾天，這套思考模式會讓工作坊學員之間產生不少分歧。

我也會跟他們打排球。每年工作坊我都會跟學員們打排球，我們會玩一個簡單的遊戲叫作「挑球」（keepy-uppy）。這遊戲是我跟服務於皇家宮廷劇院國際部門的伊利絲・道奇森（Elyse Dodgson）[8]學來的，那時候我和她一起在墨西哥市工作。遊戲過程中，全隊需要同心協力才能得到最好的成績。

我很喜歡這遊戲，因為很好玩、很白癡，也很需要動身體，不然大家在這工作坊裡都用腦過度。我喜歡這遊戲還有一個原因，是這遊戲很需要大家一起努力，可以培養團隊合作的精神，不然工作坊學員之間很容易變得分化，變成大家各顧各的。

7月6日

學員們來參加這工作坊之前，我有先請他們準備一些東西，包括了一張照片、一則新聞和一段音樂。今年工作坊，為了搭配所選的主題，我希望他們找來的東西在某種程度上要能反映出各自文化與未來之間可能的對話。

今天早上，學員們分享了自己準備的東西。

整體下來，大家像是共同創造了一幅關於未來的群像拼貼，呈現的素材相當多元。有人分析全球地緣經濟的變動特性，也有溫馨感人的故事，內容講述一個女人要搭計程車到布宜諾斯艾利斯，發現司機就是跟自己疏遠已久的父親。在烏拉圭，政府不再支援一群在國營工業服務的技術專家，因為他們不願意配合政府行事。在里昂，一名小學老師強迫學校裡的女學生用塑膠袋把自己給包起來，這時是大熱天，大家還穿著短裙。在巴塞隆納，有個人在派對裡交易毒品，然後派對裡其他人發現他爸是某位政府官員，於是把他打到昏迷。在英國，某個世代的人感到相當迷惘，因為國家的政治體制忽略了他們的存在，經濟結構的狀況也使得他們在工作和家庭之間分身乏術。在智利，定居於原住民地區的歐洲移民，把自己的房子燒掉，然後自己也葬身火窟之中。

大家共同創造了一幅在變動的時期和不安的年代下，全球的文化群像拼貼。

---

[8] 英國劇場製作人，生於1945年，卒於2018年。

7月7日

今天，我問他們，身為編劇，會怎麼理解他們的人生地圖與世界的群像拼貼之間的反差。戲劇，就是我們生而為人的樣貌和我們生存於世的方式這兩者之間會出現的拉扯。

我請他們做個練習，這練習我自己寫劇本的時候常做。套用這次未來的主題，請他們以下每個問題各花五分鐘寫：想到未來，有沒有什麼事會讓人生氣？想到未來，有沒有什麼事會讓人害怕？想到未來，有沒有什麼事會給人希望？想到未來，有沒有什麼事會讓人覺得丟臉，不敢跟其他學員分享？

害怕、憤怒、希望和羞恥，都是本能的情緒反應，而且皆能生成某種物質。

我請他們不假思索地寫，然後計時，使他們某種程度上被迫揭露潛意識裡的想法。我跟他們說，沒有人會看他們到底寫了什麼，所以不用怕。

關於世界不斷變動的這些感想，該如何用戲劇的方式來呈現？為了思考這點，我請學員們閱讀馬丁·昆普簡短而精彩的劇本《面壁槍決》（*Face to the Wall*）。我們全部的人先一起讀這劇本，接著再分組討論，列出所有昆普在每個劇本環節上所做的選擇。他們把列出來的項目交給我看，然後我要他們把這樣的觀察方法，應用到思考他們自己在寫劇本過程中所做的每個特定選擇上。這活動會讓他們的思考更有系統、更具體。就像在大學哲學科系裡面那樣，我鼓勵學員們去思考他們是**怎麼**寫出他們所寫的內容，而不是為什麼要那樣寫。對受過紮實學術訓練的人來說，要這樣思考可能會有點困難。在這活動中，我有興趣的，不是學員們為什麼要做出這些選擇，而是他們做了什麼選擇。讓我感興趣的，不是「為什麼」（why），而是「怎麼做」（how）。

最後，我們一起統整了這份清單：

編劇為什麼要寫這個劇本？
編劇對於世界的看法為何？
編劇本人對於自身所處的編劇傳統是否有任何看法？

劇中有角色嗎？
如果有的話……
　　角色的性別為何？
　　角色的名字為何？
　　角色彼此之間的關係為何？
　　角色走下舞台之後的生活樣貌為何？

演員們（或角色們）在做什麼？
他們做的這件事是在對誰做？
他們說了什麼話？
他們說的這番話是在對誰說？

我們還聽到了什麼？
誰說了什麼話？這些話是一次講完，還是陸陸續續出現？
誰做了什麼事？這些事是一次做完，還是陸陸續續出現？
哪一場有出現哪些角色？

劇本全長多長？
有（用什麼方式）分段嗎？
分成幾段？
每一段多長？

戲開始之前發生了什麼事？
這部分的資訊是用什麼方式來揭露或陳述？
這些被揭露或被陳述的資訊有多可靠？帶出這些資訊的人可靠嗎？
這些資訊的真實度高嗎？
故事發生的時間點為何？
故事進行的路徑是順著時序走下來嗎？

劇本**裡面**發生了什麼事？
行動發生的時間點為何？
劇本中的行動是按照怎樣的時序走？

劇本裡有語言嗎？
台詞出現的次序為何？
劇本是用什麼語言寫成的？
有用到什麼字詞？
角色們使用的語言風格為何？
劇本有使用標點符號嗎？如何使用？
有沉默（silence）、停頓（pause）、短停頓（beat）嗎？
有沒有字詞是重複的？
劇中各字句的長度與話語的篇幅為何？

編劇署名的方式為何？

這是一份尚未完整的清單，但是個開始。我要他們拿出小偷般的精神來思考和閱讀，不要像學者一樣。

7月8日

今天先跟大家打了一場精彩的排球之後，才開始進入工作坊內容。

以前在這個工作坊，我會用早上的時段，針對編劇學員們的劇本，讓大家進行意見交流，但效果往往有些適得其反。我很討厭在教學過程中讓學員們互相評論對方的作品，那樣只會變成自我膨脹大會或辯論大賽，甚至讓有些人緊張到無法好好公開分享自己想法。這樣的意見交流，在大家吃午餐、喝咖啡或喝啤酒時進行會比較好。所以近幾年我改變了做法。

現在我會請劇本在前一晚被讀出來的學員們問其他人問題，可以是「你覺得我的劇本寫得怎麼樣？」這種問題，但也不一定要這樣問。這段時間的活動流程，都交由他們自己掌握。

今天早上，時常一起創作的兩位加泰隆尼亞編劇學員納歐．阿爾貝特（Nao Albet）和馬塞爾．博拉斯（Marcel Borràs），問大家是否有交過自己不滿意的劇本。某些人有，大部分都是因為要趕稿。幾年前，一位來自里昂的編劇山謬爾・加萊特（Samuel Gallet）暗指說，英國編劇圈最糟糕的地方，就是編劇有可能可以單靠寫劇場劇本維生。

一旦事情變得有可能，很多時候都必須往某個固定的方向走。

某種程度上，這限制了編劇提交作品的時間，可能是為了藝術節或一般截稿日，也可能是為了連他們自己都不認同的委託創作。不論是創作上的流程規劃或編劇上的美學追求，都因為作品發展的種種條件而給綁住了。

來自西班牙的編劇蘿拉・費南德茲・德・塞維亞（Lola Fernández de Sevilla），提到她自己有時接了太多委託創作案，但為了謀生，只好一直寫，後來發現實在是吃不消。我完全可以同理她的不安。

此外，他們也問到，各位編劇若是看到導演把他們的作品毀掉，都怎麼反應。工作坊裡的這十位編劇，其中有九位都是自己兼導演。會有這樣的情況，當然也是他們各自所處的不同文化和產業之下的產物。

要是我是這樣的話，可能就會錯失了進一步探索作品的機會，可能就會錯過了劇本中其他人發現到，但自己從不知道的巧思。編劇羅伯特・霍曼跟我提過，沒有人會比編劇本人更了解劇本在寫什麼。我不確定我是否認同這種說法。很多時候，導演都會在我的劇本中看到連我自己都沒發現過的東西，常讓我覺得很神奇。若是由我來導自己的劇本的話，就都不會有這些情況發生。

烏拉圭的編劇露西安娜・拉吉斯凱特（Luciana Lagisquet），問大家是否相信有陰性書寫或陽性書寫這種東西。眾人意見分歧，剛好分成兩派。我認為，可能有陰性戲劇敘事方法的存在，就是在結構思考上比較貼合女性的思維模式，跟男性的感知方式有所不同。這方面的議題很值得討論，因為以陽性戲劇敘事方法來思考的男性，在許多劇場裡處處可見。我認為，行事主動的主角、直接明白的對話等，都是陽性戲劇敘事的特徵。我同時也認為，男性有可能寫出陰性敘事的劇本，正如女性也有可能寫出陽性敘事的劇本，如果這些形容詞是在描述某種敘事思考走向的話。

來自德國的編劇米歇爾・德卡爾（Michel Decar）問說，是否有可能想出任何一個跟資本主義無關的文明社會。討論進行得很熱烈，而且廣泛延伸。來自英國的編劇布萊德・柏奇，提到了資本主義和貿易兩者之間的差異，解釋得很有道理。不過，資本主義究竟是為西方國家帶來了光榮與和平，還是撕裂了社會，關於這點並無共識。

下午我帶他們做另一個活動，我常用這個活動來找戲劇行動。

我有個堅信的主張：所有劇本都在探討什麼是人。有可能會看到有詩在寫湖泊，有歌在寫樹，但不可能會有劇本去處理除了人以外的東西。我請學員們花一分鐘的時間去寫他們認為什麼是人，然後再把他們的答案分享給其他學員。

大家討論到了人類這種動物的意識，認為人類意識可以思考的事情非常廣泛，甚至還包括了宇宙。但我們並不知道其他動物的意識是怎樣，所以若想要定義其他動物的意識，或自以為懂牠們的感覺的話，實在是很荒謬的一件事。大家討論到了人類從腦袋中想像出來的內容，跟身體實際上體驗或感覺到的狀況會有落差，甚至會導向自我欺騙，以為自己與眾不同，深信人類不是動物。大家還討論到理性、對死亡的恐懼，還有語言。人類確實是受到語言宰制的動物。

我一直都很喜歡這個討論活動，而這活動我帶很多團體做過，從十歲小朋友、被判終生監禁的人到世界上最棒的新銳編劇都有。最讓我喜歡的地方是，我從不同團體身上所接收到的答案都不一樣，而這些不同的答案，反映出來的是該團體的人員組成，並不代表任何具體事實。

就這個團體而言，大家主要討論到的是心智和意識，而不是人類有五根手指，特別是與其他手指相對的拇指——這個生理特徵使人類能夠操作工具，以至於足跡可以遍布各大地理區域。之前聊到這個問題時，可口可樂倫敦分公司的執行長說，人類在食物鏈的最上層，所以沒有動物會靠吃人維生。當然有啊，就是他自己，因為他是可口可樂倫敦分公司的執行長。幾年前，有個十歲小朋友，他的父母一個是黑人、一個是白人。他說，跟人類比起來，其他動物的顏色更多更豐富。

我總是對思考意識很著迷。人類會意識到自己有意識，這點我覺得很有趣，而且這個意識是隨著時間和空間兩條軸線出現的。我們可以清楚知道自己所在的位置，也可以清楚知道自己所處的時刻。我們可以想像過去，可以是我們出生之前的過去，也可以是我們父母出生之前、我們文化誕生之前、甚至人類這個物種起源之前更遙遠的過去。此外，我們還可以想像未來。

有一點很特別，我們可以想像自己的死亡。而這個對於死亡的想像，會導引我們遵循自己的希望，去過自己想要的人生。這份希望——這股欲念——把我們定義為動物。我們在面臨死亡迫近的情況下，會想得到某些東西，所以我們為了克服障礙、滿足渴望，會做出一些行動，而這些行動就定義了我們的性格。

這是非常傳統的英美哲學思想，影響皇家宮廷劇院所建構的戲劇敘事傳統至深，亦有助於我在創作上的思考。

亞里斯多德曾說，初階的編劇往往會花很大的力氣在琢磨華麗的語句，或是幫角色打造有趣的背景故事。好的作品不是這樣，應該要好好地勾勒出角色行動才對。

編劇要精確地深入角色的內心，問他們在面臨死亡迫近的情況下，會想得到什麼東西，而又是什麼阻止了他們得到那些東西，然後再進一步地勾勒出他們因為想得到那些東西所採取的行動。我的創作一直以來都是跟這些內容有關。

瑞蒙・卡佛曾說，若想當個編劇，你不需要很有知識，也不需要是班上或家裡附近最聰明的小孩。你唯一需要的，是要有可以停下腳步來欣賞這世界、感受這世界美好一面的能力。編劇總是可以從人們的一舉一動、一顰一笑、一言一行中，覺察出生命的美好，並為之讚嘆。

最後，我請大家想一下他們今天結束之前想完成的一件事、今年底之前想完成的一件事，以及在死之前想完成的一件事。如果這些事的內容很明確，加上他們的表達簡潔清楚的話，就可以讓我們對他們的性格產生某種連結，而這層連結是根基於我們對他們的詮釋（interpretation）。某方面來說，用這種方式所形成的連結，會比他們直接向我們說明（description）他們本人是什麼樣的性格要來得深入。

我有時覺得這就是劇場的運作模式。

觀眾會想去搞懂和詮釋角色的行為，為的是想要同理他們。

這正是劇場存在的目的。劇場可以陶冶人們的同理心，是用來讓人產生同理心的機器（empathy machine）。

7月9日

昨晚交劇本的編劇在今天早上引導大家的問題非常棒，而且某種程度上來說，比之前的問題都更實際。來自里昂的寶琳（Pauline）問大家，心裡最希望自己的職業生涯會怎麼發展？每天理想的工作行程會怎麼安排？我們聊到了若想要在各自國家有自己的編劇事業，是否真的有機會？以及可能會遇到什麼困難？我們還聊到，大家一個委託創作的編劇費用大概都多少錢，以及款項支付都怎麼分期。我們甚至聊到編劇可以賺錢的其他管道、委託創作的機會都怎麼來的，以及大家是否有在接其他工作。

這五年來辦這個工作坊有個很重要的心得，就是英國編劇的工作條件就某方面來說真的很好。我們比世界上其他國家有更多獲得委託創作的機會，有更多的劇院願意製作新形式的劇本。費用也較為一致，沒有位階之分，所以編劇不會因為資歷深淺拿到不一樣的錢。在英國的新銳編劇，劇本會有更多機會被製作出來，而不是只有公開讀劇呈現而已。

我們聊到了大家創作都是為誰而寫。有些人說是為自己而寫，有些人說是為觀眾而寫，有些人則是為了懲罰愛人或父母。我非常喜歡來自德國的編劇米歇爾·德卡爾所說的，他寫劇本是因為他一直在等有人可以寫出這樣的劇本，這樣他就可以坐在他心目中最適合這劇本演出的劇院裡看戲，看著這劇本最理想的演員們站在台上，他心裡面就一直這樣想著，要是哪天有人可以把這劇本寫出來的話，那他自己就可以看了。

我們聊到了從痛苦和恐懼中長出來的創作。

我跟他們談到了奧立佛・薩克斯提出關於創作力源自於懷舊的觀點。我自己覺得他的說法很有道理，寫作跟懷舊在感受上非常類似，會有一種既幸福又憂鬱的莫名感覺忽然襲來。我寫劇本的時候就是這種感覺。

來自智利的編劇雨果（Hugo）問大家怎麼看待幽默在作品中的位置。大家都一致同意，幽默最基本的作用，就是要讓觀眾在不斷發笑的過程中，冷不防地被甩一巴掌。

這就是為什麼我喜歡聽到觀眾的笑聲。雖然這點對賽巴斯汀・努伯林來說頗不以為然，但觀眾會笑，代表觀眾有在聽。

露西安娜聊到了中世紀宮廷中的傻子。只有傻子這個人物可以想說什麼就說什麼，而且不怕自己會被處死。她認為，就是要跟傻子一樣，想說什麼就說什麼，勇於揭露真實，敢鬧別人不敢鬧的，敢說別人不敢說的，完全不怕會被處死，這樣的人才稱得上是真正的藝術家，至少在我們西方國家是如此。

有件事很奇妙，我覺得身為一個老師，我可以教所有跟編劇有關的東西，像是角色、行動、情境、主題等，但有件事我認為我沒辦法教，也無法給出什麼好建議，那就是要怎麼把劇本寫得有趣一點。我完全不知道該怎麼解釋清楚。我知道我的劇本裡有些片段還蠻好笑的，而我也認為即便最黑暗的劇本，也會有幽默的地方，但我不覺得我有辦法教別人怎麼把劇本寫得好笑。

今天下午我帶的這個活動，過去十五年以來我在各大編劇工作坊都有做過。

我先帶大家讀《雀鳥之地》的第二場。我們讀了兩遍，確保那些母語不是英語的編劇們可以懂這場的內容。然後我們再讀一遍，同時玩一個遊戲叫作「對策！」（Tactics!）。輪到要讀劇本的人或是其他學員，只要發現有哪個角色為了想要進一步達成某項目標而改變策略時，就要用最大的聲音喊出「對策！」，然後指出這個角色現在正在做的事情。

我要他們用及物動詞來說明角色策略。若他們沒辦法做到，那我就不接受這項策略。所以，「讓對方覺得自己有錯」就會變成「歸咎」。他們必須找到一個動詞，能夠將「保羅……安娜莉莎」直接構成一個完整的句子。這是一種閱讀劇本的方式，也是一種訓練腦袋用及物動詞來思考的方法。我認為，這是英美戲劇敘事的核心。

我們細細閱讀那一場的第一頁之後，一起整理了以下表單：

否定
嘲笑
捉弄
威脅
恫嚇
教導
訓斥
引誘
蠱惑
對戰
羞辱
恭維
正視
輕視
減少
去除
動搖
吸引
吹捧
擾亂
軟化
刺激

挑戰
影響
嚇到
讚揚
破壞
擊潰
消滅
賣弄
震撼

大家最後都很喜歡這個用及物動詞來思考的考驗。用及物動詞思考對我的創作來說相當重要，這不僅是我在修改劇本時的思考模式，也是我用來檢視某個場景的標準。如果某句台詞背後的動機無法用及物動詞來思考，那我就會把台詞刪掉，或者改到我覺得可以為止。

午餐過後，我做了兩個暖身練習。

我放了一首巴哈[9]的大提琴組曲給大家聽，請大家不假思索地直接寫出一段獨白，並用第一人稱敘述，以「我……」作為開頭。然後，我放了墮落樂團（The Fall）[10]的歌〈堡壘／鹿園〉（"Fortress/Deer Park"），一樣請大家不假思索地直接寫出一段獨白，這次用第二人稱敘述，以「你……」作為開頭。

接下來帶他們做的活動就包含了比較多的步驟。

我請他們想一個他們想寫的角色，可以是他們正在發展的角色，或是這幾天練習中寫過的角色，甚至是其他劇本的角色也可以。

再來這幾個練習，都是我之前在皇家宮廷劇院慢慢發展出來的。

我請他們用十分鐘的時間，列出他們想寫的這個角色能夠記得的五十一件

[9] 巴洛克時期德國音樂家，生於1685年，卒於1750年，有「音樂之父」的美名。
[10] 1976年成立於曼徹斯特的搖滾樂團。

事。時間壓力下的緊張感，會激發出潛意識底下的想法。要一口氣寫出五十一件事，表示他們在寫的時候想都不能想。然後我再給他們十分鐘的時間，列出任何角色都能夠記得的二十一件事。

我自己很常做這些練習，因為在時間壓力下要達成這個目標，讓我可以想出一些連我自己都覺得驚訝的東西。我之前在寫所有劇本時都做過這些練習。

接著我再請他們從剛才整理的及物動詞表單裡，隨意選三個動詞。

然後把那些動詞寫下來。

想一個地方，而這個地方會讓他們所選定的角色感到害怕，然後把這個地方寫下來。

接著再想另一個角色，而且這個角色不會怕上述的地方，然後把這個角色的名字寫下來。我一直都覺得，當兩個角色各自對同一個空間有不同感受時，就能為該場景注入飽滿的張力。這樣編劇就可以不必說明太多，直接透過角色行為上的差異，讓觀眾自行詮釋，從中感受到戲。

我接著又問了八個關於角色關係的問題。

他們彼此認識多久了？當初是怎麼認識的？他們有沒有欣賞對方哪一點，而且對方也知道的？他們有沒有不欣賞對方哪一點，而且對方也知道的？他們有沒有欣賞對方哪一點，但對方不知道的？他們有沒有不欣賞對方哪一點，但對方不知道的？有沒有什麼東西是他們想從對方身上得到的？有沒有什麼東西是他們一直想要，但現在還得不到的？

我問這些問題，目的是要讓編劇學員們能夠完全掌握角色關係，同時也是為了能夠產出一些素材，之後可以用在對話裡面。我自己寫劇本時也會做這個練習，所以你會發現，在我寫過的許多劇本裡，本來對方不知道的祕密，都會隨著角色關係的進展，一步步被揭露。

還有一個寫作練習，也可以達到類似目的，但我沒機會給他們做。我讓自己花五分鐘的時間，寫一些關於我的角色的事，越多越好，而這些事角色自己知道，但別人不知道。再花五分鐘寫一些關於這個角色的事，而這些事不但角色自己知道，而且劇中的其他人也知道。再花五分鐘，一樣寫一些關於這個角色的事，而這些事劇中其他人知道，但角色自己不知道。最後寫一些關於這個角色的事，但這些事不論是角色本人或其他人都不知道，只有我編劇本人知道。

學員們在完成這些練習之後，他們對於自己寫的角色，以及場景可能產生的力量，都有了更清楚的認知，這時候我才正式請他們開始寫場景。

我把寫作時間分成三段。先請學員們花七分鐘，讓他們主角的行動往剛才所選三個及物動詞中的第一個走去。假如他們選的是「吹捧」，那麼在這個階段的七分鐘裡，就要想辦法讓第一個角色去吹捧第二個角色。

再來的七分鐘，我請學員們換個方式，讓角色行動往所選的第二個動詞走去。所以角色在前面七分鐘，本來的行動是要「吹捧」對方，現在可能變成要「威脅」對方。這階段的寫作一樣進行七分鐘。

最後再讓角色往所選的第三個動詞走去。所以角色一開始吹捧對方，接著威脅對方，現在開始可能會變成「嘲笑」對方。

有一點相當重要，就是這時候場景中的第二個角色不能沒反應，他要做出行動來回應第一個角色的行動。

環繞著行動所發展出來的場景，能夠讓觀眾時時處在詮釋的位置，如此一來，就能使觀眾更願意把自己投入在戲中。今天工作坊的最後，大家把場景都發展出來了。

透過那些隨選的動詞所擦撞出的隨機火花，讓場景激發出了許多意想不到的生命力。

7月10日

今天早上的問題如下。

來自英國的編劇布萊德．柏奇問大家，各國劇場裡反映出來的勞工階級生活樣貌為何。這個問題可以涵括許多面向，包括了創作者或一般劇場工作者的生活樣貌、劇場觀眾裡勞工階級的生活樣貌，以及勞工階級在劇本裡所呈現出來的生活樣貌等。

討論過程廣泛延伸，相當熱烈。其中最大的重點，就是勞工階級的定義可能已經改變了。歐洲許多國家從本來以製造業為主的經濟，轉向以服務業為主，意味著所謂的勞工階級已經不再跟體力勞動絕對相關。收入和階級已不再有必然關係，一個水電工所賺的錢可能比一個大學教授要多很多。而且會選擇去做跟自己父母或祖父母相同職業的人也越來越少了。職業世襲的情況，比較會發生在失業人士身上，而非有工作的人。

也許會有人問，為什麼在劇場裡呈現各個社會階層的人這麼重要？劇場有這個責任嗎？劇場有責任需要娛樂、刺激或啟發觀眾嗎？若想當然爾認為勞工階級就是應該被教化，這樣不會有點太自以為了嗎？人們在閒暇時間，不是應該想幹嘛就幹嘛的嗎？

在台上搬演那種書寫窮人生活的劇本，給絕大部分都比劇中角色有錢的劇場觀眾看，某方面是否跟 A 片沒兩樣，有供大眾消費之嫌？確實，有時候我也會覺得之前在皇家宮廷劇院演過的《鄉村音樂》，有點像把窮人生活當作 A 片在賣。特別是查爾斯．史賓賽的四顆星評論在《每日電訊報》上刊出來之後，一堆讀者趨之若鶩，跑去看劇中這位來自格雷夫森（Gravesend）的偷車賊的悲慘人生。

我認為，劇場有義務要呈現勞工階級生活的唯一理由，就是假如不做的話，劇場所能呈現出來的格局就會變得很單薄。如果劇場一直都做給跟自己一樣的人看，故事或劇中呈現出來的世界觀就會只限縮在同一群人身上，那麼劇本透過行動對觀眾展現出來的力量就會變得不純，因為這樣的戲做出來某種程度上就是為了普天同慶或確認立場而已。於是，戲的格局就會變成只是同溫層之間的自得其樂罷了。

來自巴黎的札維耶（Xavier）說，他的短篇劇本沒有角色、劇情或行動，想問大家看了成品之後，覺得他這樣的敘事方式是否成功。大家似乎一致認為，這麼抽象的作品——德國人會稱為「後戲劇」的作品——得靠對比和並置的手法來呈現，也依賴作品的音樂性，以及如何運用時間元素。劇場是以時間為基礎的媒介，情節則是掌控時間的王道，因為觀眾會想知道接下來要發生什麼事。

不管怎樣去除情節，都無法去除劇場和時間密不可分的事實。時間是向前行進的，所以若編劇想要去除故事情節，就勢必得訴諸於音樂的嚴謹來掌控時間。

編劇還得知道一點，劇本裡出現對比和辯證的聲音很重要。如此一來，劇本才不會只呈現出編劇自己想說的話，要有不同聲音才能相互抗衡。札維耶的劇本感覺上就是有點太想呈現編劇自己想說的話了。

再次讓我深刻感受到，劇場是用來探索未知的場域，不是用來確認已知。此外，札維耶也問大家覺得劇場有沒有可能改變世界。我覺得有可能。愛德華・邦德把這比作是換掉馬賽克磁磚的其中一小塊磚片。他說，人的個性就像一整片馬賽克磁磚。每當感受到一部藝術作品的力量，人就會換掉其中一小塊磚片，但即便只是一小塊，也會讓整片馬賽克磁磚變得跟以前不一樣。從這層意義上來說，整個人就已經改變了，所以藝術家有責任去思考該怎麼換掉人們心中的小磚片。

布萊德・柏奇也說，對他而言，劇場是對既有想法提出問題或進行梳理的地方，不是用來生產新想法的地方。因為劇場，就像其他藝術創作一樣，重點是呈現混亂和未知，不是在說服觀眾或改造人心。

蘿拉問大家都在哪裡寫劇本。我自己是在新北路的一個辦公空間，前身是一家裝飾藝術風的皮革工廠，對面有一棟社會住宅。我理想的一日工作行程是早上騎腳踏車去辦公室，然後從九點半到十點半回 E-mail，接著看書，再來從下午一點一路寫劇本寫到六點，之後回家。

不過，總是事與願違。我常常早上要跟人會面、帶工作坊，還要看排。網路讓我分心，這世界的紛紛擾擾也讓我難以專注。我應該要去買那個電腦軟體「自由」（Freedom），可以幫我在寫作時把網路和社群媒體封鎖起來。我發現自己有很多時候都在打混，不然就上網，或者亂聊亂弄一些有的沒的，然後搞到最後再來匆匆忙忙趕工。

但我覺得我這幾年完成了很多事。我必須承認，有時候瘋狂趕工的工作效率比較好。要是我真的好好規劃時間，說不定反而會寫不出東西來。皇家宮廷劇院以前的文學經理，同時也是我編劇生涯中的貴人葛蘭姆·懷布勞（Graham Whybrow），也跟我說過，一位編劇一天需要認真工作的時間其實只要四小時。

假如我每天能好好守住那四小時，那就沒問題了。

也許以後我應該只接受下午兩點之後的會面。寫到這裡，我才忽然覺得這個想法實在是太棒了。

我應該要來試試。

幹。

爽啦。

但我其實在哪裡都能寫作，在我家廚房可以寫，現在在巴塞隆納這間會議室也可以寫，在家裡面亂七八糟的房間裡還是可以寫。寫作就是帶我走進某個隧道，在裡面，我根本看不到周遭環境長怎樣，只看得到眼前的事物。

蘿拉問大家有什麼主題是他們會在作品裡反覆探索的。

兩年前，《玩偶之家》和《深夜小狗神祕習題》同時都在排練期，我那時就注意到這兩部劇本裡面出現了一句一模一樣的台詞：「我不會在陌生人家裡過夜。」有可能是因為我這個編劇很懶惰。但我覺得更有可能的是，因為這兩齣分別從易卜生的劇本和馬克·海登的小說長出來、皆在跟原著對話的作品，某種程度上反映了我身為一個編劇反覆來回探索的主題。

我所寫到的這些角色，一再出現類似的特質，他們都想離開家卻又覺得不可能離開，或是努力想要自力更生，或是已經離開家而無法再回去。

這些都是我執迷於探索的主題。

我也經常回頭省思，在這個已然被科技和經濟分化的世界中，人跟人之間還有同理心的存在嗎？

這兩項主題，共生並存，悄悄地在我作品的字裡行間來回穿梭。

此外，反覆在對話中出現的台詞，也像打撲克牌時容易在行為上露出底牌訊息一樣，無所遁形。就像莎拉・肯恩的劇作中，常會有某個角色在聞花的味道，然後說感覺好「溫暖」（lovely）；[11] 或者像是羅伯特・霍曼，總在作品裡寫到一行淚珠從某個角色的臉龐冉冉滑落。因此，我很確定，我所偏好的主題可以在重複的台詞或舞台指示中看到，大家也都能找得到。

我建議那些編劇學員們找一天坐下來，好好把他們自己的劇本一口氣看過一遍。整個閱讀過程可能會讓我們得到一些啟示，會讓我們知道自己是怎樣的人，以及我們所關注的主題有哪些。很多人一直都有個迷思，就是編劇必須在每部劇本裡都讓大家看到不一樣的自我，找到新的主題，或寫些新的東西。

真正好的編劇會不斷來回探索同樣的問題。我們在確認這些主題的存在之後，才有可能駕馭它們，也才可能有意識地去探索，找到新的手法來深入挖掘。

下午我給學員們做了一個比較自由的練習。我請他們選定上週末準備過的、自己覺得特別的素材，包括某個人的人生地圖、照片或新聞，然後我播放威廉・巴辛斯基（William Basinski）[12] 的專輯《瓦解循環》（*Disintegration Loops*），並在音樂播放的同時，要他們寫一些東西來回應自己選定的素材，形式不拘，不論是戲劇場景、詩、對話台詞或歌曲都可以。他們有三十分鐘

---

[11] 此段情節出自肯恩的劇本《驚爆》（*Blasted*）。

[12] 美國作曲家。

可以寫。

這個星期一開始，我請他們每個人回去想一個寫作練習，帶來工作坊給大家玩。他們需要思考自己的強項和弱點，也要考慮其他人的強項和弱點，然後再設計出一個給工作坊所有人的課堂練習。

我給他們四十五分鐘去玩。

有些練習相當有趣。有個學員請另一人寫一段獨白，從足球員迪亞哥．馬拉度納（Diego Maradona）[13]和莎劇中理查三世（Richard III）兩人的合併視角出發。也有學員請另一人寫一段話，而這段話的每個字都要以字母 d 開頭。還有人請一位學員寫一段獨白，從某個真實存在的人的視角出發，而這個人大家都很討厭，但還是要幫這個人找出值得同理的地方。大家回來時，每個人都能量滿滿，雀躍不已，感覺上互相都有被對方打開。

7月11日

今天早上沒上課。我讓編劇學員們去巴塞隆納市區晃晃，同時帶著三個練習去做。

他們必須交一份感官日記，仔細去感覺他們所品嚐、觸碰及聞到的三樣東西，以及三種他們看到和聽到的顏色。他們必須寄一張明信片，只能在巴塞隆納寫，然後把明信片寄給他們認識的人，而且內容是他們本來不太可能會寫的那種。他們必須做角色練習，要去觀察某個他們在市區裡看到的人，記錄三件關於他們自己，但只有自己知道而別人不知道的事；三件關於他們自己，而且自己和別人都知道的事；三件關於他們自己，但別人知道而他們不知道的事；還有三件只有編劇自己知道但其他人都不知道的事。

有時跟陌生人見面交流，有可能會觸發一些有發展潛力的創作靈感。

我們在下午碰面，一起參與了一個沉浸式體驗，感受葡萄牙、愛爾蘭、義大

[13] 世界知名阿根廷球星，曾帶領阿根廷拿下世界杯冠軍。

利、希臘和西班牙等「歐豬五國」（PIIGS），因為受經濟危機的影響，在文化和戲劇發展上所遭遇到的困境。這些國家都是 2008 年經濟大崩盤的重災區。

就技術面來看的話，整體還是有好玩和新鮮的地方啦。不管怎樣，這趟體驗確實啟發了一些人，像是米歇爾・德卡爾就問了一個很好的問題。假如我們所處的世界是一個沒有報紙的世界，生活中不會接收到任何外來訊息，那麼我們還會知道有經濟風暴的發生嗎？

在倫敦當然很難察覺。這個國家不可靠的貨幣政策，一方面讓倫敦的財政狀況一直以來都是巨幅成長，一方面卻讓有些地方的生活因此日漸蕭條。高樓大廈一座又一座地蓋，新的咖啡館一家又一家地開，有吃不完的新料理，也有喝不完的香檳。住在倫敦的我們越是在吃香喝辣，住在倫敦以外的人們就越是窮苦慘淡。

7月12日

我帶工作坊的學員進行一個練習，這個練習是我二十七歲時，大衛・連恩教我的。我那時候跟一群新銳編劇在皇家宮廷劇院上他的故事工作坊，為期一週。

連恩在當楊維克劇院藝術總監之前，是個編劇，而在更早之前，他是一位研究原住民傳說敘事結構的人類學家。他那時候對我們幾個人分享了一個假設，認為整個世界戲劇文學史發展下來，其實只有一種故事，而這種故事不斷地被人們用不同方式一說再說。

他的這個概念給了我一些靈感，於是我請學員們想一部電影或劇本，而且這裡面的故事必須是他們記得很清楚的。再來，請他們每個人拿出一張紙，撕成五等份，然後每一份都寫上一個事件——必須是故事一旦少了這事件就不成立。接著，大家互相分享故事，並找出共同的主題或內容，進而建立出一個能夠涵括這些故事內容的原型。

我們討論完回來之後，再來看看是否可以找出什麼端倪。

下面是今天早上大家一起想出來的原型：

有個角色生活在某個地方，並跟其他角色各自有著不同關係。
有個事件發生了，擾動了角色們所處的世界，也讓角色們有所領悟，想要改變自我也改變他人。
角色們踏上了一段旅程，可能是有形的旅程，也可能是無形的旅程，但無論如何，都表示他們做出了某項決定，同時也意味著，他們的世界不會再回到像以前一樣了。
主角之後的處境，就是面臨挑戰、搏鬥，或是各種阻礙所帶來的衝突。
劇中的角色或世界漸漸陷入危機，走向衰敗。
主角或眾人迎戰最後一道的關卡，最終結果會為他（們）帶來新的狀態。

我把大衛・連恩的原型概念修潤了一番，是在他的《櫻桃園》改編版劇本引言中所提到的原型。

我告訴工作坊學員們，下面這段內容，幾乎可說是所有西方戲劇文本的故事原型。

每個角色皆存在某種社會文化裡。某天，這個社會文化裡的某部分讓角色覺得痛苦。後來發生了某件事，讓他們明白自己必須完成某項任務或取得某樣東西，才能緩解這種痛苦。於是，為了達到目的，他們展開了一趟旅程，這個旅程可能是有形的也可能是無形的。旅途中，他們歷經層層阻礙，最後有可能會克服阻礙，獲得勝利，也有可能會失敗。不論最後是獲勝或失敗，結局要不就是角色看見了新的自我，要不就是觀眾看穿了角色的自我。前者可能會是傳統定義上的悲劇，後者可能會是傳統定義上的喜劇。

進一步延伸來看，結局可能會有七種走法。角色得到自己想要且需要的，並學到一課。角色得到自己想要且需要的，但沒有學到東西。角色得到自己想要但並非需要的，而且看清了這一點。角色得到自己想要但並非需要的，不過沒看清這一點。角色沒有得到自己想要的，但得到了需要的，而且看清了這兩者之間的不同，或者，沒看清這兩者之間的不同。角色既沒得到自己想要的，也沒得到需要的，而且看清了這一點，或者，根本沒看清。

這個原型的意義，並不在於呈現出來的故事內容有多真實，因為原型本來就不是在複製現實人生。

原型的走向，可能會受作者的意識形態所影響，也有可能會受到某些跟性別、種族、經濟有關的立場所影響。

對我來說，原型的真正意義在於可不可用、好不好用。

我用這套原型檢視過許許多多的故事概念，而且每次都能從中學習到不少，不論是對於我自己的作品，或是對於現在跟我一起上課的學生的作品。總而言之，這套原型對於我在修改劇本時有很大的幫助，我也都會拿這個來檢視我所有的故事概念。

我以分析邱琪兒的劇本《遠方》（*Far Away*）來作為工作坊的收尾。我特別請學員們觀察，她在這劇本中如何運用結構來讓觀眾感到迷亂、不安、惶恐、驚慌，藉此體現出她想透過戲劇表達的這世界深受政治影響的景況。

這個練習相當簡單。

我們大家一起讀本。這劇本很短，大概十五分鐘以內就可以唸完。

同時，這劇本很奇怪，但也很厲害。之前福伊爾書店（Foyles Bookshop）[14] 請我選一部 2000 年到 2010 年之間我最喜歡的劇本，我就是選這本。這劇本彷彿看透了未來，預知了反恐戰爭 [15] 的瘋狂。劇本把豐厚的角色刻畫與廣泛的政治想像濃縮在三場短景之中，相當厲害。

這劇本不管走到哪，通常都是反應兩極，一直都是這樣。我記得，這劇本一開始在 2000 年送到皇家宮廷劇院時，劇本會議上也是反應兩極。當時英國

[14] 英國連鎖書店。

[15] 九一一事件後，由美國所帶領之打擊恐怖主義的行動。

劇場的部分大老們看了這劇本都覺得很困惑，但又因為怕丟臉，所以不敢承認他們看不懂邱琪兒的新作品。

我們聊到這劇本有什麼意涵、作者的寫作初衷，以及作者想對觀眾做什麼。

對我而言，這些提問比跟作者想對觀眾「說」什麼——或者更扯的，作者想「教」觀眾什麼——有趣得多了。身為編劇，我們的責任**絕對不是**要去教育觀眾，或者跟觀眾說什麼大道理，而是要去刺激、感動、震懾觀眾，或是讓觀眾覺得不安、驚慌、迷亂。劇場的作用就是要去散播不確定感，因為不確定才是人性，任何確定的狀態某種程度上都是虛假。

《遠方》最令人佩服的地方，就是編劇有辦法在這麼短的篇幅內，融合了各種戲劇元素和劇作技巧，讓她的觀眾感到恐懼、驚慌、迷亂。劇中有兩股力量在拉扯，一者是常見的角色和情境設定所帶給人的熟悉感（一位小女孩半夜待在阿姨家、一對男女在工廠相戀、一個男的跟他岳母見面），一者是世界已然變得陌生所帶給人的恐懼感。這個世界正在進行一場全球性的戰爭，不論哪種動物、不管哪種職業、不分男女老少，全都動員了起來，隨時備戰。

此劇的語言簡約而直接，時而充滿詩意：

「我覺得是鐵棍。」「如果是派對的話，那為什麼會有那麼多血？」「晚上天這麼黑，哪有可能會看得清楚？」

但結構概念又非常豐富多層次。一如費多（George Feydeau）[16] 的鬧劇，此劇第一幕發生在某一個世界（哈波〔Harper〕家中），第二幕轉到另一個世界（某個獨裁政權底下的製帽工廠），然後第三幕則是把第二個世界移入了第一個世界裡（戰爭的腳步悄悄踏進了哈波的家中）。

我請學員們從這劇本裡列出發生在角色個人生活中的五個事件，而且這些事件觀眾在舞台上看得到；發生在角色個人生活中的五個事件，而且這些事件觀眾在舞台上看不到；還有發生在劇中社會的五個事件。

[16] 法國劇作家，生於 1862 年，卒於 1921 年，擅長寫喜劇。

我請他們告訴我找到了哪些事，然後跟大家一起依照事件先後順序，整理出一條時間軸。用這個方法，往往可以勾勒出編劇對於劇本內容的想像，所以我們可以清楚知道邱琪兒是如何刻劃她筆下角色的人生及劇中世界的政治浩劫。一如某個編劇曾在阿姆斯特丹跟我說過的，這齣戲所呈現出來的災難，就像是以倒敘的方式來重述舊約聖經《創世紀》的故事。所有國家、職業、年齡的人類，都動員進入備戰狀態，接著是所有動物、大自然、一切物質，甚至是光的存在和寂靜的片刻都可嗅到戰爭的氣味。

然後我問他們會怎麼說這齣戲。我沒跟他們解釋這個問題是什麼意思，也沒提供他們任何協助，反倒挺享受他們誤解這個問題的過程。不過，最後總會有人猜到答案，就是這齣戲可以用八個落點來劃分。

每一場景都是一個落點。

開頭附近有一個較長的落點，然後是一個長停頓，接著是六個短的落點，再來又是一個長停頓，最後是一個長的場景。

從這角度來看，這劇本呈現出一種對稱的狀態。存有與空無、在場與不在的概念，成了貫穿全戲的主軸，也決定了全戲的重量。全戲的中心就是沒有中心，只有分裂四散的斷簡殘篇。

我有時候會把落點的聲音呈現出來給學員們聽。一拍，長休止，六短拍，長休止，一拍。

用這個方法，就可以清楚感受邱琪兒的結構所反映出來的力道。在她運用的對稱結構中，充滿了空間的指涉和離散的概念，完整呈現了劇本主題。

她把結構用得很有創意，清楚地傳達了她的理念。

我跟在場的學員們說，這就是結構的用意。我們不需要去讀跟結構有關的書，也不需要去了解結構在學術上的原理為何。結構需要思考的東西其實很簡單。

把故事素材轉化成情節之後，我們只需要問自己：打算把這劇本分成幾個場景？從哪裡開始？從哪裡結束？場景會設定在什麼地點？

這就是結構。

如果我們可以多些玩興、想像力和音樂性，而不是一味去符合學理標準；如果我們可以發展出最適合我們劇本理念的結構，而不是只想把故事說清楚，那麼肯定能夠打造出更棒的劇本。

7月15日

回到倫敦，回到辦公室，回來寫《嘉年華》（*The Funfair*）。我自己寫得蠻開心的，我把整個書寫當作是一段深入暗黑版曼徹斯特的故事旅程。故事基本上是以史密斯樂團的歌曲〈魯希姆的流氓〉（'Rusholme Ruffians'）為基礎去發展，而這首歌的內容充滿了性愛和暴力的指涉，地點發生在一個露天遊樂場。必須很誠實地說，我其實一直到最近才真正搞懂這首歌原來是在講這些。

7月16日

繼續發展《嘉年華》。

騎腳踏車進市區，去接受克勞蒂雅．溫克曼（Claudia Winkleman）[17]的訪談，聊《深夜小狗神祕習題》這齣戲。真的很奇怪，採訪的人總是會要我們一再重複已經講過的話。不過她人很好，而且非常有熱忱，這有點嚇到我。

接著到牙醫那邊，去把那個搞死人的鬼東西從我牙齒上面弄掉。

7月17日

今天早上在國家劇院跟班恩．鮑爾開會，開得真他媽的有夠爽，主要是在聊改寫《三便士歌劇》的事。我不確定把這劇本置換到現代來，是否真的能行

---

[17] 英國主持人。

得通。

原劇歌曲結構和戲劇敘事裡的一些小地方，完全沒辦法跟現代語境產生連結。再者，觀眾已經很熟悉現代警匪劇在高度寫實風格下所呈現出來的樣貌，所以太硬來反而會破綻百出。

不過，我們現階段打算先把劇本處理得更精簡、更有戲劇張力、更有說服力些，暫且不管要不要現代、要多現代的問題。

在煦煦的陽光下，騎著腳踏車到皇家宮廷劇院，看兩檔劇目連演（double bill），編劇皆為女性，由皇家莎士比亞劇團製作。汀布蕾珂・沃騰貝克（Timberlake Wertenbaker）[18] 的劇本《螞蟻與蟬》（*The Ant and the Cicada*），多處呈現出迷人的詩意和深刻的政治遠見。

跟前作對照，愛麗絲・柏琪的劇本《反叛。她說。再反叛》（*Revolt. She said. Revolt again*）則是給人完全不同的觀戲體驗。調性充滿嘲諷、混亂、幽默和憤怒，內容講的是聆聽，講的是懷疑。雖為璞玉，尚待開發，但仍有不少精彩之處。倒數第二場戲呈現出一片美妙而雜沓的眾聲喧嘩。

前後這兩個劇本形成了有趣的對照，同時也彷彿串連起英國劇場的過去與未來。

我在那裡跟克里斯・索普巧遇。我們坐在皇家宮廷劇院的中庭，他讀了他新劇本的幾個場景給我聽。

宛如一場末日將近的惡夢，非常厲害。

是夢境，也是夢魘。真是難得一見的力作。

---

[18] 英國劇作家，生於 1951 年，代表作有《吾國吾民》（*Our Country's Good*）、《夜鶯之愛》（*The Love of the Nightingale*）。

7月25日

到紐約參加《深夜小狗神祕習題》的排練，十月會在百老匯美麗的巴里摩爾劇院（Barrymore Theatre）[19]首演。

排練要下星期一才會開始，但我現在就先到了，因為要出席記者會。這種場合給人的感覺，有種說不上來的詭異。為了要在鏡頭前亮相，我們還得先上好底妝，弄好頭髮。要用這種方式跟主要演員見面，實在是蠻奇怪的。

我們拍了一系列奇怪又刻意的照片，然後跑了十輪的鏡頭訪談，對象是各個地方網站和電視媒體。一而再、再而三地被問同樣的問題。

我聊到了這個劇本改編計畫當初是怎麼開始的，總之就是馬克・海登某天很突然地打電話給我，希望我可以改編他的小說。也聊到了瑪莉安這個人，聊到我有多欣賞她，聊到她的豐富想像力及願意包容不同意見的雅量，還有她對於觀眾的愛，這份愛是她以前在格蘭納達電視台（Granada TV）[20]工作時所培養出來的。我還聊到了克里斯多夫的勇氣。對我來說，這部劇本是在處理家人之間的關係，不是疾病。我想，這就是為什麼推理小說的故事原型有辦法在這劇本裡發揮作用。

家人之間總是充滿著祕密：父母不讓小孩知道的祕密，夫妻兩人不讓彼此知道的祕密，小孩不讓父母知道的祕密。若是說這部原著小說講的是一則關於差異的推理故事，那麼我想改編過後的劇本，講的就是一則關於家人之間關係的推理故事。

我想這就是為什麼這劇本會把這個家庭的局外人也納入——克里斯多夫的老師希凡——因為她可以看到這些家人彼此之間所無法看到的事。她在克里斯多夫身上看到了他父母沒看到的特質，而孩子的父母也透過跟這位老師的交流，在孩子身上發現了以往未見的新樣貌。

---

[19] 紐約之劇院。

[20] 英國西北地區的電視台，導演瑪莉安・艾略特曾在此擔任選角指導。

人與人之間都在互相隱瞞祕密，家人之間也是，然後每個人都渴望找出真相。

現在感覺像是待在一個奇怪的馬戲團裡。百老匯這個機器給人很大的壓力，這是在別處不太會見到的景象。難就難在要維持原初的喜悅和熱情，相信一路上給予我們很多創作力量的故事，同時又要提醒自己不要被買票的觀眾給影響，不要擔心失敗，要好好享受探索、擁抱探索。

若我們有辦法做到這樣，然後忽略百老匯這個大型機器所帶來的壓力，卻又保有百老匯天真可愛、歡樂熱情的氣息，那麼我相信這齣戲就有辦法好好感染觀眾。

也有可能不會。誰知道呢？說不定我們一週以內就下檔了。但去他媽的咧，管那些幹嘛呢，至少我們試過了，也試得很開心。

而且不論是關於作品或自己，我們都學到不少。

看瑪莉安導戲很過癮，能夠跟大家坐在同一張桌子上聊劇本也是一大享受。

瑪莉安導戲的過程中總帶點淘氣。

她會問大家問題，問題都很清楚、直接，而且給人力量。她在問問題的同時，眼神總會閃爍著光芒，感覺就好像她本來並沒有預期到自己會問這些問題，而這股能量感染了在座的每一個人。劇場就是應該從這樣的樂趣中長出來。就文化的角度來看，我們的角色就是要去搗亂，因為搗亂可以把原本既定的觀點打入疑問，而我認為，那才是藝術的功能。試著去表述無法表述的事情，讓原本確定的狀態變得不再確定。若想做到這點，就得拿出搗亂的精神。

最過癮的，就是看她如何引導演員們去她想要的方向。特別的是，她想要打造的是一個有機體，所以一方面她完全知道要怎麼導、怎麼調度，但另一方面，她也會同時放手讓演員們自己去尋找他們需要感受的內在能量。

這樣的排練關係展現出了民主精神美麗的一面。

她出功課給演員們回家做。她請飾演茱蒂的女演員恩妮德・葛蘭姆（Enid

Graham）[21] 列出所有讓她覺得自己不是個好媽媽的事情，然後選一樣克里斯多夫的東西，是她離開這個家時會帶走的。

有一點令我感觸良多，就是了解到茱蒂為何態度這麼極端，不再跟克里斯多夫聯絡，完全是出自於自己的羞愧。羞愧會讓人有想要走向崩壞的念頭，會希望把事情都毀掉。這點也顯示出茱蒂實際上是個多麼平凡的母親。茱蒂和艾德為人父母，就像我們每個父母親一樣，在照顧自己小孩的同時，也會有畏懼、羞愧、失敗、挫折和喜悅等感受。

今天在看排時忽然有個體悟，就是這齣戲必須讓觀眾看待狗的方式跟克里斯多夫看待狗的方式一樣。有一點容易讓人忽略，真正讓克里斯多夫衝向倫敦的動力，不是因為父親背叛他或騙他說母親已經死了，而是因為他認為父親很可能也會把他殺了，因為他父親是殺掉威靈頓（Wellington）的兇手。不過，大部分觀眾應該可以理解他為什麼會把威靈頓殺掉，這種事很不應該，但也不是什麼滔天大罪。這樣的情況確實會令人遺憾，但也很符合人性，因為人就是會犯這種錯。

不過就克里斯多夫的角度來看，父親的這種作為就跟一個危險的殺人犯沒兩樣，所以他很怕父親會殺掉他。而這時候，茱蒂能理解這孩子的心聲，因此她就成為了一位好媽媽。戲的結尾，父親向克里斯多夫道歉，不是因為信的事情，而是因為父親的所作所為讓他以為自己會被傷害，所以父親跟他保證絕對不會傷害他。

我這部劇本不知被演過多少次了，很高興能夠在這齣製作的排練過程中，看到演員用自己觀點來詮釋。他們不需要站在宏觀的角度來思考這整齣戲，這對他們的表演或對作品不會有什麼幫助。也不需要去想戲會帶給觀眾什麼感覺，那不是他們的工作，那是瑪莉安的工作。他們的工作是要去探索他們在台上行動背後的動機，也就是要好好探索他們的角色。

有機會看到能把情感表達得一清二楚的美國演員，詮釋這些無法清楚表達自

---

[21] 美國演員，生於 1970 年。

我情感的英國角色，非常有趣。艾德覺得，要對克里斯多夫說為他感到驕傲，這種事太難以啟齒了。飾演艾德的演員伊恩・巴福德（Ian Barford）[22] 談到自己很常對孩子表達愛，我自己也是。這次反而能看到他把自己的情感隱藏起來，實在是了不起。

勇氣才是感動觀眾的推力，不是情感。

我在想，情感保守是不是勞工族群的人們在個性上的某種特徵。就跟愛沙尼亞人一樣，文化上這麼保守，就是因為受到過去極度壓抑的歷史所影響。勞工族群總是會表現得很剛硬，讓想要欺負他們的人知道，他們是打不倒的，他們絕不軟爛。他們鮮少表現情感，因為表現太多情感會讓情況對自己不利。

7月28日

正式排練第一天，地點在四十二街 [23] 上一間非常大的排練場，大概是一般排練場的兩倍大。

排練開始前，現場約莫有五十個人來聽劇本簡介。我跟他們簡短介紹了一下。

我跟他們說了一件馬克・海登曾跟我說過，一開始想到主角克里斯多夫・布恩（Christopher Boone）時所發生的事。某天，馬克他老婆索絲（Sos），聽見他在房間裡打字，然後看到他邊寫作邊笑，於是問了他兩個問題：第一，她問他，作家是不是都會這樣笑自己寫出來的笑話；第二，她問他在寫什麼。接著，她又說，不論他寫的是什麼東西，都應該繼續寫下去。而他當下在寫的東西，就是《深夜小狗神祕習題》。馬克當時在笑的是他想到的故事內容：有人在院子裡發現了一條死狗，還有一支鐵叉插在旁邊，然後在想接下來會發生什麼事。這個畫面，以及畫面所蘊含的黑色幽默，就是這整部小說的起點。

「假如……的話會怎麼樣？」像這樣的問題能產生很強勁的動力，是創造故

---

[22] 美國演員，生於 1966 年。

[23] 紐約曼哈頓的主要街道之一。

事的根本基礎。

我們玩了一些認識彼此的遊戲，然後就開始讀劇。

還是有幾個地方節奏要再緊湊一點，但需要調整的地方沒有到太多。

演員們讀劇表現得栩栩如生。飾演克里斯多夫的演員是從茱莉亞學院（Juiliard）[24]畢業的艾力克斯．夏普（Alex Sharp），[25]他的表演相當令人驚艷，坦然直率，充滿靈性。這次所有的演員身上都有這種靈性。

我忽然想到在這故事裡，克里斯多夫找到勇氣、突破險境的這個部分，應該是美國人看了會特別有感覺的地方，說不定會有感覺到淚流滿面的地步。以這個國家運作和思考的方式來看，觀眾應該會偏愛這樣的敘事形式，而且搞不好因此無法接受其他敘事形式。當故事呈現出一般人所期待的方向時，會讓這裡的觀眾有自己也沉浸在英雄光芒中的感覺。

或許這個國家，就是個從人人皆可成英雄的神話中長出來的國家。這可能會使這個國家特別適合溫情傷感的東西，而且觀眾也會希望看到作品裡出現這種人人皆可成英雄的論調。

甚至有可能角色因此變得失焦都無所謂。讀劇結束的當下，整個排練場掌聲雷動。

看到眼前這樣的景象，我深刻感覺到有樣東西，讓人很正向勵志，同時也有點過於浮濫。

就是這個溫情國度裡的英雄主義。

7月29日

早上在東村（East Village）[26]附近的標準飯店，把《卡西米爾和卡洛琳》的最

[24] 美國的戲劇學校。

[25] 英國演員，生於1979年。

[26] 紐約曼哈頓的一區。

後幾頁趕完。我想試著在這劇本裡多安排一些沉默的時刻，試著把戲寫得真實、生動一點，同時也試著透過這個劇本，在這個希望不復存在的世界裡，思考和探索關於未來的種種面向。

做了些小小的調整。拿掉不必要的轉折，讓戲走下來可以更順一點，不要有廢戲。

接著去看《深夜小狗神祕習題》的排練。

演員們花了差不多整個早上，跟來自聚狂現代劇場的兩位肢體指導史考特・葛蘭姆和史蒂芬・霍格特（Steven Hoggett）[27] 一起工作。他們一致認為，這齣戲裡角色發現新事物時所產生的那種新鮮感很重要，於是試圖找出可行的方法來帶出這樣的感覺。

到排練場去聽演員們對於做完瑪莉安出的「功課」的感想。她指定給每一位演員一樣東西，然後請他們各自去搜尋資料。有人是老車，有人是老鼠，有人是英國高中課程，有人是史雲頓（Swindon），有人是史雲頓車站，有人是帕丁頓車站。[28] 我想，這些背景知識會有助於演員們掌握劇中的世界觀。

聽到大家以紐約的觀點來感受這些英國小鎮，很有意思。他們對於這些地方的連結，不會有過多個人的情感。比較是從地理位置、政治和心理三者關係的角度來了解史雲頓這個地方。

我一直克制自己不要插話。對我來說，重點不應該是要證明我自己有多聰明，應該是要看演員們怎麼進步。

瑪莉安在排練場裡，總是有辦法把思考、身體和文字之間的平衡拿捏得很好。

她帶了一個對於找行動很有幫助的練習。她鼓勵演員們用及物動詞的方式來思考。

---

[27] 英國編舞家。

[28] 倫敦西敏市的車站。

我也有加入，而且還發現了一些事情。人們使用的及物動詞，都會進入某種預設模式，常會顯示他們所處的身份地位。例如，我們相當有才華的助理導演凱緹·魯德，就覺得要即興說出通常身份地位高的人才會使用的動詞很難。另外，最有效的動詞是能夠形成地位轉換或變化的動詞，所以有些需要建立在平等互動前提下才會發生的動詞（例如歡迎、搔癢），就不如那些能夠形成位階轉換的動詞（例如誘惑、威脅）來得有效。

這十五年以來，及物動詞一直是我在戲劇思考上最重要的事情。重點不是角色們說了什麼、感覺到什麼，而是他們做了什麼。沒有其他方法比及物動詞更適合拿來檢視角色行為。

跟瑪莉安工作就像在跟自己姊姊工作一樣。我會一直想要去煩她，但那種煩，完全是出自於愛。

2014年8月

8月6日

日記落了好幾天，因為我的電腦在曼哈頓的時候故障了。

排練第三天時，我和瑪莉安有一度處得不太愉快。我跟她表達了對於飾演克里斯多夫的演員艾力克斯在表演上的一些看法，我覺得他笑太多了，會顯得他太想要跟別人接觸。這樣情感外放的表現，跟克里斯多夫的實際情況有違。我跟她說了這點，結果她暴怒。

她會這麼生氣，主要是因為我一直插手管東管西。她在剛開始準備要導引演員時，會特別緊張，所以她需要多些可以犯錯的空間，也希望能多跟著自己的直覺去走。排練場有這麼多人在注意她，甚至整個紐約市的眼睛都在盯著她看，已經讓她壓力大到喘不過來了，結果我還在那邊堅持一堆有的沒的，根本火上加油，讓她瞬間爆炸。

她說得沒錯。

我應該要往後退一步的。

現階段我確實覺得艾力克斯的情緒演得太多了，但必須要讓演員有犯錯的空間，這點是最基本的。

我去看了艾文・凱內（Evan Cabnet）[1] 導的《壞行為》（*Poor Behavior*），編劇是泰瑞莎・蕾貝克（Theresa Rebeck）。[2] 全戲節奏緊湊，製作精良。劇本內容充斥憤怒，且堆疊了各種喜劇手法。我跟艾文聊到了上面講的事。艾文提到詹姆士・麥唐諾（James Macdonald）[3] 之前跟他說的，排練的重點就是

---

[1] 美國劇場導演。

[2] 美國劇作家，生於 1958 年。

[3] 英國劇場導演，1992 年至 2006 年間擔任皇家宮廷劇院之副總監。

要讓演員敢去犯錯，而且錯得越久越好。

因為我自己愛亂插手，所以把事情搞砸了。瑪莉安本來就應該對我生氣。

我後來去跟她道歉，我們兩個就和好了。

艾文說，即使人們往往從失敗中可以學習到最多東西，但在紐約，要叫一個導演准許或鼓勵演員失敗，實在很難。

他說的沒錯，恐怕真的很難。

就創作面來說，這個城市現在正陷入僵局，這點我感觸很深。前面幾個世代所累積下來的創作能量都快被消耗殆盡了。山姆．謝普（Sam Shepard）、[4] 佩蒂．史密斯（Patti Smith）、[5] 雷蒙斯合唱團（Ramones）、[6] 約翰．凱吉（John Cage）、[7] 摩斯．康寧漢（Merce Cunningham）、[8] 巴布．狄倫（Bob Dylan）[9] 這些人，他們留存的最後一口氣，是這座城市尚可苟延殘喘的呼吸。

但原有的精神早已蕩然無存。

現在沒有容許失敗的機會，也沒有可以冒險的空間。整座城市當今最偉大的創作人是各大製作人，最終只對賺錢有興趣。他們在這看戲看了三十年，很可能看過每一齣戲，但到頭來滿腦子還是只有商業。

觀眾的身體老，想法也老，加上現在這個地方的審美被兩位劇評人所把持，動彈不得。

為了要吸引觀眾訂套票，就得讓觀眾看到他們想看的，這樣他們看了才會開

---

[4] 美國劇作家，生於1943年，卒於2017年。1976年以劇本《被埋葬的孩子》（*Buried Child*）贏得普立茲戲劇獎。

[5] 美國音樂人與作家，生於1946年，被譽為「龐克教母」。代表作有專輯《馬》（*Horses*）。

[6] 1974年成立於紐約皇后區的樂團。

[7] 美國作曲家，生於1912年，卒於1992年。代表作有《4'33"》。

[8] 美國舞蹈家，生於1919年，卒於2009年。代表作有《機遇之舞》。

[9] 美國歌手，生於1959年，2019年以其所寫的歌詞獲得諾貝爾文學獎。

心。

現在各大藝術總監都佔位子佔太久了。每當有演出冒犯到觀眾，他們就得站出來向觀眾磕頭，寫道歉信致意。

於是，像蕾貝克這樣的編劇，就漸漸走向了大眾皆可接受的形式。而形式會定調作品本身的格局，所以在這地方展演的作品，就**不可能**會有任何一點戲味。

百老匯這個行屍走肉般的巨獸，潛伏在我們背後，窺伺我們的一舉一動。連在這裡最厲害的藝術家都知道，一旦他們把東西搞爛的話，那以後就什麼都不用玩了。

在美國的劇場藝術家應該要搬到底特律，那裡才有可能容許驚喜發生。除非紐約經濟崩毀，不然不可能會出現任何真正的創作。令人悲觀的是，很快地，倫敦也會落入同樣的局面。

好在還有安妮・貝克（Annie Baker）、[10] 馬克・舒爾茲和克里斯・辛（Chris Shinn）[11] 這些人，仍持續不斷嘗試，讓我深受感動。

我記了一些筆記要給瑪莉安，關於各種不同方面的。

要讓艾德殺了威靈頓的訊息貫穿全場，讓觀眾一直意識到這點。

艾德要多去享受逗弄克里斯多夫的樂趣。不過，克里斯多夫根本沒發現對方在鬧他。

當艾力克斯把所有注意力都放在鋪鐵軌的行動上時，完全無法聽希凡講話，那個時候散發出了一股有趣的能量，而這種能量對於建立克里斯多夫這角色而言很有幫助。對克里斯多夫來說，所有人際互動都是一種干擾。

我希望彼得斯牧師（Reverend Peters）是個真正對存在、對神學有所了解的

[10] 美國編劇，生於 1981 年。
[11] 美國編劇，生於 1975 年。

人，而非只是丑角。

我在想，是誰告訴克里斯多夫說他媽媽上天堂了，以及艾德有沒有跟學校說過他妻子死了。

每次隔一段時間再回來看這齣戲，就會不知不覺跑出一些小筆記。

讓我想到，在排練過程中的某個時候，我看到一群舞監和演員試著把火車軌道的意象打造出來，然後就非常奇妙地看到一群大人聚在一起，共同努力要把一套火車軌道模型組裝完成，為的就是要一起幫忙把這個故事說好，一個屬於我們每個人的故事，而這畫面後來也成了《深夜小狗神祕習題》製作裡一個重要的畫面。大家花了很多心力在這些事情上面，不是為了保衛家園，不是為了求得溫飽，也不是為了找到另一半（至少不是直接相關，但若是間接的話，以上這些都有可能），而是為了要讓這故事可以說得更好。

我們還討論到隱喻，關於隱喻這個詞到底算不算隱喻，聊了很久。所有文字都是隱喻，因為文字是在紙上畫出來的形狀，也是承載意義的聲音。不過，雖然隱喻這個詞本身的意義是指把東西從某處放到另一處，但當我們要傳達某個東西的隱喻時，我們不會真的把東西從某處拿起來放到另一處。

我們——這幾個字此時此刻正被寫在筆記本上——是隱喻的動物。

我跟一些住在紐約很厲害的朋友們喝酒，喝了很多。

然後就回家了。

這週和接下來這幾週，我基本上都會在顧小孩。

但我還是有修整《遠方之歌》和《櫻桃園》劇本裡的一些地方。

我覺得後者的內容好像還是有點太囉唆了，但我有點怕現在要再修的話會來不及。

今天早上在利瑞克漢默史密斯劇院開聯合藝術總監的會。我們在想，這個年度結束之後，劇院再重啟時，該怎麼持續推動祕密劇團的精神呢？後來興奮地討論到，乾脆每年秋天都來重新會合，跟不同導演合作，以不同形式發展出更多作品。

尚恩隨口提到，搞不好可以來做《蒼鷺》。如果真的要做的話，我會非常高興。

我第一次見到他是在皇家宮廷劇院，就是在他剛看完這齣戲的時候。

轉眼間已是十四年前的事了。我第一次聽到這人的名字是在約克大學，他那時就很有名，因為他當時在學校裡所做的劇場作品就已經很棒了，所有的女孩子都很迷他，但我一直都沒有機會跟他碰面。他那時候看完戲，感覺有被震驚到。我跟他這段重要的緣分，就是這樣開始的。

8月7日

跟馬克・伊佐見面，他八月剛好在倫敦。我們在肖迪奇（Shoreditch）[12] 喝咖啡聊天，然後一起走到我辦公室。我讀了最新版的《遠方之歌》給他聽，然後一起刪掉一些地方，刪到不能再刪為止。要試著把層次抓出來，把悲劇性提煉出來，讓父親這角色再複雜一點，讓劇本內容不要那麼囉唆，不要把整齣戲搞得太像阿姆斯特丹的觀光導覽。

我們目前決定要在劇中放歌的地方感覺很合適。

我聽了他寫好的一段旋律，相當驚人，給人宏大、寬廣、開闊的感覺。

他需要再把歌詞調整一下，才不會讓角色太過耽溺於自我情感裡。歌詞得跟劇本形成反差。我覺得他這次在創作上有些突破，他自己也這麼覺得。他應該要去寫音樂劇，內容還要跟紐約有關，然後觀眾一直看到結尾才發現，原來整齣戲是在講主角是怎樣扼殺自己良心的。

我們去皇家宮廷劇院看了珍妮佛・海莉（Jennifer Haley）[13] 的《虛域》（*The*

---

[12] 倫敦哈克尼區（Hockney）與哈姆雷特塔區的交界。

[13] 美國編劇。

Nether）。我蠻喜歡這齣戲的，但他好像還好。看阿曼達・黑爾和史丹利・湯森（Stanley Townsend）[14]兩人在台上吵來吵去，真的很過癮。這是一部反烏托邦的劇本，內容很奇怪，跟未來的網路世界有關。這裡可以讓戀童癖的人安心遊樂，或者應該說，他們的罪行在這裡變得沒什麼大不了。

這作品走的是傳統的敘事結構，跟內容探尋的主題有所違和。

我在想，我之後是不是要來寫一部跟A片有關的劇本，雖然之前都只是隨便說說的而已。

我應該會把劇名叫作《聖戰》（*Jihad*）或《反恐戰爭》（*The War on Terror*），就像《情色》講的是自殺炸彈攻擊的故事一樣。

8月28日

從希斯洛機場搭飛機到甘迺迪機場，參加《深夜小狗神祕習題》最後幾天的排練。
現在是英國凌晨兩點二十三分，紐約早上九點二十三分。
我喝醉了。
每家航空公司都有各自的供酒時間。
所以我喝了兩杯夏多內白酒、兩杯雪莉酒和兩大杯琴通寧。幹，那些美國航空的空服員是能對我怎麼樣？

昨天是《櫻桃園》第一天排練。

在我放假的最後一週，凱蒂・米契爾寫了好幾封E-mail給我，詳細說明她看完我這版劇本的想法。雖然在放假的時候收到筆記很討厭，但不得不說她的想法相當清楚有力。

她的想法有帶給我一些刺激。要讓劇本盡量簡約，盡量清楚，盡量嚴謹，盡量有力。

---

[14] 愛爾蘭演員，生於1961年。

有時我會煩惱我們兩人的喜好不一樣。我比較會去欣賞不完美的事物，我的幽默感比她更低俗。我比她更重視矛盾，也比她更喜歡看到演員實際存在於劇院裡的感覺。我享受觀眾的在場，也喜歡探索排練場上發生的事情背後所蘊含的道理。

她很講究她自己所謂的「穩定文本」（stable text）。跟我之前合作過的許多導演不同，她很不能接受劇本在排練過程中或預演的時候還要修改。不會說一定不行，但她很強調在開排前必須拿到確認的完稿劇本這一點，顯示出她是一個讀本很認真、做行前準備也很認真的人。

劇本對她來說很重要。她目前已經導過三齣契訶夫主要的戲，但還沒導過《櫻桃園》。她認為這齣戲是自然主義戲劇的傑作，這點很難不認同她。這劇本寫得真的很棒。有時候工作這個劇本會讓我覺得很挫折，因為我知道我永遠寫不出這麼大膽的東西。

第一天排練時，我剛好度假回來，我們約在傑伍德空間（Jerwood Space）[15]見面，能再度跟凱蒂見面，我覺得很愉悅。「愉悅」是她很常會講的話。她是那種講話用字遣詞很容易影響到別人的人，所以有時我們會覺得很驚訝，發現自己不知不覺就被她潛移默化了。

我們一起讀劇本。在排練場裡的每個人各講一句台詞，然後大家一起把劇本讀完。整體讀下來還可以，蠻清楚有力的。而且我這才意識到，契訶夫筆下的角色很常邊哭邊講話。我在想，他的意思應該是，他們其實是想叫自己不要哭。劇中的喜劇性也是同樣的道理，應該要是觀眾想叫自己不要笑。

在契訶夫的定義中，一齣戲之所以會是喜劇，是因為角色沒有意識到他們自己的生活過得有多悲慘。凱蒂告訴我，她對觀眾沒興趣，一點興趣也沒有。說是這樣說，但之前她導《威斯特湖》的時候，我從來沒看過有導演在預演時這麼認真在注意觀眾。

既然喜劇的本質這麼取決於角色和觀眾之間的拉力，那她會怎麼導一部喜

[15] 倫敦的排練場。

劇，就讓我覺得很好奇。

我們一起看了導演做的一份關於角色過去的細目表，篇幅很長，細節很多。我可以理解她這種對所有資訊都得明確且有說服力的要求，但有時劇本背景就是會出現一些斷裂或留白之處，可能是編劇一時疏忽，可能是編劇刻意設計，也可能是編劇本身缺乏邏輯，某種程度上，這正是編劇該做的事。因為那些資訊不清、不合邏輯、看似失誤的地方，反而會很神奇地讓劇本更有人的況味，而留住這種況味就是我們身為編劇的任務，所以有時必須放下一板一眼的態度。不過，這樣確實會讓戲比較難演。

她的雷達很敏銳，可以察覺到哪個演員所想像的世界觀跟別人不一樣。假如稍有一點不一樣，她就會很生氣。

她會要求編劇和演員想像的世界觀要一致，也會要求大家想像的故事背景要一樣。

她會請演員一起來挖掘劇中的關鍵主題。在《櫻桃園》這部劇本中，她選擇的主題是金錢、死亡，以及在這個無可掌控、瞬息萬變的世界裡，人們所感受到的無力感。她本來也可以選天真、尊嚴、單戀或樂天知命，但她沒選。她對於主題的選擇，會清楚地顯示出整個製作的聲音和顏色調性走向。她會請演員想像，在他們過去生命經驗中曾具體出現這些主題的時刻，然後在接下來的這一週，請他們把這些時刻用即興的方式在場上呈現出來。

透過這些即興練習，演員們就能從諸多參考經驗中找到跟角色的共通語彙，讓他們自己能夠好好揣摩和體會在劇中這些時刻的情緒和反應。

我沒機會看到他們即興，因為我得飛回紐約，看《深夜小狗神祕習題》最後幾次排練。

到市區的路上，我把《嘉年華》讀了一遍，這是我改寫自奧登・馮・霍爾瓦特（Ödön von Horváth）[16]《卡西米爾和卡洛琳》的版本。整體來說還可以，

[16] 匈牙利劇作家，生於1901年，卒於1938年。

情感真誠，故事清楚，但髒話有點太多了。

8月29日

跟巴特・凡・登・艾恩德在我下榻的飯店會面，聊《遠方之歌》的劇本。他到時候會是伊沃這個製作的戲劇顧問，給的建議都很一針見血，而且相當受用。

他覺得我還是沒有把父親的部分改好。

那就繼續改吧。

馬克為這劇本寫了有史以來最好聽的一首歌，他認為這首歌應該要從威廉的弟弟保利（Pauli）的觀點出發。

這首歌是保利寫給哥哥的，希望能用這首歌來喚醒哥哥死寂已久的情感，讓他願意再度擁抱生命和溫暖，但一直沒機會唱給他聽。沒想到陰錯陽差之下，威廉在阿姆斯特丹的一家同志酒吧裡，聽到了保利寫的這首歌。

看了《深夜小狗神祕習題》的整排。演員們都很穩，也演得很清楚，而且把這劇本裡的某股哀傷給呈現了出來，讓人看了很感動。

我寄給瑪莉安和凱緹下面這些筆記：

我覺得很棒。戲很好，節奏也很對，讓人看了笑中帶淚。

整齣戲充滿及物動詞的力量，非常活潑。這就是我一直以來所希望看到的，對我來說真的非常重要。

你們功不可沒，兩位都是。我由衷感謝。

整體來說，我有幾點觀察和想法，然後在語言處理上，我也有一兩個想法。

聽聽就好。

這些想法都是針對一些小地方的調整。別誤會，我這樣不是要反反覆覆，要你打掉重來。有可能是我錯，也有可能是我想得比較淺。

我要說的可以用這些話來概括：「要多去享受克里斯多夫好玩的地方，因為他並不知道自己有多好玩，而且你會帶動觀眾對於這個角色的喜歡」，然後「讓他用他好玩、可愛的心來逗樂你，這樣就可以讓觀眾同步感受到他的好玩和可愛，把觀眾也帶進去。」

我有稍微注意到，用調侃的方式來表達愛，可能是非常英國人的習慣，但我覺得，若要讓此劇散發出小小的溫暖，用這樣的方式很有效。

午餐時，我提到席爾斯太太（Mrs. Shears）發現威靈頓死掉的語氣，比我之前看過的都好。真的有讓人感覺到這女人發現她的狗死掉了。

這樣的話，會造成一個結果：戲打從一開始沒多久，調性就很陰暗。我蠻喜歡這個詮釋的，只不過我同時也在想，是不是有可能可以再找到一些幽默或輕盈的質感，跟原本的陰暗形成抗衡。

這是我最近主要在思考的事情，所以我發現，我記的很多地方都是類似的建議。

我感覺到法蘭雀斯卡・法里丹尼（Francesca Faridany）[17] 是真心喜歡克里斯多夫這個角色，演得很好，我會鼓勵她繼續努力。透過她的視角，我們得以進入一個小男孩的美好心靈，而這部分放在開場陰鬱的氛圍後面，就顯得格外重要。她表現得真的很棒。

不過我在想，其他人有沒有可能也往這方向走去。

有沒有可能讓值班警官（Duty Sergeant）在被克里斯多夫搞到生氣的時候，同時也被這人的行為給逗樂？跟他所處理過的一般混蛋相比，或許克里斯多夫有趣得多？

---

[17] 美國演員，生於1969年。

我現在說的都只是小調整，不是大改動。

我覺得普遍來說，伊恩可以多逗弄克里斯多夫一點。一部分是因為這樣可以緩解他處理他兒子的事情帶來的勞累，一部分是因為開玩笑（例如台詞說到「很棒耶」、「真的喔？」）是他對兒子表達愛的方式。

這不禁讓我想到，用調侃的方式來表達愛，是非常英國人的招數。也許，這正是英國人和美國人在待人處事上最大的不同之處。美國人都直接得很乾脆。而這樣直接的特性，也顯現在他們的表演上。

我認為，甚至可以再讓彼得斯牧師覺得克里斯多夫好玩一點，然後克里斯多夫在跟牧師辯論而且講贏牧師時，也可以再更開心一點。

湯普森先生（Mr. Thompson）的「你**哪位**啊？」可以同樣顯示出有被他逗樂的感覺。

被逗樂，是我在思考要怎麼把克里斯多夫的可愛帶進這世界時，不斷重複出現的關鍵詞。

餅乾不要硬的那一種，麻煩換成軟的。

希凡被問到關於殺狗的事時回答的「我不會耶」，可以多點被逗樂的感覺。

我很喜歡克里斯多夫在亞力山卓太太（Mrs. Alexander）面前就說殺死威靈頓的兇手是「神經病」，但在希凡面前他卻用「瘋子」，因為這表示了克里斯多夫知道「神經病」聽起來比較鬧，不能在希凡面前說，所以克里斯多夫在鬧或沒禮貌的時候可以再覺得好玩一點，這是我今天忽然想到的。我很喜歡克里斯多夫調皮搗蛋的這一面，說不定還會帶出某種令人討喜的小小叛逆感。

我在想，艾德為了讓他兒子考會考（A Level）而跟加斯科因太太（Mrs. Gascoyne）起衝突的當下，態度上會不會覺得有點好玩，甚至很開心自己最後吵架吵贏了。若能夠讓艾德這方面的態度更明顯，或許會讓這景更立體。

艾德在說「說不定真的有可能喔」和「我有注意到這點」這兩句台詞時，可以帶點冷嘲熱諷的感覺。

希凡在讀信時說「我真的搞不懂欸」，講這句話時要真心覺得很困惑，而不是難過，才能表達出這句話真正的意涵。

「所以我就去了他的房間」這句話的語氣可以再興奮一點，要多去享受他的調皮和叛逆。

接下來這點我知道我們討論過很多次了，就是我還是很喜歡「我就是從那個時候開始跟羅傑（Roger）越走越近」這句話在講的時候，口氣帶點暗諷或批判，就好像有點在攻擊茱蒂一樣，但我們在這點上面的看法可能不盡相同，所以我也可以讓步，沒問題。

「少亂講，我們家才不是什麼低收入戶咧」，艾德在講這句話時也可以帶點嘲諷，用自嘲的方式來拉近父子關係。

我覺得，在知道是誰殺了威靈頓之後，艾力克斯的角色行動就有點不見了，包括數數字的時候，以及反覆思索到底有誰可以收留他的時候，以至於在講「幹，怎麼辦」時，完全沒有急迫感。

我比較希望那個拿著傘、賣地圖的女人說「我現在沒空回答你這些」，而不是講「你夠了喔」。

我覺得，史雲頓車站的鐵路警察搞不太懂克里斯多夫在幹嘛的同時，可能也會覺得這傢伙有點有趣。跟前面值班警官的情況相同，若拿克里斯多夫跟那些他們常常在處理的酒鬼和毒蟲相比，應該都會覺得克里斯多夫有趣且好玩多了。

若需要的話，我可以刪掉五句鐵路警察的台詞，很簡單。

要講「謝天謝地」，不要講「媽的，謝天謝地」。

讓賣《倫敦 A-Z》那本書的女人講「走開」，比講「滾蛋」好。

A-Z 的發音是 A-Zed 不是 A-Zee。

把那台 Mini 換成 Mini Cooper。

只有麥克・諾布爾有辦法處理這段的幽默：克里斯多夫聽到茱蒂說「老天啊」的時候，回了她：「到時候監考的人會是彼得斯牧師耶。」雖然是個爛哏，但總之劇本裡有。克里斯多夫以為這裡叫老天的名字是希望老天來幫忙，所以說：「對呀，雖然這不關老天的事，但祂還是很願意幫助人喔，所以呀，媽，到時候監考的人會是彼得斯牧師耶。」

要特別注意一下，茱蒂晚上打包行李時所說的台詞是「現在凌晨四點」，不是「現在四點」。

在艾德出現的最後兩景裡，伊恩應該把情緒收回來一點。我覺得他把角色的孤獨和對情感交流的需求都表現出來了，而且處理得很美，所以他只要記得他是一位父親就可以了。他現在像是「受傷的小動物」，但我比較希望他是個「有擔當」的父親。

公布成績那段，演員太刻意要壓住情緒了，顯得很失望一樣。應該就按照實際的感覺來處理就可以了。

反倒是最後克里斯多夫想像未來那裡，演員常常演得太激動了，但這段我一直都比較喜歡他用平鋪直述的方式來詮釋。

我很喜歡這齣戲。

謝謝你。

以上。

太累了，沒力氣繼續寫了。

演出現在狀態很好，準備好可以進入預演階段了。

到時看看技術加進來之後會怎麼樣，但我個人是比較喜歡在排練場看整排，因為需要動用到我們的想像力。

跟馬克・布洛考（Mark Brokaw）[18] 會面，他明年會導《海森堡》。

開會開得很順利。他很會問問題，頭腦也很清楚。我們聊到說，有沒有可能用類似排練場那樣純粹的美學，讓作品能夠充滿想像空間。

這樣的美學會賦予作品某種誠懇的質感，因為這很需要觀眾對於他們在場上看到的東西投入想像力，如此一來，觀眾也會連帶地把自己投入到作品裡。這是我之前在跟拉敏・格雷工作《摩托鎮》，以及跟尚恩・霍姆斯工作《情色》時發現的，而且後來也影響到我跟尚恩合作的許多其他作品，包括《早晨》和在祕密劇團的創作。要讓舞台盡可能空台，讓台上的道具盡可能真實。

這也表示沒有內容會預先被知道。仿真的舞台會直接影響觀眾在劇場感覺到的東西，同時也間接透露劇本會怎麼發展，以及劇情接下來可能會發生什麼事。就一般慣例來說，舞台設計就是在建立期待，所以去除舞台設計，就是在去除這樣的期待。如此一來，就能讓說故事這件事完全回到此時此刻的當下了。

回到排練場。

瑪莉安把我給筆記的部分，處理得清楚且有力。

我快累死了，感覺一直都還沒從飛機上喝的那堆酒醒過來一樣。我得謹記在心，那些酒雖然是免錢的，但不表示我就要一直喝。

我在標準飯店這次住的房間，裡面有個門剛好可以通到隔壁房，所以隔壁的人講的每個字，我都聽得一清二楚，搞得我根本不能睡，只好一直工作。

幹，真的有夠累。

---

[18] 美國劇場導演。

2014年9月

9月1日

回到倫敦。早上跟麥可・朗赫斯特（Michael Longhurst）會面。他是一位導演，而他過去幾年來的作品，我都非常喜歡。特別是他之前導尼克・佩恩的劇本《星座》（*Constellations*），相當好看。

我上個月發現艾美達要做《卡門片斷》，然後導演是他。我既高興又驚訝。

我們聊到英國演員在表演上非常注重細節這一點。英國演員在表演時都很相信角色，擅長呈現真實感受，這部分是德國演員有時缺乏的。艾美達空間這麼小，跟觀眾這麼親近，想必能清楚帶出英國演員在表演上的細節。

他同時也提到，合唱的形式、音樂，以及可能會加入的肢體動作，或許會使得台上的諸多表演者呈現出某種統一性。如此一來，這一齣在混亂年代中尋找愛的戲，或許就會因為台上這些共同狀態，而多了幾分溫暖的感覺，不論台上這些生命個體是多麼地分散。

跟他聊完之後，我們還一起去劇院的行銷部談版權和看照片，時間很快就過去了。

時間真的過得很快，這齣製作現在已經開始動起來了，轉眼間，上台跟觀眾見面的那一天也很快就會來了。

我走路回辦公室。

途中，我遇到了班恩・沃勒斯（Ben Wallers）。[1] 班恩是鄉村戲弄者樂團的主唱，我以前在這個樂團待了十年。我大概有六年沒有跟他見面了，這次能見到他真的很開心。真是老天安排的緣分，假如我離開劇院前沒去上廁所的話，

[1] 英國音樂人。

就不會晚離開劇院，那就不可能會遇到他了。假如我是騎腳踏車，不是用走的，那我也不會有機會遇到他。

真的讓我好驚訝喔，而且他跟我打招呼的時候，語氣也是又驚又喜：「我**就知道**這情況總有一天會發生！」

他看起來沒有以前年輕了，我也是，因為我們年紀都越來越大了。我們身體變老的速度，跟我們認知到自己變老的速度並不同步。身體的老，是以一種較具體、顯著的速度在變化。

《嘉年華》的初稿終於完成了，也交出去了。霍爾瓦特的原著劇本既動人又虐心，內容描寫在經濟最窮苦、種族歧視氛圍最嚴重時，人們對於愛的渴求。在當今這個獨立黨（UKIP）[2] 在英國奪得權力、民族主義瀰漫整個歐洲的年代，搬演這部劇本，感覺上還挺呼應時局的。

我把髒話的部分都拿掉了。試著把故事講得更清楚。

我喜歡在日常生活中和劇本裡罵髒話。我覺得罵髒話讓我們更像個人，而且能夠彰顯出事態有多緊急。

但我以往的劇本初稿裡，有時會有太多髒話，那是因為我都會把自己推到能量高漲的狀態來寫作，才能形塑出劇中所需的生命力，並把自己也融入進去。

髒話就像是某種鷹架一樣，我會先用來幫作品長出某個樣子，然後再把它拿掉，讓作品活出自己的樣子。

9月2日

早上去摩爾菲爾德眼科醫院報到。

他們檢查完我的眼睛之後，說我左眼視力現在很穩定，所以暫時先不用打針。他們會持續追蹤，但至少有兩個月不用打針。

---

[2] 英國的右翼政黨，其宗旨為推動英國脫離歐盟。

我笑著走出醫院。

下午在針對巴特給《遠方之歌》的筆記，進行修本。

都是很好的建議。督促我更進一步深入角色和劇中世界觀，也督促我把故事內容表達得更清楚些，但要用簡單的意象。

我會盡力改好的。

晚上我到楊維克劇院去看班乃狄克・安德魯（Benedict Andrews）[3] 導的《慾望街車》（*A Streetcar Named Desire*）。他是柏林雷寧廣場劇院的駐館導演，而這齣製作的風格，則是結合了雷寧廣場劇院慣有的古典形式，以及些許龐克風。

整個舞台充滿各種框，很美。

每個畫面看起來都很漂亮。配樂裡面有天鵝樂團的歌，只要有他們的歌就是棒。

但我還是比較想念尚恩的作品裡會有的粗糙感和危險感。

9月3日

回到《櫻桃園》的排練場。

凱蒂像是個校長一樣，以相當嚴謹的態度帶大家看第四幕的事件。演員們無不受到她敏銳而深刻的觀點吸引，同時也跟著熱血了起來。我一走進排練場，她就語帶溫柔地要我等一下，什麼話都先不要說。

她引導演員們找出事件和角色動機，並帶大家往她想要的方向走去。

我其實並不介意。這是她的製作，是她的作品。我只是來這裡幫忙把台詞弄好。

---

[3] 澳洲劇場導演。

我們兩人之間在認知上有些隔閡，因為我認為劇本創作就必須保有某種直覺，而這種直覺常是混亂的，但她閱讀文本的方法非常要求精準和嚴謹，有時會讓我的劇本像是自曝其短、錯誤百出。然而，我有時會使用錯誤的字句，是因為我喜歡文字聽起來的節奏。我喜歡讓雅沙（Yasha）聊到特快車時，特別用了「橫貫大陸」（transcontinental）這個詞，唸出來像是在用嘴巴舞蹈的感覺，那是我自己創造出來的。即便凱蒂有注意到我的巧思，但她還是決定這樣的說法不對。她確實有權利這麼做。

這讓我覺得自己很像白癡，但我還是克服了焦慮，跟她一起把劇本順清楚，弄精確一點。

大部分都在刪副詞。

她花了很多時間，鉅細靡遺地挖掘整齣戲在場景之外的每個細節，以便建立一個大家共同認知的世界基礎，令人敬佩。不過，自從上次跟拉敏．格雷合作《摩托鎮》的經驗之後，我就對於這種方法敬而遠之了。

我比較好奇的是，大家彼此之間要怎麼做。他們要做到什麼樣的地步，才能讓彼此對於場景之外的種種情況有著共同的想像基礎，我實在不確定。不過，每個演員感覺起來都很投入，躍躍欲試。

接著，回來繼續工作《遠方之歌》。

繼續消化那些筆記。

繼續看我能調整到哪裡。

我真他媽的快累死了。

9月4日

到貝爾法斯特去看莎蓮娜．卡密爾導的《龐克搖滾》。在飛機上繼續工作《遠方之歌》。

在機場時，被菲利普・克勞福（Philip Crawford）認了出來。他是利瑞克漢默史密斯劇院創作教學部門的負責人，人很親切。

這趟到貝爾法斯特的旅行，對我來說別具意義。我祖母在這座城市出生，我們都叫她阿嬤，她今年九十三歲了。我媽也在這出生。

菲利普帶我稍微逛了一下市區。我們去了碼頭區，看當時打造鐵達尼號的地方。接著到了尚基爾路（Shankill Road），沿路可見英國國旗和女王的壁畫點綴其中，爾後往南走到福斯路（Falls），隨時可見愛爾蘭共和國國旗，以及愛爾蘭共和軍（IRA）人民英雄的壁畫，讓人看了目不暇給。

這兩條路，相互毗鄰，平行而走。

這些圖像似曾相識，我小時候也看過。我成長於 1980 年代的斯托克波特，還記得那時候三不五時就能聽到愛爾蘭共和軍炸彈攻擊的聲響。得知這裡同時是我家人的故鄉，也是催生恐怖主義的地方，感覺真是五味雜陳。

不過，那些恐怖份子的勢力範圍其實很小，主要是新芬黨（Sinn Féin）的總部、尚基爾路上的奧蘭治兄弟會（Orange Order），而且他們的攻擊目標也不大，不外乎一些小的、較為顯眼的酒吧。說來奇怪，貝爾法斯特是個這麼靜謐又富裕的城市，但其中竟然有這麼一小區如此動盪不安。有錢人住的那一區，旁邊就是英國二十世紀最具代表性的恐怖份子溫床，真是奇妙。

菲利普放我在拉斯庫爾街（Rathcool Street）25 號外面下車，我阿嬤九十三年前在這裡出生，後來這戶人家一共生了七個女兒，全家人就住在這棟小小的排屋（terraced house）[4] 裡。我漫步市區，走過了拉干河（River Lagan），來到了桑尼賽德街（Sunnyside Street）125 號，這裡是我媽出生的地方。房子比稍早看到的那些要大，有庭院，但還是很難想像我媽在這裡出生，而且她們全家四個姊妹都住在這裡。[5]

---

[4] 英國常見的住宅樣式，由整排格局方正的屋子毗鄰而成，其特色是兩幢屋子之間共用一道牆。

[5] 原文誤植為「七個姊妹」，經作者確認改為「四個姊妹」。

然後到了劇場。這棟建築反轉了一般劇場空間既定的樣貌，有著獨樹一格的現代外觀，往外看去就是河流，過去曾被提名多項建築大獎，實至名歸。我吃了一份希臘沙拉之後，就開始帶工作坊。

學員們是不同年齡的編劇，但基本上都剛初出茅廬，我帶他們做了幾個關於戲劇行動的例行練習。活動進行得很順利，我們討論了戲劇行動，聊到了人性，也聽了音速青春樂團（Sonic Youth）的歌。他們個個都很活潑，而且很感謝我跟他們分享的內容，真令人開心。

工作坊進行了三個半小時。

總有一天，我一定會來規劃一些不同工作坊的內容。但現在，內容其實都還算堪用，而且我也不用做什麼準備。

我真他媽的有夠懶。

晚上跟吉米・菲（Jimmy Fay）吃飯，他是新任的藝術總監，很有幽默感又有自信，來自都柏林。他一直讓我想到尚恩，因為他們兩人常常導一樣的劇本，都很接地氣，也都很有自信。外表自信，內在有時卻壓藏著脆弱。

我們聊到，要在一個骨子裡保守到不行的城市中，讓一座劇院可以維持營運有多困難。還聊到了我們各自跟愛德華・邦德相處的經驗。

《龐克搖滾》獲得了不少好評，即便觀眾不多。

這製作真的很棒。

偶爾會有演員演得太興奮，太投入在自己台詞裡面，停頓停太久，打亂節奏。但大部分的時候，大家在場上都有互相聆聽，該接的點都有接緊，也都有在演行動。

轉場時，演員身體呈現出狂亂的能量，很像聚狂現代劇場的風格。活力四射，龐克到了極點，我非常喜歡。

莎蓮娜讓威廉（William）對著觀眾講最後一段台詞，把觀眾直接想像成是哈維醫生（Dr. Harvey），效果很棒。然後，觀眾席燈大亮。

這樣收尾，像是在暗示，面對眼前的這齣悲劇，我們每個人都難辭其咎。這一刻，相當具有衝擊力。

演員們都很年輕，而且很有活力。

葛蘭姆・懷布勞從都柏林到這看戲，他是皇家宮廷劇院之前的文學經理，也是對我的劇場思考影響至深的貴人，現在在都柏林工作。幹，我真的太開心了，居然能在這裡見到他。

我們後來找不到地方喝酒，太晚了，所以就回家了。

9月5日

睡了好久。中午搭飛機回去。

回到辦公室。

我把《遠方之歌》的內容都改好之後，寄給他們。

我覺得改得應該還可以。

在 E-mail 裡，跟馬克・伊佐起了一點小爭執。我跟他建議說，這首歌或許可以用清唱的方式來呈現，他聽到之後覺得很不可思議，而且變得神經兮兮的，一直懷疑說這想法是不是別人跟我講的。

我只是一直在想說，要怎麼才能讓威廉走到鋼琴那邊看起來比較順。

馬克之所以防備心會這麼重，是因為他很焦慮，因為現在的他完全處於舒適圈之外。

他接下來要花一週的時間跟飾演威廉的演員伊爾郭・史密斯（Eelco Smits）[6]

---

[6] 荷蘭演員，生於 1977 年。

在紐約工作，要教他唱這首歌。

到時候，我希望他能多信任別人一點。

9月8日

回到《櫻桃園》。

我想來試著分享一些跟凱蒂・米契爾合作的感覺。

她週末時寫 E-mail 給我，要我看一下劇本第一幕中間，羅帕辛對柳博芙（Lyubov）提到他想要毀掉櫻桃園的計畫時所說的一段話。在我改寫的版本裡，那段話是這樣開始的：

「我有個好消息要跟你說，我覺得你一定會高興。」

她希望這句話作為這段話的開頭，可以再委婉一點，彷彿這位主事者從來就沒打算要跟對方說他的計畫，到最後一刻才不小心講出。最後，我把那句台詞改成「真希望我能說些什麼，讓事情變得簡單一點」，讓台詞反映他的欲望，不是透露他來到這裡的真正目的。

這樣的來回校正、反覆調整，是我在這作品中主要做的事。凱蒂對於精準的高度要求，迫使我一再地回到我的文本。

我走路走到一半，忽然收到她的訊息，跟我說今天會非常無聊，因為她會花一整天的時間跟演員討論角色動機。言下之意就是在告誡我，待在那裡會很無聊。表面上如此，但實際上像是在透露，我若在場的話，會讓她焦慮。

這很合情合理。我認為，所有我合作過的導演裡面，最會因為編劇在場而感到焦慮的人就是凱蒂。

那是因為她導戲比其他導演都還果斷，或者應該說，她為了把戲導好，完全不想去管別人怎麼想。

她非常清楚她的製作呈現出來會是什麼樣子。她不希望被編劇干擾，因為編劇只會顧著自身想法，又愛東扯西扯。

近幾年來，我越來越能接受這樣的想法。從《深夜小狗神祕習題》那時候開始，我就漸漸喜歡讓自己在排練場的角色跟聲音設計或燈光設計一樣。我是語言設計。

我會把關注的焦點放在文本語言上，然後適時做出調整，就跟他們會把思考放在聲響和燈光上一樣。

我向凱蒂保證這點之後，她就願意讓我待著了。

於是，我一語不發地坐著，看她帶著演員們檢視每個角色動機，看這些角色動機是怎麼從上一個事件導入，以及怎麼導出下一個事件。花了一整天，只講了四到五頁。

好像應該要在這裡稍微定義一下這些術語。我以前常常搞錯，以後也還是有可能會繼續搞錯。

回到剛才所說的，凱蒂給每一幕都定一個標題，就像書的章節會有標題，或者像布萊希特會給場景定標題一樣，藉此來描述每一幕的主要行動。例如，深陷危機的地主，在家人的迎接之下歸來，回到這個她兒子斷送性命的家

而這些標題的選擇，其實就已經定調了她希望把劇本推去的方向。

正如她自己所說的，這劇本已有一百一十年之久。過去一百一十年以來，經過不同文化和國家的詮釋，一演再演，一讀再讀，足跡早已踏遍了全世界。除了契訶夫本人所寫的劇本之外，沒有必要再以任何形式建立另一個確切、固定的版本。但劇本不是寫來讀的而已，劇本是要拿來打造出「屬於劇場的一晚」。

若我們都認同這點的話，接下來的事就是該如何改寫和詮釋的問題了。就算有人不認同這點，依舊改變不了劇本必須要經過詮釋的事實。沒有人有辦法全盤了解契訶夫真正想表達什麼，甚至連他本人也無法知道。沒有編劇有辦法完完全全知道自己想表達的內容，因為編劇太靠直覺寫作了，想要全盤用

理性來了解根本是天方夜譚。

一旦準備開始打造「屬於劇場的一晚」，那麼所有關於作品要怎樣才會被接受、怎樣才算完整、怎樣才適宜、怎樣才符合常規的想法，都應該被屏棄，因為這些都無濟於事。每一位共同發展作品的夥伴，在創造「屬於劇場的一晚」的過程中，所做出的每項決定，都是該夥伴在某個文化時刻之下的產物，而且這項決定，也必定會受到該夥伴在此文化時刻下的狀態影響和限制，不論是有意還是無意。

這才是劇場創作必然會牽涉到的事。

凱蒂決定把《櫻桃園》劇中的房子定義為一棟充滿哀傷的房子。對她來說，確認這個定義的關鍵事件就是柳博芙的兒子格利沙（Grisha）的死，這是這個家永遠的痛。這部劇本以沉靜的姿態，擁抱過去的哀傷，也擁抱新世界的到來。

對於劇本這樣的解讀，完全可以從她給每一幕的標題看得出來。

接著，她把每一幕分成好幾個事件。我還是覺得，要去明確定義怎樣算是一個事件，非常困難。不過我認為，事件應該是指某件事的發生，改變了角色的思考或角色原本當下的動機。而這件事，有可能是一群人當中某個人所講到的某件事，有可能是從外面帶進來的某件事或從裡面帶出去的某件事，也有可能是某個人在現場所做的某件事。

第一週大部分的時間都在找出事件，以及從她決定的劇中重要主題裡，發展出即興片段。

她對於劇中樂觀主義的取捨，會決定哪些是這齣戲的重要主題。也就是說，每件事都會朝她的詮釋方向走去。確實本來就應該這樣。

第二週和第三週主要是在檢視事件，以及決定角色動機有哪些。

每位演員都要講一下，在各個事件之間，各自飾演的角色動機為何。凱蒂像個系主任一樣，幫他們修潤說法，或主動指正他們所講的角色動機，甚至有時態度會偏強硬。她對於這些角色動機是什麼，心中早有確定的答案。雖然她還是會聽演員講，但她其實並沒有真的很想接受所有演員的聲音。常有的情況是，若演員講的內容剛好符合她的想法，就會得到讚賞；若不合她所想的，就會被糾正。

她和演員們圍著桌子討論，感覺就像大學會有的那種以小班研討為主的上課方式，而且是很硬的那種。

每位演員都要為各自的角色動機負責。

凱蒂就像是一位交響曲的指揮一樣，要為所有人的角色動機負責，把大家都調整到位。

這真是一項驚人的燒腦練習。

有時對我來說有點枯燥。感覺上少了會在瑪莉安的排練場出現的那種玩興和淘氣，也少了會在賽巴斯汀的排練場出現的那種混亂和挑釁，那些都是我很喜歡的質地。整個討論基本上都在講角色動機，雖然只有四頁，但一整天下來，我已經快累死了，整個人頭昏腦脹。我很高興我之前改的幾個地方有發揮作用，但這個發展過程快把我搞死了。

但並沒有搞死那些演員。凱蒂挑選演員都很小心，而且常常回頭跟她熟悉的演員工作，因為她知道這些演員會信任她的工作方法，不會去質疑她或擾亂她。我相當佩服這群人發達的腦力。

他們願意跟她一起奮戰，接受她的指正，並且喜歡這種驚人的深度質詢。

只能說真的很驚人。

演員們對於在劇本裡每個點要做的每件事，現在都沒有任何不確定的地方，因為所有事情都徹徹底底被問過好幾遍了。

這樣或許也意味著，經過了這麼嚴謹的討論，之後實際排練若要在場景中再發現新事物，就會變得比較難。

但反過來說，演員們就可以把角色動機當作某種路線圖來使用，最終都會回到當初共識的方向。

或許當演員找到可探索的方向，確立好他們的角色動機時，戲味就會很自然而然地流露出來。或許在其他導演的工作過程中，探索這件事，就會變得手忙腳亂。

這次這樣的工作過程下來，絕對會讓演員培養出一項能力，就是跟其他人同在一個空間的感知能力。對於場景之外發生了什麼事，他們腦中想像的畫面會盡量互相貼近。他們回憶的內容會是一致的，也是有所共識的。

他們會知道其他演員在想的事情。

今天這樣，演員們感覺都還蠻喜歡的。

凱蒂跟演員們提到了一些技術點的事，還有觀眾的事。或者應該說，是演員和第四面牆的關係。

她告訴演員，到時候在後台，在距離舞台還有四英尺左右的地方，就會有人來通知他們要上台，他們就要開始準備，這樣等到他們踏入舞台的那一刻，就可以完整地帶著角色動機上場了。

她還告訴演員，不要把心思放在觀眾身上。觀眾會讓演員不專心，把演員從角色動機中抽離出來，因為演員會想要刻意取悅、討好、娛樂、嚇唬或感動觀眾。她認為這些東西都跟作品本身沒有關係，也不該扯上關係。

說實話，我覺得她講是那樣講，但我不覺得她是真的那樣想。我認為，她應該是覺得這作品要由她來掌控，而不是演員。所以她要演員假裝觀眾不在場，要演員把對於觀眾的意識降到最低，並告誡演員，假如被發現太意識到觀眾，就會被她糾正。她告訴大家，一定要相信她。導演才是演員應該去在乎的人，不是觀眾。演員面對導演，不只要在乎，還要全心全意相信。

在各事件之間的角色動機，常常會跟「說服其他角色」有關，這點我覺得很有意思。為了說服別人，角色就得壓藏住自己的情緒；為了說服別人，角色就得表現出一點都不害怕的樣子。或許這是因為「說服」這項行動很好演，而且這樣演員在表演上就不用思考得太精細。不過，我其實認為更有可能的原因是，契訶夫的腦子裡是在想「活著」這件事的表演性。

我們對彼此偽裝出某些形象，好讓對方覺得自己很理智。契訶夫把這方面的人性描寫得淋漓盡致，無人能及。

有時候，我看著自己改寫的版本，都會覺得自己真的沒把劇本改好。過去這一百一十年以來，許多來自不同文化的不同編劇，為了呈現出契訶夫想說的話，嘗試過各種方法。有些人關心的是，要怎麼把俄文翻譯得精準，但我個人比較不是那樣。我只想要捕捉他筆下的人物行為所蘊含的能量，這也是他的人物比其他人的人物還要迷人的地方。要做到這點，就得想辦法避掉翻譯腔，並且找到讓演員能夠順口的語言表達，尤其是對英國的演員來說。

有時候，我看著自己改寫的版本都會被嚇到，想說怎麼可以改得這麼爛。

有時候，我看著演員排練，心裡會覺得其實自己改得還不賴，只是還差了一點點。不過，更多時候是覺得自己改得很爛。

好一個失敗品！

9月9日

到格爾古德劇院，去跟馬克・海登進行一場座談。他們沒有找主持人，所以就變成我們兩人互相訪問對方，結果把我內在像麥可・帕金森（Michael Parkinson）[7] 的一面給激發了出來。要想一個跟《深夜小狗神祕習題》有關，而且還要是馬克沒被問過的問題，其實還蠻難的。我們把這當作是給觀眾的一個挑戰，請觀眾想一個從這本書出版到現在，這十二年以來都沒人問過的問題。

還真的有個觀眾成功了。她問說，若是克里斯多夫這角色變成女性，內容會

---

[7] 英國主持人。

有什麼不一樣？我們兩個都不太知道要怎麼回答這個問題。有趣的是，許多自閉症的行為表現都有某種男性化的特質，或許每個男人就某方面來說都可以被歸在自閉症光譜的某個位置上吧。

大部分的時間，我們就只是在講我們以前講過的笑話，但某種程度上座談問答就是這樣。每次在這種場合，我就會不自覺地想要講笑話逗大家笑。我心裡搞笑藝人的這一面，其實每個英國人都有。

這場座談之後會放到網路上。

結束後，我和馬克到布萊克斯吃晚餐。我們喝了一瓶很棒的紅酒，東西都很好吃，也聊了很多。

我非常欣賞馬克這個人。我們年齡相仿，性別和性向也一樣，但我發現我會有點想要照顧他。荒謬的是，他明明就是個大人了，而且年紀比我還大。總之，很開心偶爾有機會可以像這樣，跟其他作家一起聊聊創作發展過程上的心得。我想，或許是因為他在工作過程中常常自我懷疑，把自己給綁死，搞得創作一直走走停停，所以才會讓我這麼擔心他。

我比他篤定，會多加思考，會事先規劃，並且執行到底。

9月10日

早上搭飛機到甘迺迪機場。完全不敢相信自己竟然有戲要在百老匯上演了。

我決定這次在飛機上不要喝太多。看了《刺激》（*The Sting*）這部電影，前面大部分都有看到，但結局被我睡掉了。睡了三個小時，睡得很熟。抵達飯店，然後洗澡。

安德魯·史考特現在人在紐約。他傳了訊息給我，後來我們約去吃漢堡和喝啤酒，這是《雀鳥之地》結束之後我跟他第一次見面。

他整個人充滿能量，自帶光芒。我帶他一起去看戲。

劇院附近已經有人在排隊。有一千名觀眾來看這齣戲，感覺真的是奇怪到不行。

這場預演整體來說走得還行，只是有點亂、有點鬆散。所有地方都可以再修。有一些技術上出的紕漏比較恐怖，比方說 MIDI 音樂在播放時出了一點狀況。然後很多技術點都接得太慢了，而且舞台感覺上很空、很遠，預演通常都是這樣，畢竟是戲第一次呈現在觀眾面前，不過，大家演得特別起勁，活力四射。

結尾，觀眾全體起立鼓掌，盛讚演員表現，一致瘋狂叫好。他們很仔細聆聽演員講的每一句台詞，似乎並沒有因為此劇奇特的世界觀、史雲頓這個陌生場域、劇中的髒話、有別於一般商業劇場的舞台特效等，而感到疏離。

觀眾完全懂得欣賞這樣的東西。

後來團隊的人都很興奮，很驚訝觀眾反應這麼好，大家都很期待之後的正式演出。瑪莉安有點激動，也有點焦慮，但態度更加堅定了。跟她合作從來不會讓我擔心，因為她的標準比誰都還要高，而且她在導演方面的想像力和執行力，更是不同凡響。

9月11日

跟強納森・貝里（Jonathan Berry）[8] 吃早餐。他在芝加哥的一些實驗劇場導過《廣闊世界的海岸上》、《龐克搖滾》和《泊》。他現在人在紐約，擔任《這是我們的青春》（*This is Our Youth*）的助理導演，編劇是肯尼斯・洛勒根（Kenneth Lonergan）。[9] 我們兩個很喜歡比較芝加哥和紐約，並且一致認為芝加哥是劇場之城，而紐約是商業之城。前者關注的是劇場的藝術創作，後者關心的是劇場的賣座程度。

---

[8] 美國劇場導演。

[9] 美國電影導演與編劇，代表作有電影《海邊的曼徹斯特》（*Manchester by the Sea*, 2016）。

跟瑪莉安在劇院對面的咖啡館會面，聊聊我對於昨晚演出的看法，同時也考慮刪本。那裡的服務生問我們是不是對面劇院的演出工作人員，當下完全讓人感受到他滿滿的興致，像這種事就不太可能會發生在倫敦西區的咖啡館。紐約這地方，正是因為某一區有這麼多歷史悠久的劇院，才讓這座城市還算得上是一座劇場之城。

看瑪莉安給筆記的時候很有趣。給筆記時，凱蒂・米契爾會讓現場氛圍變得專注和嚴肅，但瑪莉安就不一樣，她很愛鬧。她沒有把對於昨晚演出的焦慮表現出來，反而以一種活潑的態度來給筆記，一邊給演員建議，還一邊自嘲，很有趣。此外，她也讓演員有機會分享他們在台上的種種感覺。

給完筆記後，大家就到劇場裡調整剛才所講的東西。

我覺得這幾天有一種既有趣又無趣的矛盾感，蠻奇怪的。

各設計們身處黑暗中，戴著耳機，坐在一整排充滿酷炫科技感的電腦螢幕後面，有條不紊地工作，也會聊些生活小事。排練場則是由瑪莉安來負責，她個別去給演員們筆記，所以我有看到她在給筆記，但聽不到她跟對方講了什麼。我本來有想給一些筆記，結果發現瑪莉安在跟演員講的，好像跟我本來要講的一樣，根本就不需要我去講。

接著，開始走戲。我有好長一段時間聽不清楚演員在場上講什麼，於是戲又重走一遍。每次只要瑪莉安跟他們提醒，幾乎都會變得比較好看，真不知她哪來的特異功能。

時間越來越少了，壓力也越來越大了。

瑪莉安今天對演員們發飆了。她說，她對大家的期望很高，她不會隨便就這樣放過大家的。真的非常少看到她這樣，可以感覺到大家皮都忽然繃緊起來，但同時也可以感覺到她對大家的重視和關愛。於是，演員們個個上緊發條，戲就變得好看許多了。

9月15日

每當戲進入技排階段或是在預演，我看著團隊所有人，努力把我好幾年前的某個想法實際呈現出來，當下真的會有種受寵若驚的感覺。有人賣票，有人裝台，有人管理劇院，有人訂合約，有人背台詞，特別是看到舞監組或舞台組的夥伴們賣力工作的情況，總讓我愧不敢當。這些人把我對於一齣戲的想法真的變成了一齣戲，他們認真負責的態度令我敬佩不已。他們之中有些人交情後來變得很好，有些人宛如過客。不管怎樣，這些人共同的付出和努力，都令我分外感動，甚至有點不知該如何是好。

預演的迴響都蠻好的。排隊的人潮多到有點嚇人，不過這也顯示出劇院本身動線規劃不佳。紐約這邊週五和週六的觀眾，跟倫敦西區和皇家交易所劇院那邊一樣，整體來說都比較冷靜，而週間的觀眾通常看戲就比較投入。週末的觀眾很多都只是想來找點樂子，所以他們本來也有可能會去看電影或吃大餐。這些觀眾比較難打動或吸引，但我們最後還是做到了。最後，每個人都為艾力克斯・夏普飾演的克里斯多夫歡呼，簡直把他當成搖滾巨星或足球明星一樣。

他那一張臉蛋，時時雀躍，帶點羞怯，充滿謙和，讓人看了很難不喜歡。

一邊跟瑪莉安合作、一邊跟凱蒂合作的感覺，還蠻有趣的。

我沒有比較喜歡誰或比較不喜歡誰。他們都是很重要的藝術家，我也都把他們當作是我很好的朋友。不過，他們兩人的工作方法南轅北轍，這點讓我覺得很有趣。

瑪莉安認真工作起來的話也很固執，同樣的筆記會重複給很多次，給到她覺得東西好為止。她很常在大家面前自我解嘲，營造出跟大夥兒是一家人的感覺，這點很明顯可以感受得到。

她的作品主要是環繞著行動去發展，將行動作為檢視表演的標準。她常常問某個演員，他所扮演的角色在某個特定的時刻在想什麼，藉此挖掘表演的深度，進而釋放出不一樣的火花。

她找了史蒂芬・霍格特和史考特・葛蘭姆當肢體指導，以及凱緹・魯德和班傑明・克來恩（Benjamin Klein）當副導演，然後把相關的筆記跟他們說。

我發現我記的很多筆記，好像都跟調整幽默表現的方式有關。我一方面在想，這是不是因為美國人的幽默感跟英國人很不一樣，所以演員很難發現劇本裡面好笑的地方。另一方面也在想，喜劇表演的訓練好像在英國受重視的程度跟在美國差很多。英國演員的體內，一直以來都流著喜劇表演的血液。這要回溯到伊莉莎白時期的劇場，喜劇對當時的劇場來說很重要，因為喜劇讓劇本可以一邊表達想法，一邊又讓觀眾放鬆，但美國幾個好的劇本都比較沒那麼注重這樣的喜劇手法。也許是這個國家比較嚴肅吧。

我應製作人的要求，花了一些時間，看了一下劇中髒話的部分。其實並沒有很多，大概就是九個「幹」和九個「靠」。我看了每一句台詞，然後試想台詞除去髒話之後的效果，最後我大概刪掉了一半。那些台詞把髒話的部分刪掉之後，會讓力道變得更直接，本來有髒話的時候反而比較弱。

我跟我朋友，同時也是蘇活定目劇院（Soho Rep）[10]的文學經理拉法葉・馬丁（Raphael Martin），聊到了今天早上大家在劇場裡做的事。他很驚訝我們居然到了現在這時候還這麼認真在工作。

不過感覺上本來就應該這樣。探索作品的過程是持續不斷的，同時也要適時讓演員們有改善自己的空間，以及跟作品相處的時刻。

當然，大部分會有的問題差不多都是那樣，解法也是。演員們表現得最好的時候，都是當他們仔細聆聽對方的時候，當他們把行動演得清楚且狀態也很投入的時候，當他們有把該接的點都接好的時候。

若演員們真的能那樣演，並且把注意力放到對手身上，那勢必能創造出一股強大的能量來感染全場，進而讓觀眾走近角色的內心。

瑪莉安在乎觀眾，但不會因此就刻意讓作品貼合觀眾口味。她在乎的是音量

[10] 紐約曼哈頓的劇院。

大小，觀眾能否進入劇中世界和理解劇中角色，觀眾能否理解這齣戲好笑的地方，以及那些買便宜票的觀眾是否看得到演員的臉。

第三場預演時，艾力克斯．夏普有點慌了。其實他呈現出來的表演相當清楚有力，但他卻覺得自己的表現糟到極點。這樣的狀況在預演時很常發生，演員總會覺得自己演得很爛，但事實上他們的表演往往是清清楚楚、鏗鏘有力。演員很難去評判自己的表現，因為他們完全無法看到自己演出當下的全貌，但舞台劇演員也是在做藝術創作，這會讓他們手足無措，甚至失去自信。需要有人給他們支持與鼓勵，他們絕對值得。

他們之所以會手足無措，主要是因為台下觀眾的反應未必都能預期得到。他們必須專注在自己的工作本分上，不要去想別人會怎麼看。不過，當台下有一千個陌生人都在盯著你看，不免會讓自己手足無措。

有些時候，我有感覺到大家對於這齣戲抱持著很大期待。我很清楚知道，國家劇院很大一部分的預算，得靠《深夜小狗神祕習題》這次在這裡演出的票房來支撐，所以至少要能賣到一定程度。票房要好，基本上得看兩樣東西，一個是獲得《紐約時報》的好評，另一個是獲得東尼獎的提名，但這未免太過專斷、愚蠢，而且完全違背了我在劇場耕耘的初衷。我從來就不是為了得獎或票房而寫作，也完全不在乎那些劇評人要講什麼屁話。我在乎的是演員和觀眾，還有兩者之間可能有的連結，以及一群彼此不認識的人有機會能共處在劇場中，且共享某種體驗的感覺。

大家對於這齣戲要在這裡演出的期待很高，高到有點讓人覺得干擾。

我猜，如果這齣戲大賣，在這裡演個一年，然後再到倫敦西區演個兩年，那這樣我們家的經濟條件肯定就會變好，甚至有可能改變我和家人的人生。當然，票房會怎樣，不是我們有辦法掌握的，完全得看老天怎麼安排，也要看別人的心情好壞。不管怎樣，一直去想這些，真的讓人覺得非常干擾。

我們必須停止去想這些有的沒的。

好好專注在作品上。

隨便那些人去吧，那堆白癡想怎樣就怎樣，反正都不重要。

9月17日

雖然紐約的劇場文化感覺上已經扭曲變形，加上越來越多有錢人湧入，快把這裡給毀了，但這座城市依舊有其迷人之處。週日，我和克利斯汀．帕克一同散步，沿著哈德遜河走下來，到砲台公園（Battery Park），[11]再經過華爾街，最後到百老匯。我居然還記得十幾歲時，站在世貿中心大樓底下的感覺，好神奇，但沒想到的是，後來那個發生在我有生之年的重大恐怖攻擊事件，地點原來離這條河這麼近。

那是這座城市歷史最悠久的一區，有不少歷史遺跡，刻劃著第一批美國移民的足跡。從我飯店房間看出去，可以俯瞰整個紐約東區，往更遠處看去，甚至可見下城區到處林立的小教堂，整片景緻令人心曠神怡。大道小路，交織如網，連續不斷，直至碼頭，串成了一幅無限綿延、寬闊壯麗的城市景象，令人嘆為觀止。

昨天排練時，我把之前兩次預演裡拿掉的一段話，又重新放了回去。在這段話中，克里斯多夫向希凡敘述他父親在家時的種種行為，並說到他拒絕跟他父親說話的事。之前把這一段刪掉，是想要讓靠近結尾的這個地方再簡潔一點。幾場演出下來，我發現拿掉這段話，會讓最後那兩場有點不知道在幹嘛。這一場的問題不在於這段話的內容本身，而是這段話所放的位置。結尾這邊，應該要讓感覺一直堆疊上去到最後結束，而不是堆疊到一半，又整個掉下來。

觀察艾力克斯．夏普整個思考台詞的過程很有趣，他會去想每段台詞為何放在劇本裡的這個位置。基本上就是看他重新記台詞，我以前從沒看過演員記台詞這麼認真的。他會非常有條理且嚴謹地去梳理某一句話怎麼走到下一句話，讓角色在當下唯一能說的話，就是我本來在劇本裡要他說的話。

---

[11] 紐約曼哈頓南邊的公園。

這似乎也說明了一件就編劇技藝來說很重要的事。

像這種時候，我們就會知道，編劇真正應該做的，不是要寫出什麼漂亮的句子，而是要知道怎麼精準地編排行動，並以盡可能簡潔清楚的文字來帶出這些行動。不管在什麼時候，只要有演員在演我的劇本時漏了台詞，我就會知道很可能是我劇本哪裡沒寫好。

這裡的觀眾遠比我之前預期的要瘋狂和開放許多，他們的年紀也比我本來以為的要年輕。威爾・佛瑞爾斯（Will Frears）[12] 向我表示，事實上，在百老匯演出的戲票比在下城區演出的戲票好買，購票的管道也比較多，而且會去看商業劇場的觀眾年紀較輕，而通常會去光顧有提供套票制的劇場的觀眾年紀都較長。觀眾看戲時的狀態也比我預期的要專注，所以很自然地，他們的心情也會隨著戲的節奏層層迭起，在高潮處陷入瘋狂。我昨晚遇到一位觀眾，跟我說：「這裡的觀眾心裡都默默期待能夠看到不一樣的東西。」

在百老匯，每兩齣戲就會有一齣的主角是明星，但我們這齣戲的主角，則是一名剛從戲劇學院畢業的孩子，而且相當優秀。每兩齣戲就會看到一齣跟大部分的戲有相同的情節和結構，而且風格都極度寫實，但《深夜小狗神祕習題》是一齣擁抱大眾、充滿各種可能的戲，形式大膽，生動活潑，具有十足的劇場感，這是無法用電影或電視來製作的。每兩齣戲就會看到有一齣是用泰瑞莎・蕾貝克的劇本裡會出現的結構，但觀眾卻在我們這齣戲裡發現了某種新鮮感，而且非常喜歡。我本來很擔心他們會沒辦法接受，沒想到全場歡聲雷動。

昨晚，艾力克斯帶領觀眾去感受克里斯多夫解決數學問題的過程時，觀眾站在走道上，手舉向空中揮動，宛如一場向畢氏定理致敬的搖滾演唱會。真他媽的感動，真他媽的爽。

回到倫敦。

回到《櫻桃園》。

---

[12] 出生於英國倫敦，在美國紐約發展的劇場導演。

9月23日

這幾次往返紐約帶給我身體上的疲累，比我原本預期的還要累很多。

所以我寫日記的頻率變得很不穩定。

上週最有意思的事，就是看凱蒂和演員們如何把之前在圓桌討論期（table work）確定的想法，體現在場上。演員們仔細地把情境、事件和角色動機，透過表演呈現出來。

這樣的工作方法很嚴謹，把很多事情都確認得清清楚楚（雖然我不太知道哪些事情**可以算**事件，而哪些不行），清楚到萬一哪天凱蒂身體不舒服，她的助理導演馬修（Matthew）可以不假思索，馬上站出來幫她處理，而且完全知道導演想要什麼。

若真要說這過程中有任何會讓我存疑的地方，大概就是當演員在思考角色動機、情境和事件時，他們並沒有每次都把這些融入到語言裡面。這樣的排練過程，是為了讓角色動機真的能夠融入語言之中，而非只是演員一直把角色動機想在腦袋裡面而已。

不然演員就算看起來有在想角色動機，走位還是有可能會亂走，而我也很好奇凱蒂會怎麼檢視這部分。我很欣賞她對於自然主義美學的堅持。我甚至覺得，有時演員表演若是自然到觀眾看不見他們的臉都沒關係。

我在看排時，一直以來都喜歡換不同的位置看，彷彿在環形劇場看一齣之後會在單面式舞台演出的戲。

排練持續進行的過程中，我一度卡在兩個路線中間，左右為難。凱蒂把所有的行動都置於格利沙的育嬰室，並未按照契訶夫原本的設定，那是她從一位心理學家朋友得來的靈感。我一方面喜歡這個詮釋，但一方面也在想，是否會因此而丟失掉契訶夫透過多重空間呈現出來的多樣性、音樂性，同時也削弱了劇本原有的豐富層次。

我認為，到頭來或許這兩個路線都是對的。我們確實丟失了契訶夫劇中原有的某種音樂性，卻帶出了凱蒂・米契爾腦海中那些深刻有力的畫面。不管怎樣，我都尊重她身為這作品作者的創作權利。同樣地，我也尊重契訶夫身為劇本作者的地位。

在英國的排練場裡，許多人都會過分想要捕捉作者的聲音，實現作者的想像或探究作者的初衷，這樣完全搞錯了劇場運作的方式，甚至有點可笑。

劇場裡，向來就不是在純粹表達作者聲音，不論是哪一種作者聲音。作者透過劇本展現出來的創作動機，只不過是打造「屬於劇場的一晚」前的某種起始狀態而已。這個狀態，之後會因為劇場結構、風土民情、觀眾組成、觀眾人數、設計、演員、排練狀況等不同因素的加入，而產生形變。就翻譯來說的話，翻譯出來的內容會因譯者不同而產生形變。如果是改編的話，改編出來的內容也會因為改編者不同而產生形變。

所以一直希望作品能夠忠實呈現出哪個單一作者的聲音，無疑是緣木求魚，因為事實上就是不可能。不然，就去讀小說好了。所以最好的處理方式，就是去接受創作過程中可能會有的形變，擁抱我們身為劇場藝術家的權利，帶著自信去迎接作品帶來的挑戰。凱蒂把這劇本形容成是一部「一百一十年前的文獻」，她的形容非常貼切，就跟很多人會說這作品平淡到讓人覺得有趣一樣貼切。

契訶夫以俄文寫出了上述的起始狀態，拜出版之賜，得以流傳下來，並且造就了好多個「屬於劇場的一晚」，足跡踏遍了世界各國，從未被世人遺忘。我們正在跟契訶夫留下來的文獻對話，而在這場對話中，凱蒂的態度始終無所畏懼。倘若這個製作搞錯了契訶夫原本的重點，或者沒有呈現出他對於劇本原來的想像，那就這樣吧。我們在這裡，不是要去服務那些已經死了一百年的人，更不用說要呈現他們腦袋裡的想像。他們那些想像，並不是我們能真正全盤掌握的，畢竟他們講的語言跟我們不一樣。我們在這裡，是來創造東西的，而且東西要是活的，要是現在式。

9月24日

昨天去西約克郡劇場（West Yorkshire Playhouse）[13] 帶了一個工作坊。

搭了一輛老舊的火車，行進顛簸，北上里茲（Leeds）。[14] 一看到那座城市，就不禁令人想起大衛．皮斯（David Peace），[15] 他既冷峻又抒情的筆觸，把這城市裡的紅褐色建築都染灰了。

這個工作坊相當小巧，學員們都很踴躍發問，也樂於思考。結束後就直接回家了。

在火車上讀了《卡門片斷》，要為這齣戲明年的演出作準備。

我相信我可以把劇本改得更好。要讓歌隊的作用更清楚，要把開頭和結尾修得更好。

要以感官語言為基礎來思考歌隊的定位。要把台詞修短一點。

我忽然在想，我之前按照賽巴斯汀的建議，把劇本寫鬆一點，是否失策。

早知道我就自己來主導這劇本的敘事策略。現在由我自己來決定要怎麼改，一定可以把劇本改好。

9月25日

回到《櫻桃園》排練場。凱蒂這週休息，由她的助理馬修主導排練。

這應該是我工作過病得最慘的排練場，幾乎在場的每個人都生病了。

不過，馬修以凱蒂的方法來帶排，把排練場掌握得很好。或許有點緊張，偶爾也有點優柔寡斷。我在想，那樣是否才是導演真正的精神——在凡事實事

---

[13] 英國西約克郡的劇院，已更名為「里茲劇院」（Leeds Playhouse）。

[14] 英國西約克郡的城市。

[15] 英國小說家。

求是的同時，也保有兼容並蓄的開放態度。

我看了幾場，都很好看。非常有活力，時而動人，時而好笑，時而悲傷。

我刪減了一些地方。我有時候覺得，契訶夫在寫劇本時，把當時劇場的文化習慣也給寫進去了，而且可以清楚看到他的劇本跟這些文化習慣有很深的連結。比方說，他會用很多鋪陳，因為當時劇場每一幕之間都有四十五分鐘的中場休息。

我發現我修減的地方都是鋪陳。要把劇本修得盡量簡潔。

現代的觀眾馬上就能看懂情境，不需要鋪陳，因為大家看東西都可以看得很快。

9月29日

再次搭機到紐約，而我混亂的行程也再次打亂了我的生理時鐘，以至於日記又沒好好寫了。

《櫻桃園》在倫敦的排練持續進行中，而且進展得很快，但過去這一週，凱蒂不在排練場影響還蠻大的。

這意思不是在說馬修和另一位助理凱特（Cat）做得不好，他們做得很好。只不過有種感覺是，作品目前一直處在整合階段，演員們的狀態並沒有往下推，所以我覺得等她這週回來之後，一定會把演員推去更遠的地方。

百老匯那邊一直希望我可以刪本。但要叫我直接看劇本決定哪裡要刪、哪裡要改，真的好難，我覺得自己這樣好不專業。當然啦，某方面來說這本來就是我應該做的事，不過我人需要在現場，聽台詞被講出來，看場景被演出來，才有辦法好好評估和決定該怎麼調整。劇本不是寫在紙上；劇本是活在空間裡、長在演員嘴上。

《卡門片斷》的前製工作已經開始了。看樣子，麗茲・克萊茜（Lizzie

Clachan）[16] 會參與這齣戲的設計，真是太棒了。這樣的話，就會是我第四次跟她合作了。她是我認識最久的朋友之一，大概有二十二年了。她之前跟波莉在愛丁堡藝術學院（Edinburgh College of Art）念書時，兩個人是室友，我們家還有兩幅她以前畫的油畫。她是奧斯卡的乾媽，也是一名藝術家，創造力豐沛，獨樹一格。每個作品對她來說皆有其獨特的生命力，都是一件藝術品，也都是一段關於哲思、藝術與劇作初衷之間的對話。

她是為英國劇場設計開闢新路線的先驅。

英國劇場有好長一段時間，編劇的話語權主導了整個創作過程中時而明顯、時而幽微的權力關係，因此為了要打造出編劇所想像的劇中世界，設計美學就某個角度來看，一直維持在某種再現（representative）、仿真的風格。近幾年，新一代的、年輕一輩的設計師，或許是受到歐陸劇場設計美學所影響，開始發展出不同的舞台設計方法，設計出來的舞台極具意象，更有創意、更加狂放又不失美感，也更敢冒險，而非只是打造符合編劇心裡想像的世界樣貌。麗茲就是往這樣的方向走去，特別是她曾參與以集體創作為主的尚特劇團（Shunt）。[17] 她設計過的舞台，有充滿細節、精緻雕琢的，也有風格前衛、概念導向的。我非常期待看到她會如何應對這部卡門劇本的需求和挑戰。

[16] 英國舞台設計。

[17] 1998年成立於倫敦的劇團。

2014年10月

10月1日

回到紐約，參加《龐克搖滾》在曼哈頓班級劇團的開排。目前排了兩天。

第一天一樣是那些冗長繁瑣的流程，像是訪談、拍照之類的，跟《深夜小狗神祕習題》第一天做的事情差不多。要用這種方式來跟演員、製作團隊和劇場製作人見面，實在是很尷尬。我猜，這大概是紐約這邊現在的慣例吧，甚至在正式開排之前，就要先準備開始推票了。拍照拍了這麼久，笑到臉都僵掉了，害我覺得自己的臉怪怪的。訪談時，我帶著我無比的熱忱，講到這次有機會能再到紐約來，再度回來工作這個劇本，非常興奮。

當然興奮，這可不是說假的。這個劇本在寫的時候，有很多事情我下意識想到的都是美國。這個國家帶給這個世界最大的貢獻，就是校園槍擊案，而這部劇本的靈感就是來自於科倫拜（Columbine）[1]和維吉尼亞理工大學（Virginia Tech）。[2]這些本來是用來教育學子、啟發潛能的學校單位，竟然都演變成了殺人的場所，相當驚世駭俗，卻又令人百思不得其解。這一切的思考和觀察，是我動筆寫這部劇本的起點。

再來就是「龐克搖滾」這種音樂，我整個青少年時期都很迷，包括佩蒂・史密斯、湯姆・韋蘭（Tom Verlaine）、[3]雷蒙斯樂團等的作品。他們都是在下東區一帶開始發展，而且都是從混亂和憤怒中找到創作的形式手法，這一點讓我深受影響，從青少年時期一直到現在都是。

我很喜歡經營曼哈頓班級劇團的那四個男的。他們應該很清楚，現在經營劇場的所在環境，是一個以金錢為導向的劇場產業文化。雖然感覺上他們是真

---

[1] 1999年曾於美國科倫拜高中發生槍擊案。

[2] 2007年曾於維吉尼亞理工大學發生槍擊案。

[3] 美國音樂人，電視樂隊（Television）之成員。

心喜歡我的劇本，但，天啊，在現在這樣的產業生態，看到這幾個傢伙拿出這種大無畏的冒險精神，反而會讓我為他們捏一把冷汗。

排練初期這幾天令人莫名地開心。

整個過程一如往常，讓人再熟悉不過了。演員都很年輕，眼睛炯炯有神，熱情洋溢，活潑好動，大家讀起劇來都清晰有力。

他們表現得很自然，直覺感很強，有在演行動而非演感受，有在互相聽對方講話。當然劇本本身也還不錯。有些地方看了會心裡為之一震，而且在角色策略上的調整也有看到效果。我讓角色在非常短的時間內，狀態出現極大的反差，例如查德威克．米德（Chadwick Meade）從溫柔變成憤怒，莉莉（Lily）從嫵媚變成致命，西熙（Cissy）從輕佻變成脆弱，譚雅（Tanya）從猛烈變成畏懼。有些地方則是寫得太囉唆了，希望之後幾天可以持續修整，再讓東西簡潔一點。

我劇本寫得越多，越是體悟到最會拖垮劇本的東西就是文字。而《龐克搖滾》這劇本就是在講文字，在講這個世界多麼可怕，在講有一群人多麼努力地想要了解這個可怕的世界，想要在這個你我之間充滿隔閡的世界裡，找回人與人的觸動。

我有個直覺是，要讓這個劇本可以跟當代對話。要做到這點，就得在劇本上作出一些調整。我記得 2007 年寫這劇本時，有放一些台詞提到一個 DVD 圖書館，讓這劇本可以呼應當下的時代背景。不過，年輕人會去借 DVD 來看這一點，若放到現在這個年代來看的話，似乎就顯得有點荒謬。年輕人現在都直接下載影片來看，才不會去借什麼光碟咧。我 2007 年剛開始寫這劇本時，大型強子對撞機（Large Hadron Collider）還沒成功啟動，所以我在發展過程中就把對撞機的問題寫進了劇本裡。七年後的今天，對撞機運作得很順，所以之前那段反而就顯得有點格格不入了。

不過，這劇本還是有它的力道在，全戲層層堆疊下來的張力相當清楚。

我們接著回到劇本一開始，仔細地再讀一次劇本。讀劇時如果有什麼發現，大家就會停下來分享。整個進行的過程很輕鬆，讓大家可以很自在地探索。我很喜歡這個交流平台，不僅帶給我讀劇的新感受，也提供大家深入探索劇本的機會，從這個我七年前寫的劇本中挖出新意，同時也更加確定這劇本其實寫得還行。這樣我就不用一直焦慮，可以暫時鬆口氣了。

演員們都很聰明且細心。他們今天把聆聽這部分表現得非常好，把查德威克・米德講的那一段悲觀灰冷的獨白都聽進了心坎裡，大家都感觸良多。

要聆聽，要行動，要好好把話講完。在我不斷提醒之下，大家也越做越好。

我昨晚在戲劇書店（Drama Bookshop）[4]給了一個講座，現場聽眾年約四十左右。我唸了《藍鳥》、《摩托鎮》和《遠方之歌》劇本裡的一些選段。我很享受把自己作品唸出來的過程，也很享受尋找作品節奏感的感覺。

克利斯汀・帕克對我進行了一場訪談，整體聊得還蠻開心的。

我們聊到了我會一直想要回到同樣的主題，也聊到了我目前在練習寫作要精煉一點，用字越少越好，還聊到說我為什麼認為劇場這麼重要，尤其是對現在來說，特別重要。

我上次來戲劇書店應該是十年前的事了，甚至更久之前，那次是跟鄉村戲弄者巡迴。我很喜歡穿梭在這裡的書架中間，來去探索。現在我重遊舊地，還帶了兩齣戲回來，一齣即將在百老匯上演，另一齣正在排練，真的好爽。

原來美夢成真這種事情，真的存在。

10月4日

這週幾乎都在《龐克搖滾》的排練場。

這齣製作的導演對於這週的規劃，目前為止都跟我之前經驗的差不多，所以沒啥好擔心的。

[4] 紐約的書店，專門販售戲劇類書籍。

大家圍著桌子坐一圈一起讀劇本，演員唸台詞，大家問問題。演員們個個青春洋溢，活力四射，為排練場帶來很多能量。

整個過程中，看不到誰在對誰抱怨碎念或冷嘲熱諷，也看不到誰在等著看誰的笑話，就連裡面最厲害、最資深的演員態度也都很好。大家心態都很開放，充滿無比熱忱，相處融洽，默契十足。

我這次在劇本裡還發現到不少令我自己驚訝的地方。比方說，班奈特（Bennett）表面上呈現出來的憤怒，骨子裡壓藏著一股對世界的失望；查德威克備受家人關愛，但這份愛卻讓他喘不過氣來，我覺得這部分寫得很好；譚雅對人生充滿不切實際、天真浪漫的遐想，而這層幻想後來被查德威克給戳破，這部分也寫得很好。

我跟大家聊到威廉是如何變得真假不分，開始搞不清楚何時是真有人在跟他講話、何時是幻想，以及這樣的不確定感如何使他走向低潮。我們聊到了本體感覺（proprioception）的概念，那是一種感知能力，讓人們即使在沒有看到別人的情況下，也會知道有人在看他們，同時也聊到了威廉體內的本體感覺如何變得錯亂。

我跟他們聊到愛德華．邦德的觀點，他認為，戲會發生在他所謂的「意外時刻」（accident time）。他曾經跟我分享到，有一次開車下高速公路時，他的車被撞上，車身開始失速旋轉。當下他試著要穩定車子，忽然覺得眼前的世界變得好清晰，他從沒想過原來世界的樣貌是如此清晰。顏色變得好鮮明，聲音變得好清楚，線條變得好明顯。他提到，好的場景應該要放到這樣的情境下發生。我覺得，《龐克搖滾》劇中某些情境，若放到這種意外時刻來思考，會對戲很有幫助。比方說，班奈特在霸凌查德威克的時候，以及查德威克說到這世界的未來是多麼動盪不安的時候。這些時候，角色的腎上腺素激增，體溫遽升，呼吸轉促，感官變得更加敏銳。也許正是因為這樣，所以角色在當下才無法移動或行動。

明天晚上《深夜小狗神祕習題》就要在百老匯首演了。雖然到時候感覺應該會很奇怪，因為劇評人之前早已經看過這齣戲了，所以明天演出應該不會有什麼壓力才對，但這齣戲很大一部分還是得靠劇評的反應，總之這整個過程就是各種商業把戲而已。

明天首演，一方面整個就是嗨。現場會非常熱鬧，會有各種沒人看的電視訪談、紅毯華服、眾星雲集等，場面一定會很瘋。另一方面來看，有時就像是一場扭曲拙劣的滑稽秀（burlesque），跟那些敗壞劇場文化的有錢人一起，歡慶藝術的商品化。

我們一邊努力端出尷尬的假笑，一邊跟對方說我們好開心喔。

真是爛透了。

《深夜小狗神祕習題》真的是一齣很棒的製作，但我想，我可以用我自己的判斷來幫自己下定論，不需要靠在媒體鎂光燈下賣弄自我。

10月10日

有一點讓我很不習慣，就是首演場只不過是在慶祝戲終於上演了而已。跟英國不一樣，在美國，各家媒體往往都在首演之前就已經先看過戲了，所以首演場唯一會出現在觀眾席內的人，都是貴賓大咖和親朋好友。

我很感謝波莉到場，還有梅。他們兩位給了我很大的支持，同時開我玩笑也開這場盛會的玩笑，讓我可以自在一點。

此外，我也很感謝幾位在紐約的好友到場，包括克里斯・辛、安妮・貝克、克利斯汀・帕克、安妮・麥克雷（Annie MacRae）、[5]凱斯・諾布斯（Keith Nobbs）、[6]特里普・庫爾曼、蓋伊・泰勒・厄普徹奇（Gaye Taylor Upchurch）。[7]我們都坐在同一排。

整場節奏緊湊，觀眾迴響熱烈，不過麥克風在演出進行到最後附錄這一場時

---

5 美國大西洋劇團（Atlantic Theatre Company）的藝術總監。

6 美國演員，生於 1979 年。

7 美國劇場導演。

忽然出了狀況，真的很煩。克里斯多夫會在附錄這一場告訴觀眾他是怎麼解開那些數學問題的，通常都會迎來非常多的掌聲和歡呼。但由於這次技術出包，使得最後戲的收尾，不免留了點沮喪和遺憾，儘管對這齣戲的評論來說不會有影響，因為劇評人之前都看過戲了。

我們沿著第八大道走，經過時代廣場附近，非常熱鬧，然後走到四十二街去參加派對。

這個派對很詭異。我隨性地跟朋友們聊天，過沒多久就被抓去進行幾場視訊訪問，回來之後，就暫時不太想再跟任何人聊天了。

派對上的酒水很少，我沒怎麼喝到。我準備要去拿東西吃的時候，發現東西都被拿光了。

這裡好多人我都不認識。我本來想去找演員們聊天，結果最後都沒聊到。

大約十一點左右，克里斯・哈波（Chris Harper）[8]跑來找我，跟我說劇評一致盛讚。《紐約時報》很愛，其他家媒體更愛。

當下的感覺很奇妙，我為克里斯、瑪莉和團隊所有工作人員感到非常開心。很感謝克里斯跟我分享這個消息，他從頭到尾都不遺餘力地支持這齣戲，尤其是去年十二月阿波羅劇院的屋頂塌掉之後。

但我還是覺得自己單單就因為這一篇劇評而感到開心，這樣有點墮落。

這齣戲是靠許多人盡心盡力付出才得以完成的，當然值得肯定。然而，最後竟然是由單一個人的評價來決定一齣戲的好壞生死，實在是讓人覺得荒謬到有點難堪的地步了。不過算了吧，至少看到克里斯的臉上浮現了寬慰的表情，那就好。

我們喝得酩酊大醉，然後起身回家。

週一沒事，花時間好好陪波莉。我們一起吃午餐，然後去逛大都會修道院藝

8　英國劇場製作人。

術博物館。多虧了約翰・洛克斐勒（John D. Rockefeller）[9] 的狂妄行徑，砸大錢在北邊山上蓋了這座中世紀修道院。裡面的收藏很厲害，外面的景觀也很厲害。

接著我們去看電影《驕傲大聯盟》（*Pride*），安德魯・史考特有演，而且演得很棒。

今天過得很踏實，是這一整年我喜歡的其中一天。

週二是盛宴之夜（gala night），辦在位於四十四街、氛圍貴氣又高雅的哈佛俱樂部（Harvard Club）。此活動是由國家劇院背後幾位重要的募資推手所舉辦，並由美國《Vogue》雜誌總編輯安娜・溫圖（Anna Wintour）主持。大約有一百位金主捐款，付了一桌高達十萬美元的金額，為的就是享有可以坐在製作團隊人員和多位巨星貴賓旁邊的福利。

國家劇院近期合作過的演員全都到場，而且盛裝出席。

我旁邊坐的都是一些很厲害的人。其中有一位是檢察官，大部分的工作都在起訴紐約的街頭幫派份子，還有一位在音樂圈工作，過去銷售 CD 唱片賺了很多很多錢，在那個還有人聽 CD 的年代。

雖然同時看到這麼多有錢人有點奇妙，雖然讓人無法理解怎麼會有人想花這麼多錢來參加這種活動，但這場派對比首演場的好玩多了，我有比較多時間可以跟演員們相處。大家得知《紐約時報》的好評，也都放下了心中的大石頭。

大家紛紛跑來向我表示恭喜，一方面感覺這篇劇評講出了他們心裡期待聽到的話，但另一方面讓我覺得，假如沒有班恩・布蘭特利這篇劇評，好像他們就不知道自己很棒一樣。或許我這樣說不太公平，因為確實有感覺到大家心裡踏實許多，但我個人心裡有種感覺是，今天就算他把這齣戲罵得很慘，依舊不會改變這齣戲的好。

---

[9] 美國實業家與慈善家，生於 1839 年，卒於 1937 年。

我不需要他的評論來告訴我這齣戲很好，但其他人感覺樂在其中。

大家若是看到評論之後鬆了一口氣，我還不會覺得怎麼樣，但現在大家給我的感覺是，他們因為評論而認真地感到滿足，這讓我比較擔心。

這整件事都令人難以理解。

我們離開紐約前又去看了這齣戲最後一次，還是很好看。飾演克里斯多夫的艾力克斯·夏普演得很棒，飾演希凡的法蘭雀斯卡·法里丹尼也表現得很好。那一晚特別深刻感覺到，整齣戲在那個寬大的舞台上演出，完整表現出了馬克·海登原著所承載的廣度和厚度。

隔天飛回英國。

讓自己花了一些時間，回味一下自己的戲在百老匯造成轟動的奇妙體驗。

到格爾古德劇院去看《深夜小狗神祕習題》，畢竟好久沒回來關心這個製作的情況了。觀眾席坐得很滿，主要都是小學生，嘰嘰喳喳的，跟光鮮亮麗的百老匯形成強烈對比。

亞伯蘭·魯尼（Abram Rooney）[10]飾演克里斯多夫，他是葛蘭姆·巴特勒的替補演員，把角色刻劃得清楚鮮明。我覺得這群倫敦的小學生真是這齣戲的理想觀眾，他們看的時候很有反應，而且很開心。

今天早上跟第四頻道開會，討論要寫史密斯樂團劇本的事。這個計畫可能會有很多法律上的眉角要處理，但也有可能會是個可以好好說故事的機會，到時見真章。

昨晚半夜，我寫了一篇改編《櫻桃園》的心得，要給《衛報》。

內容如下：

三年前，凱蒂·米契爾建議我應該要來改寫《櫻桃園》，而且肯定會改得很

---

[10] 英國演員。

好。我告訴她，我完全不敢那樣想。

《櫻桃園》是我最喜歡的劇本，深刻地描繪了二月革命前的十年間，俄羅斯貴族生活即將面臨消逝的景況。契訶夫是我最喜歡的作家，他的劇本和短篇小說挖掘人性處境，筆觸之細膩真實，無人能出其右。他文筆簡練，令我佩服；他對每個角色的性格，以及對他們矛盾、可笑、絕望的處境所透析的程度，更是令我驚嘆不已。

我並不覺得自己能力有好到可以將契訶夫的作品改寫成英文版，也不覺得自己在思想上夠成熟。

然而，六個月過後，我改變心意了。我依然不覺得自己在思想或寫作能力上有辦法把契訶夫的《櫻桃園》改得好，但自從她跟我提了之後，我心裡就一直沒辦法放掉這件事。拒絕這個機會，會比之後有可能搞砸這個機會，讓我更難受。

我至今把原著改寫成英文並且有製作出來的劇本，總共有三部。三部都是在楊維克劇院演出，包括了 2011 年改寫的約恩・福瑟（Jon Fosse）[11] 劇本《我是風》（*I Am the Wind*），以及 2012 年改寫的易卜生劇本《玩偶之家》。

改寫《櫻桃園》的過程，跟其他兩齣的經驗很像。我不會說俄語。牛津學者海倫・雷帕波特（Helen Rappaport）曾出版《櫻桃園》的譯本，內容詳盡，附有相當完整的註解，值得參考。我的工作就是把她的譯本改得有辦法被演出來，把內容轉成讓演員講起來可以順口的話。

這整個過程我覺得很有趣，也讓我收穫很多。我在寫自己的劇本時，其實很少有意識地去思考語言這件事，大部分的思考都比較是放在情節、結構或主題上面。我個人認為，寫台詞的最好方式，就是完全跟著直覺來寫。有時我根本不記得當初寫的時候為什麼會去用某個特定的字，通常都是在排練場時，被一些比較愛問問題的演員問，我才發現原來自己寫的時候沒想那麼多。寫台詞就是應該要這樣。

---

[11] 挪威編劇，生於 1959 年。

進行改寫時，以這三部劇本為例，我唯一需要關注的就是語言方面。角色、結構和故事情節，這些我都完全保持不變。改寫《櫻桃園》時所選用的字，全部都是出自於我個人主觀的感覺，並沒有按照俄文的句法或文法來走。

將外文劇本改寫成英文版的過程，常會涉及一些跟翻譯的權力關係和翻譯倫理有關的問題，這部分歷來已經引發不少論戰。

格里高利．莫頓（Gregory Motton）[12]改寫過不少史特林堡（August Strindberg）[13]的劇本，而且改得很好。他在英文版的引言中，強烈批判編劇根據譯本來改寫原著的這種現象。他認為，編劇憑藉個人感覺所做的選擇，會削減原著劇本原有的樸實感和生命力，甚至會使改寫出來的內容變得薄弱。知名的契訶夫譯者麥可．佛萊恩（Michael Frayn）[14]也認同這樣的說法，他改寫過很多俄文劇本，而且都是從俄文直譯過來，因為他的俄文能力很好。

我相當敬重莫頓和佛萊恩這兩位前輩，但我同時也認為他們的觀點並不正確。

我覺得，他們那樣的想法是出自於一種奇怪的假設，認為有可能產出純粹的翻譯。那根本不可能，語言會隨著歷史背景和地理位置的不同，而產生變化、變形，所以去假定這世上有完美的翻譯這種東西，就是忽略了這些變化的存在。

奇怪的是，既然劇本有別於一般文學的形式，他們似乎還是認為翻譯要力求精準，要字句不差地貼合原作一百年前的語言。對我來說，劇本創作的核心不是對於文學性或語言性的追求，劇本不是擺在那邊給人看的文學手工藝品。劇本，僅僅只是打造「屬於劇場的一晚」的起點。

更令人匪夷所思的是，居然有人會認為契訶夫劇本的譯者應該要用英文精準

[12] 英國劇作家，生於1961年。

[13] 瑞典劇作家，生於1849年，卒於1912年。代表作有《茱莉小姐》（*Miss Julie*）、《夢幻劇》（*A Dream Play*）等。

[14] 英國劇作家，生於1933年，代表作有《大家安靜》（*Noises Off*）、《哥本哈根》（*Copenhagen*）等。

地複製二十世紀初的俄文，就算這樣會犧牲掉原著本來可能帶給觀眾的活力、體感、苦痛、憤怒、同情，也無所謂。當譯者對於精準的要求，變相形成了導演或製作團隊在詮釋或想像上的阻礙，那麼這樣的人不僅是剛愎自用，更是害人不淺。

舉例來說，契訶夫的劇本跟所有劇本一樣，內容反映了他所處年代的劇場慣例。他寫了四幕，當時在每一幕之間都有四十五分鐘的中場休息，使得劇本內容處處可見鋪陳的痕跡，因為觀眾需要被提醒稍早發生了什麼事。然而，現在的觀眾生活方式不同，對劇場的需求不同，對很多事情的想像也不一樣了。若翻譯時不去考量這一點，單純只是因為那樣會讓翻譯變得不夠精確，那也未免太食古不化了。

《櫻桃園》已經被翻成英文好幾次。從 1904 年 1 月，史坦尼斯拉夫斯基（Konstantin Stanislavski）[15] 在莫斯科藝術劇院執導的首演開始，這齣戲就持續不斷地在全世界各個國家上演，一演再演，從未停止。因此，或許有人會說，世界上根本不需要有另一個版本的《櫻桃園》。

我認為，《櫻桃園》之所以會一再地被重塑，不斷被搬演，是因為從來沒有人真的把這劇本做對過，也從來沒有人完整呈現過這劇本的深度和精神。至今沒有人做到過，因為本來就沒有人可以做得到，因為語言不是按照那些人以為的那樣在運作，劇場裡的語言當然更不是。

因此，許多編劇放下那些遙不可及的目標，不讓自己被束縛，轉而以自己的觀點去重新構思契訶夫的作品。近幾年來，倫敦的安雅・萊斯（Anya Reiss）[16] 和紐約的安妮・貝克都改寫過《凡尼亞舅舅》（*Uncle Vanya*），而且都改得很好。約翰・唐納利的《海鷗》（*The Seagull*）則流露出一股對契訶夫的敬意，佩服這名偉大的劇場工作者引起觀眾深刻共鳴的能力。濾鏡劇

[15] 俄國戲劇家，生於 1863 年，卒於 1938 年。他建立之表演系統後來成為寫實主義表演之大宗。

[16] 英國編劇，生於 1991 年。

團（Filter Theatre Company）[17] 根據克里斯多夫．漢普頓的改編所做的解構版《三姊妹》（*Three Sisters*），跟班乃狄克．安德魯去年自編自導的版本一樣好看。我很喜歡莫頓和佛萊恩兩人寫的東西，但我覺得像他們那樣貶低萊斯、貝克、唐納利、安德魯和其他許多人的作品，是不對的。這幾位創作者打造出來的那些作品，相當有活力且靈活。

改寫《櫻桃園》的過程中，我跟凱蒂．米契爾一直都討論得很密切。整個劇本比原本雷帕波特的譯本少了一千字，內容反映出的是我和凱蒂兩人之間的共識。這個版本並不會完全符合契訶夫的創作初衷，但會反映出他的劇本對我們兩個來說的真實意義。

《櫻桃園》這劇本對當下這個時代引起的共鳴，比過去任何一個時期都還要強烈。我和凱蒂都認為，這齣戲應該要放在第一次世界大戰一百週年紀念時演出。透過此劇，契訶夫似乎在預告某種人類對於未來的恐懼即將出現，而這場戰爭就是第一場體現這種恐懼的浩劫。他塑造了一個瀰漫著未知與惶恐的世界，人們都擔心某件可怕的事即將到來。對於未來，英國目前也正處於同樣的不安，這點深深激發了我們的創作靈感。

我們都對這齣戲所探討的悲傷很感興趣，於是我們把全劇主軸放在深入挖掘劇中人物因為一名孩子逝去所生的悲傷。我們的版本簡化了劇本裡的專有名詞，捨棄掉不符合現代語境的東西或用語，試著讓語言更加簡練且直接，有別於班乃狄克．安德魯的《三姊妹》。

我們之所以這樣做，並不是因為我們覺得這樣才是忠實呈現出俄文語境，而是因為我們認為這樣更能打造出「屬於劇場的一晚」，讓觀眾也能感受到我們兩個在閱讀契訶夫作品時所感受到的失落、溫暖和恐懼。

第一天排練時，我跟演員們說，我沒把劇本給改好。我沒有呈現出原有的格局、真實、幽默或韻味（這劇本真的很幽默也很有韻味）。我永遠都沒辦法做到，沒有人有辦法，不管俄文程度有多好，不管有多會寫劇本，都不可能

---

[17] 2003 年成立於英國的劇團，作品多為經典文本之改編。

做到。所以說，相信譯本可以完美還原原作的人實在很蠢，而且完全違背了翻譯的本質；一心一意認為劇場有辦法忠實呈現原著的人，根本就是死腦筋，根本破壞了劇場的精神。

我們能做的，就是詮釋、詮釋、再詮釋，那是劇場工作的本質，同時也定義了什麼是劇場。

不過，在我這個失敗的版本裡，我們呈現出了其他有趣的東西。我覺得這樣的對話要持續下去，這樣之後才會有更多人改寫出更多不同版本的《櫻桃園》。後面的人會跟我一樣失敗，而他們的失敗會再刺激後面更多人繼續改寫下去。創作就是這樣，而且本來就應該這樣。這種事情應該要多鼓勵，而不是斥責。

10月13日

今天是《櫻桃園》的第一場預演，我個人覺得很精彩。我已經讓自己跟這作品保持距離好一陣子了，但看到凱蒂所做的每一個細膩選擇，加上迷人的視覺畫面，仍舊令我驚嘆不已。薇琪・莫緹墨（Vicki Mortimer）[18] 的設計，成功捕捉了拉涅夫斯卡雅（Ranevskaya）家中最重要的那個嬰兒房瀰漫的破敗感和絕望感。嘉瑞斯・弗萊（Gareth Fry）[19] 的聲響設計所帶出的音場，帶給人不安又淒美的感覺。演員們的表演中，則是充滿了很多很棒的細節。

凱蒂的美學詮釋基礎，是把觀眾當作窺視這房間的旁觀者，而裡面的人並不知道正在被我們觀看。

這樣的詮釋路線，跟瑪莉安特別關注觀眾面的思考，以及賽巴斯汀擁抱混亂的手法、製造如戰爭般的紛雜場面，形成強烈的對比。由於演員並沒有把意識放在觀眾身上，所以難免會有聲音太小的問題，加上演員很常一直跑到上舞台區去表演，我都要很努力才能聽得到演員在說什麼。

[18] 英國舞台設計與服裝設計。

[19] 英國聲音設計。

話雖如此，但還是值得一看。

整場下來，戲劇張力層層堆疊，非常精彩。

我覺得她應該要想辦法在這作品裡表現出時間的流動感。

我覺得她可以再更大膽一點，讓每一幕之間的調性差異可以再更大些。

我在想，有時可能是因為整齣戲各環節之間沒有協調得很好，使得劇中世界裡的陰鬱氛圍不夠強烈，甚至削弱了全劇原有的矛盾感。

10月14日

凱蒂·米契爾是我合作過的所有導演裡面，對於自己的戲在舞台上會長什麼樣子，想得最清楚的一位。她會非常努力地讓她的演員和設計夥伴了解她腦袋裡的畫面。這也表示，她覺得人類這種動物並不可靠，所以她渴望精準。但這種精準，也可能會被人類充滿直覺和混亂的本性破壞掉。

週一晚上的預演結束之後，她很挫折，因為演員有些地方演的跟之前排的不一樣。於是，她因為演員表現得太有機而對他們發脾氣，然後對演員說：「表演不必有機，應該要像鑑識科學一樣精準才對。」

她這個觀點很有趣，雖然跟我的觀點差很多。我很重視演員和現場觀眾的互動，也很重視戲的活力。她會這麼抓狂，是因為她覺得這樣會讓戲變得很「不穩」。

她對她想要的東西很清楚，所以我唯一能幫她的事，就是給她支持。任何一點表演細節的出錯都逃不過她的法眼，而且很少會有我注意到但她沒看到的東西。

因此，我不打算給她表演上的筆記。別人給的感想和建議，通常只會打斷她思考，並不會幫她把戲弄得更好，所以我乾脆閉上嘴巴，乖乖當我的「語言設計」就好。

我覺得這幾場預演都表現得很棒，有種層層疊起的張力。全長一個小時又五十分鐘，沒有中場休息，我很喜歡。我喜歡這齣戲的調性，晦暗深沉，時而猛烈。

有些人覺得太灰冷了。我個人覺得不會。

還是會有聽不清楚的問題，但凱蒂很努力在解決了。她說，要把觀眾當作是「跟我們同在劇場裡的另一群人，我們要把我們的作品分享給這群人」。我覺得前面這兩場預演，這種分享的感覺應該要再多一點。就目前的情況來看，觀眾還是要很努力才能聽懂台上在講什麼，這樣會讓他們沒辦法好好專心投入思考或感覺這整齣戲。

我希望這些問題之後可以搞定。

在某段，沙爾洛塔（Charlotta）剛游完泳，穿過嬰兒房，全裸，當下本來在高談人性尊嚴、不斷絮絮叨叨的一群男人，頓時戛然而止。這是凱蒂自己想出來的橋段，劇本裡本來沒有。昨晚，大衛・連恩提出了他的顧慮，他認為加這段很沒道理。我可以懂他為什麼會有這樣的質疑，但我個人很愛這一段。我很喜歡這段帶出來的某種挑釁和反叛。

這劇本蘊含的音樂性令我佩服不已。契訶夫很知道怎麼串織不同角色行動，進而一層又一層地推到高潮，我也想要跟他一樣。同時，我希望自己也可以用靜止或沉默來表現戲劇張力，要是有他劇本裡的一半厲害就好了。

10月15日

《櫻桃園》的最後一場預演。

演出很精彩。演員之前講話都聽不到，所以一直不斷被給同樣的筆記。昨晚我坐在劇院的某個死角，看能否聽得到，結果每個字都聽得清清楚楚。

所以後來觀眾看戲就比較能夠投入。開始聽到觀眾笑聲，而且有時候還笑得非常大聲。

於是，發生了一件有趣的事，演員越來越意識到觀眾的存在。雖然演員沒有直接對著觀眾演，但他們確實開始分心，沒有完全專注在角色動機、當下情境、空間溫度，以及戲中的時間感。我甚至覺得，他們已經無法思考之前找的那些劇中重要主題，以及每一幕那些標題的意義。

他們變得太意識到觀眾了，結果犧牲了他們表演的品質。

而且他們越是意識到觀眾，觀眾看戲就看得越投入，使得他們更加意識到觀眾。

凱蒂整個人暴怒，因為演員和觀眾之間這種暗通款曲的行為，讓她之前所付出的一切，完全前功盡棄。

對她來說，觀眾之於作品的關係很單純。觀眾應該要感覺像在窺探舞台上貌似真實的世界，也就是說，要把自己當作是個偷窺狂。

她很討厭演員去注意觀眾，更討厭觀眾注意到演員有在注意他們。觀眾的笑聲讓她忍無可忍。

她覺得，演員在這種人來瘋的情況下，讓表演變得很不穩，看到他們這樣真的很令人抓狂。

在英國，許多觀眾都是抱持著想要被取悅的心態來看戲，他們進劇場就是為了要被娛樂。這跟德國、荷蘭、法國的劇場觀眾期待有所不同，感覺上那些國家的劇場環境會讓凱蒂比較踏實。那些國家的劇場觀眾，會比較期待看到嚴肅的、認真的、較為生硬的、可以刺激文化思考的內容。

我想，凱蒂這股發自內心的不安，就是為什麼她能夠成為一名這麼重要的英國劇場導演，也是為什麼她不受國家劇院青睞會讓人覺得可惜，更是為什麼她這次回到倫敦劇院執導經典文本這件事這麼重要。

昨晚讓我想到，這部劇本在1904年於莫斯科劇院首演過後，契訶夫和史坦尼斯拉夫斯基兩人之間充滿歧見。契訶夫並不喜歡那個製作，他認為史坦尼斯拉夫斯基的手法太過強調此戲的悲，而輕忽了此戲的喜，因此感到很失望。

對契訶夫來說，這部劇本是個喜劇。

凱蒂打從心底認為這劇本是一部悲劇，頂多帶點幽默，因為她覺得若把這齣戲純粹當作是一部喜劇，太過低廉。我完全理解她的想法，但這劇本本身充滿喜劇性，我認為這點是無庸置疑的。

一齣戲之所以會產生喜劇性，是因為角色沒有意識到他們自身處境有多悲慘。《櫻桃園》裡的角色，一方面失去了他們窮盡一生所追求的事物，也無法用自己的方式去愛，甚至遍尋不著人生的意義；另一方面，他們不但無法覺察到自身處境，反而如小丑一樣來來去去，充滿嘮叨絮語，盡是埋怨訴苦，睡了又醒醒了又睡，弄壞傢俱又撞到門。這兩方面呈現出來的生命狀態，都叫人看了痛苦。

喜劇加重了這些角色帶給人的絕望感。

不過，我在想，是否這兩樣東西終究無法相容，是否絕對不可能有製作能夠完美融合這兩者，因為絕望和喜劇兩兩映襯之下，在彰顯彼此、強化彼此的同時，也互相矛盾、互相削減。如此根深柢固的矛盾狀態，在這齣戲裡永遠無法被解決。

不過，這樣的走向不但沒有讓戲的張力變弱，反而是這齣經典之所以能夠成為經典的原因，也是這劇本為何會不斷被搬演、不斷被重譯的關鍵。那道始終存在的罅隙，那種無可消融的矛盾，正是這齣戲的精髓所在。

我寫給《衛報》、內容在談劇本翻譯的那篇文章刊出來了，獲得了一些人的支持。

希望我沒有冒犯到麥可・佛萊恩或格里高利・莫頓。他們兩位都是很棒的劇作家，我的初衷只是希望帶出更多關於劇本翻譯的討論。

10月19日

每當首演完之後，都會有一堆劇評跑出來，這種情況我一直以來都不太知道要怎麼招架。於是，今年初我就下定決心，任何一篇劇評都不看，不管寫的是劇本還是製作。到目前為止，我大致上都很堅守我的決心。

我不喜歡每次看完劇評之後自己變得神經兮兮的感覺，會讓我的狀態變得很不穩定，也會害我把焦點從本來在關心作品好不好，變成在擔心我之後工作發展會不會受到影響，事情若搞成那樣的話就不對了。

我應該要相信自己的品味。對於作品怎樣算是成功、怎樣算是失敗，我應該要有自己的判斷。藝術家對於作品要有自己最誠實的判斷，這是最根本的，也是最困難的，因為必須要從一而終。過程中，很容易因為劇評說好說壞、因為自己虛榮心得到滿足或遭到打擊，讓自己失去初衷。

好評的讚美所帶來的殺傷力，很可能會跟負評的抨擊一樣大。

有時候我覺得不看劇評很可惜。稍微回到歷史上來看就會知道，藝術發展最蓬勃的時期也是評論書寫能量最旺盛的時期。我爬梳了一些現代主義時期好的藝評作品及龐克時期好的樂評文章，發現評論人和創作者往往是相輔相成、共生共榮。因此，我很清楚，只要那些劇評夠嚴謹紮實，是能夠讓我的作品有所受用。

或許是出自於我個人心中根深柢固的偏見，每當有劇評人討厭我的劇本，我會直接覺得那些人不是很老派，就是沒認真看。後來發現真的幾乎都是這樣。

話說回來，我真心認為，現在是一個對英國劇場評論來說相當複雜的年代。

現在的評論，有時是一灘死水，有時是能量豐沛，端看在哪種平台上發表而定。

很遺憾地，報紙上的評論往往很糟。由於字數限制，所以那些劇評寫出來的篇幅都很短，頂多就是一兩段劇情描述，然後加上一些很草率的評價。這種寫法嚴重限縮了評論分析的深度。

當今在檯面上活躍的劇評有兩種。一種是寫得好的，內容簡潔有力。例如，在《衛報》寫了四十年的劇評人麥可．畢靈頓，他有時候光是用一個句子，就能深刻捕捉到演出的精神，非常厲害。問題在於，這些人現在大部分都已經六、七十歲，已經寫了好幾十年了；即使他們懂很多、很會寫也真的很關心劇場，有時候還是會看不懂一些不符合當下劇場標準的作品，但他們二十多歲時卻都是因為看懂這種作品而發跡的。

這並不是個案。我們每個人都會有這樣的問題，我自己也是。不用到十年的時間，我的作品應該就會被認為無法跟觀眾對話，甚至被覺得太老派。但現在，這樣的情況在檯面上幾家有劇場評論專欄的報章雜誌裡，早就已經屢見不鮮，因而限縮了評論之於當今劇場的意義。

另外還有一種劇評人，就是爛，像是提姆・沃克（Tim Walker）[20]和昆丁・雷慈那些人。他們完全沒有在關心劇場，這些傢伙自以為屌大，只會以踐踏別人作品為樂，不然就是看到一堆小鮮肉小美眉就開始打手槍自爽。這些人是最低等的人類，這種他媽的機掰爛人應該要滾出劇場圈。

我必須要先說，這完全是我個人主觀意見。

近幾年來，幾個藝術平台的編輯漸漸往第二種人靠攏，因為他們是點閱率保證。像我這樣會被惹怒的人，還是會忍不住點進去看他們寫的那些爛東西，為的只是要證實我們對這些人的質疑。然而，每次只要這樣做，點閱率就會增加，然後就會讓這些人的地位更加屹立不搖。

不過，整體來說，網路上的劇評品質都很棒。過去這五年來，都要靠《衛報》的琳・加德納，以及年輕一輩的馬特・楚曼和安德魯・海登這些人的努力，才得以讓網路劇評蓬勃發展。

由於網路是個發表言論沒有明確限制的空間，所以很有可能會跑出一堆網路個人劇評，但這些劇評的素質良莠不齊，讀者難以辨識優劣，使得真正有價值的劇評很容易被忽略。不過，這樣的情況實際上並沒有發生。

網路劇評大多發表在推特、臉書等社群媒體平台，原則上就是寫得好的人

---

[20] 英國劇評人。

留下，寫不好的人淘汰。目前活躍的網路劇評包括了丹・利巴列圖（Dan Rebellato）、[21]丹・赫頓（Dan Hutton）、[22]梅格・沃恩（Meg Vaughan）、[23]史都華・品格（Stewart Pringle）、[24]凱薩琳・洛夫（Catherine Love）[25]，以及剛才提過的楚曼和海登（還有些人我忘了），大家相互影響，相互砥礪，相互支持，帶出一片百家爭鳴的盛況。

他們讓我想到龐克文化時期的「迷誌」（fanzines）。很多都寫得很爛，但寫得好的就留得下來，因為書寫品質有讀者們的認可。

這些評論人的書寫沒有字數限制，也不必去趕那些根本難以配合的截稿日，毫無意義又綁手綁腳。如此一來，他們就有餘裕能好好思考他們觀賞的作品，甚至在評論刊出之前，也能再多加思索一番。

他們寫出來的論點可以自相矛盾，甚至公開承認都沒問題。他們可以任意改變自己的想法，大家可以相互影響，也本來就會相互影響，因為這是藝術圈裡的常態。由此可見，那些檯面上的主流媒體劇評人自以為的假客觀態度，不僅做作，而且荒謬。

有了這些人的存在，讓我想要寫出更好、更有深度的劇本。不論是他們的讚美、責難、質疑或鼓勵，對我來說都同樣鼓舞人心，讓人充滿力量。

正因為有了這些人的書寫，評論才被認真當作一回事，並成為藝術家在創作上不可或缺的養分。

我因為不想看大部分人的劇評，連帶地也錯過了其他那些優秀的劇評。

不過，我那說好不看評論的決心，在這週末忽然顯得有點庸人自擾。越是叫自己不要看那些評論，就越是想一口氣把所有評論都看完，最後搞得自己心

[21] 英國編劇與劇評人，其評論常刊於《衛報》。

[22] 英國劇評人。

[23] 英國劇評人。

[24] 英國編劇、戲劇顧問與劇評人。

[25] 英國劇評人。

裡七上八下的，尤其是像我這種常用推特也愛用推特的人。

至少，到時候很多我在推特上追蹤的人應該都會陸續看過《櫻桃園》了，看完後應該也會有些感想，然後會到推特上面留言或轉推文章，光是想到這點就讓人心神不寧。這種感覺就好像你走到一個地方，然後心裡很確定那裡的每個人在你來之前就一直在討論你，即使他們不一定真的有。

我乾脆直接去把劇評看一看好了。我已經有瞄到幾篇標題了，所以我知道這齣戲的評價肯定是毀譽參半。以我多年來看《衛報》的經驗，光看標題大概就可略知內容一二。像是麥可・畢靈頓這次標題用了「四平八穩」這個這麼好聽的詞，但我知道其實內容應該是在罵我的改編，甚至在惋惜這齣戲的幽默感都不見了。我在猜，就算他沒有任何證據，但八成還是會覺得這齣戲缺乏幽默感全都是我的問題，然後凱蒂的任務就只是叫演員背台詞而已。

那些好的網路劇評人，就比較會去了解這齣戲是很多人一起共創出來的，會用較廣泛的角度來觀賞這個製作，所以就比較有可能願意去感受聲響和燈光帶給他們的感覺，不會把所有關注焦點都只放在表演和劇本上。看戲就是應該要這樣看才對。

這種一直懷疑別人又懷疑自己的感覺，總有一天會過的。過沒多久，大家就不會再聊這齣戲了，會跑去聊別齣戲。

但現在，我就是有種莫名的焦慮，覺得每一個人，不只是劇場工作者而已，還包括我在學校製作裡認識的那些人，甚至是搭火車時坐在我隔壁的陌生人，每一個人都看過那些一文不值的評論，只是他們不好意思說出來而已。

10月20日

假如評論裡面的內容跟我瞄到的標題寫得差不多，也就是說，他們認為是我把《櫻桃園》的喜劇性給拿掉的，所以活該被罵，那真的是太諷刺了。假如凱蒂不需要為這樣的結果負任何一點責任，就我一個人成為眾矢之的，那真的是太諷刺了。

尤其是想到過去這幾年我跟她之間討論的實際情況。

真的是太太太諷刺了。

簡直像活在契訶夫的劇本裡面一樣。

回來跟卡爾・海德和史考特・葛蘭姆繼續工作我們的《父土》計畫。這次換他們訪問我，好累，心理上的累。聊到我爸，也聊到他走之前最後跟我說了什麼話。

但好笑的是，我其實不太確定他最後跟我說了什麼，好像是「謝謝你照顧我孫子」，或者是「要好好照顧我孫子」。我當下沒有聽得很清楚，而且也不好意思叫他再講一遍。

總之，這些大致上就是他最後對我說的話。

某種程度上，這些隻字片語所承載的力量，深深拓印在我過去十五年來寫的每一部作品裡。

10月22日

回到曼徹斯特帶一個編劇工作坊，學員們都是當地的編劇。我帶了一些之前沒帶過的活動。我帶學員們看《死角》劇本開頭的前兩頁，然後請大家討論一下，作者在這兩頁中做了哪些創作上的選擇。

問了一些問題來引導他們思考並具體地找出這些選擇，後來都找到了，而且發現這些選擇表面上看起來沒什麼，但在劇本裡具有相當關鍵的作用。例如：這一場有幾個人？這一場的地點設定在哪？角色有誰？他們彼此之間怎麼認識的？他們跟彼此說了些什麼？他們對彼此做了些什麼？他們年齡多大？他們現在人在哪？這一場的時間設定在何時？他們從事怎樣的工作？

對編劇來說，重新思考自己原本透過直覺所做的選擇很重要。讓編劇思考可以怎麼處理，進一步把這些地方調整得更清楚、更有力量。

接著，我從《卡門片斷》裡面選了兩段給他們看，問他們跟前面一樣的問題，帶大家把劇本看得更深。此外，這次還要他們思考幾個更複雜的問題，或者應該說，更基本的問題，包括：劇本裡有角色嗎？這些角色會說話嗎？他們說話的對象是誰？有任何地點或時間等相關場景設定嗎？這劇本有情節嗎？

對我來說，這些基本的問題甚至可以用來思考一般寫實主義的劇本。我們往往忽略了背後有這些問題要去思考，是因為下意識太習慣去遵循傳統、文化和慣例。慣例會讓我們直接帶入某些先入為主的既定想法，於是我們都忘了要回到根本。當我們脫離寫實脈絡時，原本那些既定想法便不再被視為理所當然，進而使得我們有機會去反思和質疑那些想法背後真正的本質。我的意思不是要叫大家從此以後都不要寫劇情或角色，而是若要寫以角色為主的故事，應該在寫的時候就要了解，跟角色和劇情有關的每個環節，都是作者經過深思熟慮後所做的有意識的選擇。

看了莎拉・法藍肯導的《哈姆雷特》，由馬克辛・皮克（Maxine Peake）[26] 飾演主角哈姆雷特。她很棒，非常有舞台魅力，相當迷人，讓人看得目不轉睛。

凱蒂・威斯特飾演奧菲莉亞（Ophelia），發瘋的那一場讓人看得很揪心，當下的表現跟馬克辛相比可說是不分軒輊。不過，馬克辛當晚無懈可擊的表演，還是奪走了所有人的光彩。

她的表演能量和肢體展現，讓哈姆雷特這角色看起來像個小王子。這樣一位演出經驗豐富、表演可塑性高的演員，以她從自己的女性特質所發展出來的身體性，體現出了一位男孩的青春活力，非常好看。應該要讓女性演員有更多機會詮釋哈姆雷特，甚至只要是男性角色，都應該要讓女性演員有更多機會來詮釋。

[26] 英國演員，生於 1974 年。

2014年11月

11月1日

一週沒寫日記了。孩子們放期中假，我大部分時間都在陪他們。

之前馬不停蹄的工作行程終於結束了，現在能花時間跟他們相處，讓人覺得很幸福。過去這一年，我工作接得越多，越是想花時間多陪陪孩子們，幫他們泡茶，跟他們一起看電視，帶他們去公園玩。

接著回到紐約去看《龐克搖滾》前面幾場預演。

我在那裡的時候，看了兩場。

演員們都很投入，充滿能量，也都很想要成長和進步。他們的青春所散發出來的活力，讓人看了忍不住跟著熱血澎湃起來，但同時，我也更加覺得自己老了。

第一場預演有點鬆散，但有抓到劇本的氣，所以整體還算有個樣子。馬克．溫德蘭（Mark Wendland）[1] 的舞台很好看，靈感來自於幾張廢棄的底特律高中照片，細細捕捉了該地區飽受災難摧殘過後所留下來的文化傷痕。燈光打得相當精緻細膩，由賈飛．魏德曼（Japhy Weideman）[2] 所設計。演出地點是在西村（West Village）[3] 的露西爾．羅特爾劇院（Lucille Lortel），格局寬闊，質感破敗，顏色以紅絨為底，歷來搬演過諸多美國重要劇作家的作品。其寬敞空曠的空間感，令人想到萊特頓劇院。我很喜歡觀眾席的破舊和舞台的頹敗兩者置於一室所呈現出來的美感。

隔天早上，我跟特里普．庫爾曼會面，跟他分享我的一些想法。我們對於每

---

[1] 美國舞台設計與服裝設計。

[2] 美國燈光設計。

[3] 紐約曼哈頓的一區。

件事都達成了共識，很有進展。演員必須了解在表演時要問問題的重要性，必須像是真的想知道答案那樣。

每次我給完這個建議之後，戲就自然而然跑出來了。通常在首場預演，演員在戲中問問題時會變成在表演情緒，那樣鐵定會把場景的氣給毀掉。重點就是，要藉由在台上問問題的當下，把角色尋找答案的能量和欲望給帶出來。

演員一定要好好聆聽對方說話。他們在台上時把能量開到很高，很好，但台詞唏哩呼嚕一下子就講過去了，結果戲最好看的時候，反而是演員在台上都不講話的時候。

此外，飾演威廉的道格拉斯・史密斯（Douglas Smith），[4] 太早把這角色精神異常的樣子給表現出來了。演這角色時，要演得像一般正常人一樣，而且每個行動都要更簡練些，每個問題都要認真問。如此一來，威廉發瘋狀態出現時，才會有層次、有爆發力，才能讓觀眾理解，同時讓觀眾在理解這角色的過程中，找到自己的影子。這齣戲要能成功，必須讓觀眾在威廉身上看見自己，讓觀眾意識到原來自己也有走向瘋狂的潛質。比起觀賞一個瘋子到處殺人，觀眾認清上述事實所帶來的衝擊感，反而會覺得更震撼、更恐怖。

還有其他類似的筆記，但主要就是上面這三點。特里普也覺得有道理，他會好好消化，然後帶演員們調整。

這些演員消化筆記的能力真的很驚人，年輕真好。他們消化完筆記之後，很快就把本來的問題完整地解決掉了，所以第二場預演的力量就出來了，以至於後面高潮處所帶出來的衝擊相當強烈，讓人看了刻骨銘心。

有些地方還需要再調整一下。我覺得演員們要再把那些舞台上沒有呈現出來的事情想清楚一點。我現在給的這種筆記，感覺上是受到凱蒂・米契爾的影響。他們對於那些沒有出現在場上的角色，在腦海裡一樣要有畫面，這樣洛伊德先生（Mr. Lloyd）這個角色的存在感才會變高，他的死也才會更有重量，同樣地，查德威克家裡很窮這件事才會變得更具體。他們應該要利用學校的

---

[4] 加拿大演員，生於 1985 年。

鐘聲，來打斷剛發生的衝突所引發的情緒。不能溺在當下的情緒太久，因為這些角色還得馬上去上課。

我相信他們一定會有辦法搞定這些狀況的。

結果第二場預演的表現，讓我眼睛為之一亮。這齣跟校園槍擊案有關的戲，放到紐約來看，感覺很不一樣。上週，華盛頓特區有個男孩因為被某個女生拒絕，於是想把對方殺了，後來他的其他朋友也不支持他，所以他也想把他們都殺了。演員們跟我說，在美國，學校會定期舉辦「槍擊演習」，就像英國會有消防演習、紐西蘭或加州會有地震演習一樣。從四歲起，他們就開始練習若遇上學校被「封鎖」的情況該怎麼辦。在一群從小在這種環境底下長大的觀眾面前演出這樣的戲，讓我心情還蠻激動的。有的觀眾看到叫出來，有的觀眾則是看到直接從位置上站起來，可見台上的場景對他們來說相當直接，甚至驚心動魄。

克里斯・辛來看戲，他跟我說美國至今沒有人能夠好好解決校園槍擊泛濫的亂象。他看了覺得很感動，於是寫了一封很暖心的信給我。

11月5日

從紐約回來了，再度回到利瑞克漢默史密斯劇院。

我和尚恩這一整週會跟七位我們有興趣的新銳編劇會面，分別是布萊德・柏奇、卡洛琳・勃德（Caroline Bird）、[5]門賽・惠特尼、阿里斯戴爾・麥克道爾、路克・巴恩斯（Luke Barnes）、[6]夏洛蒂・約瑟芬（Charlotte Josephine）[7]和安德魯・謝立頓。

這週的內容規劃很單純。

我們請每位編劇挑一部自己喜歡的戲，然後這部戲要是他們之前有在現場看

5　英國詩人與編劇，生於1986年。
6　英國編劇。
7　英國演員與編劇。

過的，而且該劇院的觀眾席要可以容納超過四百人。

我們早上都在討論這些演出的劇本，然後點出是哪些地方讓這些劇本好看。過程中，我特別問了他們兩個問題。第一個問題，我問他們會想從這些劇本裡偷走哪些概念或巧思。第二個問題，有沒有可能這劇本哪一步不小心走歪，就很有可能會被寫壞。

我覺得這幾個問題很受用，有助於我們確切思考這些編劇是如何讓劇本奏效，進而讓我們可以效法和學習。

我也很喜歡讓他們去思考這些劇本的情節是怎麼推動的，而不是專注在劇本的立論或概念。我對編劇想要透過劇本來說什麼比較沒興趣，我有興趣的是他們怎麼做。

下午則會有客席講者來跟他們交流。

週一我們討論了謝拉赫・迪蘭尼的《蜂蜜的滋味》和尤瑞匹底斯的《米蒂雅》。

我們討論到《蜂蜜的滋味》劇中細膩如實的世界與富饒詩意的語言，兩者之間形成了某種反差，呈現出強烈的對比。作者以一連串關於茶和菸的單調對話，帶出了充滿巧思且深刻的隱喻，著實精彩。

另外，當時大眾普遍會接受的劇本是將地點設定在客廳的五幕劇，而且對於這樣的劇本形式要處理怎樣的內容有著既定的認知。但此劇卻出現了以往從未在舞台上見過的角色背景——1950 年代的曼徹斯特貧窮人家，使得劇本本身在形式和內容上存在著某種斷裂。她打破了這些慣例，因為這些慣例侷限了她的寫作。或許她根本沒有意識到自己在打破慣例。或許這些東西，只有對她個人來說是限制和阻礙，對大部分人來說不過就是約定俗成的常態。

就跟我們這週所看的很多劇本一樣，這劇本不僅在檢視人最根本的規範——家庭，同時也觀照著這個你我都不陌生的體制規範裡權力和死亡的重量。或許所有好的劇本，都是在談人如何面對死亡，在談人如何在死亡陰影底下求生存。

身體在此劇中是相當重要的主題，對於分娩和性愛帶來的體感，描述細膩。這齣戲之所以不僅只是某種紀實作品或週末消遣，就是因為作者寫出了人的身體感知，亦帶出了作者在當時所感受到的社會背景。因此，這齣戲表面上是在呈現社會寫實，實際上是在探尋人在身體上的本能感受。

我很喜歡一齣戲裡面的角色有那種不說話就會發瘋的衝動，甚至帶著某種表演感在過生活。這些角色都是好角色，出現在我們歷來看過的許多劇本裡。透過這些角色，我們可以窺見自己有可能會變成哪種人，進而認識到自己真實的樣貌。迪蘭尼用了一種特殊的戲劇語言，既寫實又寫意，有隱喻也有明喻，打造出了這種不得不說話的角色。

劇本裡的角色之所以會想說話，是因為假如不說話，他們會瘋掉。也許我們應該用這個來當作檢視對話的標準，讓角色只能在那種不說話就會死的時候開口說話。

《蜂蜜的滋味》裡面的角色喬（Jo），跟米蒂雅一樣，都是被這種需求所驅動。

而且迪蘭尼沒有往感傷的方向走去，沒有擁抱大團圓的歡樂結局，也沒有塞入第三幕常會出現的那種關鍵性的大獨白，所以觀眾不會有心裡覺得圓滿的時候，而是始終保持疑問——角色現在在做什麼，以及他們接下來會怎麼做？

跟迪蘭尼的《蜂蜜的滋味》一樣，尤瑞匹底斯的《米蒂雅》也在處理權力關係，甚至推到更極致的地步。這劇本是以宇宙的格局在開展，以相當殘酷的手法引人反思什麼是死亡、什麼是殺戮，這樣的宏觀格局濃縮在全劇四個小時的篇幅裡。即使全劇皆發生在同一地點，時間跨幅也不長，但隨著角色和他人的關係改變，角色個人狀態也產生轉變，進而做出打破現況、翻轉全局的行動。跟迪蘭尼一樣，尤瑞匹底斯劇本裡所刻畫的角色都陷入了困境，所以他們都需要說話，說話讓他們得以釋放壓抑在內心底層的能量。劇作家把劇中慘烈的情境，大膽地拿到舞台上來搬演，挑起了亞里斯多德在《詩學》（*Poetics*）裡企尋的恐懼。

有一種戲劇技巧，一般新銳編劇鮮少會去使用或嘗試，叫作「戲劇性諷刺」（dramatic irony）。我猜那是因為大部分剛起步的編劇都是靠直覺在寫作，都是想到什麼寫什麼，但用這種方式寫作很難在劇本裡藏謊言。戲劇性諷刺，指的是觀眾對劇中資訊的掌握比台上的角色多，但又不一定比編劇多。這是一種大膽的寫作手法，編劇有時甚至會安排角色說謊。總之，若要達到所謂戲劇性諷刺的效果，編劇所掌握的資訊就必須比角色知道的還多。

一個場景中的角色進場和離場，可能會帶來某種力量，而這種力量我有時會希望自己可以多加運用。一個角色的離場，可以造成相當劇烈的改變，若要達到這點，場外的世界就必須要被想像得非常完整。好的編劇在腦袋裡所構思的，不會只有隔壁的空間長怎樣而已，而是包括了整個劇本裡裡外外的世界。

此外，這兩部劇本的作者，都是帶著「演出和觀眾處在同一空間」的意識在創作。

下午，找了強迫娛樂劇團的首任藝術總監提姆・艾契爾到場跟大家交流。

他鼓勵大家說，雖然編劇未來很可能不會在劇場創作上扮演主要角色，但這對編劇來說也有可能變相成為一種新的動力，不失為一種有趣的挑戰。

週二，我們看了蕾貝卡・蘭克維茲（Rebecca Lenkiewicz）[8]的《她的肌膚赤裸》（*Her Naked Skin*），我之前沒看過這劇本。就許多方面來看，這是我們這週看的所有劇本裡面最符合常規的一本，亦可說是當今所有劇本的縮影。每一場都充滿舞台指示，對話精簡，行動從字裡行間內被揭露出來。這是有史以來第一部在國家劇院內的奧立佛劇院演出的女性編劇作品，是一齣時代劇，內容上重新塑造了婦女參政運動早期的女性生活樣貌。

---

[8] 英國編劇，生於 1968 年。

我一開始在讀這劇本時，其傳統敘事形式一直讓我覺得很疏離，但看到後面就慢慢給打動了。令我感受特別深刻的是，作者用了時代劇的寫作慣例，呈現出一段無法追求的愛所帶來的煎熬。類似的煎熬在我們這週念的所有劇本裡皆處處可見，而劇中角色都無法用他們想愛的方式去愛人，也無法讓他們自己遠離死亡的念頭。

此劇旨在破除大眾對於歷史人物的神話迷思，並試圖從這些人物身上找出人性及富饒生命力的一面。整體以婦女參政運動為背景，細探一段身陷絕境的愛情，並檢視各種恐怖行動帶來的苦痛。

我越來越喜歡這劇本簡練而優美的語言。角色說起話來都很有規矩，謙遜有禮，在台上實踐恐怖行動的時候是如此，在愛情裡死去活來的時候也是如此。隨著劇中破壞搗毀、監獄暴行、強迫灌食等情境的發生，這些禮教規範的假面全被徹底撕裂。

這劇本最為精彩之處，就是作者讓角色在不同空間和情境時，所表現出來的行為反應完全不一樣，這是非常簡單但相當厲害的手法。

我讀的感覺是，作者對主角丈夫威廉（William）的同情，並不亞於對主角席莉亞（Celia）的同情，因為她在劇中賦予丈夫這角色相當細膩的情感。

我們一起看了法斯賓達（Rainer Werner Fassbinder）[9]的劇本《此刻失落的彼時天堂》（*Preparadise Sorry Now*），其原型是伊恩・布雷迪（Ian Brady）和米拉・辛德利（Myra Hindley）[10]所犯下的謀殺案。法斯賓達以一個個相互斷裂又各自獨立的場景重述了這兩人的背景故事，並藉此探討暗藏於每個文化中宛如法西斯[11]般的暴力面向。他對於人與暴力的關係一直都很感興趣，例

[9] 德國劇作家與電影導演，生於1945年，卒於1982年，代表作有電影《愛比死更冷》（*Love Is Colder Than Death*, 1969）、《莉莉瑪蓮》（*Lili Marleen*, 1981）、《霧港水手》（*Querelle*, 1982）。

[10] 布雷迪與辛德利是英國沼澤兒童謀殺案（Moors murders）的犯人。

[11] 由義大利前總理墨索里尼（Benito Mussolini）所提倡之政治型態，由獨裁者領導國家，反對自由與民主。

如集中營種種駭人聽聞的事蹟，以及他父母親那一輩經歷的世代創傷，這部劇本的創作動力也是源自於此。他以極富巧思的手法，從這個犯罪案件中汲取出他的創作概念，而這個事件至今仍影響著曼徹斯特面對兒童議題的思考態度。

這部劇本很開放，沒有舞台指示，導演可以自行決定場景順序和演員人數。在場有些人覺得這個劇本不好讀，所以看了覺得很疏離，但我自己看了熱血澎湃，覺得很過癮。這劇本在處理上，很需要導演和設計們打開豐富的想像空間，這點很吸引我。除了美學形式上的挑戰之外，這齣戲同時也需要製作團隊對於劇中呈現出來的道德觀進行探索，甚至提出質疑。設計和演員們必須要問的，不僅僅只是「這劇本在寫什麼」，還有「這劇本為什麼要這樣寫」。

這齣戲的問題意識，主要是想在光鮮亮麗的人性中看出非人性的一面，從人性不在之處找到人的溫度。這跟我的創作初衷和理念不謀而合。

下午，編劇們跟愛德華・邦德見面，他跟大家聊了三個半小時。我週三早上再次見到這些人時，明顯感覺到愛德華講的那些話帶給他們的影響，大家都變得好不一樣。跟這位戰後最偉大的劇作家之一面對面相處三個小時，彷彿醍醐灌頂，每個人都有通體舒暢、煥然一新的感覺。

他真的教了我們很多事情。

他教我們要擁抱戲劇（drama）甚於劇場，要多去思考人，以及人為什麼要做那些事，不要把重心放在華麗的舞台調度。他還教我們要以三度空間的思考來創作。不過，他教給我們最多的，是道德對戲劇和編劇的重要性。

編劇的任務就是要對法律或規範進行檢視，對道德提出叩問。他認為，只要編劇有辦法做好這些事，不管多年輕，未來都可能讓我們宛若殘骸敗骨的文化脫胎換骨，重獲新生。

我們今天討論了露西・佩蓓兒（Lucy Prebble）[12]的《安隆》（*Enron*）和亞瑟・

[12] 英國編劇，生於 1981 年。

米勒（Arthur Miller）[13] 的《熔爐》（*The Crucible*）。

我們聊到《熔爐》層層堆疊的結構有多完美。劇中每個片段都在鋪陳，將全劇一步步推向最後約翰．普拉克特（John Proctor）被處死的際遇。透過普拉克特的死，米勒事實上是在叩問文化有多脆弱。在這部劇本裡，文化反映的是某種想要讓文明擺脫自然、讓人類遠離消亡的集體意識，非常脆弱且不可靠。米勒創作這劇本的年代，正值二戰後美國採取孤立主義的時期，讓他洞悉了文化這種東西的脆弱，於是把整個劇本都環繞著這個主題在走。

雖然我比較偏好威廉斯（Tennessee Williams）[14] 較鬆散但充滿詩意的風格，但米勒深厚的編劇功力是毋庸置疑的。不過，我很討厭這齣戲表現出來的性別政治，每個女人都很歇斯底里，都很崇拜普拉克特，都在維護這男人的道德尊嚴。但就探討恐慌及瘋狂的可怕這方面來說，這齣戲確實有其厲害之處。

這次重看《安隆》，更加覺得露西．佩蓓兒寫台詞的功力之精湛，令人佩服。她總是有辦法輕鬆地穿梭於場景之間，然後藉由角色說的話和做的事，帶給我們驚人的戲劇張力，非常厲害。

佩蓓兒跟米勒一樣，皆以其他文化來書寫自己的文化，表現出「聲東擊西」的精神。她透過這齣戲，表面上是在追溯二十一世紀初期安隆公司[15] 的所作所為，找到問題的根源，事實上是要藉此來反映2008年的金融風暴。[16] 這兩位劇作家，並不像迪蘭尼那樣，在劇本裡以一個自己真正生活過的世界為基礎來重新塑造，也不是像市面上那種很爛的工作坊會教的那樣，叫你寫自己知道的東西就好。

---

[13] 美國劇作家，生於1915年，卒於2005年。代表作有《推銷員之死》（*Death of a Salesman*, 1949）、《熔爐》。

[14] 此處指的是田納西．威廉斯，美國劇作家，生於1911年，卒於1983年代。表作有《玻璃動物園》（*The Glass Menagerie*, 1944）、《慾望街車》（*A Streetcar Named Desire*, 1947）。

[15] 2001年的商業醜聞。美國安隆能源公司（Enron）債台高築，卻以假財報掩蓋。事情曝光後，最後安隆宣布破產，也連帶拖垮了安達信會計事務所（Arthur Anderson）。

[16] 因次級房屋信貸危機（2007）引發的全球金融危機，最終導致許多大型金融機構倒閉或由政府接管，如雷曼兄弟（Lehman Brothers）。

這兩部劇本都是編劇打開自己想像，塑造了一個新的世界，藉此來反映自己所處的現實景況。

週二下午，我們在艾美達劇院舉行《卡門片斷》的讀劇，相當寶貴的機會。我應該要把每個角色的故事串接得更緊密一點，讓歌手這個角色講話多用現在式，讓車禍出現更多次，讓角色們提到自己名字等。還有，我應該要把劇本刪掉幾頁才對。

這週能邀請到愛德華・邦德來利瑞克漢默史密斯劇院工作坊跟大家分享，真的是非常難得的機會。即便工作坊結束後，他的訓勉仍言猶在耳，他的精神仍如影隨形。我在聽《卡門片斷》讀劇時，想像他正坐在我旁邊，就忽然覺得自己應該要再認真看待這劇本一點。這劇本也許有機會用來探討人活在螢幕裡所呈現出來的精神狀態。

現在這個年代，我們都活在各種螢幕裡。劇場應該要是一個能夠讓人重新找回人性價值的場域，愛德華也有提過這點。我應該要以重新找回人性價值為己任。我在漢堡那時候沒有這麼做，但我現在可以，而且一定要做。若要說這劇本有什麼重要性的話，就是讓人能夠找回人性價值，並且好好擁有。

11月6日

早上在英國國家歌劇院（English National Opera）帶了一個劇評工作坊，由捕鼠器劇場基金會（Mousetrap Theatre Projects）[17] 主辦，授課對象都是高中生。這些學生之前都已經先看了《深夜小狗神祕習題》，然後接下來要寫劇評。工作坊主要是由琳・加德納和馬特・楚曼來帶他們，不過今天一開始，先由馬特對我進行訪談，跟學員們聊聊改編這劇本的過程。

我跟他們聊到了不要有舞台指示這件事。最近我越來越喜歡寫一些簡單一點、偏向象徵的舞台指示，不要太多敘述。我認為，舞台指示除了描繪劇本從我心中呈現出來的樣貌之外，也要能夠激發演員和設計們的想像和創意。

---

[17] 英國戲劇教育組織。

我的任務是讓排練場能夠時時刻刻保持鮮活，而不是讓大家一直屈從。

接著到三輪車劇院（Tricycle）。[18] 前幾天在利瑞克漢默史密斯劇院工作坊的那幾位編劇，寫了一些短景，交由尚恩·霍姆斯來導，並由丹尼·韋伯（Danny Webb）[19] 和萊斯莉·夏普來演。有幸看到這些厲害的人一起工作，真是人生一大享受。這些戲因為沒有正式演出的壓力，甚至不一定要細修，所以他們三個可以盡情去探索和冒險了。他們沒有在場上放置任何布景或道具，也沒有任何打算要寫實呈現出一個完整世界，於是他們在場上變得更敢玩、更自由，也就更能夠挖掘出這些場景真正的精髓。

11月7日

今天是給利瑞克漢默史密斯劇院的編劇們上課的最後一天，整個早上都在跟他們聊編劇這份工作的幾項原則。我提醒他們，要認真看待寫作，要把寫作當作一份正式的工作。他們必須要對自己的財務狀況負責，也要照顧好自己身心健康。要評估一下寫一部劇本要花多少時間，並且找到最適合自己寫作的地點。要多去充電，激發自己想像力，有時要多花時間在一些不見得跟創作直接相關的事上面，像是看電影、閱讀、散步、逛展等，這些或許跟手頭上正在處理的案子或劇本沒有直接關係，但累積下來的養分可能會有助於之後產出的劇本。要搞清楚自己一週必須賺多少錢，然後工作時長要評估好，賺來的創作費要值得花費的工作時數。要記住，戲劇顧問或劇本編輯是同事，不是上司，然後要確認在劇本會議裡接收到的筆記都有搞清楚。這點關係到的是工作態度，跟創作倫理和個人美學一樣重要。寫作就是一種自己既是員工也是老闆的工作，要認真以對，要準備充分，就好比今天自己開了一間清潔公司、酒吧或律師事務所一樣。

下午，我們聊到利瑞克漢默史密斯劇院的未來。這讓我思考，不是該怎麼靠賣《三個王國》或祕密劇團的口碑來經營這地方，而是接下來要怎麼做，才

[18] 倫敦布倫特區（Brent）的劇院，現已更名為窯劇院（Kiln）。

[19] 英國演員，生於1958年。

能打造一個藝術家能好好成長和發展，同時又保有前瞻性的創作環境。

現在劇院還在整修，能有這些編劇的加入和支持，休息時間還看到大家跟裝修工人們一起抽菸聊天，這種種讓我感念於心，同時也在在提醒著我們，所做的這一切究竟是為了什麼。

11月11日

跟尚恩・霍姆斯一起待在約克大學兩天。

尚恩和我在 1980 年代晚期念約克大學。

雖然我有聽過他，但我們以前從來沒見過彼此。他比我大一屆，以前就聽說過他做的劇場作品很好看，我會知道是因為我有很多朋友很迷他。

我們一起帶了兩個工作坊。一個是給大學部的學生，一個是給研究所的學生。

我們常常一起帶工作坊。我帶學員們分析場景，引導他們從音樂中尋找角色。我放了《時間終結四重奏》（*Quartet for the End of Time*）[20] 和一點點《金屬鐵盒》（*Metal Box*），[21] 這些都是我寫《威斯特湖》和《早晨》時的部分靈感來源。在播放音樂的同時，我請他們感受音樂，然後進行自動書寫（automatic writing）。透過這個練習，他們完成了一篇十四句台詞的短景。

接著，尚恩會在大家面前把這些場景一一導出來，過程中不會透露作者是誰。

他很常使用這個練習來試探寫實主義的極限。不呈現劇本表面上的內容，而是試圖用其他方式把場景的精髓勾勒出來。不去呈現舞台指示寫出來的東西，而是試圖挖掘底下的隱喻，把藏在裡面的潛文本（subtext）表現出來。

這些學生很棒，很聰明。很高興這次能有機會回到母校。

邀請我們來的是劇場影視系的老師湯姆・科恩福德（Tom Cornford）。他很

---

[20] 法國作曲家梅湘（Olivier Messiaen）的曲子。

[21] 公共形象樂團（Public Image Ltd）發行的第二張專輯。

熱心地接待我們，晚上還帶我們出去逛。

他特別喜歡《三個王國》，QA的時候有問到跟那齣戲有關的問題，後來去吃晚餐時還繼續問。

整個製作過程讓我印象最深刻的，是製作人們的辛勞。不論是利瑞克漢默史密斯劇院、NO99劇團，[22]還是慕尼黑室內劇院（Munich Kammerspiele）的製作人，他們的毅力和決心相當驚人，跟其他主創夥伴的創意和想像力一樣令人佩服。

即便過程中狀況不斷，包括漢堡德意志劇院退出；保羅．里特（Paul Ritter）[23]也退出；保羅．布倫南（Paul Brennan）[24]排練排到一半走人；繆麗兒．葛斯納（Muriel Gerstner）[25]設計到一半不玩了；演員都討厭賽巴斯汀，甚至連英國的劇評都打擊我們，但他們從未放棄，始終保持冷靜，繼續堅持下去。

這齣戲的任何成功之處，也要歸功於這些製作人。整個製作下來，就像是上了一門大師班的課一樣。

很高興跟尚恩相處了四十八小時，我們還一起思考了利瑞克漢默史密斯劇院的未來。他是真的很想在2016年重新製作《蒼鷺》，我聽到這件事的當下，真他媽的有夠爽。

當火車緩緩穿過這片土地，我們兩個靜靜地坐著，為停戰紀念日（Armistice Day）[26]默哀兩分鐘。

現在在火車上什麼工作都不用做，像是鐵道旅行一樣，感覺真好。

就這樣看著這片土地如場景般一幕幕掠過。

---

[22] 愛沙尼亞的劇團。

[23] 英國演員，生於1966年，卒於2021年。

[24] 英國演員。

[25] 瑞士舞台設計與服裝設計。

[26] 1918年11月11日，第一次世界大戰正式落幕，這天也成了為戰爭中傷亡的軍人與平民所設立的紀念日。

回到辦公室，修改《卡門片斷》，還有工作《三便士歌劇》。

11月12日

今天早上跟國家劇院的藝術顧問班恩・鮑爾一起重新構思布萊希特和威爾於1928年創作的音樂劇《三便士歌劇》。班恩不僅人很和藹，很有活力，還是英國劇場圈難得一見的人才。他是編劇，劇本寫得很好，但他最為人所知的是戲劇顧問的身份。我已經跟他一起工作這個劇本兩年了。

他很有智慧，而且有一股很能打動人的熱忱。爾後，我遇到了泰莎・羅斯（Tessa Ross）。[27] 我跟她認識的時候，她還在第四電影（Film 4）[28] 服務，現在已經是國家劇院的行政總監了。

她對我極度有信心，覺得我一定可以幫國家劇院寫出很棒的劇本。

她的一席話像是交付了我一項重責大任，要我這位資深編劇勇往直前，好好發揮。

11月13日

繼續跟班恩・鮑爾討論《三便士歌劇》。他這個人不僅有熱忱、有活力、很和善，而且很有智慧，很清楚每部劇本該往哪個方向走，是不可多得的戲劇人才。

他跟我說，搞不好有機會可以在萊特頓劇院劇院重製《海牆》。這想法太狂了，讓人很難不激動。

一段小小的獨白，從布許劇院起步，後來拍成了網路短片，接著居然有可能在國家劇院裡面可容納九百個座位的舞台上演出。太不可思議、太令人興奮了！

---

[27] 英國電影製片。

[28] 第四頻道旗下的電影串流平台。

11月14日

今天下午班恩有事，沒辦法跟我一起討論，所以我就自己整理之前的筆記。劇本背景會設定在倫敦東區，但並未特別指涉哪個時期的倫敦東區，這讓我非常期待。倫敦東區一帶，常被伊恩·辛克萊（Iain Sinclair）[29] 拿來說明心理地理學（psychogeography）[30] 這個概念，不但常出現在艾倫·摩爾（Alan Moore）[31] 的作品裡，也在那些絞刑仍存在的年代，見證過開膛手傑克（Jack the Ripper）、[32] 麥克刀手（Mack the Knife）、[33] 克雷兄弟（Kray Twins）[34] 的故事，以及諸多暴動事件。

若當時死刑的存在有讓整個社會瀰漫著恐懼的話，那或許還可以藉由劇本來反映死刑的議題。

晚上我跟瑪莉安去看伊恩·里克森導的《伊烈翠》（*Electra*），[35] 非常好看。我覺得克莉斯汀·史考特·湯瑪斯（Kristin Scott Thomas）[36] 的表演很精彩。她做的每個選擇都很有力量，而且都讓人覺得是發自內心的。

伊恩把這齣戲的調性轉得很好看。我好幾年前看過一齣他導的戲，非常喜歡，於是就在想，可以用什麼字來形容他的作品，後來想到了「轉調」（modulation），[37] 因為他的作品都非常具有音樂性。

---

[29] 威爾斯作家。

[30] 研究城市與居民間交互作用的學問。

[31] 英國作家與漫畫家。

[32] 1888 年倫敦東區妓女謀殺案的兇手化名。

[33] 約翰·蓋伊（John Gay）的歌劇《乞丐歌劇》（*The Beggar's Opera*）和布萊希特的劇本《三便士歌劇》中共同現身的角色。

[34] 1950 年代晚期至 1960 年代中期活躍於英國的犯罪兄弟檔。

[35] 古希臘悲劇家索福克里斯的劇本。

[36] 英國演員，生於 1960 年，2008 年以《海鷗》獲得奧立佛獎最佳女演員。

[37] 音樂術語，意思是把樂曲從一個調轉到另一個調。

11月15日

今天跟我叔叔安德魯（Andrew）和嬸嬸凱西（Kathy）一起去看了《櫻桃園》。

這是這齣戲首演以來我第一次看。整齣戲的力量有出來，但某些地方還是有點沒力，以至於後面高潮的張力反而弱掉了，沒有我上次看的時候那麼精彩。這齣戲沒有像之前《玩偶之家》那樣叫好叫座，而且觀眾確實有在比較這兩部作品。某方面來說，這樣不盡公平，因為是完全不一樣的劇本，而且整個製作狀況也不同。雖然在凱蒂的導演手法下，觀演關係沒有那麼開放，但相對地，她帶出了演員們精準且清楚的表演，也把舞台上的畫面處理得很美。

11月16日

到紐約看《龐克搖滾》的首演。我中午的時候下飛機，然後到飯店洗個澡、換個衣服之後走去西村那邊。到劇院時，他們正在排第三場，我坐在包廂區看他們排戲。

坐在離一般觀眾席這麼遠的地方看戲，感覺有點奇怪也有點有趣。有五十名學生坐在觀眾席看戲，他們是曼哈頓班級劇團青年團的人，看的過程中反應都很熱烈，一直叫也一直笑，也很認真聽台上演員講話。

我覺得整齣戲目前狀態還不錯。有些地方比我之前看的情況都好。班奈特在摸尼古拉斯（Nicholas）扭傷的腳踝時，呈現出某種莫名的疼惜感，讓我看了很驚喜。班奈特斥責西熙的想法很荒謬時，語氣中有種奇妙的溫柔，感覺上已經包容了對方的一切。最後威廉講述自己想當建築師的渴望時，表現得也很真誠。

演員都表現得很棒。這齣戲對紐約當地觀眾來說，比我之前想像的還要有共鳴。

接著，跟安妮・麥克雷去喝啤酒，她是大西洋劇院新任的文學經理，也是我的好友。後來又去找了尼克・佩恩，他現在在紐約排《星座》。他很搞笑，人也很好。

11月17日

今天紐約下雨下了一整天。我今天超廢的，沒做什麼正事。除了跟馬克·布洛考去喝咖啡，聊明年要做的《海森堡》，以及花了五分鐘走路到外面去買給演員的卡片之外，其餘時間我幾乎都待在房間裡，早餐在房間吃，晚餐也在房間吃，中間還有泡澡。

《海森堡》這齣戲的選角有點麻煩。這劇本需要兩個演員。其中一個角色是一名四十歲的美國女性，我們希望由瑪麗—露易斯·帕克來演，還有一個角色是一名七十歲的英國男性。曼哈頓戲劇俱樂部感覺上很想要找明星演員來演，而不是去找那些真正有可能接演新劇本的演員。幾位厲害的演員都被問過了，像是安東尼·霍普金斯（Anthony Hopkins）、[38]吉姆·布洛班特（Jim Broadbent）、[39]布萊恩·考克斯（Brian Cox）[40]和強納森·普萊斯（Jonathan Pryce）[41]等人，這些演員不會有興趣演出新劇本，他們不可能會答應，問他們只是在浪費時間而已。

但我想，這或許就是目前紐約的劇院常見的做法吧。在外百老匯的劇院，即便座位只有一百席，也會覺得有需要找明星來演。我覺得有點可笑。

我把卡片寫好了。對我來說，寫這些卡片給演員很重要，雖然有時會覺得很像例行公事，但在這些例行公事中，還是有東西值得寫，最重要的是向演員們表達我的謝意，感謝他們的辛勞。

在當今這個充滿斷裂、彼此疏離的世界裡，動手寫卡片這個簡單的舉動似乎別有意義，甚至某種程度上來說，手寫這件事本身就格外重要。

---

[38] 英國演員，生於1937年，2021年以《父親》獲得奧斯卡最佳男主角獎。

[39] 英國演員，生於1949年，2001年以《長路將盡》（*Iris*）獲得奧斯卡最佳男配角獎。

[40] 蘇格蘭演員，生於1946年。

[41] 威爾斯演員，生於1947年。

把心裡的所思所想，揮在紙上，化為永恆的印記。

《龐克搖滾》在今晚首演了。

11月18日

《龐克搖滾》首演成功，這次我很享受首演場沒有劇評人出席的感覺。整個製作帶給我的心情要比《深夜小狗神祕習題》輕鬆許多，當然啦，這也表示這齣戲相對來說比較沒有那麼多資金砸在裡面。

觀眾反應熱烈，演員表演精準。整場下來，簡潔明確，充滿張力。第一景的調性幽默，當下觀眾反應就很好。到了後面，劇情充滿轉折，層層堆疊，觀眾越看越起勁。

能夠再度回來做《龐克搖滾》這齣戲的感覺很棒。這次許多跟敘事相關的地方，我都沒有進一步修改，但感覺上我應該要修的。我應該要多寫一些在單一場景裡會出現很多角色的劇本，我真的應該要來寫一下。我應該要把進場和離場用得更有巧思一點，乾脆《龐克搖滾》開場就讓所有的角色都上台，然後讓他們第一句台詞就很厲害。

搞不好到時候在那個浮士德劇本裡面，就會看到我寫類似這種大場面的東西。搞不好到時候我變得更有自信，不知不覺就放了更多角色在舞台上，同時也把這些角色的進場和離場寫得更漂亮。希望如此。

我這週看的時候，忽然發現，這齣戲從開頭就已經在為結尾的大規模槍擊案鋪路了。從戲開始沒多久，台詞就提到了跟坐牢和禁錮有關的資訊。接著在結尾之前，不時有一些小地方隱約透露等一下會有不好的事發生。

這些關於劇本布局的事，我到時候改編《浮士德博士悲劇史》時，肯定也要多加思考。

我很喜歡這劇本原本的背景設定，這也是之後發展時需要再多加思考的一環。原劇隨著劇情推衍，慢慢被推到了宇宙歷史的層次，所以原本只是某個特定的背景和情境，到了後面格局越走越大，就像是用查德威克觀察宇宙的宏觀視角來探照世界一樣。

這點應該要保留。

我其實很怕《龐克搖滾》會是我至今寫過最好的劇本。回顧過去這一年，有不少新計畫在發展，但最後很有可能都會無疾而終。我個人認為，《雀鳥之地》僅次於《龐克搖滾》，《死角》和《卡門片斷》應該也差不多。不過，對每位藝術家來說，最無力也最困難的一點，就是叫他們評鑑自己作品的好壞，所以我剛說的也不見得一定就是對的。

我大部分的編劇生涯都在渴望成功。我寫過一些成功的作品，然而也因為這些作品，使得我後來大部分的寫作時間都在焦慮，害怕自己已經把最好的作品給寫掉了，害怕自己已經享受過這一生中最棒的成功光環。

我知道這樣很不理性，也知道作品不能這樣看待，這些我都知道。但既然生而為人，我就不可能只有理性的一面。說不定因為這樣的焦慮，會讓我想要更努力，之後可以寫出更好的作品。

約莫十一點半左右，陸續有人跑來跟我說：「他對這齣戲讚譽有加耶。」我猜，他們說的是班恩．布蘭特利的評論吧，而且評價應該很正面，感覺上消息已經傳遍整個派對了，大家都很興奮。雖然我沒有看，而我也不覺得他是要寫給我看的，但這一整年下來，他確實都很關注我的戲，《玩偶之家》、《深夜小狗神祕習題》他都有寫評，這齣也是。

這齣戲能夠獲得如此讚賞，真是替演員們感到開心，特里普和曼哈頓班級劇團也是功不可沒。這齣製作裡的每個人都很棒。

他們說玫琳．愛爾蘭（Marin Ireland）[42] 對《泊》有興趣，所以我把劇本寄給他們，特里普則是想導《雀鳥之地》。我想，我那位終其一生都在做推銷員的父親，要是知道我利用這次機會牽到了未來其他的工作計畫，一定會以我

---

[42] 美國演員，生於 1979 年。

為榮。

我離開派對的時候已經是半夜了，直接回到飯店休息。

早上五點就起床，接著洗澡、換衣服，五點半時搭車到甘迺迪機場，準備回家。

清晨搭車漫遊紐約的感覺很棒，有些人已經起床準備上班，有些人還在賴床。整座城市還陷在深沉的睡意中，很深很沉，但總會有些人醒著，甚至徹夜未眠。

我今年來來回回大概飛了七趟紐約，明年會少一點，但還是會有。雖然我有時候會因為紐約被有錢人佔據而感到惋惜，但這座城市的美麗，以及其雖然不長但燦爛無比的歷史所呈現出來的力量，令人難以忘懷。在清晨五點半搭車前往機場的途中，這種感覺特別強烈。

我會想念這個地方的。

我離開紐約了，留給了這座城市我反覆在日記裡提到的那股懷舊感傷，留給了我心裡一道感覺驟然被打斷而產生的裂縫，也留給了我自己在創作上一個尚待挖掘的傷口。

到了機場之後，時間還蠻充裕的。

搭早班的班機真的很折騰，還好到家的時候差不多剛好就是睡覺時間。

到時就直接上床睡覺。

明天又是新的一天。

11月21日

繼續跟班恩・鮑爾處理《三便士歌劇》。班恩在國家劇院裡所扮演的角色，就整個藝術方向的規劃來說，變得越來越重要。新任的藝術總監魯佛斯・諾利斯，主要是負責打造一個共創的環境，保持各部門溝通順暢，跟尼古拉斯・

海特納（Nicholas Hytner）[43] 較集權的領導方式有很大的不同。因此，就藝術面來說，班恩已然是不可或缺的核心人物。

班恩之前在做的事，是管理劇院靠河邊的臨時小劇場「戲棚」，而他現在的任務是把小劇場的實驗精神帶回國家劇院裡面的大劇場。

秉持著這樣的初衷，班恩跟我碰面聊聊看在萊特頓劇院搬演《海牆》的可行性，他上週跟我提到這件事的時候，我以為是在開玩笑而已。這樣之後就有機會又可以跟喬治．佩倫（George Perrin）[44] 和安德魯．史考特等人工作了。

我本來還想說這樣會不會有點太瘋了，但我碰巧看到安德魯一個人站在那劇院舞台上的樣子之後，我就覺得這齣戲應該會很美。

到時候就知道了，其實主要還是得看安德魯的檔期。不過，若有幸看到他在台上熱血沸騰又巧思不斷的表演，肯定會很過癮。

那劇本他之前已經讀劇過幾次了，現在回想起來，依舊令我震撼不已。

11月22日

繼續工作《三便士歌劇》。

我終於看了標準晚報獎（Evening Standard Awards）[45] 的入圍名單，令人無言以對。一方面，我知道這些頒獎活動既荒謬又虛偽，而且很沒意義，這完全說明了我為什麼會鄙視英國劇場。請問今年名單如果沒有克里斯．索普的話，那劇場還叫什麼劇場？祕密劇團的《第五號作品》也沒在上面？還有《伯恩斯先生》呢？

另一方面，想到那些評審覺得我今年的作品沒有半點值得表揚，我就他媽的自尊心受挫。我還是覺得《雀鳥之地》是個好作品，即便說不上完美，或許

[43] 英國劇場與電影導演，2003 年至 2015 年間擔任英國國家劇院之藝術總監。
[44] 英國劇場導演，2010 年至 2019 年間擔任培茵普羅劇團之聯合藝術總監。
[45] 1955 年由英國《標準晚報》所設立的劇場獎。

有些小地方寫得不怎麼樣，但整體來說還算水準之上。

這份得獎名單真的讓我開始懷疑自己到底有沒有評斷自身作品的能力。說不定一直都是我自欺欺人，說不定唯一真正喜歡《雀鳥之地》這齣戲的人，只有安德魯・史考特的粉絲而已。

我不知道，哪有可能會知道，不會有人知道的。

安德魯沒有被提名，這真是他媽的太扯了，但不管怎樣，他的表演就是好，這沒有什麼好說的。

當然，我不應該把那種鳥事放在心上。標準晚報獎本來就是所有劇場獎項裡面最保守的一個，那我幹嘛去管那些傢伙怎麼想？不過，他們每次請的午餐都還蠻不錯的，而且我有時候還會喝得有點誇張。

我跟布萊德・柏奇約了喝咖啡。他跟我聊到他對於改編或改寫經典文本這方面的興趣。他想知道，我會不會覺得喜歡改編對一個編劇來說是很不入流的事。

二戰時期以降的劇場慣例，似乎漸漸變成現代劇場的一種規範，所以編劇們才會產生這種焦慮。

有人認為，對於其他文本進行改編或重構，某種程度上違背了藝術家在創作上本該具備的原創性。

講這種話的人真的是聽他在放屁。

從整個戲劇史來看，絕大部分時期的大多數作品都是改編而來，不是原創，所以改編當然有其價值。在改編劇本裡也會看到作者意圖，就跟在原創劇本裡會看到的一樣清楚且獨特。

我告訴他，藝術家的工作是要在常規裡創作，然後想辦法去挑戰邊界。

在創作常規和作者意圖之間產生的拉扯之處，正是藝術形式會出現突破的地方。

我要他把自己想成是林布蘭（Rembrandt）。林布蘭會接受業主的私人委託，幫他們畫肖像畫，最終也都會完成這些畫作，但從委託創作所表現出來的既定常規中，他卻重新定義了繪畫藝術。

布萊德是一位很棒的編劇，他很有潛力可以去突破、挑戰那些常規，我希望他可以。

11月23日

今天是我在國家劇院工作室的最後一天，完成了《三便士歌劇》的修訂稿，這是我目前為止最滿意的一稿。這劇本真的很難改寫，原著裡很多地方根本不能演。情節不連貫，內容可笑，構想薄弱，語言如鬼打牆般一再重複，缺乏令人信服的司法流程和刑罰規則，結局完全就是天外飛來一筆，荒謬至極。感覺上布萊希特在寫這劇本的時候，不是喝醉了，就是在打砲。所以，我想要把這劇本亂七八糟的敘事結構給修整好，重新打造一個流暢、連貫又能對當代引起共鳴的世界觀，同時要能跟原本精彩的音樂對話。威爾的音樂當初為音樂劇開創了新的里程碑，但放到一百年後的今天來聽，仍然很有力量。

我把最後天外飛來一筆的部分改得合理一點，但我不確定效果如何。我讓劇情最後依舊沒有得到解決，還是讓馬克（Mack）活了下來，這樣不公不義的結果可能會引起憤怒，不確定這樣子處理到底好還是不好。

現在比較大的問題，是要跟布萊希特和威爾各自的遺產管理委員會協調，看他們能否接受魯佛斯·諾利斯改編成現代版的需求。不過，這兩個單位之間本身就糾紛不斷，不好解決。

國家劇院的人跟我說，理查·賓（Richard Bean）[46]有在計畫要把這劇本改編成電影，大衛·艾爾卓吉（David Eldridge）[47]之前也改了一個版本，看樣子很多當代編劇都改編過這個劇本，但後來都沒有下文。

---

[46] 英國編劇，生於1956年。

[47] 英國編劇，生於1973年。

所以基本上要改編這劇本可說是難上加難，因為劇本本身是問題，兩個對口單位都很難搞，也是問題。

布萊希特和威爾遺產管理委員會目前設在紐約，大家都知道他們很強硬，不接受任何音樂或文本上的改動。其實他們兩方自己也不信任彼此，而這股不信任感也讓他們本來就拒絕改動的強硬態度變得更硬。

我覺得，就是因為這些人的強硬態度，使得現在的編劇沒辦法做出任何改動，以至於最後只好放棄。這兩個單位思想陳舊、行事繁瑣，他們的態度跟那兩位藝術家當初充滿創造力、手法大膽的冒險精神，完全背道而馳，把原本可能長出生命力的劇本給掐死了，讓劇本變成只是博物館作品（museum piece）。

到公園劇院（Park）[48] 去看提姆·史塔克（Tim Stark）[49] 導的《約拿和奧托》（*Jonah and Otto*），編劇是羅伯特·霍曼，很好看，比我當初看劇本的時候還要好看。羅伯特對我來說依舊是個了不起的編劇，劇本寫得很慢，總是會花好幾年的時間在醞釀想法和感覺。他所寫的每一句台詞，都有辦法打到我心坎。昨晚看戲時，我徹底感受到什麼叫作劇本躍然紙上的感覺。他的劇本讀起來像詩，但演起來像人生。

沒有人比他更知道如何從良善中挖掘出悲傷的美感，亦沒有人比他更懂得如何從寂寞中找到某種殊異的妙趣和詩意，同時又讓人感受到真誠。

整場下來，這劇本奇怪的背景設定、鮮活流暢又充滿驚喜的對話、角色對生命的無力感，以及種種關於哀傷、愛、親子關係、死亡的深沉刻畫，讓我看得滿心歡喜，也令我傷心欲絕。

這是二十一世紀到目前為止我最喜歡的劇本之一。

強迫娛樂劇團相當厲害的時延作品（durational piece）《酷斯拉問答題》

---

[48] 倫敦芬斯伯里公園（Finsbury Park）內的劇院。

[49] 英國劇場導演。

（*Quizoola!*），今天會在線上同步播映，演出從午夜開始，長達二十四個小時。作品在雪菲爾德（Sheffield）[50]的某個劇院裡演出，演出過程中會進行一連串快問快答。表演者們把自己的臉扮得像小丑一樣，然後輪流問對方一堆問題，所有問題加起來超過兩千個。問題的內容很廣，有的是「今天天氣怎麼樣？」這種比較一般的問題，也有「你會想去阿富汗旅遊嗎？」這種比較關於個人的問題，還有「什麼是葉子？」這種比較奇怪的問題。此作中提問的數量和速度、回答時敏捷的反應和真誠的答案，以及驚人的演出時長，創造出充滿人性的空間，而這樣的空間跟作品本身在形式上的簡約，有著很大的衝突。與此同時，表演者們把自己的臉塗得像瘋瘋癲癲的小丑一樣，整場演出讓人看得很入迷，既好玩又觸動人心。我用 iPhone 看這檔演出，看到一個這麼去人性化的器械裡面容載著如此豐沛的人性流動，這種感覺實在有點奇特。

11月24日

這週末都在工作，時間都不夠用。我到馬德里觀賞新興團隊青年劇團（La Joven Compañia）製作的《龐克搖滾》。團隊裡的成員都相當年輕。

該團隊致力於為年輕族群打造劇場作品，他們所謂的年輕族群大概就是十幾歲或二十幾歲的觀眾。西班牙現在的經濟很不景氣，年輕一輩的生活被影響的程度特別嚴重，在這樣的時代氛圍底下，他們還有心做這樣的事，真的很偉大。

這齣製作手法大膽、質地生猛，時時刻刻都充滿極端劇烈、表現直接的能量，整體給人的感覺相當西班牙。

演出開始之前，我跟在場觀眾聊了一個半小時，觀眾大概有一百位。然後演出結束之後，馬上進行跟演員一起的演後座談。

我晚上喝得很醉，大約四點才上床睡覺。隔天早上起床後，直接趕去機場。

---

[50] 英國南約克郡（South Yorkshire）的城市。

然後隔天六點再到曼徹斯特，跟沃特・邁耶霍漢和他老婆佩特拉・陶瑟爾（Petra Tauscher）一起工作《嘉年華》。我們請了一群曼徹斯特當地的演員早上來讀劇，卡洛琳（Caroline）的部分由凱蒂・威斯特來讀。大家讀得很精彩，台詞從他們嘴裡讀出來，那個厚重的曼徹斯特口音，馬上讓整部劇本活了起來，感覺上就像直接走進了普拉菲公園（Platt Fields Park）或懷森碩公園（Wythenshawe Park）[51] 一樣，很現代，也很生動。

沃特有時會擔心要是演員把曼徹斯特人演得太過自然，會讓整齣戲直接往寫實主義的方向走去，但在處理這劇本時，就是得把語言講得順口，才有可能把裡面某種奇特的節奏和沉默時刻所產生的力量帶出來。而且有趣的是，當演員嘗試用美式口音讀劇時，那些東西就真的都不見了。

近幾年來，那些想要在創作上冒險的藝術家越來越不適合待在倫敦了，相較之下，家劇院則是非常有可能為曼徹斯特帶來不一樣的劇場光景。

這城市肯定會煥然一新，而且劇場會成為這城市的中心。

此外，因為沃特不是英國人，聽不出口音細節，所以他就不會想去追求我們日常生活中在電視上看到的那種寫實。

11月25日

繼續跟沃特和佩特拉工作，還加入了一位年輕導演喬治・旺特。我們一起深入討論劇本，弄清楚劇中每個沉默的用意。同時，看劇本裡是否有空間可以讓語言表現的方式再特別一點，不僅要找到語言裡的詩意，還要讓呈現語言的手法風格化一些。

霍爾瓦特形容語言是種疾病，所以他的劇本都沉浸在沉默中。

我這兩天其實非常累，但看到沃特這麼有活力，而且演出消息即將公布，聽說還是某個新劇院的開幕大戲，這些事情讓我頓時忘卻疲憊，心情歡快。

---

[51] 兩者均是曼徹斯特的公園。

這次回來曼徹斯特工作的地方我以前幾乎沒什麼待過，感覺蠻新鮮的，同時也勾起了很多我小時候的回憶，想起了惠特沃思街（Whitworth Street）上那些斑駁的建築。而且我好像終於可以慢慢勾勒出曼徹斯特歪七扭八的輪廓了，沿著艾維爾河（River Irwell）往東彎，再向南延伸，就像這座城市長出一個奇怪的膝關節一樣。

11月26日

今天一整天都待在家工作大衛．伊格內修斯的《局長》，因為明天要跟保羅．葛林葛瑞斯開會。很期待明天的會面。

11月27日

保羅．葛林葛瑞斯把會議延期了。沒關係，那時間就拿來重讀《局長》。我把《嘉年華》上週討論說要修改的地方都改好了，也寄出去給沃特了。

11月28日

昨晚幫蓋瑞．萊因克爾（Gary Lineker）慶祝完生日，回來之後到現在一直都在耍廢，工作進度緩慢。蓋瑞曾經是英國的足球英雄，現在是電視圈相當重要的人物，這次有機會能跟他當朋友，令我受寵若驚。與其說受寵若驚，不如說純粹就是有緣。他是個非常棒的人，他老婆丹妮爾也是，人好又親切，跟波莉很合得來。

我們到外面吃晚餐，接著又去了華麗的安娜貝爾夜總會（Annabel's Nightclub），[52] 是斯托克波特最老牌的夜總會之一，差不多是從1970年代到現在。不過，那邊的汽水一瓶要十六鎊。

我今天幾乎什麼事情也沒做，除了看達頓兄弟（Dardenne brothers）[53] 的電影

[52] 倫敦的私人夜總會。

[53] 比利時電影兄弟檔，1999年與2005年分別以《美麗羅賽塔》（*Rosetta*）及《孩子》（*L'enfant*）兩部電影獲得坎城影展金棕櫚獎。

《兩天一夜》（*Two Days, One Night*）之外。故事很簡單也很觸動人心，內容講的是一個女人在生病一陣子過後，試圖努力重返工作崗位的種種過程，形式上則是承襲了《單車失竊記》（*The Bicycle Thief*）[54]或《凱西回家》（*Cathy Come Home*）[55]等片的傳統拍攝手法。全片在一片看似寧靜的氛圍中，緩緩帶出令人沉痛的力量。

這作品讓觀眾以非常貼近主角的視角來觀看。主角為了工作權益，挨家挨戶拜訪諸位同事，說服他們把票投給她，在這整個過程中，攝影機幾乎沒有從她身上離開過。

攝影機時常近距離觀照她的臉許久，畫面相當觸動人心。整部片就只是看到她努力地說服同事們選擇不要加薪，轉而保障她的工作權益，結構非常簡潔，但帶出的力量卻十分強大。鮮少有機會看到這樣的戲，以如此清楚又簡潔的手法開展，真是難得一見的佳作。

她那些同事在片中呈現出來的樣貌，絲毫不會讓人覺得邪惡或貪婪，反倒是可以清楚感受到這些人在作出選擇當下的內心掙扎。戲劇要如何書寫角色在選擇當下所面臨的內心掙扎，這部片值得作為參考範例。此作不僅讓每個角色做出的每個選擇皆令人同情，更以簡單清楚且充滿力量的手法，刻劃出了貧窮的殘酷真相。

11月29日

週五晚上，我去艾美達劇院看了大衛・克羅莫（David Cromer）[56]導的《我們的小鎮》（*Our Town*）。

真的是太好看了。

在一個簡單、開放且重新調整過的三面式舞台上，戲以非常清楚、簡約的方

---

[54] 1948年之義大利新寫實主義電影，導演為狄西嘉（Vittorio De Sica）。

[55] 1966年之英國電視劇，導演為肯・洛區（Ken Loach）。

[56] 美國劇場導演，2009年以《我們的小鎮》獲得奧比最佳導演獎。

式慢慢展開。

這劇本他媽的未免也寫得太好了吧。愛德華・阿爾比（Edward Albee）[57]說過，這劇本很可能是美國人有史以來寫過最好的劇本。

全戲的結構很簡單。第一幕呈現二十世紀初的某個小鎮中，各個角色形形色色的日常生活。第二幕以非常細膩的手法，描繪出兩位男女主角之間的愛情。到了第三幕，女方難產死了，芳齡早逝，爾後步入陰間，看見已逝的親友們等待著她，道出了種種心境。

劇本裡面沒有出現任何一句髒話。全戲格局宏大，以宇宙的視角來觀照，帶出了世界的滄海桑田，彷彿把時間當作一個具體的角色來看待。每個角色都刻劃得很細緻，充滿溫度。劇本在最後一幕告訴觀眾，逝去的親友永遠都在生命的盡頭等著我們，但早已放下了人生種種回憶的負累。這點省思，帶給人一股無法言喻的哀傷，同時又讓人莫名地感覺到希望。

週六是《櫻桃園》的最後一場演出，不過很巧，在瑪麗亞小劇場（Maria）[58]的《遠方》剛好也在這天演出最後一場，所以我就看不到了。大衛・連恩要我跟大家說幾句話。之前有人問說，這齣戲之後還有沒有機會再演。沒有了，但我覺得這樣很好。我認為，劇場真正的價值就在於演出總有結束的一天，有著轉瞬即逝的美，其形式本身就承載著死亡的概念。一如邱琪兒在《遠方》劇中說道：「你創造了美，但美終究會消失。」我覺得這樣很美。

昨天晚上，也是演出的最後一個晚上，演員演得很好，角色刻劃鮮明，節奏掌握精準。劇中的離別之情，似乎也隱隱呼應著告別這齣戲所留下的陣陣惆悵。

我很滿意，也很傷感。戲就這樣結束了。

---

[57] 美國劇作家，生於1928年，卒於2016年。代表作有《動物園的故事》（*The Zoo Story*）、《誰怕吳爾芙》（*Who's Afraid of Virginia Woolf?*）與《山羊或誰是西爾維婭？》（*The Goat, or Who Is Sylvia?*）。

[58] 楊維克劇院內的小型劇場。

2014年12月

12月1日

到雷丁大學（University of Reading）[1]去跟那邊的學生聊《深夜小狗神祕習題》和《櫻桃園》。座談由兩位學養深厚的劇場學者葛蘭姆・桑德斯（Graham Saunders）和約翰・布爾（John Bull）主持，並由他們兩人對我進行提問，問題問得很深也很細。我很喜歡這兩個人，雖然一喝起酒來都跟瘋子一樣，但他們對於戲劇形式的研究很深入，不論是談吐或書寫都相當精闢深刻。

藝術需要學院的存在，因為學術的運作機制和學者的思考方式，跟大部分的藝術家很不一樣。學者促使我們深入反思我們自己常常只憑直覺創作出來的東西。我熱愛直覺，也認為直覺很重要，但有時我們也需要學者針對我們作品提供清楚的論述，作為支持我們個人藝術感知的後盾。

跟喬恩和諾拉里吃午餐，我們聊到魔鬼的歷史。喬恩跟我說，魔鬼的概念最早要追溯到西元一世紀，當時的羅馬帝國非常壓迫才剛開始發展的基督教，不允許猶太哲學家有任何抗拒的聲音，只要表現出一點恐懼或反對，他們就會被羅馬帝國處死。在基督教故事裡，跟耶穌同時被釘在十字架上的那兩名強盜，其實並不是強盜，而是抵抗羅馬政權的革命烈士，其中一位死於耶穌受難兩年前，另一位死於耶穌受難四年後。於是，猶太哲學家們以魔鬼作為羅馬帝國的代稱，規避了羅馬帝國的高壓統治，讓革命的力量得以持續。

其實撒旦本來有統治世界的權力，不過那權力是上帝給撒旦的，後來被收了回去。我很喜歡這個說法，因為跟浮士德故事裡的交易很像。撒旦可以擁有一切，前提是他要願意給出對方想要的東西。

週日晚上是標準晚報獎的頒獎典禮。我沒受邀請。

---

[1] 英國伯克郡（Berkshire）的大學。

12月2日

這是九個月以來，我第一次在工作上感覺到什麼叫作游刃有餘。整理完《局長》在情節構思方面的相關筆記了。

晚上，我到橙樹劇院（Orange Tree），[2] 看阿里斯戴爾・麥克道爾寫的《波默納》（*Pomona*），很好看。劇本暗黑、低俗，有光明的色彩，也有如夢魘般的陰沉，同時揭露了曼徹斯特的性產業較為不堪的一面。整體幽默，充滿驚喜，處處生動。

觀眾可以分成兩群人。一群是里奇蒙區（Richmond）[3] 的有錢人，看到一半就離場了；另一群觀眾比較年輕、活潑，喜歡到處開眼界。跟這些不同的人一起看戲，讓我感覺到了豐沛的生命力。

我好久沒有看一部新劇本看得這麼開心了。

我認為阿里斯戴爾是個了不起的編劇，他的作品說不定以後會成為經典。

12月3日

今早跟《雀鳥之地》在墨爾本的製作的其中一位設計師見面。我很開心這齣戲未來會被重新賦予生命。

感覺上這齣戲今年演完之後就已經從大家心中消失了。

一想到就讓我覺得很感傷。特別是想到安德魯演的保羅，那麼驚人，那麼精彩。

我還有跟一位德國學者會面，他目前正在著手研究關於反恐戰爭對英國劇場的影響，他想找我聊聊。

---

[2] 倫敦里奇蒙區的劇院。

[3] 倫敦的一區。

我認為，我這一輩的編劇由於受到某些撼動舊思維的政治事件所影響，對於過去固有的價值和思維不再堅信，使得我們一直以來都處在某種前所未見的不確定感裡。我們上一輩的編劇主要是受到新自由主義帶來的恐懼所刺激，促使他們展開對抗，而且要對抗的敵人是誰，定義很明確。但到了我這一代，所有定義都變得很模糊，我們以為的朋友也可能是我們的敵人。

就在我們開始覺得如此充滿不確定的時期快要過去的時候，就在福山（Francis Fukuyama）[4] 宣告歷史終結的時候，就在西方國家日漸富裕、社會民主主義政府崛起的時候，兩架巨大的飛機撞上了世貿中心，所有一切的一切又再度瓦解。

敵人表面上從未現身，實際上無所不在。

愛德華・邦德認為，某種政治浩劫即將到來，而且將會改變現況，同時恐懼感也會隨之而來。如今，這樣的恐懼感深刻入骨，早已瀰漫各處。

載滿乘客的飛機成了武器，還有地鐵、夜店、火車，無一倖免。

在光天化日之下，在倫敦街頭上，可以看到有人被斬首。

那些社會民主主義政府竟然還為這些暴行、這種戰犯發聲。

於是，敵人開始變得沒有固定的樣子，變得難以捉摸，好像不在又好像存在。

而且他們就跟他媽的黑武士 [5] 一樣，假如被殺或被逮，反而會變得更強大。

所以我們這一代並沒有讓社會變得更好，反而讓很多事情的感覺都越來越不確定了。

反恐戰爭也沒有帶來什麼改變，反倒是 2008 年那場金融海嘯把整個社會給掀了，因為在這場金融風暴中，有明確的敵人，有真正的壞人，讓我們這一

---

[4] 此處指的是法蘭西斯・福山，美國政治學者。生於 1952 年。代表作為《歷史之終結與最後一人》（*The End of History and the Last Man*, 1992）。

[5] 《星際大戰》中的知名角色。

代的某些人深感不安，殊不知這些人只是一群充滿選擇性道德標準的人。

現在這個國家一邊是擁護新自由主義的貪心投機客，一邊是被新自由主義犧牲的窮人。阿里斯戴爾・麥克道爾所有劇作中最重要的核心，就是希望在這個充滿分裂的社會中，試圖尋找可能尚存的一絲絲人性溫暖。

12月4日

我搭火車到新森林（New Forest），[6] 跟那邊的小學生聊我的工作。

我很看重這次的分享，而且感覺上他們都有聽進去，這是身為講者最樂見的情況。

離開倫敦之後，經過了南安普頓（Southampton）。[7] 一開始依稀可見遠方的碼頭，接著映入眼簾的是南方海岸，上面有沼澤，也有野馬。頓時真的有種在旅行的感覺。

回程途中，跟英國電影中心（British Film Institute）的人會面。他們有在進一步策動《瀑布》的計畫了。

12月5日

歲末將至，所有事情即將步入尾聲了。

生活節奏開始慢下來了，我人也變懶了，不過因為我今年一整年下來都很崩潰，所以還是挺期待有個可以每天跟朋友們愜意共進午餐的十二月。

跟我在德國的經紀人尼爾斯・塔伯特喝咖啡。大家常常好奇我的劇本是怎麼在德國打出一片天，卻往往忽略了這號人物，真的是多虧有他的堅持和信任。更重要的是，他也是其他許多優秀編劇在德國劇場的經紀人。

---

[6] 英國漢普郡（Hampshire）的一區。

[7] 英國漢普郡的城市。

我和馬克・瑞文希爾（Mark Ravenhill）、[8] 馬丁・昆普、丹尼斯・凱利等人之所以會成功，除了有不少人幫忙之外，更要特別感謝他。

他目前在努力策動《雀鳥之地》和《死角》於 2016 年的演出，屆時勢必精彩可期。

12月8日

我跟卡爾・海德去國家劇院的檔案室觀賞《倫敦路》（*London Road*）。

跟他一起擠在一台電腦前面看的感覺，有點奇怪，也很溫馨。這齣戲很好看，很後悔當初沒有在現場看。

我很喜歡這作品的編劇亞列基・布萊斯（Alecky Blythe），[9] 她這齣戲主要是由幾段訪談所組成，而訪談對象是史蒂夫・萊特（Steven Wright）[10] 謀殺五名妓女的事情發生時，住在伊普斯維奇（Ipswich）[11] 倫敦路上的居民們，所以戲的重點並非聚焦於案件本身，而是在探討該事件對當地居民造成的影響，後來內容甚至延伸到了整個英國，以及英國人民所面臨到的恐懼。同時，這齣戲也在反思人們該如何走出這事件帶來的陰霾，進而重拾生命的希望和力量。

音樂非常好聽，亞當・科克（Adam Cork）[12] 的曲子幽微地呈現出了亞列基所訪談的那些人在講話時的音樂性。

這齣戲很值得作為我們《父土》書寫計畫的參考範例。

我們現在還缺乏亞列基作品裡可以看到那種情節、事件、地點、時間的統一

---

[8] 英國劇作家，生於1966年。代表作有《瞎拼，幹》（*Shopping and Fucking*）、《游泳池（沒水）》（*Pool (No Water)*）等。

[9] 英國編劇。

[10] 2006 年英國妓女謀殺案的犯人。

[11] 位於英國沙福郡（Suffolk）的城鎮。

[12] 英國音樂人。

性。我們應該要想辦法找到這樣的統一性。

我在想，我們明年應該要來開車環遊整個英國，看我們到時候會有什麼新發現，當作構思這部作品的靈感。

但最重要的，還是要從剛講的那幾點裡面找到某種統一性，不管本來有沒有搭在一起。

12月9日

跟羅伯特．霍曼和大衛．艾爾卓吉共進午餐，吃了很久。自從我們一起寫了《星空大爆炸》（*A Thousand Stars Explode in the Sky*）之後，我們每年差不多聖誕節的時候，都會聚在一起吃午餐。可以這樣跟他們相聚，然後大夥一起吃吃喝喝的感覺真好。

他們一路上的陪伴，不僅帶給我很多力量，也讓我從他們身上學到不少。

我從迪恩街上的布萊克斯餐廳走到肯寧頓區（Kennington），[13] 然後到白熊劇院（White Bear），[14] 在這個非典型的展演空間裡觀賞《聖誕節》（*Christmas*）。這齣戲是我從皇家宮廷劇院拿到的第一部委託創作，是在1999年寫的，那是我在達根罕當老師的最後一年。後來，這齣戲在2004年終於在布許劇院做出來。從那次之後，我就再也沒看過有人做這齣戲了。

我真的很幸運欸，把手機搞丟了，這樣我就不會邊走路邊滑推特或邊看E-mail了，甚至也不會想要打電話給誰誰誰了。

冬天寒風刺骨，走在倫敦街頭真是場折磨，不過也可讓人保持頭腦清醒。沃克斯豪爾橋（Vauxhall Bridge）[15] 上的風景很壯闊，映入眼簾的是深廣的泰晤士河，河面冰冷汙濁，但源遠流長。

---

[13] 倫敦南貝斯區（Lambeth）的住宅區。

[14] 倫敦的非典型劇場空間，同時也是一間酒吧。

[15] 橫越泰晤士河的橋梁之一。

《聖誕節》就是一齣我不管怎麼看都會喜歡的戲。這劇本我根本超過十年沒再重讀了，現在看，忽然有點懷念了。聽到劇本裡的台詞，就像見到老朋友一樣。就敘事上來說，某些地方有點瑕疵，而且我可以看得出來，自己當時很努力地想在一堆無關緊要的事情上頭維持住推動劇情的力量。

不過，裡面那些髒話寫得真好，讓戲變得很有機且真誠，這完全是受到那時候讀詹姆士・柯爾曼（James Kelman）[16] 的作品所啟發。他的小說多在描寫格拉斯哥的工人階級，語言鄙俗，又不乏意象。

有些時刻很感人。
劇中沉默和衝突的片刻很有戲。
還有些幽默的點也表現得不錯。
角色也刻劃得相當真誠且生動。

這個酒吧劇場的藝術總監麥可・金斯伯里（Michael Kingsbury）[17] 把整齣戲導得相當清楚有力。

演出比劇本本身精彩多了。

戲很好看，勾起了很多以前的時代記憶。於是，我不禁在想，其實我寫的劇本沒那麼糟嘛。

一想到我十五年前寫的東西還能跟現代人有所對話，還能散發出生命力，真是令人心裡倍感踏實。

開始在思考明年的計畫了，包括了跟史考特和卡爾合作的《父土》，要寫給保羅・葛林葛瑞斯拍的電影，也許還會跟伊沃・凡・霍夫合作《鬼店》（*The Shining*）的舞台改編，以及 2016 年的「北方計畫」（the North project），還有那個浮士德劇本也慢慢開始在構思中。

要來好好構思魔鬼的想法了，還要花時間找資料研究，也要來念一下聖經的

[16] 蘇格蘭小說家，1994 年以小說《多麼遲了》（*How Late It Was, How Late*）獲得布克獎。
[17] 英國劇場導演，1988 年開始擔任白熊劇院之藝術總監。

《啟示錄》（*Book of Revelation*），同時也要好好想想，把靈魂賣到永劫地獄的合約內容該怎麼擬定。

我覺得，背景應該設在倫敦某個隱密的角落或是肖迪奇，或是一些比較老舊、骯髒不堪的地方。

不論是十九世紀末的開膛手傑克、1960 年代的克雷兄弟或是現代倫敦，魔鬼無所不在，未來也一直都會在。

12月11日

早上跟賈維斯．卡克（Jarvis Cocker）[18] 會面。我目前在發展一個劇本構想，形式會是戲劇加上歌曲，之後會跟皇家交易所劇院合作。要是這作品的歌曲能找賈維斯來寫的話，那就太好了。

能跟曾經在探索自我的過程中帶來影響的藝術家見面，讓人有種不知自己身在何處的夢幻感。我接觸賈維斯的歌曲大概有二十年了，一直都很喜歡他的作品，裡面的幽默感和某種粗野的質地特別吸引我。而且他歌曲的流動方式很有戲劇張力，我在想會不會是因為他受到史考特．沃克（Scott Walker）[19] 影響甚深的關係，而史考特．沃克又和科特．威爾一脈相承。從他作品聽得出來，他天生就很會說故事，所以聽他的音樂就像是看一本很棒的小說一樣，細節很豐富，場景很流動。再者，感覺上他對於英國北方的情況有一定程度的了解，不論是充滿生命力的光明面或是不為人知的陰暗面都是，總之我覺得這個作品非常適合找他。

他很好相處，懂得自我解嘲，也很會觀察別人、傾聽別人。我們聊到了大衛．拜恩（David Byrne）[20] 的專輯《真實的故事》（*True Stories*）、狄倫．湯瑪

---

[18] 英國音樂人，果漿樂團（Pulp）的主唱兼吉他手。

[19] 美國音樂人，生於 1943 年，1965 年移居英國，卒於 2019 年。實驗前衛的樂風影響許多音樂人如大衛．鮑伊（David Bowie）、湯姆．約克（Thom Yorke）等。

[20] 蘇格蘭裔美國音樂人，臉部特寫樂團（Talking Heads）的主唱兼吉他手。

斯（Dylan Thomas）[21] 的廣播劇《牛奶樹下》（*Under Milk Wood*）和桑頓・懷爾德（Thornton Wilder）[22] 的《我們的小鎮》。我很好奇有沒有所謂的北方精神，所以想利用這次的創作機會來探索看看，並以不帶任何個人情感的方式來書寫，寫一部格局比較大、篇幅相對長的劇本。

他說，希望我們可以保持聯絡，先各自回去做功課，看看明年會有什麼進展。

我到皇家宮廷劇院看了莫莉・戴維斯（Molly Davies）[23] 導的《上帝保佑孩子》（*God Bless the Child*）。這齣戲主要在探討教育政策中政治操弄和道德綁架的情況。故事背景設定在一間小學教室，由舞台設計克洛伊・蘭福德（Chloe Lamford）[24] 以非常寫實的風格打造，導演維琪・費瑟斯頓的詮釋手法則是以寫實為基，但又不乏巧思。四位演員茱莉・赫斯姆德哈爾格、妮基・阿姆卡—伯德、歐妮・烏雅拉（Ony Uhiara）[25] 和阿曼達・艾賓頓（Amanda Abbington）[26] 也都表現得很好。戲很好看，尤其是看到四位這麼有才華的女演員所演出的這四位獨立女性角色，表演細膩兼具真實。此外，演員還包括了飾演小學生的小朋友們，年齡從八歲到十一歲都有，讓戲多添了一層壓迫、希望和幽默。

後來去跟維琪喝茶。她向我表示，確定選我為明年皇家宮廷劇院的聯合藝術總監。到時候我會跟他們一起參加種種跟劇院規劃有關的會議，以及跟編劇們工作。同時，我還可以使用他們的空間來發展創作，並為劇院寫部劇本。能夠有機會回到那裡，真的是太棒了。

我希望能利用這個機會來重新思考劇本創作這件事。現在，是時候可以好好對於戲劇形式、對於劇場創作的流程，進行一番新的探索了。

---

[21] 威爾斯詩人，生於 1914 年，卒於 1953 年。
[22] 美國劇作家，生於 1897 年，卒於 1975 年。
[23] 英國編劇。
[24] 英國舞台設計。
[25] 英國演員，生於 1978 年。
[26] 英國演員，生於 1974 年。

晚上我和她去跟一位優秀且重要的編劇露西・佩蓓兒會面，我第一次認識這位編劇是很久以前參加「青年編劇計畫」的時候。我們後來一起去了「編劇俱樂部晚宴」（The Dramatists Club Dinner），那是一個為編劇舉辦的社交餐會，與會來賓從二十五歲到九十一歲等各年齡層的人都有，眾人聚在柯芬園（Covent Garden）[27] 的加利克俱樂部（Garrick Club）[28] 一個富麗堂皇、掛滿畫像的房間裡。邀請我的人是史蒂芬・傑佛瑞斯（Stephen Jeffreys），[29] 我過去在皇家宮廷劇院駐館時期，這位編劇曾教導我、啟發我，於是我就找了露西，攜伴參加。

在那邊有瞥見克里斯多夫・漢普頓和艾波兒・德・安潔利斯（April De Angelis），[30] 也有看到羅伊・威廉斯（Roy Williams），[31] 後來還有跟大衛・黑爾（David Hare）[32] 見到面。他人很好，很親切，但一些跟我同輩的編劇認為他是英國劇場的公害。他有時給年輕一輩編劇的評論相當不客氣。不過，再怎麼說，他好歹寫舞台劇劇本也持續寫了四十年了，甚至寫過好幾部重要作品。對我個人來說，他的劇場作品一直以來都影響我很深。

文化部長艾德・維濟（Ed Vaizey）還有上台致詞，我以前從來沒有親眼見過英國任何一位政府部會首長。我個人覺得他是一個蠻奇怪的人。他講到了他早年涉獵過各類藝術，也講到了他當上部長之後一直被要求續任。他提到了一些工作上的事，然後也回答了在場貴賓的一些問題。

致詞很短，而且始終沒說明清楚為何他覺得藝術很重要。這件事有點扯，比在場一堆人喝掛了還扯。大家喝醉後就開始問一堆蠢問題，根本沒人聽他在講什麼。雖然大衛・黑爾、維琪和露西都很認真在聽，但其他人都沒有很認真在問，只是一直在講他們自己想講的話而已，姑且不論他們是不是酒後亂

[27] 倫敦西敏市的市集。

[28] 1831年創立於倫敦的紳士俱樂部。

[29] 英國編劇，生於1950年，卒於2018年。

[30] 英國編劇，生於1960年。

[31] 英國編劇，生於1968年。

[32] 英國劇作家，生於1947年。1996年以劇本《天窗》（*Skylight*）獲得奧立佛獎最佳新劇本。

說話。

《唐頓莊園》（*Downton Abbey*）那部爛電視劇的題材發想人朱利安・費羅斯（Julian Fellowes），[33] 發表了一堆無腦、噁心又羞辱人的右派言論，把現場氣氛搞得很僵，像是走鐘的首相質詢大會一樣。

我幾乎沒有看過，有人的政治立場竟然可以跟這國家大部分人民的生活這麼脫鉤，而且毫不掩飾地表達出來。

後來，我跟艾德・維濟和露西到外面露台抽菸。我試著請他告訴我為何他覺得藝術很重要，但他還是沒說清楚，真令人失望。

12月12日

今天去了位於卡地夫（Cardiff）[34] 的皇家威爾斯音樂戲劇學院。我跟該校表演系的系主任大衛・邦德（Dave Bond）一起帶了一個工作坊。他時常鼓勵學生，帶給學生很多能量和啟發。他的教學初衷是要將學校打造成一個引導學生細心思考、專心聆聽的學習環境，有別於倫敦那樣急忙快速、徒求表面的功利氛圍。

我們跟大家聊到編劇這項工作，也探討了人類這種動物的特性，然後我們還看了學生寫的幾個場景。

有些作品相當真切動人。

演員在講台詞時，只要加入危機感，即便是稀鬆平常的對話，呈現出來的力量也會很驚人。我告訴這群學生，劇本裡的角色在某些時候需要開口說話，是因為當下若不說的話會死，而藏在他們語言底下的這份需求，應該要能夠被清楚感受到。情況應該要是，他們之所以得說話，是因為如果他們不說，他們會發瘋。每一句台詞，即便像是「嗨」這種詞，都要帶有那種想要活下

---

[33] 英國電視製作人。

[34] 威爾斯的首府。

去的決心，不論這種決心藏得有多深。

我會在皇家威爾斯音樂戲劇學院接下一項職務，我之後會是該校的「戲劇類國際理事」（International Chair of Drama）。雖然這個頭銜實在是很好笑，但可以持續跟學校、學生和大衛交流互動，我覺得很棒。

明年已經有不少事情接踵而來了。除了皇家威爾斯學院和皇家宮廷劇院兩邊的職務，還有保羅・葛林葛瑞斯的電影、要在奧立佛劇院演出的劇本、有可能要改編《鬼店》，以及跟卡爾・海德和史考特・葛蘭姆他們一起發展的東西。

這些合作計畫肯定會帶給我很多收穫。我非常開心能跟卡爾和史考特一起工作，同時能跟尼克・凱夫在奧立佛劇院的案子合作，以及有機會跟伊沃和瑪莉安持續合作，還有家劇院的沃特。更重要的是，有些製作要上演了，真令人興奮，包括《卡門片斷》、《遠方之歌》、《海森堡》和《嘉年華》。《深夜小狗神祕習題》會繼續在倫敦西區和百老匯演出，接下來還會有巡迴。此外，《死角》和《雀鳥之地》也可能會有跟德國觀眾見面的機會。

12月15日

早上很早起床，要到阿姆斯特丹去看《遠方之歌》一整天的排練。

我的班機延誤了一個小時。

但能夠再次回到阿姆斯特丹的感覺真好。很高興能回來跟阿姆斯特丹劇團的人一起在他們美麗的排練場工作，地點在運河區中央的城市劇院（Stadsschouwburg）。

而且能有機會跟伊沃合作是何其榮幸的事啊。

阿姆斯特丹劇團的排練場有個特別棒的地方，就是窗戶非常大，而且可以看到外面的街道。舞台設計楊・維斯維爾德在排練場裡搭了一個細緻的舞台，供排練使用，想必花了不少錢。

整個舞台的設計質感相當精美，像是一個潔白、空曠的小房間，根據飾演威廉一角的伊爾郭・史密斯身形來打造。右舞台有個小前廳，始終在舞台上，還有兩面大鏡子，可用來映照演員的身體。

伊沃讓威廉說話的對象是他弟弟的鬼魂，而不是觀眾，這是一個很有趣的選擇，彷彿我們是在窺視一名悲慟欲絕的男子，看他失去理智，看他跟一個不在場的鬼魂說話，或許令人覺得有些詭異。不過，在這個科技發展使得實體互動漸漸式微的年代，這樣的畫面帶給人的張力格外強烈。

男子跟這位已經不存在的弟弟進行互動，嘲弄他、慫恿他、鼓勵他、感動他，讓這位不在場的角色彷彿置身於場上，同時也讓人更加深刻感受到主角的悲慟之情，但沒有任何一點情緒外顯出來。

我覺得劇本還算站得住腳。

馬克・伊佐的音樂帶出了一股揮之不去的哀傷，我覺得這音樂和劇本之間呈現出來的對比，相當深刻脫俗。

我注意到有些設定蠻有效的。在我的劇本裡，角色問問題時，他們是真的在問問題；角色形容一件事情很棒時，他們是真心覺得很棒；角色在處理一件不好的事情時，他們常常會把事情當作是挑戰，帶著喜悅的心去處理。

話說回來，有機會到現場看伊沃排練是很棒的體驗。他跟執導《我是風》的法國導演巴堤斯・薛侯（Patrice Chéreau）[35]一樣，有對於演員該有的尊敬，也有發展作品時該有的玩興。

他相當讚賞伊爾郭的表演。

假如伊爾郭在講話時，能夠想辦法避免一直維持在同一個音調上，那麼這齣製作應該就會很好看。

跟馬克和他男友傑瑞米（Jeremy）出去吃晚餐，後來瑞克・凡・登・波斯（Rik

[35] 法國劇場與電影導演，生於 1944 年，卒於 2013 年。

van den Bos）也來跟我們一起吃。這位荷蘭編劇，目前年紀雖輕，但已經寫出不錯的成績了。

漫步於阿姆斯特丹時，總是讓我覺得《遠方之歌》劇中所提到的那些人，也同步在這城市的某個角落穿梭著，彷彿所到之處都布滿了他們的影子。途中許多地點都讓人想到了劇本裡的某些場景，歷歷在目。我對於這座城市的了解大多是透過想像，很少實際生活經驗，因為我來這裡，大部分的活動範圍不是排練場，就是飯店，不然就是從飯店走到排練場會經過的地方。今晚散步的時候，我對其中幾個地方特別有印象，不過大多是我劇本裡有出現但從來沒去過的地方。

12月16日

第二天排練，狀況還不錯。

某部分的我真的很喜歡看到劇本用其他語言來排練，這次又再度感受到了這種感覺。荷蘭文很有趣，因為這個語言表現出來的能量跟英文很像，但又不是真的英文，所以有時在聽的當下，我會懷疑自己是不是腦中風了。

我喜歡純粹透過深入感受演員們在場上互動的能量，來解讀他們對彼此說的話的意思。雖然我不太知道確切的對話內容在講什麼，但有時讓自己站在完全旁觀的立場，感受反而會更強烈。

伊沃並沒有很常跟現在還活著的編劇工作，所以我記筆記的時候，讓他感覺很不自在。身為劇團的藝術總監，他有很多事情要忙，很難有時間可以跟我討論昨天排練的內容，所以我只好寫 E-mail 給他。我很喜歡把寫 E-mail 的過程當作是整理自我思考的方式，但我也擔心這樣寫給他，會讓自己感覺起來有點作者本位。

編劇以作者之姿現身在排練場裡，其實對排練來說沒什麼幫助。我就只是一直笑自己寫的笑話，以及在裡面喝咖啡而已。

看伊沃排練時有件事很感人，就是在排練場裡不會看到有人需要刻意自謙或自貶，這在英國相當少見。這點對排練來說相當重要，我想應該沒有人會懷疑。他工作起來，會給人一種從容自在、溫柔大方的氣度。

伊沃有時看起來有點社交障礙，但在排練場上，這種障礙卻完全不存在。排戲當下的他，一方面專心致志，一方面輕鬆活潑。

他提到為何他喜歡在排練場上直接試裝台排練，之前在《橋上一瞥》也有這樣做，因為這樣可以把他對於戲的想像更具體地呈現出來。

能用這種方式排練，或許可以說是因為他們團很有錢，但不只是這樣，這更是一種美學上的選擇。也有導演（他跟我分享了薛侯的例子）偏好在完全空曠的空間裡排戲，因為這樣有助於打開想像，然後一直要到製作晚期才會加入舞台元素。不過，伊沃就比較喜歡直接運用實際的舞台來展開他的想像。

伊沃讓伊爾郭在這齣戲大部分的時間都呈現全裸狀態。在舞台上赤身裸體，常會給人某種脆弱感，某種絕對的真誠。演員的身體和這個空無一物的飯店房間擺在一起，幽微地帶出了這齣戲的核心：試圖在一名不斷想要放棄人性的男子身上找回人類情感的可能。

這種呈現手法可能會讓英國的觀眾感到尷尬害羞，但沒什麼好尷尬害羞的。我自己覺得很動人。

我今天忽然發現，這好像是我近期寫過最正向的一齣戲。威廉九歲的姪女安卡（Anka）一直想接近他，展現了對於人跟人之間交流的渴望，同時象徵著某種希望。有了這種希望，就算天塌下來，就算窮途末路，人類都還是能找到繼續活下去、繁衍下去的動力。

這似乎就是這齣戲要說的。

人性的複雜與矛盾，或許就是人類這個他媽的有夠難搞的物種有辦法一直存活下去的原因。

12月17日

我、卡米拉·布雷和瑪莉安·艾略特三人，去跟BBC電影開發部門的負責人克里斯汀·蘭根（Christine Langan）會面。她針對《瀑布》給了一些很受用的建議，例如劇本可以聚焦一點、劇情再簡潔一點，以及多從艾蜜莉的觀點出發。瑪莉安希望這部電影能夠深入探討四十歲以上的女性在性別權力關係底下的處境。不知道是否真的有人認為，這些女性在生完小孩之後，生命意義就只剩等死了？我不確定，但這種想法太可議了，瑪莉安對於這個作品的動力真的有刺激到我。劇中那位青少年的情慾探索對象是一位五十歲的女性，光是這點，肯定就能引發討論。

今年快結束了，我也開始覺得自己快要沒力了。

我今天早上覺得自己好丟臉，因為我忽然發現昨晚忘了去參加培茵普羅劇團的董事會議。我擔任他們董事會的一員，至今已經五年了。

當初喬治·佩倫和詹姆士·格里夫共同被選為藝術總監時，我就在評選委員會裡面。一路上看著他們越做越好，組織了一支很棒的團隊，甚至成了劇場界舉足輕重的人物，著實令人感動。只要劇本創作還是英國劇場重心的一天，培茵普羅劇團的重要性就一定不會改變。這地方歷來製作過、巡演過各類劇目，有新人初發，也有老手大作，數量不可計數，足以成為全國典範。

但我居然就這樣錯過了我最後一次的會議，也是我的歡送會，真的好丟臉啊。

希望劇本創作一直都會是這座劇院發展的核心。

不意外的是，當今的劇場注入了來自其他各種領域的能量，碰撞出了新的活力。首先，新一代的設計逐漸興起。這些設計師很可能是受到當代藝術和當代舞蹈的影響，開始關注如何在舞台上創造出某種能量和美學，而不再只是依循劇本裡的舞台指示，打造出編劇所想像的劇中世界。劇場創作就是應該這樣。

新一代的導演也慢慢崛起，主張導演當然也是創作者的一份子。這些導演受到的啟發來自很多從德國政府補助之劇院出身的導演，而近幾年來相當出色的非典型劇場作品裡反映出的顛覆美學也影響了他們——像是巴特希藝術中心（Battersea Arts Centre）[36] 長期支持的沉浸式劇場和集體創作劇場。這些導演對於打造編劇所寫的劇中世界或引導演員怎麼解讀這個世界，沒那麼有興趣，他們更想做的是創造一個全面性的劇場體驗。

他們給了我很大的啟發，而我也非常鼓勵他們繼續發展。

十年前，利瑞克漢默史密斯劇院時任藝術總監大衛・法爾（David Farr）[37] 也受到了這種創作能量的刺激，甚至認為「編劇已死」，後來還引發了一群基本教義派的編劇和一群集體創作劇場的實踐者，在網路上進行一連串毫無意義的唇槍舌戰。真是有夠無聊。

新劇本的編劇和製作人面臨到的挑戰，是要去思考該如何結合那樣的創作能量，甚至從中獲得新的啟發，而非一味拒斥到底，死守固有立場，那只會把事情演變成新舊意識形態之爭，甚至可能會使得作品無法跟現代大多數的觀眾溝通。

不應該是這樣子。

當我想到我喜愛的那些劇作家，像是羅伯特・霍曼、卡瑞・邱琪兒或阿里斯戴爾・麥克道爾，心裡就會有個聲音提醒我，寫新劇本最重要的就是要打造一個特殊事件。那些劇作家在寫作時，創造的是以前從未有人創造過的東西，他們用自己對於世界的感知打造出「屬於劇場的一晚」，他們掌控劇本的氣、語言、故事和意象，讓這些在劇場裡的夜晚變得獨特。更重要的是，他們必須創造隱喻。

隱喻，是集體創作劇場的作品裡最無法看到的一環，也是被以視覺為中心的劇場美學破壞得最為嚴重的一環，更是在集體創作過程中被犧牲得最徹底的一環。

---

[36] 倫敦的多功能空間。

[37] 英國劇場導演。

然而，透過隱喻，身為觀眾的我們才有辦法在劇場裡看見自己。透過隱喻，我們才能夠觀照自己的同理心。這層觀照，對我來說，就是劇場最主要的功能。劇場是用來讓人產生同理心的機器，而這樣的同理心生成機制，則讓我們能夠成為更好的人。這樣的同理心機制，就在一群互不認識的陌生人所處的空間裡，在大家一起觀賞演出的過程中，開始緩緩運作，漸漸發揮作用。不論是在全場歡欣鼓舞的音樂劇或默劇中，或是觀演關係親密、充滿理性論調的實驗劇場作品裡，都可以看到人們對於共享觀賞體驗的渴望，對於說故事和聽故事的需求，對於反抗群體和活出自我的動力，這些都是人類文化發展上相當重要的基本要素。

如果我們的文化想要延續下去、繁盛下去，那麼就是需要這樣的自我觀照。

我現在在火車上，準備回去曼徹斯特看《深夜小狗神祕習題》全國巡演第一站的首演，與此同時，看著英格蘭的土地如場景般一幕幕從眼前掠過。2015年會舉行大選（General Election）。我在寫下這段文字的同時，心裡其實覺得英國獨立黨那個自私又偏激的惡勢力，應該很有可能在這次選舉中拿下關鍵性的勝利。我們的國家現在越來越往右派靠攏了。在這個充滿不確定感的年代，民族主義的聲浪越來越大。當我們開始感到恐懼，心胸就會變得越來越狹隘，態度也會變得越來越偏激。這時候，英國獨立黨就會伺機而動，操弄這種對於不確定感而產生的恐懼。

我們的經濟變得無法預期。

我們目前的政治局勢也讓選民感到很失望。

我們國家的基礎建設發展遲緩，主要是因為財政上出現了問題，而這些問題的源頭是那些倡議新自由主義、貨幣學派的經濟學家。他們深信米爾頓．傅利曼（Milton Friedman）[38] 在1980年代被柴契爾夫人（Margaret Thatcher）[39] 奉為圭臬的理論，如今已不再是理論，而是日常生活的一部分。

---

[38] 美國經濟學家，生於1912年，卒於2006年。主張自由放任資本主義與自由市場經濟，反對政府干預。

[39] 前英國首相，生於1925年，卒於2013年。

恐怖主義是當今一大威脅。兩天前，塔利班在巴基斯坦攻擊了一所學校，造成一百三十六名學生死亡。今天早上，北韓政府對索尼公司發動網路攻擊，以此報復該公司在電影《名嘴出任務》（*The Interview*）中嘲弄北韓的行為。索尼因此取消了該片各種形式的發行，同時也在自家網站上刪除了所有相關資訊。

我們的生態環境仍然岌岌可危。

在這個危機重重、狗屁倒灶的年代，劇場還能有什麼意義嗎？對我來說，只要堅持劇場的核心精神，陶冶人們的同理心，劇場就會有意義。如此簡單的初衷，不禁讓我燃起了希望。確實，編劇的任務就是創作、打造劇場作品，就是在這些作品中表達某種隱喻，進一步帶出某種直接且珍貴的力量。

假如我們一味死守舊有的工作模式，特別只因這些模式可以滿足我們的虛榮心，那只會讓自己跟時代格格不入。編劇真正該做的，是要想得夠遠、要把心打開，才能不斷叩問自身在一齣戲製作過程中的定位。假如編劇能做到這樣，那麼就能寫出好的劇本。假如編劇能寫出好的劇本，那麼就能創造出更棒的劇場體驗了。因此，這點思考非常重要。

12月18日

利瑞克劇院（Lyric Theatre）位在索爾福德（Salford）[40]的洛利藝術中心（Lowry）裡，大約有一千七百個觀眾席。《深夜小狗神祕習題》的第一場預演，就幾乎坐滿了。

這麼大的劇院，不免讓我擔心整齣戲的能量會被空間給吃掉。我人都已經坐在一樓主觀眾席區前面的位置了，還是覺得離舞台好遠。首場預演出現了一些在一般首場預演中常會有的毛病，技術點走得很慢，演員因為台下觀眾太多而顯得有點放不開，所以整場演出下來，節奏很拖。大部分的時候，我都在擔心這齣戲真誠的情感會不見，讓觀眾只是視覺上看得很爽，但心裡卻沒

---

[40] 英國大曼徹斯特區的城市。

感覺。

不過，隨著劇情漸漸開展，演員開始找回信心，戲的節奏也就慢慢被救了回來。到了結尾，感覺上觀眾和演員的磁場已經完全搭在一起了。當身為觀眾的我們能一步步走進克里斯多夫的心時，那麼這齣戲就算成功了。趨近結尾時，已經可以感覺到觀眾差不多都在那樣的狀態裡了。

演員們都很開心，因為大家成功完成了一場演出，而且得到的評價都很正面，確實如此。但同時，也有點小沮喪，因為大家都知道還可以再更好。

在凱緹・魯德和瑪莉安・艾略特的帶領之下，他們肯定沒問題的，而且這齣製作的全國巡演之旅才剛開始，會繼續演下去，越演越好。

我跟我家人一起去看，總共十二個人，包括我媽媽和她現任丈夫史蒂夫（Steve），還有我三個舅舅和舅媽。製作電影《海牆》的那位舅舅安德魯（Andrew）也有去，他可以說是我這輩子最景仰的人之一。他帶了我表弟來，然後另一個舅舅亞特（Art）帶了表弟班恩（Ben）和他女友來。能帶我家人來看今晚的演出，對我來說格外重要。要是沒有他們一直默默地支持我，我不可能寫出任何一部劇本，也不可能在這麼奇怪又冷僻的藝術形式中達成任何成就。

12月19日

之前跟格拉納達電視台（Granada Reports）在劇院裡進行的訪談播出來了，但沒多久就被當地一起謀殺案的插播快報給蓋過去了。

跟莎拉・法藍肯吃午餐，很開心能見到她。我們聊到說，最近關於今年年度新劇本的討論，為什麼都沒什麼人在關注《雀鳥之地》，而且為什麼連皇家宮廷劇院也是一樣的下場。皇家宮廷劇院今年所推出的新劇本，全都沒出現在任何討論名單上。我很納悶到底是哪個環節出了問題，該怎麼做才能確保明年不會再發生同樣的情況。

很少有人會像她一樣，想要面對面跟我談論我的作品。有個像她這樣認真又聰明的人，願意真心誠意地跟我分享她對作品的感覺，讓我心裡倍感踏實。

12月31日

兩週聖誕節假期的尾聲，我帶波莉和孩子們，還有十位朋友，一起去看《迪克．威廷頓和他的貓》（*Dick Whittington and His Cat*），這齣是利瑞克漢默史密斯劇院今年的聖誕童話鬧劇（pantomime）[41] 演出。

這種戲劇是很奇特、很英國的產物，在過去給工人階級觀賞的歌舞雜耍表演中常常可見，內容涵括許多表演套路，例如女人扮男孩、男人扮女人、忽然開口唱歌、觀眾跟著一起唱，甚至觀眾會上台跟演員互動。對非英國的觀眾來說，這些套路可能會顯得有些突兀。

這樣的劇場形式，非常需要觀眾和演員共同存在同一個空間的那種狀態。就這個角度來看，跟賽巴斯汀．努伯林的導演初衷相近，跟凱蒂．米契爾的理念比較不搭。

度過了一個愉快的下午。小朋友全都跟著一起拍手，還伸手要糖果。大人們聽到那些小朋友聽不懂的黃色笑話，都笑得東倒西歪。

對很多劇場觀眾來說，聖誕童話鬧劇是他們人生第一次走進劇場看演出。我們其中一位朋友就帶了他們十八個月大的嬰兒來看，嬰兒全身動來動去，眼睛一直盯著燈光看，看得很著迷。

能夠再度回到利瑞克漢默史密斯劇院，再次看到劇院重新開放，真的好開心。

能用這種方式來為今年畫下句點，真是太完美了。

過去兩週以來，我一直在思考關於接下來創作的事。我覺得我應該要試著慢下來。也許在我四十歲這個階段，再寫四部劇本就好了。一部給交易所劇院，

---

[41] 一種戲劇形式，其特色是滑稽的表情與肢體及誇張的劇情。

一部給賽巴斯汀，一部給宮廷劇院，然後一部給國家劇院。一部劇本花十八個月來寫，而不是四個月。要向前邁進，要試著寫格局大一點的戲，要試著把劇本寫好一點。要擁抱失敗，不要懷疑，總之勇敢嘗試就對了。

譯後記

吳政翰

賽門．史蒂芬斯可說是英國近年來最炙手可熱的劇作家之一，劇作多產，交流甚廣，有跨國合作也有跨域發展，2014 年更是他創作生涯中最精彩的一年。

在這本工作日記裡，表面上流水帳般的記述，字裡行間穿插了各齣作品的理念和發展過程，闡釋了他對創作、合作關係及劇場生態的觀察和見解，延伸至他對社會的省思，對時代的觀照，以及對人性的剖析。更可貴的是，他坦露自己所遭遇到的種種狀況和問題，從中夾雜了創作路上的喜怒哀樂。因此，這本充滿心路歷程的日記，像是一段段劇作家與讀者、夥伴及自我的私密對話，呈現出作者最人性的一面。

史蒂芬斯的人性面也展現在這本日記流動的行文風格上。有時口吻親切，閒話家常；有時論述清晰，鏗鏘有力；有時坦率直爽，口無遮攔；有時自我解嘲，談笑風生；有時典雅有韻，充滿詩意；有時立場重複，原地打轉；有時觀點不一，前後矛盾；有時話鋒驟轉，漫散四射，充滿聯想，跳躍不已。這些不穩定卻自由的書寫狀態，顯露了人的本質，正如他作品中的角色一樣，同時也呼應了他的創作精神：秩序是規訓，失準才是人性。

作者如此生動且隨性的書寫風格，確實也形成翻譯上的一大挑戰。作為譯者，我一方面試圖傳達內容原意，一方面盡可能貼合作者語氣。原文偶有資訊不清或語意模糊之處，甚至拼字錯誤，所幸有機會跟作者討論，得以一一確認和修正。

此書涵括層面廣泛，不限劇場，包山包海，絕非我一人之力可及，在翻譯過程中有幸得到許多朋友的協助，藉此機會由衷表達我的感謝。首先，要感謝耿老師的信任，願意促成此譯書的完成。再來要感謝怡蓁、阿碰、陸傑、啟洋、安妮，解答了我在其他專業領域上的提問。更要感謝遠在英國的大貂，以及我過去在美國耶魯戲劇研究所的同學 Kee-Yoon，他們兩人陪我討論，一同釐清了書中許多地方。最要感謝的是我最棒的助理冠廷，不僅爬梳史蒂芬斯每一部劇本的劇情內容，也提供我許多關於譯文的建議，並協助全文校閱和註釋，勞苦功高，功不可沒。

最後，感謝各位讀者，譯文若有不足的地方，還請不吝指正。